Jade Beer

Ein Traum von immer und ewig

Roman

Aus dem Englischen
von Kristina Lake-Zapp

GOLDMANN

Die englische Originalausgabe erschien 2018 unter dem Titel
»The Almost Wife« bei Bookouture.

1. Auflage
Deutsche Erstveröffentlichung April 2020

Umschlaggestaltung: UNO Werbeagentur, München
Umschlagmotiv: mauritius images/Derek Croucher/Alamy,
FinePic®, München
Redaktion: Lisa Caroline Wolf
MR · Herstellung: kw
Satz: KompetenzCenter, Mönchengladbach
Druck und Bindung: GGP Media GmbH, Pößneck
Printed in Germany
ISBN: 978-3-442-48953-4
www.goldmann-verlag.de

Ich liebe sie,
und das ist der Anfang und das Ende von allem

F. Scott Fitzgerald

Für meine geliebten Mädchen Laila und Clara.
Ich wünsche euch, dass ihr einmal so einen guten Mann
wie Daddy finden werdet.

1

JESSIE JONES

Noch sechs Monate

»Ist es *wirklich* zu viel verlangt, die beiden riesigen Eichen da drüben zu fällen?«, fragt Jessie seufzend. »Dann hätten die Drohnen meines Fotografen zumindest den Hauch einer Chance, eine Luftaufnahme zu machen.«

Mit großen Schritten und auf viel zu hohen Absätzen, die im gepflegten Hotelrasen versinken, marschiert Jessie Jones, hoch motivierte zukünftige Braut, auf besagte Bäume zu. Die ihr nacheilende Hochzeitsplanerin des Hotels kommt kaum hinterher. Unglaublich, diese Frau!

»Das ist doch ganz einfach«, fährt Jessie beharrlich fort, während sie mit einem ihrer frisch manikürten Finger energisch auf das Smartphone tippt und den Kalender aufruft. »Wenn wir jetzt mit der Arbeit beginnen, bleibt Ihren Jungs noch genügend Zeit, um mit dem Pflanzen der zusätzlichen Magnolien- und Kirschbäume anzufangen, denn die machen sich wirklich hinreißend auf Fotos. Und Sie können doch wohl kaum erwarten, dass ich einen Champagnerempfang auf einer Sonnenterrasse gebe, die keine Sonne hat, weil Ihre dreihundert Jahre alten Bäume das gesamte Licht schlucken. Das würde Hugo gar nicht gefallen.«

»Entschuldigung, wer ist Hugo?«, ruft die Hochzeitsplanerin hinter Jessie her, krampfhaft darum bemüht, die Naturgewalt zu besänftigen, die da vor ihr herstöckelt. Aber was soll sie sagen? Ihre Klientin zählt definitiv zu den Frauen, die ein Nein nicht akzeptieren.

»Ach, Herrgott noch mal! *Hugo Burnand!* Königlicher Hochzeitsfotograf von Kate und William und davor von Camilla und Charles. Lesen Sie denn nicht den *Tatler*?«

»Hm, nicht immer, aber ich glaube, die letzte Ausgabe habe ich irgendwo in …«

»Dann helfe ich Ihnen auf die Sprünge. Hugo hat bei Charles einen solchen Eindruck hinterlassen, dass man ihn exklusiv beauftragt hat, den Hochzeitstag des neuen Duke of Cambridge und seiner Duchess mit der Kamera zu dokumentieren.« Was so viel heißen soll wie: Wenn er über so viel Diplomatie, Takt und planerische Fähigkeiten verfügt, wie sie zu einer erfolgreichen Präsentation der Feierlichkeiten von Kate (der Bürgerlichen) und William (dem zukünftigen König von England) vor der ganzen Welt erforderlich sind, dann ist er vielleicht – Betonung auf *vielleicht* – auch in der Lage, sie bei der Inszenierung dieser Hochzeit zu unterstützen, bei der die beiden unterschiedlichsten Familien zusammengeführt werden sollen, die Gloucestershire je gesehen hat.

»Okay, ich habe verstanden.« Die Hochzeitsplanerin notiert sich etwas auf einem kleinen Block. »Hugo ist offenbar ausgesprochen versiert, Miss Jones, daran hege ich keinerlei Zweifel, aber …«

»Er hat allein drei Tage damit verbracht, für die passende Beleuchtung von Williams und Kates offiziellen

Hochzeitsfotos im Thronsaal des Buckingham-Palasts zu sorgen. *Licht* bedeutet ihm alles. Damit ist eins wohl klar: Diese Bäume müssen weg.«

Jessie ist froh, dass ihre Mum nicht hier ist und Zeugin dieses Ausbruchs wird, bei dem sie sich aufführt wie eine verzogene Göre, die um jeden Preis ihren Willen durchsetzen will. Vermutlich wäre sie sonst vor Scham gestorben – und ihre Mutter ebenfalls. Jessie war immer schon eine Tyrannin, und das weiß sie. Eine Tyrannin der übelsten Sorte. Sie macht diese bedauernswerte junge Frau fertig, obwohl sie genau weiß, wie es ist, von anderen so behandelt zu werden. Sie hasst die lähmende Angst, für minderwertig befunden zu werden. Monatelang ist es ihr so ergangen, und vielleicht hat genau das die schlechteste Seite in ihr zum Vorschein gebracht.

»Das würde allerdings ungeheuer kostspielig werden, Miss Jones, und ich bin mir nicht einmal sicher …«

»Ich muss wohl nicht extra erwähnen, dass ich selbstverständlich für die Kosten aufkommen werde, ganz gleich, in welcher Höhe; außerdem habe ich vor, das Hotel großzügig für jegliche Unannehmlichkeit zu entschädigen, die durch die Feierlichkeiten entstehen. Ich dachte, Sie wären an Geldern für zwei weitere Tennisplätze interessiert? Nun, da kommt die Lösung«, fährt Jessie fort. »Lassen Sie uns bis heute Abend einen Zeitplan erstellen.« Sie zieht beide Augenbrauen in die Höhe und sieht die bedauernswerte Hochzeitsplanerin mit schräg gelegtem Kopf erwartungsvoll an.

»Das ist ausgesprochen großzügig, Miss Jones, und ich kann Ihr Angebot gern dem Hoteldirektor übermitteln, allerdings …«

»Es hat mich einige Mühe gekostet, Hugo zu überreden, diese Hochzeit mit der Kamera einzufangen, deshalb werde ich nicht zulassen, dass irgendetwas einer fantastischen Dokumentation dieses einzigartigen Fests im Wege steht. Ich werde die Fotos höchstpersönlich durchsehen und nur die besten herauspicken, damit es am Ende zumindest so aussieht, als hätten wir einen stressfreien Tag gehabt. Ich hoffe, ich drücke mich klar genug aus?« O Gott, jetzt ist sie endgültig in Fahrt und kaum noch in der Lage, sich zu beherrschen.

»Das tun Sie, allerdings möchte ich Sie darauf hinweisen …« Die Hochzeitsplanerin versucht alles, um ihren Satz zu Ende zu bringen, doch gegen Jessie kommt sie nicht an.

»Gut. In fünf Minuten habe ich die erste Anprobe bei Helen in der White Gallery gleich auf der anderen Straßenseite, aber wenn ich wiederkomme, müssen wir unbedingt besprechen, in welchem der Salons das Dessert aufgebaut werden soll. Außerdem wüsste ich gern, was Sie sich für Düfte überlegt haben und welche Fortschritte Sie bei Ihren Gesprächen mit dem Vikar über diesen grottenhässlichen Teppich im Mittelgang erzielen konnten. Wir sehen uns in *genau* einer Stunde wieder.« Es ist beinahe so, als würde Jessie jedes Gramm Stress, das wegen dieser Hochzeit auf ihr lastet, auf ihre Hochzeitsplanerin abwälzen. Wenn Jessie sich wegen all dieser Dinge Sorgen machen muss, dann kann das die Hochzeitsplanerin genauso tun. Nur ein einziges Mal wünscht sie sich, jemand könnte verstehen – und sei es auch nur ansatzweise –, womit sie sich da befassen muss, könnte nachvollziehen, welche Erwartungen sie zu erfüllen hat, wie viele Leute sie zufriedenstellen muss.

Jessie wendet sich wieder der Hochzeitsplanerin zu, zwingt sie, ihr in die Augen zu blicken, und fängt sofort die leise Panik auf, die von ihr ausgeht. Jessies Augen gleiten über den Körper der Frau, registrieren die nicht mehr ganz frische weiße Bluse und die leicht abgestoßenen, schlammverschmierten Spitzen ihrer halbhohen Pumps. Eine unausgesprochene Frage hängt zwischen ihnen in der Luft: *Ist diese junge Hotelangestellte tatsächlich in der Lage, all das umzusetzen, was Jessies Budget so mühelos hergibt?*

Als Jessie feststellte, dass ein weiteres Paar Willow Manor gemietet hatte – ein imposantes Herrenhaus aus dem 17. Jahrhundert, gelegen in dem Dörfchen Little Bloombury in den idyllischen nördlichen Cotswolds –, und zwar genau an dem Tag, an dem sie dort feiern wollte, bot sie ganz einfach eine Abfindung an – großzügig genug, um die gesamten Kosten für die Hochzeitsfeierlichkeiten an einem anderen Ort zu decken. Anschließend hatte sie das Anwesen – eines der schönsten in ganz Südwestengland und umgeben von jahrhundertealten Cottages und traumhafter englischer Landschaft so weit das Auge reicht – exklusiv für eine Woche gebucht, was es der Hochzeitsplanerin des Hotels ermöglicht, das angestrebte Umsatzziel für die gesamte Hochzeitssaison mit nur einer einzigen Festivität zu erreichen. Ein wenig Kooperation ist daher durchaus angebracht.

Es ist der besorgte Ausdruck in den Augen der Hochzeitsplanerin, der Jessies Reaktion provoziert. Das und die Tatsache, dass sie darauf brennt, die Worte *Selbst-*

verständlich, das ist kein Problem zu hören. Das lasche Rumgemurkse dieser Frau befeuert die leichte Gereiztheit, die zu Jessies tagtäglichem Grundbefinden geworden ist, und wie eine altkluge, auf Krawall gebürstete Göre fuchtelt sie so heftig mit den Armen, um ihrem Frust Luft zu machen, dass sie Gefahr läuft, ihre blassblaue Carolina-Herrera-Kalbslederhandtasche zu verlieren, die wie wild hin und her schwingt.

Zeit, zum entscheidenden Schlag auszuholen.

»Sie *kümmern* sich doch um den Dessert-Salon, oder? Es gilt schrecklich viel zu beachten – Sie kennen die Gästeliste, daher wissen Sie, dass wir es mit dreihundert nur sehr schwer zu beeindruckenden Personen zu tun haben. Daher muss die zehnstöckige Madame-de-Pompadour-Erdbeer-Champagnerbuttercreme-Hochzeitstorte, die Peggy Porschen exklusiv für mich anfertigt, optimal präsentiert werden. *Peggy Porschen* – das sagt Ihnen doch sicher etwas, oder? Sie müssen unbedingt sichergehen, dass unter den Kristallkronleuchtern genügend Platz dafür ist. Schließlich dürfen wir den Tortenständer und die Blumendeko nicht vergessen. Wenn sämtliche siebentausend David-Austin-Avalanche-Rosen an Ort und Stelle sind, brauchen wir mindestens vier Meter Höhe und drei Meter Breite.« Jessie schiebt die Handtasche in die Ellenbeuge, dann fährt sie fort: »*Bitte* sagen Sie mir, dass Sie zumindest die fünfzehnhundert handverzierten Mini-Maître-Choux-Eclairs und die extra von mir bei Bompas & Parr in Auftrag gegebenen Geleeköstlichkeiten in Form der Kirche nicht vergessen haben. Und was ist mit den von Hand garnierten Keksen, die an die Spitze meines Hochzeitskleids erinnern? Ich schlage vor, dass wir ein komplettes Moodboard mit Ideen ausarbeiten, wie wir diese Spezialitäten am besten zur Geltung bringen.« Sie kann gerade noch ein Schluchzen unterdrücken. *Denn ich würde mir von Herzen wünschen, wenigstens eine einzige Nacht während dieses Hochzeitscountdowns durchzuschlafen, ohne schweißgebadet vor Stress aufzuwachen und mir den Moment auszumalen, in dem meine zukünftige Schwiegermutter mich über den Brauttisch hinweg mit hochgezogener Augenbraue mustert, langsam den Kopf schüttelt und mir wortlos zu verstehen gibt, dass ich in der Tat nicht gut genug bin für ihren Sohn – und schon gar nicht in der Lage, sie alle hinters Licht zu führen.*

Jessie wird ruhiger, der Ausraster ist vorbei. Sie schnauft einmal tief durch, dann kehrt sie ihrer Hochzeitsplanerin, der bereits Tränen in die Augen treten, den Rücken zu und trippelt eilig davon – erleichtert darüber, dass sie sich heute für ein Business-Outfit entschieden hat. Ihr frisch geföhntes blondes Haar hüpft in der klaren Luft des Frühlingsmorgens.

Sie hatte schon vermutet, dass eine Herausforderung auf sie zukommen würde, deshalb hat sie sich für den Look Nummer 32 aus der neuen Frühlings-/Sommer-Kollektion von Carolina Herrera entschieden: eine cremefarbene Krepphose mit weitem Bein und hoher Taille, dazu der passende Seidenkrepp-Mix-Blazer, stylisch eingefasst mit schwarzem Zierband, in der Taille schmal geschnitten. Als Accessoire dient der Logo-Anhänger von Herrera aus Rotgold und Perlen mit dem passenden Armband, dazu trägt Jessie die zwölf Zentimeter hohen Leg-dich-ja-nicht-mit-mir-an-High-Heels aus lasergeschnittener Spitze. Jessie hat dieses Outfit so präzise zusammengestellt wie von der Designerin vorgegeben, sie hat sogar den schwarzen Seidengürtel des Blazers vorn geknotet, genau wie Carolina Herrera.

Tatsächlich ist das Einzige, was nicht aus dem Hause Herrera stammt, Jessies Verlobungsring aus Platin, besetzt mit Diamanten von De Beers, dessen bloße Präsenz ihr das Recht gibt, genau das zu sagen, was sie will. Vermutlich wäre sogar Miss Herrera höchstselbst zusammengezuckt beim Anblick des extravaganten sechskarätigen Kissenschliff-Solitärs in einer diamantbesetzten Krappenfassung und weiteren Diamanten rund um den Ring. Das zukünftige Familienerbstück wurde nach einem Termin bei einem Juwelier in der Londoner Old Bond Street individuell gefertigt, um sicherzugehen, dass niemand anders auf der ganzen Welt denselben Ring trägt.

Das hier ist Jessies Hochzeit, und sie ist fest entschlossen, sich bei ihrer perfekten Planung von nichts und niemandem dazwischenfunken zu lassen – schon gar nicht von einer begriffsstutzigen Hochzeitsplanerin, die schlicht keine Ahnung hat von dem Ausmaß dessen, was binnen der nächsten sechs Monate – ein ausgesprochen kurzer Zeitraum – auf sie zukommen wird.

Am 1. September wird Jessie Jones den achtunddreißig Jahre alten Adam Coleridge heiraten, den einzigen Sohn von Henry und Camilla Coleridge, zwei der vermögendsten Grundbesitzer der gesamten Grafschaft. Der einzige Mann auf der Welt, dem es gelingt, Jessie das Gefühl zu vermitteln, sie sei sehr viel mehr als nur gut genug. Die Art Mann, dessen Leben im Grunde nie mit ihrem eigenen hätte kollidieren dürfen, doch genau das ist passiert. Als er Jessie mit ihrer freimütigen, lebenslustigen Art kennen- und lieben lernte, wagte sie kaum davon zu träumen, dass ihre Liebe Bestand haben würde. Er hätte jede Frau auf der ganzen Welt haben können, aber er hat sie gewählt. Und deshalb vergöttert Jessie ihn. Ihr Leben ist auf Adam zugesteuert wie ein Schiff in stürmischer See auf eine Schatzinsel, wo als ultimative Belohnung sein Herz – und sein Ring – auf sie warteten.

Allerdings liegt noch jede Menge Arbeit zwischen heute und dem großen Tag, an dem Adam ihr das Versprechen für die Ewigkeit geben wird, und nicht zuletzt ist da noch die kaum zu bewältigende Aufgabe, ihrer sozial minderbemittelten Familie die enorme Tragweite dieses Ereignisses nahezubringen. Allein die Etikette zu vermitteln, die es bei der Bewirtung einer so großen Anzahl von Personen einzuhalten gilt, deren Privatvermögen den Sparhaushalt der gesamten Nation aufheben könnte, wird Jessie an die Grenzen des Machbaren treiben, ganz zu schweigen von der angemessenen äußeren Erscheinung, von der ihre Angehörigen eine ganz andere Vorstellung haben als sie.

Es ist ein sehr langer Weg von der deprimierenden Sozialsiedlung im Süden Londons, in der Jessie aufgewachsen ist und in der ihre Eltern und Geschwister heute noch wohnen, bis in die Gegenden, in denen sich ihr Leben jetzt abspielt. Sie hat sich an all den Schlägern und Mobbern der öffentlichen Schule vorbeigekämpft, die mit ihrem Streben nach etwas Besserem nichts anfangen konnten. Schon als sie noch ganz jung war, ist sie durch die Straßen des angrenzenden gehobeneren Putneyupon-Thames geschlendert und hat sich die Häuser ausgesucht, in denen sie eines Tages leben wollte, während sie sich den Kopf darüber zerbrach, was um alles auf der Welt man tun musste, um sich ein solches Leben leisten zu können. Anschließend ist sie nach Hause zurückgekehrt und hat den Stapel schmuddeliger Zehn-Pfund-Noten betrachtet, der Woche für Woche auf dem Kaminsims ihres winzigen Sozialhauses lag – das Haushaltsgeld ihrer Mutter Margaret –, hat zugesehen, wie diese sich abmühte, so lange wie möglich damit auszukommen, um drei Kinder und zwei ausgelaugte Erwachsene satt zu bekommen und mit dem Nötigsten auszustatten. Sie hat nie erlebt, dass ihre Mutter etwas für sich selbst ausgab. Dafür war nie genug Geld da. Das Gehalt ihres Vaters Graham, Hausmeister an der örtlichen Schule, reichte einfach nicht.

Sie weiß, dass genau das ihre Antriebsfeder ist, ihr Ansporn zum Erfolg, angestachelt von Eltern, die ihre Familie von ganzem Herzen lieben und einfühlsam genug sind, um Jessies Potenzial zu erkennen und zu fördern – und die es irgendwie geschafft haben, ihr die Universität zu finanzieren. Sie hat zweihundertneunundsechzig Mitabsolventen ausgestochen, als es darum ging, ihren ersten Job als Assistentin der Geschäftsleitung bei dem Bauträger Hunter Bentley zu landen. An ihrem zweiten Arbeitstag lernte sie Adam Coleridge kennen, den Marketing Director des Unternehmens, und drei Tage später saßen sie Champagner schlürfend bei ihrem ersten Date.

Jessie denkt an den erregten Schauder, der sie durchlief, als sich die Bar mit dem freitagabendlichen Publikum füllte und sie mehr und mehr zusammenrücken mussten, wobei sich Adam angestrengt darum bemühte, sie nicht allzu oft zu berühren, und sie sich stumm ermahnte, sich ja nicht in ihn zu verlieben. Sie wusste, dass es womöglich kein zweites Date geben würde, genau wie sie wusste, dass sie nicht damit umgehen könnte, lediglich einen Blick auf das werfen zu dürfen, was niemals ihre Welt sein würde. Doch die berauschende Kombination aus prickelndem Selbstvertrauen; Adam, der es ihr so leicht machte; attraktiven Frauen, die sich alle Mühe gaben, seine Aufmerksamkeit zu erwecken, die doch nur bei ihr war; ihr Kopf, der schwirrte vor all dem aufregenden Geplapper um sie herum – clevere Menschen, die ein aufregendes Leben führten –, war fatal. Gegen Mitternacht war sie verloren, bereit, sich ihm ganz und gar hinzugeben – wenn er sie denn gewollt hätte. Aber Adam schien nichts dergleichen im Sinn zu haben. Stattdessen nahm er sie bei der Hand und führte sie hinaus zu einem wartenden Mercedes, der sie nach Hause bringen sollte. Er küsste sie sanft auf beide Wangen, die Lippen verführerisch nah an ihren, öffnete die Wagentür und ließ sie einsteigen, ohne ihr zu folgen. Auf dem Rücksitz lag ein riesiges Bouquet handgebundener Blumen. Jessie, die vor lauter Freude am liebsten explodiert wäre, hätte beinahe das elegante schwarze Band übersehen, das die Blumen zusammenhielt und auf dem in verschnörkelten Goldbuchstaben *Wunderschöne Jessie* prangte. Auf der handgeschriebenen Karte stand schlicht: *Möchtest du morgen Abend mit mir essen gehen?*

Jetzt drückt Jessie Jones mit ihrem unbegrenzten Hochzeitsbudget ungeduldig auf die Klingel der White Gallery,

Gloucestershires luxuriösester Brautmodenboutique, während gleichzeitig ein schriller Summton den Eingang einer Sprachnachricht ankündigt. Jessie tippt auf *Abspielen* und lauscht der quälend langsamen, unkonzentrierten Stimme ihrer Mutter.

»Jessica, hier spricht Mum ... Ich hoffe, du hast einen schönen Tag ... Dad und ich machen später unseren Wocheneinkauf, und ich dachte, ich rufe dich besser vorher an. Du weißt ja, wie er ist, wenn er zu Co-op geht. Es dauert eine Ewigkeit, bis er all die Angebote durchhat. Graham, holst du ein paar Einkaufstaschen aus der Abstellkammer unter der Treppe? Ich möchte nicht schon wieder fünf Pence für eine Tüte bezahlen ... Hast du immer noch vor, uns am Wochenende zu besuchen, Jessica? Was möchtest du zum Tee? Gib mir Bescheid, damit ich es besorgen kann, wenn ich heute beim Einkaufen bin. Wie auch immer – eigentlich rufe ich an, weil ich heute Morgen ein riesiges Paket von dir bekommen habe, das mir ein ausgesprochen netter Mann geliefert hat. Es hat eine Ewigkeit gedauert, bis ich es geöffnet hatte, so gut war alles verpackt. Ich habe die vielen Kleider gesehen – es war wirklich lieb, sie mir zu schicken, Jessica. Ich bin dir sehr dankbar, und ich möchte dich wirklich nicht aufregen, aber ich finde, sie sind ein bisschen ... hm, wie soll ich es sagen? ... nun ja, sie sind ein bisschen zu protzig für meinen Geschmack. Dein Vater meint, ich solle den fliederfarbenen Hosenanzug tragen, den er mir letztes Jahr zum Hochzeitstag gekauft hat. Ich werde mal sehen, ob ich bei Next ein Paar hübsche Schuhe und eine Handtasche finde, die dazu passen. Vielleicht kannst du mir am Wochenende helfen, etwas

Schönes auszusuchen? Ich habe dich lieb, Jessica. Bis bald. Vergiss nicht, mir zu sagen, was du zum Tee möchtest. Bye-bye.«

»Ach, verdammt noch mal!«, faucht Jessie ins Telefon, gerade als Helen Whittaker, die ruhige, unerschütterliche Besitzerin der White Gallery die Tür öffnet, um sie zu begrüßen.

2

HELEN WHITTAKER

Helen ist kein Typ für die Schlummertaste. Gleich nachdem der Wecker – den sie heute ganze fünfundvierzig Minuten früher gestellt hat und nicht wie sonst auf 7.30 Uhr – sie aus dem Schlaf reißt, springt sie aus dem Bett. Wie auf Autopilot schlüpft sie in ihren schweren weißen Bademantel und bereitet sich ein herzhaftes Frühstück mit zwei gekochten Eiern von frei laufenden Hühnern, dick gebuttertem Toast (die Krusten schneidet sie ab) und einer halben erfrischenden Grapefruit zu – die perfekte Mahlzeit für einen langen Tag voller Termine mit Bräuten, die sie unten in der Boutique erwarten. In den vier Minuten, die die Eier brauchen, um die richtige Konsistenz zu erreichen, setzt Helen den Kessel auf und stellt ihre Lieblingsporzellantasse für ihren morgendlichen Earl Grey zurecht. Als der Tee fertig ist, nimmt sie ein paar Schlückchen und überfliegt die Termine in ihrem in cremefarbenes Leder gebundenen Organizer, um ihrem Gedächtnis auf die Sprünge zu helfen, mit wem genau sie heute verabredet ist.

Ihr Finger gleitet langsam über die Seite mit den Namen von sieben Frauen. Zwei von ihnen kommen heute wegen der ersten Änderungen, eine hat sich für ein Kleid entschieden und möchte nun die Accessoires auswählen, eine hat sich angemeldet, um die Brautjungfernkleider zu kaufen, zwei holen ihre fertigen Kleider ab, und eine – die erste Kundin um zehn Uhr – hat ihren allerersten Termin in der White Gallery. Diese Sitzungen liebt Helen ganz besonders, weil sie stets erfüllt von Aufregung und Staunen sind.

»Na schön«, sagt sie laut zu sich selbst. »Zeit, den Tag in Angriff zu nehmen.«

Fünfzehn Minuten und eine heiße Dusche später cremt sich Helen mit einer hautberuhigenden Schicht Pond's Kakaobutter ein, reibt die reichhaltige Pflege fachkundig in ihre leicht trockenen Ellbogen und Knie, dann streicht sie über ihre Arme und die einst straffen Beine, bevor sie zu ihrem Bauch und den Schwangerschaftsstreifen gelangt, mit denen sie schon vor Jahren Frieden geschlossen hat. Als sie damit fertig ist, greift sie zu ihrem treuen Balconette-BH aus cremefarbener Spitze von Marks & Spencer mit dem dazu passenden Höschen und dreht sich zu dem weiß gekalkten Kleiderschrank um, an den sie gestern Abend sorgfältig ihre Garderobe für den heutigen Tag gehängt hat. Sie mag das Gefühl, gut organisiert zu sein.

Helen nimmt an der antiken Frisierkommode Platz, neben dem Diwan mit der hübschen Patchwork-Bettdecke, um ihr schulterlanges hellbraunes Haar zu der Frisur zu föhnen, die sie schon seit Jahrzehnten trägt, genauso entspannt, wie sie es jeden Morgen tut. Sie nutzt den warmen Luftstrom, um weiche, feminine Wellen zu formen, die sie sanft aus dem Gesicht streicht – ein

Gesicht, das von einer meisterhaft gebändigten Ponyfrisur umrahmt ist, dank der Haarspraydose, die neben mehreren Flaschen Estée-Lauder-Parfüm, ihren Make-up-Utensilien und einer Schachtel Kosmetiktücher auf dem Frisiertisch steht.

Helen nimmt die gelbgoldenen Ohrstecker aus der Glasschatulle vor ihr und lächelt voller Wärme, als sie an die teure Flasche Chablis denkt, die Phillip und sie sich an ihrem fünfzigsten Geburtstag beim Mittagessen in ihrem Lieblingsbistro geteilt haben. Ihr Ehemann hatte gewartet, bis ihnen ein Teller mit einer wunderbar samtigen Crème brûlée serviert wurde, erst dann schob er ihr mit den schlichten Worten »Herzlichen Glückwunsch, mein Schatz« die kleine Schmuckschachtel quer über den Tisch zu.

Heute verströmt jeder Zentimeter von Helens äußerer Erscheinung Ganzheitlichkeit, Zusammengehörigkeit – sie ist eine Frau, die den Anschein erweckt, alles unter Kontrolle zu haben. Das ist genau das, was sie mit ihrem Look vermitteln möchte, denn die Wahrheit sieht deutlich düsterer aus. Aber das will niemand hören, und sie ist ganz bestimmt nicht bereit, es der Welt mitzuteilen. Noch nicht. Die unaufdringliche, ungezwungene Eleganz einer erfolgreichen Geschäftsfrau ist alles, was man heute von ihr zu sehen bekommen wird.

Helen schlüpft in die glänzenden cremefarbenen Pantoletten von L.K. Bennett, nimmt ihren Terminkalender und steigt die schmale, ungleichmäßige Treppe hinab, die von ihrer gepflegten Drei-Zimmer-Wohnung über der White Gallery, Gloucestershires angesagtester Boutique für Brautmoden, in den Verkaufsraum führt. Die Boutique nimmt das gesamte Erdgeschoss von Helens hübschem, aus Stein gebautem Cotswolds-Cottage ein, eins von vieren, die sich um eine Ecke herum bis zur alten Mühle erstrecken. Die White Gallery befindet sich direkt gegenüber dem Willow-Manor-Hotel und der Dorfkirche, nur eine einspurige Straße und der seichte Bach, der zur Mühle fließt, trennen die Gebäude voneinander.

Die Rahmen der kleinen Glasfenster sind im traditionellen Cotswolds-Grün gehalten wie bei allen anderen Häusern im Dorf, und wäre da nicht das dezente weiße Schild über der Tür, würden die Passanten nie darauf kommen, was für Schätze sich im Innern verbergen. Helen hat die Boutique so entworfen, dass man meint, aus einer längst vergangenen Zeit in eine helle, strahlende, hoffnungsvolle Zukunft einzutreten, sobald man die schwere Eichentür aus dem 16. Jahrhundert öffnet und die steinerne Schwelle überschreitet.

Heute Morgen betritt sie den Verkaufsraum durch die Hintertür am Fuß der Treppe zu ihrer Wohnung und macht sich daran, ihre Lieblingskerzen von Jo Malone anzuzünden. Wenn die Boutique in einer guten Stunde öffnet, wird die Luft erfüllt sein von dem köstlichen Duft nach Jasmin. Sie knipst die gläsernen Wandleuchten an, die die in Dior-Grau gehaltenen Wände in ein sanftes Licht tauchen – der perfekte Hintergrundton für ein Meer aus Weiß. Auf dem großen Glastisch in der Mitte der Boutique hat Helen eine ornamentierte Kristallvase mit ihren Lieblingswildblumen positioniert; dieselben Blumen, die sie vor fünfunddreißig Jahren in ihrem eigenen Brautbouquet verwendet hat: Blassrosa Fingerhut, honigfarbene Duftwicken und himmelblaue Lupinen, gemischt mit Wiesenkerbel sorgen heute für den einzigen sanften Farbtupfer. Neben der Vase steht ein dekorativer Porzellanteller mit frisch gebackenen Keksen in der Form von Miniaturhochzeitskleidern, überzogen mit strahlend weißem Zuckerguss.

Die einzige andere Dekoration auf dem Tisch sind drei wunderschön gerahmte Fotos. Helen unterdrückt den Schwall von Emotionen, der in ihr aufsteigt, als sie mit dem Finger zärtlich über das erste Bild streicht, und schluckt ihre Tränen hinunter. Dafür ist jetzt keine Zeit. Es handelt sich um ein Schwarz-Weiß-Foto der einundzwanzigjährigen Helen mit Phillip, aufgenommen an jenem glühend heißen Tag im Juli 1981, kurz nachdem die beiden ihr Ehegelübde abgelegt und das Standesamt von Bristol verlassen hatten, übersprudelnd vor Glück. Beflügelt von dem aufregenden Tag war Helen über den Saum ihres elfenbeinfarbenen Taftkleids gestolpert, und gerade als es so aussah, als würde sie vor den versammelten Gratulanten die Steinstufen hinabstürzen, fing Phillip sie auf – im selben Moment, in dem der Fotograf auf den Auslöser drückte. Bis zum heutigen Tag mag sie dieses Hochzeitsbild am liebsten.

Beide haben darauf die Köpfe nach hinten geworfen und kichern erleichtert. Phillip hatte Helen an jenem Tag vor einer Blamage bewahrt – so wie er es noch oft tun sollte –, und jedes Mal, wenn sie jetzt das Foto betrachtet, muss sie unweigerlich ihr Schicksal mit dem der wohl berühmtesten Braut jenes Jahres vergleichen – Lady Diana Spencer. Helen war beinahe von einem heiklen Saum zu Fall gebracht worden, aber Diana – damals ein Jahr jünger als Helen – stand immerhin vor der Herausforderung, einen dreieinhalb Minuten dauernden Gang durch das Mittelschiff der St.-Pauls-Kathedrale zu bewerkstelligen, und das vor rund siebenhundertfünfzig Millionen Zuschauern weltweit, deren Augen nur auf sie gerichtet waren. Die beiden anderen gerahmten Fotos auf dem Tisch sind von Helens und Phillips Kindern Betsy und Jack am Tag ihrer Abschlussfeier, glückliche Erinnerungen an ihre schönsten gemeinsamen Zeiten als Familie. Sie wünscht sich einfach nur, sie würde die beiden häufiger zu Gesicht bekommen.

Helen dreht eine Runde durch die Boutique, einen kleinen Staublappen in der Hand, und vergewissert sich, dass nirgendwo lästige Fingerabdrücke zu entdecken sind und alles absolut sauber und aufgeräumt ist, anschließend überprüft sie den kleinen Abfalleimer auf tränendurchweichte Taschentücher von den Anproben des Vortags. Betsy hat wiederholt vorgeschlagen, dass ihre Mutter eine Reinigungskraft einstellen soll, die sie morgens unterstützt, da sie bereits mehr als genug um die Ohren habe, aber Helen genießt diese Aufgabe. Außerdem haben die lebenslange Fürsorge und das Hinterherräumen bei einem hart arbeitenden Mann und zwei Kindern sie mehr als fit gemacht für den Job.

9.15 Uhr – genug Zeit für Helen, mit dem Staubwedel über die rotgoldene Kleiderstange zu fahren, die sich an den Wänden des Verkaufsraums erstreckt. Auf dieser Kleiderstange hängen sämtliche Hochzeitskleider, die Helen anbietet, jedes auf seinem weich gepolsterten weißen Seidenkleiderbügel, so drapiert, dass der Saum sanft den dicken cremefarbenen Teppichboden darunter berührt. Helen fängt links von der Tür an, die Richtung, die die meisten Bräute erfahrungsgemäß einschlagen, wenn sie das erste Mal ihre Boutique betreten. Dort hat sie ihre Kollektion aus sechs modern-romantischen Jenny-Packham-Kleidern arrangiert.

Helen tritt vor die Kleiderstange und streicht mit der Hand vorsichtig über jedes der Kleider, um sicherzugehen, dass sich keine der Perlenstickereien in einem der Nachbarkleider verfangen hat. Mit einer einzigen fließenden Bewegung hebt sie vorsichtig den Rock jedes einzelnen hoch und füllt ihn mit Luft, damit er am vorteilhaftesten fällt. Anschließend streicht sie bei einem Modell die perlenbesetzten Flügelärmel glatt, bei einem anderen den Seidentüll-Überrock, bevor sie das funkelnde, mit Perlen verzierte Spitzenoberteil des nächsten richtet. Sie beschließt, eins von Jennys neuesten Designs – ein echter Hingucker mit einem mehrfachen Stufenrock – nach vorn zu hängen, um bei ihren Kundinnen für einen unauslöschlichen Wow-Effekt zu sorgen.

Für diese Saison hat Helen die eher körperbetonteren Modelle aus der Jenny-Packham-Kollektion eingekauft – und zwar die mit den Wildblumen- und Blattwerk-Applikationen, funkelnden Illusion-Kristallkorsetts, gewagten Rückenausschnitten und tief ausgeschnittenen Dekolletés. Sie entsprechen vielleicht nicht ganz ihrem persönlichen Geschmack, aber wenn es um den ultimativen zeitgemäßen Glamour geht, weiß Helen keine Bessere als Jenny – und ihren Kundinnen scheint es ähnlich zu gehen, der Flut von Bestellungen nach zu urteilen, die sie bereits aufgenommen hat.

Helen arbeitet sich die Kleiderstange entlang bis zu den fünf meisterhaft verarbeiteten Peter-Langner-Kleidern, darunter ihr persönliches Lieblingsstück: ein Duchessekleid aus Shantungseide mit Schmetterlingsärmeln, bestickt mit herabschwebenden Blütenblättern aus Chiffon. Als Nächstes kommen die legendären Schrägschnittkleider von Pronovias, auf die, wie Helen weiß, die modebewussteren Kundinnen zusteuern. Scharf geschnittene Rackerbacks, hautenge, kunstvoll bestickte Spitze, durchsichtiger Chiffon und Schlitze bis zum Oberschenkel sind nichts für jede Braut, doch diejenigen, denen dieser Look gefällt, blättern für gewöhnlich gern die hohen Summen hin, die für diese Kleider verlangt werden.

Jetzt ist gerade noch genug Zeit, die verbliebenen Kleider zu richten und ihre Runde zu beenden. Sie nimmt sich die acht exquisiten Roben von Oscar de la Renta vor, allesamt schulterfrei bis auf ein A-Linien-Kleid mit tiefem V-Ausschnitt, das Helen so lange zurechtrückt, bis es perfekt symmetrisch auf seinem Kleiderbügel hängt. Jedes Kleid weist eine atemberaubende Besonderheit auf, die Helen jetzt ins rechte Licht rückt: ein Rückenteil, verziert mit einer übergroßen Schleife (zurechtgezupft), komplizierte Luftspitze (glattgestrichen), ein eleganter Schößchenrock (leicht aufgebauscht) und ein Spitzenbolero, eingefasst mit Nerz und Fuchsfell (höher auf den Kleiderbügel gezogen).

Als sie mit der Kleiderstange zufrieden ist, geht Helen in den hinteren Bereich der Boutique und betritt den prächtig ausgestatteten Ankleideraum mit seinen vom Boden bis zur Decke reichenden Spiegeln in den verschnörkelten Goldrahmen auf beiden Seiten. Es gibt eine luxuriöse Chaiselongue, großzügig gepolstert und bezogen mit cremefarbenem Samt, die eine Länge des

Raums einnimmt und jede Menge Platz bietet für Mütter und Brautjungfern, außerdem einen extravaganten Kristalllüster, der in der Mitte des Raums von der Decke hängt. Auf einem kleinen Glastisch in der Ecke hat Helen ihre »Mary-Poppins-Tasche« abgestellt, wie sie sie liebevoll bezeichnet. Genau wie eine altmodische Arzttasche aus Leder öffnet sie sich wie ein klaffender Schlund und enthüllt Dutzende von einzeln verpackten Nadeln, Klammern, Gummibändern und Schleifen – alles, was sie benötigt, um ein zu großes oder zu kleines Kleid auf wundersame Art und Weise an die darin steckende Braut anzupassen.

Im Ankleideraum hängen heute drei weitere, ganz besondere Roben an einer beweglichen Kleiderstange. Da Helen weiß, dass es einige Zeit in Anspruch nimmt, diese Kleider angemessen zu präsentieren, hat sie sie bereits gestern Abend nach Geschäftsschluss dorthin gebracht, damit sich selbst hartnäckige Falten im Stoff aushängen. Es ist wichtig, dass sie perfekt aussehen, und Helen ist froh, als sie bei genauerer Betrachtung feststellt, dass sie ihre Sache gut gemacht hat.

9.50 Uhr – Helen kehrt in den vorderen Bereich der Boutique zurück und schließt die Tür auf, zehn Minuten vor dem Termin mit der ersten Braut des Tages. Sie nutzt die Zeit, um durch die Kartei zu blättern, die sie für jede ihrer Kundinnen anlegt – die Bibel, die sorgfältig jeden Fortschritt dokumentiert, von der ersten Anprobe über das Maßnehmen bis hin zu dem gewählten Stil, Änderungen, letzten Verbesserungen und Lieferterminen. Die Kartei verlässt nie den verschlossenen Schrank unter der Ladenkasse, denn Helen weiß, dass sie ohne verloren wäre. Jetzt öffnet sie den Ordner bei dem Fach, das mit *Miss Jessica Jones* beschriftet ist, und überfliegt noch einmal die fünfzehn E-Mails, die sie ausgedruckt und hier abgelegt hat – E-Mails, die Jessie Helen in den Wochen vor diesem Termin geschickt und in denen sie immer detaillierter erläutert hat, wonach sie sucht. Helen geht die Wünsche im Kopf noch einmal durch. Nicht ein Kleid, sondern drei. Das erste ist für das Probeessen am Abend vor der Hochzeit, das zweite für die Trauzeremonie an sich und das dritte für die Hochzeitsfeier am Abend. *Ich kann es kaum erwarten, dass sie die drei Kleider sieht,* denkt Helen, zuversichtlich, dass ihre Kundin hocherfreut sein wird über das, was sie erwartet. Sie streicht mit den Fingern über die Stoffmuster, die an die E-Mails geheftet sind. Jessie hat sie ihr zusammen mit verschiedenen Video-Links zu den Designer-Modenschauen und dem Passwort zu einem ganzen Pinterest Board voller Modelle von ihren drei Lieblings-Brautmodendesignern geschickt.

Die meisten Bräute in spe kommen bei ihrem ersten Termin mit einer Handvoll Fotos zu Helen, die sie aus diversen Hochzeitsmagazinen herausgerissen haben, außerdem – wenn sie gut vorbereitet sind – mit einer groben Budgetvorstellung, die sie jedoch fast immer verwerfen, sobald sie erst einen Fuß in die White Gallery gesetzt haben.

Allerdings ist bislang keine von ihnen wie Jessie zur Bridal Fashion Week nach New York geflogen, um persönlich die neuen Kollektionen auf dem Laufsteg zu begutachten und darauf zu bestehen, dass die drei Musterstücke, die ihr am besten gefielen, aus den Verkaufsshows genommen und umgehend in Helens kleine Boutique in den Cotswolds versandt wurden.

10.05 Uhr – von der Braut in spe keine Spur. Helen wirft einen weiteren Blick in ihren Kalender, um sich zu vergewissern, dass ihr kein Fehler unterlaufen ist. Ein einstündiger Samstagstermin bei Helen in der White Gallery muss Wochen im Voraus gebucht werden – ein heiß begehrtes Zeitfenster, das noch nie eine Braut abgesagt hat, und wenn sich tatsächlich mal eine verspätet, was ausgesprochen selten vorkommt, dann nie ohne einen extrem guten Grund. Helen hält einen Moment inne, um über die junge Frau nachzudenken, die sie gleich kennenlernen soll. Bislang gab es noch niemanden, den Helen nicht entwaffnen konnte. Die desinteressierte Schwiegermutter, die eifersüchtige Brautjungfer, die sich das Kleid nicht leisten kann, das ihre Sandkastenfreundin anprobiert, und die daher beschließt, es zu hassen. Die Brautmutter, die all ihre verstaubten Stilregeln auf ihre verwirrte Tochter überträgt. Oder der Brautvater, der den ganzen Termin über schluchzt und alles andere als eine Hilfe ist. Helen hat beraten, erklärt, nachgegeben und zu guter Letzt jeden von ihnen überzeugt. Und kein Einziger hat je bemerkt, wie viel persönlichen Kummer sie selbst Tag für Tag mit sich herumträgt, dafür hat sie gesorgt. Jede Braut, die sie bedient, kann sich Helens ungeteilter Aufmerksamkeit sicher sein. Sie hört stets eifrig zu, wenn ihr die jungen Frauen ihre Hochzeitspläne erläutern, und sie hat noch nie einer Braut ein Kleid verkauft, ohne ihre ehrliche Meinung dazu zu äußern. Doch Helen wusste sehr genau, als sie den Namen Jessica Jones in die Spalte für Samstag, den 1. März, schrieb, dass sie es noch nie mit einer jungen Frau wie dieser zu tun hatte – keiner einzigen.

10.15 Uhr – Helen hört draußen vor der Boutique etwas, das man nur als obszönes Gekeife bezeichnen kann, und öffnet die Tür, um nachzusehen.

»Ach, verdammt noch mal! *Flieder?* Die Farbe steht wirklich *keinem*. Und dann auch noch von Next! Na super! Da bekommt sie die Möglichkeit, in einem Tausende Pfund teuren Max-Mara-Outfit durch den Mittelgang der Kirche zu stöckeln, aber nein – wir gehen zu Next. Bitte, lieber Gott, mach, dass sie sich nicht auch noch einen Fascinator auf den Kopf steckt. Das packe ich echt nicht!«

»Sie müssen Jessica sein. Bitte kommen Sie herein«, sagt Helen und streckt den rechten Arm aus, um Jessie unter dem prächtigen Bogen aus lila Glyzinien willkommen zu heißen, der den Eingang der White Gallery rahmt.

»Was?«, bellt Jessie und schnaubt laut ins Telefon, dann wischt sie übers Display und lässt es in ihre Handtasche gleiten.

Helen atmet tief den süßen Blütenduft ein, der die hässliche Sprache übertönt, die sie so sehr verabscheut, und macht höflich einen Schritt zur Seite, um Jessie eintreten zu lassen.

»Es ist alles für Sie vorbereitet, Jessica. Die Kleider aus Amerika sind vor zwei Tagen eingetroffen. Ich weiß nicht, wie Sie das angestellt haben, aber alle drei haben es bis hierher geschafft und sind wahrhaft exquisit. Sollen wir lieber noch einen Augenblick warten? Wird Sie jemand bei diesem Termin begleiten, Miss Jones – Ihre Mutter oder eine Freundin vielleicht?«

»Um Gottes willen, nein. Ich brauche keine Hilfe, danke. Ich hoffe, meine E-Mails haben deutlich gemacht, dass ich bereits genau weiß, was ich will.«

Von einer nervösen zukünftigen Braut angefahren zu werden ist nichts Neues, doch Jessies unverblümte Grobheit überrascht selbst Helen. Ihre Gedanken springen zu ihrer Tochter, und sie stellt sich vor, wie verlegen sie wäre, wenn sie ein solches Benehmen bei Betsy mit ansehen müsste. Doch mehr als alles andere empfindet sie Mitleid mit Jessie. *Keine Frau sollte allein zu ihrem ersten Brauttermin gehen müssen,* denkt sie. Undenkbar, sich Betsy dabei vorzustellen.

»Na schön, wenn Sie bereit sind, Miss Jones, können wir gern einen Blick auf die Kleider werfen.«

»Deshalb bin ich hier.« Jessie dreht die Augen sarkastisch zur Decke, was Helen zu einem tiefen, lungenerweiternden Atemzug zwingt. Sie ist sich nicht sicher, ob sie der jungen Frau dieses unverschämte Verhalten durchgehen lassen möchte. Für einen kurzen Moment überlegt sie, ob sie Miss Jones darauf ansprechen soll. Dann allerdings kommt sie zu dem Schluss, dass dieser absolute Mangel an Freundlichkeit womöglich genau das ist, was sie jetzt braucht, da er sie zwingt, sich auf die anstehende Aufgabe zu konzentrieren. Sie darf nicht länger über ihren eigenen Kummer nachdenken, muss zurück zu den Kleidern, zurück in ihre Komfortzone.

Entschlossen geht sie in den hinteren Bereich der Boutique und schiebt mit beiden Armen langsam die schweren Seidenvorhänge zum Ankleideraum auseinander. Dahinter kommen drei der atemberaubendsten Brautkleider zum Vorschein, die sie je gesehen hat.

»Auf der linken Seite, Miss Jones, hängt das elfenbeinfarbene Seidenkrepp-Etuikleid von Oscar de la Renta. Ich finde, der mit Perlen und Pfauenfedern eingefasste Saum macht es mehr als elegant und ausgefallen genug für Ihr Probeessen. Selbstverständlich wissen wir erst, wenn Sie es anprobieren, ob die Saumlänge für Sie richtig ist, und wenn ich Sie jetzt betrachte, denke ich, wir können es uns leisten, den Saum um vier bis fünf Zentimeter anzuheben. Sehen Sie nur, wie sich die Federn schon jetzt im Luftzug bewegen. Das hier, Miss Jones, ist ein Kleid, in dem Sie Spaß haben können.«

Als Jessie sich nicht dazu äußert, fährt Helen fort.

»Kommen wir zu dem Modell von Carolina Herrera. Soweit ich weiß, hat sie mit dem Kleid in dieser Saison ihre Show in New York beendet. Ich bin mir sicher, dass ich Ihnen nichts Neues erzähle, wenn ich erwähne, dass Herrera dafür bekannt ist, Hochzeitskleider anzufertigen, die auf der Innenseite genau so schön sind wie außen, und dass die von Hand eingenähten Stäbchen in dem Korsett aus Chantilly-Spitze vermutlich die beste Arbeit sind, die ich je gesehen habe. Sie werden Ihre Taille formen wie nichts anderes und Ihnen genau die Stütze geben, die Sie brauchen werden, um einen derart ausladenden Rock zu tragen. Es ist wirklich clever von Herrera, die für sie charakteristischen Taschen mit aufzunehmen – das verleiht dem Ganzen eine moderne Note, finden Sie nicht?«

Noch immer kein Wort von Jessie, die reglos dasteht, mit einem leeren Gesichtsausdruck, den Helen nur sehr schwer deuten kann. Unbeirrt wendet sie sich dem dritten und letzten Kleid an der Stange zu.

»Und *das* hier ist das ultimative Stück für die große Party. Jeder Zentimeter dieses mit Metallfransen besetzten Cocktailkleids ist dazu gemacht, Ihre Bewegungen zu umschmeicheln, Miss Jones. Selbst wenn Sie gehen, werden Sie aussehen, als würden Sie tanzen, und wegen des mit Edelsteinen besetzten Ausschnitts benötigen Sie keinerlei weitere Accessoires. Es ist das erste Mal, dass der Designer Naeem Khan ein Cocktailkleid in seine Brautmodenkollektion mit aufgenommen hat, und ganz ehrlich – etwas Besseres hätte er nicht tun können.«

Helens Brust schwillt, als sie sich einen Moment nimmt, um die volle Pracht zu würdigen, die sich ihren Augen präsentiert. Sie kann auf den ersten Blick sehen, wie viel Kunstfertigkeit darin steckt, die endlosen Stunden der Perlenstickerei, die konzentrierte Detailarbeit, die jeder Zentimeter Spitze erfordert. Sie kann sehen, wie perfekt geschneidert jeder Schnitt ist, präzise angepasst an die weibliche Form – nicht beengend, sondern dazu gedacht, die Kurven einer Frau zu umspielen, sodass sie gehen, tanzen und sich voller Selbstvertrauen um ihre Gäste kümmern kann in dem Wissen, dass sie so gut aussieht wie nie zuvor.

Helen wendet sich von den Kleidern ab und dreht sich zu Jessie um, darauf bedacht, ihr endlich eine Reaktion zu entlocken. Aber Jessie ist nach wie vor wie erstarrt. In ihren Augen stehen Tränen – ein Blinzeln, und sie strömen über ihr perfekt geschminktes Gesicht. Ihre Lippen ringen mit den Worten, die sie hervorzubringen versucht, und Helen bemerkt, dass sie leicht zittert vor Anstrengung, Haltung zu bewahren. Die pampige Arroganz, die sie noch vor zehn Minuten zur Schau getragen hat, ist völlig verschwunden, stattdessen macht sich Verlegenheit darüber breit, dass sie vor Helen die Fassung verloren hat. Andere hätten sie vielleicht noch eine Weile länger leiden lassen, um ihr ihre vorherige Unfreundlichkeit heimzuzahlen, aber nicht Helen.

Ihre warmherzigen, mütterlichen Instinkte lassen sie zu Jessie eilen und sie in eine feste Umarmung ziehen. Sie spürt, wie deren schmaler, angespannter, stressgeplagter Körper leicht nachgibt, dann lässt die junge Frau ihren Tränen endgültig freien Lauf. Helen weiß, dass sie ihre Bluse morgen zur Reinigung bringen muss, um die Tränenflecken entfernen zu lassen, die sich auf ihrer rechten Schulter bilden, dennoch bleibt sie eine ganze Minute lang so stehen. Keine von beiden sagt ein Wort, aber Helen nimmt sich insgeheim vor, dass sie dazu beitragen will, die junge Frau in ihren Armen wieder aufzubauen, ganz gleich, was sie gebrochen haben mag.

»Gott, wie peinlich«, stößt Jessie schließlich hervor. Ihre Wangen sind gerötet, vor lauter Verlegenheit sammelt sich Schweiß in ihren Achselhöhlen.

»Jessie …«, setzt Helen an. »Darf ich Sie Jessie nennen? Sie blicken auf drei der schönsten Hochzeitskleider, die ich je gesehen habe – Kleider, von denen die meisten Mädchen nur träumen können. Würden Sie da nicht die eine oder andere Träne vergießen, müsste ich ernsthaft befürchten, dass mit Ihnen etwas nicht stimmt, meine Liebe. Lassen Sie uns jetzt mal einen genaueren Blick auf die Kleider werfen und herausfinden, welche Details Sie geändert haben möchten. Anschließend sprechen wir über den zeitlichen Rahmen und darüber, ob Sie vielleicht noch etwas anderes aus der umfangreicheren Kollektion vorn im Verkaufsraum anprobieren möchten. Ach, Jessie, denken Sie bitte daran, dass jede einzelne zukünftige Braut vor Ihnen irgendwann in meinem Beisein Tränen vergossen hat – *jede einzelne,* ohne Ausnahme. Sie waren lediglich etwas früh dran.«

Etwas an Helens Worten lässt Jessie noch tiefer erröten, was nahelegt, dass sie bereits Zugang zu dem komplexen Charakter von Miss Jessica Jones findet – und sie kann nicht anders, als Zufriedenheit darüber zu empfinden, dass ein Termin, der so negativ begonnen hat, sich derart zum Positiven entwickelt.

Sechs anregende Termine später dreht Helen das *Geöffnet*-Schild an der Eingangstür zur White Gallery auf *Geschlossen,* schaltet die komplizierte Alarmanlage ein, die ihrer Meinung nach in einem Dorf wie diesem völlig unnötig ist, und steigt die Stufen hinauf zu ihrer Wohnung – erschöpft, aber stolz auf das, was sie heute erreicht hat. Als sie die Tür schließt, die in das kleine, aber gemütliche Wohnzimmer mit seinem offenen Kamin und dem antiken ausklappbaren Esstisch führt, an dem gerade mal zwei Personen Platz haben, spürt sie, wie wieder einmal die altbekannte Beklommenheit von ihr Besitz ergreift. Sie streift die Schuhe ab, wackelt mit den Zehen und geht schnurstracks in die Küche, um sich den so dringend benötigten Tee zuzubereiten, auch wenn ihr klar ist, dass es mehr als einer Tasse Earl Grey bedarf, um das Gefühl der Einsamkeit zu vertreiben, das sie in zunehmendem Maße beschleicht.

Helens Schlafzimmer mit dem Doppelbett liegt gegenüber dem Wohnzimmer, und von der Küchentür aus kann sie einen Blick hineinwerfen. Dort, an der Bilderschiene, hängt das aus Taft gearbeitete Brautkleid, das sie bei ihrer Hochzeit mit Phillip vor fast vierzig Jahren getragen hat. Phillip, die Liebe ihres Lebens. Selbst jetzt noch – drei Jahre, elf Monate und sechs Tage, nachdem sie ihn beerdigt hat –, bringt sie es nicht über sich, es wegzuhängen. Phillips Seidentaschentuch, das er an jenem Tag bei sich hatte, steckt noch immer im Mieder des Brautkleids. An den Abenden, an denen sie besonders schwer mit ihrer Trauer zu kämpfen hat, nimmt Helen das kostbare Stück Seide mit ins Bett, doch sein Geruch hat sich schon lange verflüchtigt – anders als der Schmerz, der nach dem Verlust noch immer allgegenwärtig ist.

3

DOLLY JACKSON

Noch fünf Monate

Mit fünfzehnminütiger Verspätung lässt Dolly sich zu Beginn eines weiteren langweiligen Arbeitstags auf ihren Schreibtischstuhl fallen und hofft, dass Rick, der unausstehliche Chef der PR-Agentur, in der sie seit zwei Jahren ist, nichts davon mitbekommen hat. Keine Chance.

»Schön, dass Sie auch noch zu uns stoßen, Dolly«, bellt er selbstgerecht durch das graue Großraumbüro, damit auch ja alle Kollegen die Köpfe heben und gaffen. »Was ist Ihnen denn diesmal dazwischengekommen? Eine weitere Anprobe? Tut uns leid, wenn wir Ihren Hochzeitsplänen in die Quere kommen, aber nur für den Fall, dass Sie es vergessen haben: Diese Woche stehen mehrere entscheidende Präsentationen an – und alle anderen haben es rechtzeitig hierhergeschafft.«

»Ach, zur Hölle«, murmelt Dolly, hebt die Augen zur Decke und atmet laut aus.

Anschließend schweift ihr Blick über das Sammelsurium von Post-its, die an ihrem Bildschirm kleben – jedes einzelne vollgekritzelt mit hastigen Notizen, die sie an die unzähligen dringenden Aufgaben erinnern sollen, die sie erledigen muss, bevor Rick herausfindet, wie weit sie hinterherhinkt. *Bei der Nachrichtenredaktion der* Daily Mail *anrufen; Green & Black's-Schokoladen eine E-Mail wegen der fehlenden Kostproben schicken; den Grafikern und der Druckerei Dampf machen; Konferenzraum für den Besuch des neuen Klienten buchen …* Dazwischen finden sich einige weitaus interessantere Klebezettel, die sie beschriftet hat, um sich mehrmals am Tag aus der verhassten Routine herauszureißen: *Flitterwochen – Sri Lanka oder Bali? Menü im Willow Manor bestätigen; Termin für Gesichtsbehandlung buchen.* Ganz oben am Bildschirm prangt das einzige rosa Post-it, das mit plakativen Großbuchstaben bedeckt ist – die Herausforderung, deretwegen sie sich jeden Morgen aus dem Bett quält: *Dafür sorgen, dass das* Brides Magazine *etwas über die Hochzeit bringt!*

Dolly sackt ein wenig auf ihrem Stuhl zusammen und betet, dass Richard – oder »die Arschgeige«, wie er im Büro wenig schmeichelnd genannt wird – sie fürs Erste in Ruhe lässt. Sie wirft einen Blick auf die halb fertige ausgedruckte Präsentation, die schon vor einer Woche auf dem Schreibtisch der Arschgeige hätte liegen sollen, und findet kaum genügend Motivation, ihren Computer hochzufahren. Als sie es endlich geschafft hat, wirft sie einen Blick auf die Armbanduhr und stellt missmutig fest, dass es noch ganze neun Stunden dauert, bis sie dieses Ding wieder herunterfahren kann. Was für eine Freude.

»Ignorier den Volltrottel und hau rein«, rät Emma, Dollys stets gut gelaunte Kollegin strahlend, und stellt ein riesiges Croissant, gefüllt mit Schinken und Käse, vor sie hin. »Komm schon, eins wird dich nicht umbringen. Ich hab heute Morgen schon zwei davon verdrückt, um meinen Kater loszuwerden!«

Unbeschwert, wie sie ist, zählt Emma zu jenen unergründlichen Frauen, die entweder nicht merken, dass ihr Bauch über den Bund quillt, oder denen es schlichtweg egal ist. So oder so, Emma ist die perfekte Abschreckung für Dolly, diese Kalorienbombe von Frühstück zu sich zu nehmen, auch wenn sie das liebend gern tun würde. Sie beneidet Emma um ihre Sorglosigkeit. Wenn ihr etwas schmeckt, isst sie es. Wenn Dolly etwas schmeckt, verzichtet sie normalerweise darauf.

»Oh, vielen Dank, Emma, das ist genau das, was ich jetzt brauche. Ich mache mich schnell darüber her und kümmere mich anschließend um die Arschgeige«, flunkert sie.

»Kein Problem«, zwitschert Emma. »Kommst du Donnerstagabend? Ein paar von uns gehen zur Eröffnung der neuen Bar in der Mercer Street. Gleich am Anfang gibt es eine Stunde lang Cocktails zum halben Preis, deshalb wollen wir so früh wie möglich da sei. Komm also bloß nicht zu spät!«

»Klingt super.« Dollys zweite Lüge an diesem Vormittag. »Ihr könnt auf mich zählen.« Und die dritte.

Sie sieht ihre Kollegin grinsen, die ihre gute Tat für heute getan hat, auf dem Absatz kehrtmacht und sich auf ihre eigene triste Seite des Büros zurückzieht, während Dolly sich mit dem frisch aus dem Ofen kommenden Croissant herumschlagen muss, dessen Duft ihr verführerisch in die Nase steigt. Sie wünscht sich nichts mehr, als die Zähne in das tröstlich weiche Gebäckstück zu schlagen – genau wie jede andere Frau in der Agentur es in diesem Augenblick vermutlich tut – und es mit einem riesigen, herrlich süßen Milchkaffee herunterzuspülen. Der Duft ist nahezu berauschend, und die ausgehungerte Dolly spürt, wie ihr der Mund wässrig wird und ihr Magen zu knurren oder vielmehr zu brüllen beginnt.

Sie vergewissert sich, dass Emma bereits damit beschäftigt ist, das nächste Opfer des Montagsblues aufzuheitern – und davon gibt es in diesem Saftladen jede Menge –, dann wirft sie das feindliche Gebäck in den Abfalleimer, denn genau dort gehört es ihrer Meinung nach hin. Täuschungsmanöver ausgeführt. Der bittere grüne Saft – eine unappetitliche Mischung aus Spinat, Grünkohl, Sellerie und Ingwer –, den sie sich hastig im NutriBullet zusammengemixt hat, brennt in ihrem Magen und verursacht ihr leichte Übelkeit. Sie versucht, nicht daran zu denken, wie sie Schluck für Schluck heruntergewürgt hat, die Augen fest zusammengekniffen, die Nase verschlossen vor dem sauren Geruch, konzentriert allein auf die Tatsache, dass sie drei von ihren »zehn pro Tag« geschafft hat, noch bevor sie ganz wach ist. Doch so viel zum Thema Energiezufuhr. Dolly ist erschöpft von ihren sonntäglichen Essensvorbereitungen. Am Abend kocht sie immer die Mahlzeiten für die gesamte Woche vor, damit sie nicht in Versuchung gerät, Köstlichkeiten wie dem bösen Croissant zu erliegen, das sie aus dem Abfalleimer heraus spöttisch anblickt. Während ihr Verlobter Josh mit einem Stück Peperoni-Pizza und einer Ausgabe des Männermagazins *GQ* auf dem Sofa lümmelte und sich Ideen für sein nächstes Fotoshooting klaute, machte Dolly jedes Utensil in ihrer weißen IKEA-Hochglanzküche schmutzig. Sie kochte ganze fünf Stunden lang, kühlte fades Essen ab und verteilte es auf Tupperdosen für jeweils eine Portion. Dann sortierte sie geschmorten Fenchel, Ingwer-Polenta, Cashewnuss-Sellerie-Suppe, Blumenkohl-Couscous, Hanfsamenpesto mit Miso aus braunem Reis, mit Quinoa gefüllte Zucchini und genügend ekeligen Saft in das Tiefkühlfach ein. Sie wäre schneller fertig gewesen, hätte Josh sie nicht alle zwei Minuten genervt: *Wo ist die Fernbedienung? Haben wir irgendwo noch ein Bier? Könntest du mir mein Handy aus dem Schlafzimmer holen?* Er ist so an seine Assistentinnen gewöhnt, die ihn bei der Arbeit umwuseln, dass es ihm häufig schwerfällt, sich zu Hause anständig zu benehmen. Dollys beste Freundin Tilly rät ihr seit Monaten, ihm mal gehörig die Meinung zu sagen, aber wie bei den meisten anderen Dingen auf ihrer To-do-Liste ist sie noch nicht dazu gekommen.

Ist es daher ein Wunder, dass ihr überarbeiteter, unterernährter Körper nach ein paar verbotenen Kohlehydraten lechzt? Was er dagegen bekommt, ist ein kleiner Becher mit grauem Matsch, den Dolly aus ihrer Handtasche zieht: das Frühstück aus Mandeln und Chiasamen, das sie gestern Abend ebenfalls zubereitet hat. Eine weitere Mahlzeit, die sie ohne jeden Genuss zu sich nimmt. Außerdem wird sie den Abfalleimer wegstellen müssen, denn der Duft des verfluchten Croissants lässt einfach nicht nach. Gerade als Dolly überlegt, wie sie heimlich ihren Abfalleimer mit dem von jemand anderem vertauschen kann, vernimmt sie die Stimme der Verdammnis.

»Schaffen Sie Ihren dürren Hintern hier rein, Dolly!«,

plärrt die Arschgeige aus seinem sicheren Glaskubus heraus. »Ich habe eine Aufgabe, die förmlich nach Ihnen schreit.«

Dolly, gerettet vor der Frühstücksmatsche, stemmt sich von ihrem Stuhl hoch, durchquert den Raum in Richtung Richs Büro und ist sich dabei nur allzu bewusst, dass ihre gesamte äußere Erscheinung an diesem Morgen »Scheiß drauf!« schreit. Ihr honigfarbenes Haar ist zu einem kindischen Pferdeschwanz zurückgebunden, ihr Make-up beschränkt sich auf lediglich zwei Produkte: eine getönte Feuchtigkeitscreme von Laura Mercier und einen Lipgloss von Tom Ford. Dollys niedliches Miu-Miu-Skaterkleid gehört dringend gebügelt, ihre schwarzen Ankle Boots von Kurt Geiger sind abgewetzt und müssten dringend geputzt werden. Dolly weiß, dass sie sich gehen lässt. Ihr Schrank daheim platzt aus allen Nähten vor Designerstücken – prächtigen Kleidern und Accessoires –, aber all das kommt ihr hier, in diesem Büro, wie reine Verschwendung vor. Je weniger sie mit dem Herzen bei der Sache ist, desto mehr vernachlässigt sie ihr Äußeres, was wiederum dazu führt, dass sie sich noch schlechter fühlt.

Im Schneckentempo schlendert sie über die billigen grauen Teppichfliesen mit den uralten Kaffeeflecken, die nie jemand entfernt hat. Manche heben sich an den Ecken, einige wurden über die Jahre durch andersfarbige Fliesen ersetzt, was den Fußboden in eine Art riesiges Hüpfspiel verwandelt. Sie passiert vier Reihen mit Schreibtischmodulen, die gerade oberhalb der Augenhöhe voneinander abgeschirmt sind, um unnötiges menschliches Miteinander zu unterbinden. Alle ihre Kollegen in den engen Zellen sind bereits schwer beschäftigt. Dolly weiß auch ohne hinzusehen, dass ihr Name ganz unten auf der Liste der High Performer steht, die die Arschgeige auf ein riesiges Whiteboard an der Wand neben seinem Büro geschrieben hat. Eher dazu gedacht einzuschüchtern, statt zu inspirieren, ist das seine Art und Weise, jeden öffentlich bloßzustellen, der hinter den Erwartungen an sein Team zurückbleibt. Dennoch kann sie es sich nicht verkneifen, im Vorbeigehen einen Blick darauf zu werfen, und sie stellt fest, dass sie die zweite von unten ist, gleich über dem neuen Mädchen, das letzte Woche angefangen hat. Die Laufschriftanzeige, ein weiteres von Richs öffentlichen Bloßstellungsmitteln, läuft bereits. Dolly hasst dieses ganz besonders grausame System, bei dem die gesamte Bürobelegschaft erfährt, wie lange jeder Einzelne von ihnen Tag für Tag am Telefon hängt – anstatt online Hochzeitsvorbereitungen zu treffen. Unmengen von Zeit damit zu verbringen Unsinn mit künftigen Klienten zu besprechen, wird hier für gut befunden, alles unter zwei Stunden täglich bringt einem einen der gefürchteten Besuche bei der Arschgeige ein, bei denen man erklären muss, warum man sich nicht mehr reinhängt. Die Zahlen vom letzten Freitag sind noch immer für alle zu sehen. Dolly hat insgesamt dreizehn Minuten lang telefoniert.

Wenn sie den Leuten erzählt, dass sie bei einer PR-Agentur arbeitet, weiß sie, dass die meisten ein ganz bestimmtes Bild im Kopf haben: Tage voller kreativer Brillanz, Menschen, die vor Originalität übersprudeln, die die cleversten Ideen aus dem Ärmel schütteln, ohne sich dafür besonders anstrengen zu müssen. Nicht das

Schema-F-Gefängnis, in dem sie ihre Tage verbringt, und schon gar nicht den verstaubten Kaffeeautomaten, an dem sie jetzt vorbeigeht. Ihr Blick fällt auf den Haufen Plastikkaffeebecher, den er während der vergangenen Woche auf den Boden gespuckt hat und nach denen sich nicht einmal die Putzfrau bückt. Dolly erreicht die andere Seite des Großraumbüros, die mit den Fenstern, durch die sie direkt in das benachbarte Bürohochhaus aus den Fünfzigern blicken kann. Es sieht genauso aus wie all die anderen Hochhäuser an der tristen Peripherie von Cheltenham, bevor man zu den hübschen georgianischen Gebäuden gelangt, für die der Badeort bekannt ist. Hinter denselben schiefen Jalousien kann Dolly eine ähnlich deprimierende Montagmorgenszene ausmachen, die sich dort an diesem nasskalten, wolkenverhangenen Märztag abspielt. Die räumliche Anordnung im Nachbarhaus ist nahezu identisch, nur dass dort Frauen arbeiten, die um einiges älter sind als hier. Dolly ist neunundzwanzig, tröstet sie sich, es bleibt ihr also noch genügend Zeit, dem Ganzen zu entkommen, und sobald sie diese Hochzeit hinter sich gebracht hat, weiß sie, was sie zu tun hat. Sie gibt ein langes, leises Stöhnen von sich und wendet sich der Tür von Richs Büro zu, bemerkt sein neuestes Motivationsposter, das er jede Woche aufhängt, um *für die Moral der Truppe* zu sorgen. Letzte Woche stand da: *Du verpasst hundert Prozent der Chancen, die du gar nicht erst nutzt,* und weil heute Montag ist, hat er das Poster durch ein anderes mit dem Spruch *Erfolg entzündet sich nicht von allein, man muss sich schon selbst dafür in Brand stecken* ersetzt. Was für ein Schwachkopf!

»Ich wünschte, genau das würde er tun«, murmelt Dolly und fragt sich, ob es eine gute Idee wäre, den Feueralarm auszulösen … zumindest könnte sie sich so vor dem anstehenden Gespräch drücken. Ohne anzuklopfen oder zumindest ein falsches Lächeln aufzusetzen, schlurft Dolly in den Glaskubus. Die Arschgeige trägt wie üblich ein weißes Hemd, die oberen drei Knöpfe stehen offen, sodass man seine Brusthaare sehen kann. Der strenge Schnitt seines Anzugs von The Kooples mag an einem Mann, der nicht schon Ende vierzig oder um einiges besser in Form ist, gut aussehen, nicht aber an dem unrasierten Fiasko, das da vor ihr steht. Dolly greift nach der Rückenlehne eines der billigen weißgrauen Plastikstühle – bereit, sich zu setzen und zu erfahren, was das Schicksal für sie auf Lager hat.

»Sie müssen es sich nicht gemütlich machen, Dolly, es wird nicht lange dauern«, sagt die Arschgeige. »Als Sie letzte Woche damit beschäftigt waren, Örtlichkeiten für Ihre Hochzeit ausfindig zu machen, konnte diese Agentur das neue Cupcake-Unternehmen – Couture Cupcakes – als Kunden gewinnen. Mittlerweile vertreiben die ihre Sachen bei Harvey Nichols und Selfridges in London. Wie Sie vermutlich wissen, ist Couture Cupcakes der größte Törtchenhersteller in ganz Amerika mit einem Absatz, der beweist, wie angesagt die Dinger sind. Es gibt keine Frau, die sie nicht liebt, und erst letzte Woche hat man eine der Kardashian-Schwestern damit fotografiert. Es sollte also kein Problem sein, Couture Cupcakes mit den richtigen Instagram-Feeds zu präsentieren – sogar für Sie nicht, Dolly. Morgen früh will ich als Erstes Verkostungsnotizen für das gesamte Sortiment auf meinem Schreibtisch liegen haben – es handelt sich um sechsundzwanzig verschiedene Varianten –, außerdem einen Namen für jede Sorte und eine wohldurchdachte Absatzstrategie. Vermasseln Sie's nicht, Dolly, das ist der größte Fisch, den wir seit Langem an Land ziehen konnten.«

Wenn sie vor ihrem inneren Auge die nächsten zwölf Stunden im Schnellvorlauf abspult, sieht Dolly drei Probleme auf sich zukommen, die dafür sorgen, dass sie diesen Job tatsächlich vermasseln wird.

Nummer 1: Sie hat heute Abend nach der Arbeit eine Doppeleinheit hochintensiven Intervalltrainings eingeplant, was ihr nur sehr wenig Zeit für die Verkostungsnotizen und die Erstellung einer PR-Strategie lassen wird.

Nummer 2: Sie hat morgen früh um zehn Uhr eine Anprobe in der White Gallery, was sie der Arschgeige erst noch beibringen muss. Als sie den Termin ausgemacht hat, hatte sie vor, ganz einfach den Verkehr für ihre gewaltige Verspätung verantwortlich zu machen.

Nummer 3: Die Cupcakes, die sie von der Pitch-Recherche her kennt, haben siebenhundert Kalorien pro Stück. Was bedeutet, dass sie mit einer Schachtel aus dem Büro der Arschgeige marschiert, die mehr als achtzehntausend Kalorien enthält. Unfassbar!

Dolly trägt die Schachtel zu ihrem Schreibtisch und lässt sie unbeholfen auf die Tastatur fallen. Wen interessiert es schon, wenn die Dinger kaputtgehen? Sie hat ohnehin nicht die Absicht, auch nur ein einziges davon zu probieren. Tatsächlich sind sie alle für die riesige Recyclingtonne auf der Rückseite des Gebäudes bestimmt, wo eh keiner hingeht, denn wer schert sich hier schon um etwas so Fortschrittliches wie Recycling? Dolly beugt sich vor und greift in den Abfalleimer unter ihrem Schreibtisch, zögert einen Moment und zieht dann das weggeworfene Croissant hervor, das sie gierig mit drei großen Bissen bis zur Hälfte verschlingt. Anschließend greift sie zum Telefonhörer, wählt die Festnetznummer bei ihr zu Hause und wartet darauf, dass der Anrufbeantworter anspringt. Sobald er das tut, legt sie den Hörer auf den Schreibtisch, wo er bis zur Mittagspause liegen bleibt. Das dürfte reichen, um ihre tägliche Telefonzeit ein wenig aufzupolieren. Anschließend wendet sie sich einer weit wichtigeren Angelegenheit zu und schickt der White Gallery eine E-Mail, in der sie ihren Termin für morgen früh bestätigt. Die Arschgeige wird schon sehen!

4

EMILY HAMILTON

Noch fünf Monate

Am Esszimmertisch der Hamiltons wird in Kürze wieder ein legendäres Sonntagsessen – in Emilys Elternhaus auch »der Sonntagsgipfel« genannt – stattfinden. Die Tafel ist mit dem besten Wedgwood-Porzellan eingedeckt, in der Mitte steht ein Korb mit frisch gebackenem Brot, zwei Flaschen von Mutter Glorias Lieblings-Pinot-Grigio liegen im Kühlschrank und warten nur darauf, in die Gläser geschenkt zu werden. Der unverkennbare Geruch von Möbelpolitur, vermischt mit einer großzügigen Dosis Teppichreiniger, liefert sich einen Wettstreit mit dem Duft des Brathähnchens, der nun das ganze Haus erfüllt.

»*Bitte* sag, dass du gebratene Pastinaken mit Ahornsirup gemacht hast, Mum!«, fleht Emily, obwohl sie genau weiß, dass ihre Mutter für alles gesorgt hat. Glorias Sonntagsfestessen lassen sogar die meisten Weihnachtsmenüs blass aussehen.

»Selbstverständlich, wie kannst du nur daran zweifeln?«, kommt die umgehende Antwort. »Emily, kannst du Dad bitten, mit dem Ausdrucken der Infoblätter aufzuhören, und allen sagen, dass sie sich hinsetzen sollen? Es geht gleich los.«

Emily liebt diese Zusammenkünfte, bei denen sich alle Mitglieder ihrer und Marks Familie rund um den riesigen Esszimmertisch ihrer Eltern in dem gemütlichen Haus in einem Vorort von Oxford versammeln, in dem sie seit ihrer Kindheit lebt. Ja, gleich wird sie bergeweise von Mums Brathähnchen, in Gänseschmalz gebratene Kartoffeln, Blumenkohl-Käse-Auflauf und mindestens vier weitere Gemüsesorten in sich hineinschaufeln, die allesamt in einer dicken, klumpigen, hausgemachten Bratensoße schwimmen. Doch heute wird nicht nur gegessen und geplaudert, heute findet auch ihr vierzehntägiger »Hochzeitsplanungscheck« statt, den ihre Eltern ins Leben gerufen haben, gleich nachdem Mark und sie ihre Verlobung verkündet hatten. Wie immer druckt ihr Vater Bill einen aktuellen Themenkatalog aus und legt neben jedes Gedeck Notizblock und Bleistift. Der Rechtsanwalt i. R. in ihm liebt es, sich mit organisatorischen Dingen zu befassen. Emily hat sich dem Anlass – den man kurz als »allgemeine Völlerei« bezeichnen könnte – entsprechend gekleidet: Sie trägt ein hübsches Baumwollwickelkleid mit Blumenmuster von Topshop, das – und das ist das Entscheidende – einen verstellbaren Gürtel hat. Sie hat nicht vor, sich von etwas so Lästigem wie einem zu engen Kleid den Appetit auf eine anständige Kelle voll hausgemachter Bratensoße verderben zu lassen.

»Also schön, Leute, wir haben heute ordentlich was vor, also genießt das Essen – vielen Dank, Gloria –, und dann legen wir los!«, verkündet Bill, was in Emilys Augen völlig überflüssig ist. Es bleiben nur noch fünf Monate, bis sie und Mark sich das Jawort geben wollen, und alle sind ausgesprochen versiert bei ihrem vierzehntägigen Sonntagsgipfel. Emily und Mark sitzen an ihrem üblichen Platz an einem Ende des Tisches, Mum und Dad am anderen. Ebenfalls dabei sind heute Marks nicht minder aufgeregte Eltern John und Barbara, außerdem Emilys dreiundachtzigjährige Großmutter Joyce, Marks jüngere Schwester Janet und ihre Nachbarin Philippa.

»Mark, ich habe diese Woche für dich extra Rotkohl und eine Salbei-Zwiebelfüllung gemacht – ich weiß, dass du das liebst –, außerdem einen Sahnepudding. Anschließend gibt es Eton Mess mit Erdbeeren, Meringue und Sahne, genau wie es sich gehört, Apfelkuchen mit Vanillesoße und Schlagsahne, außerdem Vanilleeis. Du kannst auch von allem etwas haben, wenn du magst. Ich möchte nachher neun leere Teller sehen, aber jetzt muss erst mal jemand Joyce mit dem Rosenkohl helfen«, zwitschert Gloria, als das geräuschvolle Klappern von Besteck auf Porzellan beginnt und jeder nach seinem Lieblingsgericht greift.

»Du bist eine legendäre Köchin, Glo, aber das sage ich jedes Mal, nicht wahr, Emily?« Mark zwinkert seiner zukünftigen Schwiegermutter über den Tisch hinweg zu.

»Ja, das tust du, und ja, das ist sie, aber damit legst du die Messlatte gefährlich hoch für mich, Mum. Das werde ich nie zustande bringen, wenn Mark und ich zusammenziehen.«

»Na ja, dann müsst ihr eben immer noch herkommen, damit ich das für euch übernehme.«

»Wie läuft es mit dem Hauskauf, Mark?«, erkundigt sich Bill, und Emily zuckt kurz zusammen. Wie altmodisch ihr ansonsten so liebenswerter Dad manchmal tickt. Sie weiß, dass er es als Marks Pflicht betrachtet, für sie zu sorgen, trotz der Tatsache, dass sie seit zwei Jahren ihr eigenes Geld als Erzieherin verdient – auch wenn ihr Gehalt zugegebenermaßen nicht sonderlich hoch ist. Ja, sie wohnt immer noch zu Hause, aber das soll sich bald ändern. Sie ist eine erwachsene Frau, und bald wird sie Marks Frau werden.

»Danke der Nachfrage, Bill, ich muss diesen Notaren Dampf machen, du weißt ja, wie bequem die sein können. Man muss ihnen wegen jeder Kleinigkeit hinterherrennen.«

»Mark hat mir die Fotos von Rightmove gezeigt. Das ist ja angeblich das größte Online-Immobilienportal hier in Großbritannien«, meldet sich Barbara zu Wort. »Ich finde, das Haus sieht toll aus. Was für ein wunderbares erstes Zuhause für euch beide. Zwei Schlafzimmer – das ist praktisch, wenn erst einmal …« Marks Mum kann sich mal wieder nicht bremsen, und alle kichern über ihr mangelndes Feingefühl.

»Wein, Emily?«, wendet sich Gloria fürsorglich an ihre Tochter, damit die sich nicht gezwungen fühlt, auf Barbaras Anspielung zu reagieren.

»Im Augenblick nicht, Mum, danke«, erwidert Emily, die zu spät realisiert, dass sie Barbara damit womöglich signalisiert, dass tatsächlich Nachwuchs ansteht. »Ich habe immer noch leichte Kopfschmerzen.«

»Immer noch? Hast du die Paracetamol genommen, die ich dir gestern Abend gegeben habe? Berufsrisiko, nehme ich an. Nun, gönn dir nachher etwas Pudding, Zucker hilft.«

»Ja, jedes Kind in der Kindertagesstätte hat im Augenblick Schnupfen, deshalb habe ich mir vermutlich schon wieder eine Erkältung eingefangen.«

Emily liebt ihre Arbeit als Leiterin der Kleinkindergruppe bei der örtlichen Kindertagesstätte, genießt es, Tag für Tag mit fünfzehn fröhlichen, kichernden, ausgelassenen Zwei- und Dreijährigen zusammen zu sein. Doch ein Job, der um acht Uhr morgens beginnt und erst um achtzehn Uhr zu Ende ist, lässt einem keine Zeit, während des Tages heimlich Hochzeitspläne zu schmieden, vor allem, da Mobiltelefone tabu sind. Die Planerei und der ganze organisatorische Kram rund um das neue Haus (ganz gleich, was ihr Vater diesbezüglich denkt) sorgen dafür, dass es abends ziemlich spät wird – eine Belastung, die nicht spurlos an Emily vorübergeht. Und so ist ihre Haut momentan nicht ganz so strahlend, und ihr braunes Haar wirkt ein wenig farblos und schlaff. Auch Mark ist nicht grenzenlos belastbar. Er ist genauso beschäftigt wie sie, zumal er versucht, neue Aufträge für sein Online-Reisebüro an Land zu ziehen, das er in ihrem letzten Jahr an der Uni gegründet hat.

Eine Stunde später, nachdem Mark, spielerisch mit Gloria flirtend, den Tisch abgeräumt und die Teller, Platten und Schüsseln in die Spülmaschine gestellt hat, können sie zum eigentlichen Tagesgeschäft übergehen. Emily ist ungeheuer dankbar für diese Familientreffen, bei denen alle auf ein gemeinsames Ziel hinarbeiten – die Hochzeit zu einem so magischen Ereignis zu machen, wie sie es sich wünschen. Doch sie weiß auch, dass die übermäßige Effizienz ihres Vaters sie heute Nacht wieder einmal wach halten und dafür sorgen wird, dass sie sich schlaflos im Bett dreht wie ein Grillhähnchen am Spieß, während ihr heiß und kalt wird vor Furcht darüber, wie viele Entscheidungen sie zu treffen hat.

»Okay, Philippa, würdest du uns bitte auf den neuesten Stand bringen, was die Hochzeitstorte angeht?«, legt Bill los. *Womit wir beim Thema wären.*

»Gern. Bei unserem letzten Treffen warst du ja nicht ganz einverstanden mit der Zuckerglasur, Emily. Deshalb habe ich ein paar Vorschläge für Torten ohne Fondant zusammengestellt – ihr wisst schon, ›nackte Torten‹, bei denen man die Schichten sehen kann. Ich liebe die hier«, fährt sie fort und hält ein DIN-A4-Bild in die Höhe. Am Tisch sind zustimmende Laute zu vernehmen. »Wir haben hier fünf Schichten Vanillebiskuit, zusammengehalten von einer Brombeer-, Erdbeer- und Holunderblüten-Buttercreme. Ich bin mir sicher, das kriege ich hin – vorausgesetzt, die Torte gefällt dir?«

Es ist nicht gerade angenehm, sich über die Torte Gedanken zu machen, wenn der Bauch randvoll ist mit Apfelkuchen. Torte ist Torte, oder nicht? Biskuit, Zucker, Sahne. Kann man da überhaupt eine schlechte Entscheidung treffen? Vielleicht ist das irrelevant. Aber diese Leute hier brauchen Antworten. Acht Augenpaare sehen Emily erwartungsvoll an – sie möchten Ansagen, wollen aktiv werden, brauchen eine klare Linie, ein verbindliches Lippenschürzen und Kopfnicken, um zu verdeutlichen, dass sie die Sache genauso ernst nimmt, wie sie es tun.

Wann immer ein Geburtstag, Jahrestag, Abschluss oder sonst etwas ansteht, was eine Torte erfordert, wendet man sich vertrauensvoll an Philippa. Sie hat früher eine eigene Bäckerei betrieben und liebt nichts mehr, als mit der wichtigsten Torte von allen zu glänzen – der Hochzeitstorte. Die Torte ist ihr Hochzeitsgeschenk an Emily und Mark, wofür die beiden ihr sehr dankbar sind.

»Ich hatte Holunderblüten auf meiner Hochzeitstorte«, lässt sich Joyce vernehmen, die aus ihrem Bratkartoffel-Koma erwacht ist. Sie stößt die Worte angestrengt hervor, begleitet von einem Geräusch, das verdächtig nach einem abgehackten Rülpsen klingt.

»Dann ist das beschlossene Sache«, entscheidet Emily, die die erstbeste Gelegenheit ergreift, zum nächsten Punkt auf der Tagesordnung übergehen zu können.

»Wunderbar«, befindet Bill. »Was uns direkt zur Dekoration bringt. Hast du da etwas Neues für uns, Janet?«, wendet er sich an Marks Schwester.

Emily heiratet in derselben Kirche, in der auch Glo und Joyce ihre Ehegelübde abgelegt haben, und in der Absicht, ihrer Mutter und Großmutter das Gefühl zu vermitteln, miteinbezogen zu werden, hat sie beim letzten Treffen vorgeschlagen, ein paar schöne Details von den beiden Generationen vor ihr beizubehalten.

Als es in den Fünfzigerjahren darum ging, sich mit wenig zu behelfen, verzichtete Joyce auf Blumenschmuck und verzierte die Kirche stattdessen mit hübschen Wimpelgirlanden, die sie aus alten Tischdecken, Servietten, Kissenbezügen und allem zusammennähte, was ihr damals in die Hände fiel. Emily hat Janet, die Gewiefteste von ihnen, gefragt, ob sie irgendwo Spitze wie die auf den alten Schwarz-Weiß-Fotos auftreiben kann, die Joyce ihr gegeben hat. Wenn ihr das gelingt, will Emily die Girlanden in dem Festzelt dekorieren, das ihre Eltern für den Empfang in ihrem wunderschönen englischen Landgarten aufstellen lassen.

»Es gibt gute Neuigkeiten, Emily!«, verkündet Janet strahlend. »Mehrere Stunden auf Etsy haben sich bezahlt gemacht …«

»Wo warst du?«, erkundigte sich Joyce verwirrt.

Janet lacht. »Etsy ist eine Website, auf der hauptsächlich handgemachte Produkte und Vintage-Artikel angeboten werden. Ich habe eine Frau in Yorkshire aufgetrieben, die meint, wenn wir ihr ein Foto von der Spitze schicken, die ich ihr bereits bis ins Detail beschrieben habe, könne sie diese nacharbeiten – zu einem überraschend günstigen Preis. Wir müssen bloß herausfinden, wie viele Girlanden du brauchst.«

»Überlass das ruhig mir«, bietet Bill an. »Ich kenne die genauen Maße des Festzelts, deshalb rechne ich das nachher mal aus.« Er schreibt die Worte *Anzahl Girlanden ausrechnen* unter die Überschrift *Zu erledigen.*

»Ich bin beeindruckt, Janet. Außer dir hätte das wahrscheinlich keiner hinbekommen«, sagt Emily lächelnd.

»Nun, das läuft ja wie geschmiert! Was kommt als Nächstes?« Bill überfliegt die Liste, um festzustellen, was heute noch alles abgehakt werden muss. »O ja, jetzt bekommt ihr von mir ein Update zur Gartenverschönerung. Ich habe meine Geburtstagsfeier am nächsten Wochenende abgesagt, damit ich endlich ein bisschen mit Mark gärtnern kann, bevor wir ernsthaft anfangen zu überlegen, was wir anpflanzen müssen. Außerdem denke ich, dass wir …«

»Nein, Dad!«, unterbricht Emily. »Auf keinen Fall. Ich weiß, wie sehr du dich auf das Golfwochenende freust, und ich möchte nicht, dass du das meinetwegen absagst.«

»Sei nicht albern, Liebling. Ich hab schon vor Monaten dafür gesorgt, dass er das Ganze abbläst. Darüber müssen wir gar nicht erst reden!«, schaltet sich Gloria ein. »Golf spielen kann er immer, aber seine einzige Tochter heiratet nur einmal – das ist also weitaus wichtiger.«

»Hört, hört!«, tönt Barbara, befeuert von zwei großen Gläsern Pinot Grigio. »Wenn es dir nichts ausmacht, dass ich vorgreife, Bill« – *Es wird ihm sogar schrecklich viel ausmachen,* denkt Emily –, »dann lass uns jetzt bitte über den Kauf des Brautkleids sprechen.«

»Na schön, ich weiß, dass ihr alle sehnsüchtig darauf wartet, auf diesen Punkt zu sprechen zu kommen, aber ich möchte eure Erwartungen diesbezüglich dämpfen«, lässt sich Emily vernehmen. »Ich habe keine Lust, in einem Kleid zu heiraten, das so gewaltig ist, dass man es schon vom Mond aus sieht – das ist einfach nichts für mich. Seid also bitte nicht enttäuscht, wenn ich nach etwas … *Schlichterem* Ausschau halte, als euch vorschwebt.«

»Ach, komm schon! Probier die Mordsdinger doch wenigstens mal an«, bettelt eine offensichtlich ernüchterte Barbara. »Uns zuliebe, *bitte!*«

»Ein paar Kleider ziehst du aber schon an, oder?«, fügt Gloria hinzu, die offenbar hofft, dass sich Emily, sollte sie erst einmal in einem solchen Tüllmonstrum stecken, sich doch dazu überreden lässt.

»Ähm, fürs Erste habe ich Ende Mai samstags einen Termin in der White Gallery in Little Bloombury. Ich verstehe, wenn einer von euch das zeitlich nicht schafft –

Mark ist natürlich nicht eingeladen –, aber es ist sonst fast alles ausgebucht. Möchte jemand gern mitkommen?«

Bis auf Mark und John – *Von so etwas habe ich nun wirklich keine Ahnung* – heben alle am Tisch die Hand, Emilys Vater eingeschlossen. *Großer Gott,* denkt Emily, *was kommt als Nächstes? Wollen die in der Hochzeitsnacht etwa auch noch zu uns ins Bett steigen?*

Eine weitere Stunde vergeht, in der Bill eine Liste der ortsansässigen Floristen herunterrattert, die ihm empfohlen wurden, und das Pro und Kontra der verschiedenen Catering-Optionen für den Empfang mit siebzig Gästen erörtert, die Parkauflagen für Gäste und die Lärmschutzvorschriften für Festivitäten nach Mitternacht. Seine To-do-Liste ist auf fünfzehn Punkte angewachsen, und auf sein höfliches Drängen hin zücken alle ihre Terminplaner und einigen sich auf das Datum für ihr nächstes Treffen. Fast drei Stunden nachdem sie sich zusammengesetzt haben, nickt Joyce wieder ein, aus ihrem linken Mundwinkel läuft ein Speichelfaden. Man verfrachtet sie in den weitaus bequemeren Chesterfield-Sessel im Wohnzimmer.

Emilys Kopfschmerzen haben mittlerweile epische Ausmaße angenommen.

Als sie fertig sind, küsst Emily Mark zum Abschied, bedankt sich bei allen für die verblüffenden Fortschritte, die sie seit dem letzten Treffen gemacht haben, und verschwindet nach oben in das Schlafzimmer, in dem sie schon ihr ganzes Leben geschlafen hat, um sich endlich aufs Ohr zu hauen – für heute ist Schluss mit der Hochzeitsplanung. Ihr schmales Bett beherbergt noch immer vier der Lieblingsteddys aus ihrer Kindheit, einschließlich eines ziemlich abgenutzt wirkenden kleinen rosa Bären, der seit dem Tag ihrer Geburt bei ihr ist. Es gibt ein altes Polaroidfoto, das den Teddy zeigt, der neben ihr im Krankenhausbettchen liegt. Sie weiß, dass es ein bisschen lächerlich für eine Siebenundzwanzigjährige ist, an ihren Teddybären zu hängen, aber sie bringt es einfach nicht übers Herz, sie in den Müll zu werfen oder gar in die Dunkelheit des spinnwebverhangenen Dachbodens ihres Elternhauses zu verbannen.

Emily lässt sich aufs Bett fallen, müde, aber glücklich, und blickt auf eine Wand, die vollgehängt ist mit den stolzen Errungenschaften eines gewissenhaften Schulmädchens. Kürzlich ist sie mit Mark von einem Wochenendtrip zurückgekehrt und musste feststellen, dass der Inhalt aus Glorias Abstellkammer unter der Treppe sauber gerahmt dort hing – eine Mischung aus Schwimm- und Turnmedaillen, ein Klassenfoto, aufgenommen vor der Abschlussfeier, sowie ein Artikel aus der Lokalzeitung, der eine breit grinsende siebenjährige Emily zeigt, die als Erste die Ziellinie bei einem Wohltätigkeitslauf ihrer Schule überquert. Aber Gloria war das anscheinend nicht genug: Sie hat auch noch Emilys Praktikumszeugnis eingerahmt und neben ein Bild von ihr und Mark am Tag der Abschlussfeier gehängt, auf dem sie ihre Hüte hoch in den strahlend blauen Himmel werfen, außerdem ihr Referendarzeugnis und ihre Diplome, alle vier, die Emilys Laufbahn zur voll ausgebildeten Erzieherin belegen. Emily gestattet sich ein schiefes Grinsen. Sie hatte nicht den Mut, ihrer Mutter zu sagen, dass die neue Wanddekoration ein bisschen, nun ja … kindisch wirkt und jegliche Leidenschaft im Keim erstickt, die das Einzelbett noch nicht ausgelöscht hat. Es ist schwer, sich vorzustellen, wie man über den halb nackten Körper seines Verlobten herfällt, wenn einem das dümmlich grinsende siebenjährige Selbst von der Schlafzimmerwand aus dabei zusieht. Plötzlich kommt ihr der Gedanke, dass ihre Mutter womöglich genau *das* damit beabsichtigt hat. Wie dem auch sei – was spielt es für eine Rolle, wenn sie ohnehin bald auszieht? Warum sollte sie riskieren, ihre Mutter vor den Kopf zu stoßen, indem sie sich darüber beschwert?

Emily greift nach der Packung Paracetamol, die noch von gestern Abend auf ihrem Nachttisch liegt, drückt zwei weitere Tabletten aus der Silberfolie und spült sie mit einem großen Schluck abgestandenem Wasser hinunter. Dann nimmt sie ihr Handy und sucht in ihren Kontakten nach der Nummer von Liz, ihrer Chefin in der Kindertagesstätte. In den zwei Jahren, in denen sie nun schon dort arbeitet, hat sich Emily kein einziges Mal krankgemeldet, doch angesichts des unermüdlichen Hämmerns in ihrem Kopf hält sie es für angebracht, Liz vorzuwarnen, dass sie morgen vielleicht nicht kommen kann. Sie fühlt sich elend. Gleich zu Beginn kommt ein neuer Junge in ihre Gruppe, und seine Mum hat Emily bereits darauf vorbereitet, dass er mit Sicherheit weinen wird. Emily macht ihren Job lange genug, um zu wissen, dass es vielmehr die Mutter ist, der zum Heulen zumute sein wird. Sie wäre gern dabei, um den beiden die Trennung so schmerzfrei wie möglich zu machen. Zu ihrer Erleichterung hat sie wenigstens die Angaben gelesen, die seine Mum bei der Aufnahme gemacht hat, und all die Dinge vorbereitet, die er am meisten liebt – mehrere

Musikinstrumente, Fühlbilderbücher und ein paar kleine Holzpuzzles. Sollte es wirklich nötig sein, kann mühelos jemand anders für sie einspringen.

Emily schließt die Augen, nur für eine Sekunde, um die Ruhe zu genießen. Gegen 18.30 Uhr liegt sie bereits tief schlafend auf ihrem Bett, immer noch in ihrem Wickelkleid, den rosa Teddy fest umklammernd.

5

JESSIE

»Was ist denn jetzt schon wieder?«, schnaubt Jessie, als ihr Handy zu klingeln beginnt. Sie stürmt aus der White Gallery und zurück nach Willow Manor, um sich wieder mit dieser elenden Hochzeitsplanerin zu treffen. Im Laufen wirft sie einen Blick aufs Display, den Daumen schon über dem roten Hörer, und stellt fest, dass es Adam ist. Eilig nimmt sie den Anruf entgegen.

»He, Schönheit, wo steckst du?«

»Hi, Schatz. Ich bin gerade fertig mit der Anprobe und auf dem Weg nach Willow Manor, um ein paar weitere Details zu besprechen.«

»Super. Ich rufe auch bloß an, um dir Bescheid zu geben, dass Lady C. uns heute zu einem frühen Abendessen eingeladen hat. Du weißt ja, wie versessen meine Eltern darauf sind, bei den Hochzeitsvorbereitungen mitmischen zu dürfen, also hab ich gesagt: ›Kein Problem, wir kommen gegen sechs vorbei.‹«

»Heute Abend?«

»Ja, wir haben doch nichts anderes vor, oder?«

»Ähm ...« Da ihr auf die Schnelle keine Ausrede einfallen will, bleibt Jessie keine andere Wahl, als hinzuzufügen: »Eine nette Idee. Dann komme ich jetzt nach Hause und fange an, mich fertig zu machen.« Augenblicklich überfällt sie die altbekannte Furcht und wischt jede Spur des Lächelns weg, das bei Adams Anruf auf ihr Gesicht getreten ist.

»Das kannst du schon machen, Schönheit, aber es ist erst elf Uhr morgens, du hast also noch sieben Stunden Zeit. Es ist bloß ein Abendessen, keine große Sache.«

Für Adam mag es vielleicht *bloß ein Abendessen* sein, aber Jessie ist klar, dass dieses Treffen besser laufen muss als ihre letzte Begegnung mit Lady C. alias Camilla Coleridge, Adams respekteinflößender Mutter, und ihrem Gatten Henry. An einem Samstagmorgen waren sie plötzlich unangemeldet bei ihm zu Hause aufgetaucht, wo Jessie es sich gerade auf dem Sofa gemütlich gemacht hatte, während Adam – wie sollte es auch anders sein? – beim Joggen war. In der Eile war ihr nur ein dünner Seidenkaftan von Heidi Klein in die Finger gekommen, den sie sich überziehen konnte, und auch danach verlief das Gespräch eher unbeholfen und schleppend. Henry erkundigte sich ausführlich nach ihren Plänen für den Tag, doch Jessie wollte partout nichts einfallen, denn die unaussprechliche Wahrheit lautete: »Ich habe nichts anderes vor, als Ihren Sohn bis zur Besinnungslosigkeit zu vögeln.« Die fünfzehn Minuten, die sie auf Adam warten mussten, kamen ihr vor wie eine Ewigkeit – und als er dann erschien, taute sein Charme die Atmosphäre auf wie warme Finger ein Eis am Stiel. Doch der Schaden war angerichtet, Camilla und Henry hatten ihr Urteil gefällt … zumindest war Jessie davon überzeugt.

»Jessie, kannst du mich hören? Jessie?«

»Ja, ich bin schon unterwegs«, teilt sie ihm kurz angebunden mit und unterbricht die Verbindung, bevor Adam noch ein weiteres Wort hinzufügen kann. Jetzt ist definitiv nicht der richtige Zeitpunkt, um Belanglosigkeiten auszutauschen, nicht mal mit ihm.

Jessie weiß, dass sie bislang glimpflich davongekommen ist, was Adams Familie betrifft – bis jetzt. Ja, es gab da einige große Partys um die Weihnachtszeit, aber als Adams noch relativ neue Freundin gelang es ihr, sich im Hintergrund zu halten und nicht mehr als ein paar rasche Höflichkeiten mit ihren Gastgebern auszutauschen, bevor diese sich ihren weitaus geselligeren Gästen zuwandten. Als seine Verlobte, noch dazu bei einem Abendessen im Haus seiner Eltern, würde man sie allerdings ganz genau unter die Lupe nehmen.

Ich muss mir die Haare machen, und anschließend brauche ich Zeit, um mir ein Geschenk zu überlegen – eine nette kleine Aufmerksamkeit, die aber natürlich auch nicht zu bemüht wirken darf. Was zum Teufel soll ich bloß anziehen?

Aus dem Augenwinkel sieht sie, wie sich die Hochzeitsplanerin nähert, diesmal mit dem Hoteldirektor von Willow Manor im Schlepptau; anscheinend fühlen sie sich zu zweit sicherer.

Ob mir noch Zeit bleibt, den Telegraph *durchzuackern? Herauszufinden, was los ist in der Welt? Mir eine Meinung zum Brexit zu bilden – ich brauche doch eine Meinung zum Brexit, warum hab ich eigentlich keine?*

»Nicht jetzt!«, bellt sie in Richtung Hochzeitsplanerin und Hoteldirektor und hebt die Hand wie eine Polizistin, die den Verkehr regelt.

Ich frage mich, ob Adams Country-Life-*Magazine noch im Wohnzimmer liegen; ich muss mich unbedingt in die allgemeinen Interessen und Anliegen der Besitzer von so großen Ländereien wie Swell Park Estate einarbeiten.*

Die Hochzeitsplanerin und der Hoteldirektor bleiben abrupt stehen – *wie ein Standbild aus einem Musical,* denkt Jessie –, während sie ihre Route quer über den Rasen so ändert, dass sie nicht an ihnen vorbeimuss. Die beiden sehen ihr nach, unsicher, ob sie die Verfolgung aufnehmen oder den Rückzug antreten sollen. Vielleicht trägt Jessies grimmiger Gesichtsausdruck dazu bei, dass sie sich wohlweislich für Letzteres entscheiden. Jessie beschleunigt ihren Schritt, öffnet den Verschluss ihrer Handtasche und sucht nach den Wagenschlüsseln.

Sie werden mich fragen, was meine Eltern machen. Wenn ich nur wüsste, was ich darauf antworten soll! Und dann werden sie mich fragen, was ich *mache – und was soll ich erst darauf antworten? Ich spiele viel Tennis, lasse mir die Haare machen und schreie Hochzeitsplanerinnen an? Der Abend wird einfach entsetzlich werden!*

Das, was sie Adams Eltern heute Abend gestehen muss, wird in deren Augen gar nicht gut aussehen, da ist sich Jessie ganz sicher. Zunächst einmal arbeitet sie nicht; bei dem Bauträger, bei dem sie als Assistentin der Geschäftsführung gearbeitet hat, hat sie gekündigt, sobald der Verlobungsring an ihrem Finger steckte. Zuerst hat sie Adams Vorschlag, ihren Job an den Nagel zu hängen, abgelehnt, aber am Ende kam sie nicht länger gegen seine unwiderlegbare Logik an. Er wolle sie mehr um sich haben, argumentierte er, und sich derart begehrt zu fühlen war am Ende einfach zu verführerisch. Ihr Gehalt war ein Witz, verglichen mit seinem Vermögen, und als er seinen Trumpf ausspielte und ihr anbot, ihren Namen ins Grundbuch des Hauses in Cheltenham eintragen zu lassen, war ihr das Sicherheit genug, um den großen Sprung zu wagen. Doch wie würde das für die Coleridges aussehen, sollten sie je davon erfahren? Es war ihr gelungen, Adam kennenzulernen, zu umgarnen und auf seine Kosten zu leben – und das alles in nur drei Monaten. Und dann ist da noch die kleine, unerfreuliche Tatsache, was ihren sozialen Hintergrund angeht, die sie nur mit einem ganzen Katalog schamloser Lügen verschleiern kann.

Adam weiß natürlich davon, aber das macht es für sie nur noch schwerer, die Fakten zu beschönigen. Sie kann schließlich kaum dort sitzen und Fragen über ihre Ausbildung beantworten oder so tun, als sei das Haus ihrer Eltern etwas anderes als ein ewig kalter Sozialbau. Noch vor ein paar Wochen hat Adam im Wohnzimmer ihrer Mum gesessen, ohne den Mantel abzulegen. Sein Atem bildete vor seinem Mund kleine weiße Wölkchen, als er höflich ein paar Bissen von der billigen Schweinefleischpastete kostete, die ihre Mutter zubereitet hatte. Wohl wissend, dass sie den Besuch nicht länger aufschieben konnte, hatte sie zugesehen, wie er einen Riesenwirbel um Margaret veranstaltete und so viele Pluspunkte einheimste, dass er beim Abschied in ihren Augen über jeden Zweifel erhaben war. Während der anschließenden Heimfahrt wandte Jessie den Blick nicht von seinem freundlichen Gesicht ab. Sie suchte nach irgendeinem Anzeichen dafür, dass er sauer war, nach irgendetwas,

was ihr bestätigte, dass dieser Anstandsbesuch eine reine Farce gewesen war, aber sie konnte nichts entdecken. Als sich ihre nackten Körper in jener Nacht fanden, wusste sie ganz sicher, dass er ihr nichts vormachte. Er wollte jeden Teil von ihr.

Wie könnte sie da anders, als ihn zu vergöttern? Doch nur weil ihre Herkunft für ihn in Ordnung ist, bedeutet das nicht, dass auch seine Eltern ihren Segen geben, und genau das ist der Punkt. Das Bleigewicht in Jessies Bauch fühlt sich jetzt an wie ein Stein, der ihren Untergang besiegelt.

Als sie in ihr Mini-Cabriolet springt, das Gaspedal durchdrückt und aggressiv die fünfzehn Meilen zu ihrem Zuhause im exklusiven Montpellier District von Cheltenham zurücklegt, verschlingen sich vor lauter Furcht ihre Eingeweide und bilden in ihrem Bauch einen dicken Knoten.

Mit quietschenden Bremsen hält Jessie vor dem schwarzen schmiedeeisernen Zaun des weißen dreigeschossigen Hauses mit der Doppelfassade an und wartet ungeduldig darauf, dass der Sensor ihr Nummernschild erfasst und die automatischen Torflügel auseinandergleiten. Sie fährt hindurch, stellt den Motor ab und springt aus dem Wagen, anschließend jagt sie, zwei Stufen auf einmal nehmend, die Steintreppe zu der auf Hochglanz polierten schwarzen Haustür hinauf und flitzt an dem perfekt geschnittenen Lorbeer rechts und links des Eingangs vorbei. Das Anwesen – ein Geschenk von Adams Eltern zu seinem dreißigsten Geburtstag – ist eines der herausragendsten Beispiele für eine frei stehende Regency-Villa in Cheltenham. Riesige Räume mit beeindruckend hohen

Decken, gigantischen Schiebefenstern und glänzenden Böden aus französischer Eiche, exquisit eingerichtet in einer verhaltenen Farbpalette von sanften Grautönen bis hin zu Nilgrün. Alles ist an Ort und Stelle, nirgendwo ist etwas unordentlich, genau wie es sein soll, wenn täglich eine Reinigungsfrau kommt und keine Kinder im Haus sind.

Eine Stunde später türmt sich der Großteil des Inhalts von Jessies weitläufigem begehbarem Kleiderschrank auf einem achtlos auf das extragroße Bett geworfenen Haufen. Jessie hat ein pflegendes, hautnährendes Serum von La Mer aufgetragen, ihr Haar ist frisch gewaschen, geföhnt und auf Warmwickler gedreht, damit es nicht nur seidig glänzt, sondern zusätzlichen Schwung bekommt. Sie selbst kauert auf dem Fußboden hinter dem Bett, die Beine ausgestreckt. Bislang ist es ihr lediglich gelungen, BH und Höschen auszuwählen. Um sie herum liegen verschiedene Tageszeitungen. Dicke Frusttränen strömen über ihr Gesicht, als Adam ins Zimmer platzt. Die ganzen Tausende Pfund teuren Couture-Klamotten, all die traumhaft schönen Accessoires, die luxuriöseste Pflege und die besten Make-up-Produkte der Welt können ihr im Augenblick nicht helfen.

»Das ist gut«, sagt er gelassen und zieht ein schickes marineblaues T-Shirt-Kleid von Nicole Farhi, das sie auf einem Designer-Wohltätigkeitsverkauf erstanden hat, aus dem Stapel. Anschließend geht er neben ihr auf die Knie, nimmt ihr Gesicht in beide Hände und lächelt ihr in das klebrige, tränenüberströmte Gesicht, bevor er sich vorbeugt und sanft ihre Tränen wegküsst. »Komm nach unten, trink eine Tasse Tee mit mir und beruhige dich.

Bitte. Ich muss noch ein paar E-Mails verschicken, und dann habe ich den ganzen Nachmittag über für dich Zeit. Lass uns was Lustiges unternehmen. Ehrlich, Jessie, ich habe keine Ahnung, warum du dir das antust – du hast nichts zu befürchten!«

In der halben Stunde, die es dauert, mit ihrem Range Rover Vogue von der Villa in Cheltenham zum Anwesen der Coleridges in den Cotswolds zu fahren, sagt keiner von beiden ein Wort. Jessie fühlt sich wie ein Lamm, das zur Schlachtbank geführt wird, und Adam wagt es nicht, den Mund aufzumachen, weil er fürchtet, dass sie erneut in Tränen ausbricht. Stattdessen legt er ihr bestärkend die Hand auf den angespannten rechten Oberschenkel.

Als sie um die Kurve biegen und zwischen den beiden Steinsäulen hindurchfahren, die die Zufahrt zum Swell Park Estate markieren, vorbei an einem hübschen Pförtnerhäuschen, bekommt Jessie einen ersten Eindruck von dem siebenhundertfünfzig Morgen umfassenden Anwesen. Sie mögen vielleicht auf dem Land sein, aber naturbelassen ist hier nichts. Jeder einzelne Grashalm sieht aus, als habe er sich den Anweisungen des verantwortlichen Gärtners fügen müssen, alles ist perfekt gestutzt und gepflegt. In gemächlichem Tempo rollen sie über eine Asphaltstraße, die zu beiden Seiten von Weideland flankiert wird, auf dem die rund tausendachthundert Schafe der Coleridges grasen. Jessie sieht ein Feld und dahinter einen Fluss, der sich durch das Grün in Richtung eines Sees schlängelt, an dessen Ufer uralte Bäume stehen. Eine Schar Kanadagänse schwimmt auf dem Wasser. Die Straße – niemand würde den breiten Streifen

Asphalt ernsthaft als Zufahrt bezeichnen – führt vorbei an mehreren Ställen, Scheunen, Schuppen, Cottages und Bauernhäusern, die von den fünfzehn Bediensteten bewohnt werden, die für die Bewirtschaftung von Swell Park Estate zuständig sind. Als Jessie nach links blickt, sieht sie ein dichteres Gehölz, wo Henry Coleridge laut Adam Fasane und Rebhühner für die Jagd züchtet. Sie biegen um eine letzte Kurve. Hier steigt das Gelände leicht an. Jessie kann das riesige Herrenhaus sehen und die vier schokoladenbraunen Labradore des Paars, die auf dem in exakten Streifen gemähten Rasen vor dem Haus auf und ab patrouillieren.

Für Jessie, die an dem imposanten Steinhaus emporschaut und sich in ihrem Allradwagen plötzlich vorkommt wie ein Zwerg, ist es absolut überwältigend, dass jemand so etwas sein Zuhause nennen kann. Adam dagegen wirkt völlig unbeeindruckt.

Lady C. höchstpersönlich steht vor dem Haus und wartet auf sie – wie aus dem Ei gepellt. Sie ist die Personifikation von dezentem Luxus; ihre Kleidung ist perfekt auf ihre Umgebung abgestimmt und – machen wir uns nichts vor – zeigt deutlich, dass das »ungezwungene Abendessen« alles andere als ungezwungen ablaufen wird. Adams Mutter ist von Kopf bis Fuß in Bamford-Kaschmir gekleidet, angefangen bei der luxuriösen karamellfarbenen, sorgfältig gegürteten Strickjacke bis hin zu dem locker fallenden Hosenrock, der bis zu ihren gesteppten schwarz-weißen Chanel-Ballerinas reicht, und den schlichten Perlenohrsteckern, die das Abendlicht einfangen.

Adam hält an. Die Hunde stürmen auf den Range

Rover zu, so aufgeregt, dass sie versuchen, sich gegenseitig aus dem Weg zu stoßen. Adam fährt die Seitenfenster herunter und ruft: »Lady C.! Könntest du bitte die Hunde fernhalten? Jessie ist kein Hundefan!«

»Um Himmels willen, nein! Das ist schon in Ordnung, das muss nicht sein«, versucht Jessie, ihn zu korrigieren.

Aber es ist zu spät. Lady C. ruft bereits die Hunde zurück, die gar nicht glücklich darüber sind, dass sie nicht zu ihrem lang vermissten Spielkameraden dürfen. Jessie mustert eindringlich Lady C.s Gesicht, auf der Suche nach Anzeichen dafür, dass ihre Schwiegermutter enttäuscht von ihr ist, noch bevor sie einen Fuß auf den gekiesten Vorplatz gesetzt hat. Ein Mann in einer eleganten grünen Barbour-Jacke und mit braunen Dubarry-Stiefeln führt die Hunde zur Rückseite des Hauses – wo sie zweifelsohne eine eigene luxuriöse Behausung besitzen.

»Darling!«, zwitschert Lady C. und schlingt beide Arme um ihren Jungen. »Ich freue mich so sehr, dass du dich für uns freimachen konntest. Es ist viel zu lange her, seit du das letzte Mal hier warst, Adam. Henry bringt nur noch rasch ein paar Unterlagen in die Bibliothek, er dürfte gleich zu uns stoßen. Hallo, Jessica«, fügt sie ein wenig kühler hinzu und streckt ihr die Hand entgegen, eher höflich als freundlich, wie Jessie fürchtet. »Es freut mich, dass ihr beide kommen konntet. Ich weiß wirklich nicht, warum Adam Sie nicht schon früher mitgebracht hat.« Sie lächelt, ohne den Blick von Jessie zu wenden; vielleicht wartet sie auf eine Erklärung, die nicht kommt.

»Wie schön, Sie wiederzusehen, Lady Coleridge«, unternimmt Jessie einen Vorstoß. »Es tut mir leid wegen der Hunde, aber es ist so …«

»Ach du liebe Güte, so müssen Sie mich nicht nennen – diesen albernen Spitznamen hat Adam mir gegeben. Du hättest ihr sagen müssen, dass ich keinen Adelstitel trage, Adam.« Ein gespielt vorwurfsvoller Blick zu ihrem Sohn. »Camilla genügt vollkommen.«

»Oh, vielen Dank.« Jessie schießt Adam dezent einen tödlichen Blick zu, aber er ist zu sehr mit Lachen beschäftigt, um ihn zu bemerken. »Ähm, das ist für Sie«, presst Jessie hervor und überreicht Adams Mutter die Schachtel mit Rosen- und Veilchen-Pralinen von Rococo, die sie auf dem Heimweg von Willow Manor hastig besorgt hat.

»Wie lieb von Ihnen, vielen Dank.«

»Du siehst großartig aus, Lady C.«, sagt Adam, ohne Jessies gerötete Wangen zu beachten. »Bist du heute ausgeritten?«

»Ja, ich habe heute Nachmittag einen wundervollen Ausritt auf Marquis gemacht, während dein Vater einen Spaziergang über das Anwesen unternommen hat. Reiten Sie, Jessie?«

Jessie, der der Fauxpas mit den Hunden und der falschen Anrede noch immer zu schaffen macht, will verlorenen Boden wiedergutmachen und hört sich sagen: »Selbstverständlich … nun, ein wenig«, was in Wirklichkeit bedeutet: »Nein, aber das werde ich Ihnen nicht auf die Nase binden.« Verdammt, warum hat Adam sich eigentlich nie die Mühe gemacht, sie darüber aufzuklären, dass Lady C. in Wirklichkeit gar keine Lady ist?

»Lasst uns reingehen«, sagt Camilla jetzt und klatscht in die Hände. »Sheila hat ein göttliches Abendessen für uns zubereitet.«

Die drei betreten das Haus durch einen steinernen Bogengang, der in eine Eingangshalle mit Kuppeldach führt. Hier findet man alles, was das Leben auf dem Land ausmacht: schlammverkrustete Gummistiefel, Hundeleinen, Wachsjacken, Spazierstöcke und Regenschirme. An die Eingangshalle selbst grenzen mindestens drei großzügige Empfangssalons, die auf die gepflegten Gärten und die hügelige Parklandschaft dahinter blicken.

»Lasst uns in den gelben Salon gehen. Die Aussicht ist um diese Uhrzeit einfach fantastisch«, schlägt Camilla vor, und Jessie gibt ihr Bestes, sich nicht anmerken zu lassen, wie eingeschüchtert sie von diesem Umfeld ist.

Der gelbe Salon ist in der Tat sehr gelb. Drei riesige, deckenhohe Fenster, umrahmt von üppigen sonnengelben Samtvorhängen, nehmen eine gesamte Wand ein. Jedes der Fenster hat eine breite Fensterbank, die mit kunstvoll verstreuten Polsterkissen dekoriert ist, auf denen garantiert noch nie jemand gesessen hat. Die gegenüberliegende Wand ist übersät mit extravagant gerahmten Kunstwerken, eins davon sieht aus wie ein Originalentwurf des Hauses nebst Grundriss. Jessie wirft einen verstohlenen Blick darauf und fragt sich, was um alles in der Welt in einer Loggia, einer Spülküche oder einer Anrichtekammer vor sich gehen mag. An einem Ende des Salons befindet sich ein großer Steinkamin, rechts und links davon sind zwei riesige Holzkörbe platziert, so groß, dass sie mühelos aufrecht darin stehen könnte. Drei ausladende Sofas bilden mit dem Kamin ein Quadrat, außerdem gibt es eine niedrige Ottomane, auf der symmetrisch angeordnete Stapel von Landzeitschriften liegen.

»Adam!«, dröhnt Henrys Stimme durch den Salon. In

einer etwas ausgebeulten roten Cordhose, einem eleganten Tweedjackett und einem rosa-blau karierten Hemd kommt er in großen Schritten auf sie zu. Ein gewagter Look. Henry klopft seinem Sohn mit einer Hand auf den Rücken, mit der anderen drückt er ihm kräftig die Hand. »Wunderbar, dass du gekommen bist. Und du natürlich auch, Jessica.« Er brüllt förmlich, dann beugt er sich vor und drückt ihr einen dicken Kuss auf beide Wangen. Henry duftet teuer und sauber, und zum ersten Mal wird Jessie bewusst, von wem Adam seine Selbstsicherheit und sein gutes Aussehen geerbt hat.

»Drinks, ich wollte mich um die Drinks kümmern. Was möchtest du trinken, Jessica?«, erkundigt sich Henry.

»Ähm, was trinken Sie?«

»Nun, lass doch das alberne Sie weg, Mädchen, schließlich sind wir bald eine Familie! Hab ich nicht recht, Camilla?« Er sieht seine Frau fragend an, die – wie Jessie findet – eher zögernd nickt. »Apropos Familie«, fährt Henry unbeirrt fort. »Es gibt etwas zu feiern, also lasst uns einen Champagner köpfen!«

»Ich muss schon sagen, Adam«, schaltet sich Camilla ein. »Ich bin mehr als nur ein wenig enttäuscht, dass ihr euch nicht entschieden habt, hier zu feiern, auf dem Familienanwesen. Das hätte deinem Vater und mir sehr viel bedeutet.«

Jessie rutscht das Herz in die Hose. Die Vorstellung, dass ihre Mutter Henry während der zwei Stunden, die sie nebeneinander an der Ehrentafel verbringen werden, in ihre exzessive Liebe zu den großartigen englischen Seifenopern einweihen wird, ist schon schlimm genug. Sich auszumalen, wie sie in ihrem fliederfarbenen Anzug und Schuhen von Next auf dem Anwesen der Coleridges eintreffen und alles für *ach so schick* erklären wird, ist dagegen unerträglich.

»Nun, jetzt haben wir Willow Manor gebucht, und ich weiß, dass Jessie es kaum erwarten kann, euch alles darüber zu erzählen«, erwidert Adam.

Drei Augenpaare blicken erwartungsvoll in Jessies Richtung, die nach ihrer Champagnerflöte greift und diese mit drei großen Schlucken leert. Was sie jetzt dringend braucht, ist Mut, den Rülpser, der in ihrer Kehle aufsteigt, dagegen definitiv nicht. Sie wagt es nicht, den Mund aufzumachen, was ein ziemlich unbehagliches Schweigen hervorruft.

»Nun dann – auf euer Wohl!«, ruft Henry. »Wir freuen uns darauf, dich und deine Familie besser kennenzulernen, Jessica, und wir möchten dich in unserer Familie willkommen heißen.«

Sie stoßen alle vier miteinander an. Camillas Augen sind starr auf Jessies leere Champagnerflöte gerichtet.

»Als Mutter des Bräutigams bin ich selbstverständlich verpflichtet, dich zu fragen, was deine Mutter tragen wird, Jessica – Gott bewahre, dass wir uns da in die Quere kommen.« *Unwahrscheinlich, es sei denn, Camilla ist ebenfalls ein Fan von Next.* »Sollte sie sich noch nicht entschieden haben, würde ich es begrüßen, wenn du mir ihren persönlichen Stil verrätst, damit ich eine angemessene Wahl treffen kann.«

Herr im Himmel! »Ihr persönlicher Stil … nun … ich würde sagen, er ist ziemlich …« Wie beschreibt man eine Garderobe, die komplett im Ausverkauf erstanden wurde, und zwar nicht im ersten aufregenden Reduzierungsrausch, o nein, erst drei, vier Wochen später, wenn auch die allerletzten Ladenhüter aus den verstaubten Lagerregalen gezogen werden, denen niemand anmerkt, dass sie mal modern waren. »Sicher! Ja, das ist das richtige Wort. Sie setzt auf Sicherheit, würde niemals mit etwas allzu Gewagtem ein Risiko eingehen.«

»Ach du meine Güte, Jessica, da musst du schon etwas genauer werden. Was würde sie zum Beispiel …«

»Entschuldigen Sie die Unterbrechung, Mrs Coleridge.« Mr Dubarry-Stiefel erscheint auf der Bildfläche. »Wie gewünscht, ist im blauen Speisezimmer alles für Sie angerichtet.«

Gott sei Dank verläuft das Abendessen entspannter, als Jessie erwartet, zumindest was das Essen – eine köstlich zubereitete Forelle blau mit Salat und verschiedenen Gemüsen aus hauseigenem Bio-Anbau – betrifft. Das Verhör dagegen erweist sich als alles andere als entspannt.

»Also, Jessie, Adam hat uns erzählt, dass du nicht länger für Hunter Bentley arbeitest?«, fragt Henry mit derselben entwaffnenden Offenheit, die sie so gut von Adam kennt.

Womit wir beim Thema wären …

»Das ist richtig. Im Augenblick arbeite ich nicht. Selbstverständlich werde ich wieder anfangen, doch es gab so viel zu organisieren für meinen Umzug von London nach Cheltenham, und Adam arbeitet so viel, und dann nimmt mich momentan die Planung der Hochzeit ziemlich in Anspruch.« Mein Gott, sie kommt sich vor wie eine Hochstaplerin, als versuche sie, sich vor ihrem

Chef zu rechtfertigen, der sie für unausgelastet und überbezahlt hält. Es gelingt ihr nicht, Henry in die Augen zu blicken, was ihr Gefühl, ein doppeltes Spiel zu treiben, nur noch verstärkt.

»Du kannst mir jederzeit bei meinen Wohltätigkeitsveranstaltungen unter die Arme greifen, solltest du dich langweilen«, schlägt Camilla vor und wendet sich einem der Bediensteten zu, was es Jessie unmöglich macht, ihren Gesichtsausdruck zu erkennen. Will sie Jessie Zeit anbieten, damit sie sich näher kennenlernen können? Oder will sie andeuten, dass ein Tag, gefüllt mit derartigen Belanglosigkeiten, ein ziemlich leerer Tag ist, der förmlich danach schreit, mit etwas Lohnendem bereichert zu werden? Es kann sich nur um Letzteres handeln.

»Ich muss sagen, dass Jessie bisher erstaunliche Arbeit geleistet hat, was die Hochzeit betrifft«, lässt sich Adam vernehmen. »Ich habe so gut wie gar nichts getan – die Arme hat alles allein gemeistert, nicht wahr, Liebling?« Adams Unterstützung, so willkommen sie auch ist, bestärkt Jessie lediglich darin, sich für unzulänglich zu halten – als müsse sie sich erklären, rechtfertigen. Mein Gott, denkt Adam etwa genauso wie seine Mutter? Ist er sich darüber im Klaren, dass die beiden Menschen, die das Haus bezahlt haben, in dem sie jetzt lebt, gerade dabei sind, sich ein Urteil über sie zu bilden?

»Erzähl uns von den Vorbereitungen, Jessica.« Camilla ist nach vorn auf die Stuhlkante gerutscht, die Arme verschränkt auf dem Tisch, die Augen unverwandt auf Jessie geheftet.

»Wie ihr wisst, findet die Hochzeit für ungefähr dreihundert Gäste in Willow Manor statt, wir haben das

Anwesen exklusiv für eine Woche gemietet. Für den Sonntag nach der Trauung ist eine Gartenparty geplant. Nur was das Probeessen am Freitagabend vor der Hochzeit angeht, bin ich mir noch nicht ganz sicher.«

»Nun, das müsst ihr hier feiern! Bitte, Adam, zumindest das solltest du uns überlassen«, verlangt Camilla.

»Nein!« Das Wort kommt sehr viel lauter über Jessies Lippen als beabsichtigt.

»Wie bitte?«, schießt eine offensichtlich gekränkte Camilla zurück.

»Ich … ich kann doch nicht erwarten, dass du dir eine solche Mühe machst …« Doch Jessie weiß, dass sie mit dieser fadenscheinigen Ausrede die Schlacht bereits verloren hat.

»Unsinn! Es wäre mir eine absolute Freude. Du kannst mir ruhig alles überlassen.« So aufgeregt hat Lady C. den ganzen Abend über nicht gewirkt.

»Vielen Dank, Lady C., das ist unglaublich liebenswürdig von dir«, besiegelt Adam die Abmachung.

Der Ausdruck auf Jessies gequältem Gesicht sagt alles. Das Spiel ist vorbei. Genau wie das Abendessen. Doch ganz offensichtlich ist Camilla noch nicht mit ihr fertig.

»Henry, Adam, ich bin mir sicher, ihr würdet liebend gern ein wenig Billard spielen. Warum gebt ihr Jessica und mir nicht die Möglichkeit, uns ein bisschen besser kennenzulernen?«

Mehr als alles auf der Welt wünscht sich Jessie, dass dieser Abend endlich vorübergeht. Dass sie sich neben Adam im Range Rover zurücklehnen und davonfahren, das alles hier hinter sich lassen kann. Doch ihr bleibt keine Wahl, und außerdem verlässt Adam bereits das

Speisezimmer, einen Arm um die Schultern seines Vaters gelegt, völlig sorglos und unbeschwert.

Camilla füllt Jessies Weinglas nach und entlässt mit einem dezenten Winken eine der Bediensteten, die sich für den Fall, dass sie gebraucht wird, im Hintergrund bereithält. Die beiden Frauen sitzen einander direkt gegenüber, was Jessie keine Möglichkeit lässt, sich zu verstecken.

»Früher hieß es stets, man solle nie außerhalb seiner Klasse oder Religion heiraten«, beginnt Camilla unheilvoll, »doch diesen Grundsatz ignorieren heutzutage immer mehr Menschen.« Das Lächeln ist wieder da, doch was sollen diese Worte bedeuten? Bietet Camilla Jessie die Gelegenheit, sich bei ihr auszusprechen? Oder will sie ihr auf höfliche Weise zu verstehen geben, dass Jessie nicht gut genug für ihren Sohn ist? Jessie hat wirklich keine Ahnung. Sie rutscht auf ihrem Stuhl herum, nervös, weil es ihr nicht gelingt, Camilla zu durchschauen. Entschlossen, die steigende Anspannung zu durchbrechen, fängt sie nach einer Weile an, die letzten noch auf dem Tisch stehenden benutzten Teller zusammenzuräumen – sie würde alles tun, nur um Camillas durchdringendem Blick noch einen Moment länger ausweichen zu können.

»Lass das ruhig stehen.« Camilla erhebt sich und verlässt den Raum. »Ich habe etwas für dich«, sagt sie über die Schulter. »Warte kurz.« Als sie wenige Augenblicke später zurückkehrt, hält sie ein kleines ledergebundenes Buch in den Händen.

»Der *Debrett's*-Leitfaden für Stil und Etikette von John Morgan, ein sensationelles Buch. Nimm es und lies es, Jessica. Ich denke, es wird dir enorm helfen. Ich komme selbst noch dann und wann darauf zurück.«

»Vielen Dank, Camilla.« Das ist alles, was der völlig niedergeschlagenen Jessie dazu einfällt, denn die Andeutung ist unmissverständlich. Offenbar hat sie heute Abend weit mehr falsch gemacht, als ihr bewusst war. Doch obwohl sie weiß, dass ihre Gesellschaft nicht die spritzigste war, hatte sie gehofft, nicht so sehr danebenzuliegen, dass man ihr Benimm-Nachhilfe in Form eines Taschenbuchs zukommen lassen muss.

»Etikette, wenngleich gewaltig verspottet, dient dazu, den Menschen ein Regelwerk an die Hand zu geben, Jessica, das ihnen helfen soll, sich in die Gesellschaft einzufügen.« In Camillas Ton liegt eine Herzlichkeit, die in unvereinbarem Widerspruch zu dem steht, was sie tut. Sie klingt nicht im Mindesten gehässig, doch dass sie Jessie dieses Buch überreicht, kann schlussendlich nur bedeuten, dass sie sie nicht als Ehefrau eines Coleridge sieht.

»Wir alle verspüren den Wunsch, Teil einer Familie zu sein, akzeptiert zu werden, aber es macht keinen Sinn, so zu tun, als sei man jemand, der man nicht ist. Man braucht Mut, um sich darauf einzulassen. Ein großes Vermögen zu besitzen bedeutet, dass alle eine feste Meinung vertreten, wie man sich zu benehmen hat – das ist der Preis, den man zahlen muss.«

»Verstehe.« Jetzt begreift Jessie: Camilla will sie warnen, will ihr sagen, dass man sie beobachten wird, bereit ist, sie in Stücke zu reißen, sollte sie Schande über die Familie bringen, was sie selbstverständlich tun wird. Jessie ist nur erleichtert, dass Adam nichts davon mitbekommt.

»Ich persönlich bin der Überzeugung, dass eine Ehe vor allem drei Dinge benötigt, um zu bestehen: Liebe, Sinn für Humor und Geld. Darin steckt viel Wahrheit, findest du nicht?«

»Ich liebe Adam sehr, Camilla. Ich hoffe, du weißt das.« Ihre Worte klingen abgehackt und defensiv. Camillas Anspielung, dass Jessie über Letzteres wohl nicht verfügt, trifft sie, und sie spürt, wie ihr Gesicht heiß wird, aber Camilla ist die letzte Person, mit der sie es sich verderben darf, schon gar nicht heute Abend.

»Nun, dann stimmen wir ja völlig überein. Ich bin natürlich voreingenommen, weil Adam mein Sohn und ein absolut wundervoller Mann ist. Seine Achillesferse besteht darin, dass er oftmals zu vertrauensselig ist. Deshalb muss ich ihn im Blick behalten. Genau wie Henry ist er ein Philanthrop, sieht stets das Gute im Menschen und verschließt die Augen vor dem Schlechten. Das ist durchaus ehrenwert, aber ich fürchte, es könnte sein Untergang sein.«

Die drei großen Gläser Wein, die Jessie während des leichten Abendessens in sich hineingeschüttet hat, erweisen sich nun als echtes Hindernis, die versteckte Bedeutung von Camillas Worten zu dechiffrieren.

»Ich werde mein Bestes geben.« Jessie fühlt sich wie bei einem verpatzten Examen. Sie weiß, dass sie so viel mehr abliefern kann, doch aus irgendeinem Grund gelingt es ihr nicht. Als stünde sie vor einem gewaltigen Berg Arbeit und würde immer wieder den Abhang herunterrutschen. Wird sie es schaffen, den Gipfel zu erklimmen? Camilla scheint nicht daran zu glauben.

»Aber Jessica.« Ein leises Lachen dringt über Camillas

perfekt geschminkte Lippen. »Selbst wenn du als Kind siebzehn Mal gebissen wurdest, du darfst niemals zugeben, dass du Hunde nicht magst, denn dann wirst du nie dazugehören.« Sie streckt ihre Hand über den Tisch und tätschelt Jessies Handrücken. »Denk daran, dass die meisten Angehörigen der Oberschicht emotional verkrüppelt und unfähig sind, miteinander zu kommunizieren – was man als Nebeneffekt der Internatserziehung bezeichnen könnte. Mit sieben wird man von zu Hause fortgeschickt, und auch vorher bekommt man seine Eltern fast gar nicht zu Gesicht, und wenn, dann tätscheln sie einem nur kurz den Kopf, bevor die Gouvernante einen nach oben ins Bett bringt. Es ist also kein Wunder, dass die meisten von ihnen es vorziehen, mit Tieren zu kommunizieren!«

»Ich hab's verstanden!« Es ist klar, dass die Hundeabfuhr Jessie für immer vorgehalten werden wird.

»Ein letzter Rat, Jessica, wenn du gestattest. Es geht um Adams Freundin Annabel. Seit ich mich erinnern kann, ist sie in ihn verliebt. Vermutlich hat sie nichts Besseres zu tun, aber sie hat mehr Interesse an dieser Hochzeit bekundet als alle anderen. Was sie anbelangt, ist äußerste Vorsicht geboten. Halte dich an Tilly. Sie ist eine von Adams engsten und ältesten Freundinnen, und er vertraut ihr bedingungslos.«

Das ergibt in Jessies Augen nur teilweise Sinn – sie soll diese Annabel bald kennenlernen, doch Camillas plötzlich so ernster Gesichtsausdruck zeigt ihr, dass das vermutlich keine sehr angenehme Begegnung sein wird.

Als sich Jessie und Adam später am Abend verabschieden und in den Range Rover steigen, fühlt sich Jessie so verunsichert und erschüttert wie noch nie, so schnell und treffsicher hat Camilla sie auseinandergenommen. In weniger als zwei Stunden hat sie Jessie komplett demontiert.

»Ich hätte dich vermutlich vorher darauf hinweisen müssen«, sagt Adam, als sie auf die Hauptstraße einbiegen, »aber Lady C. ist allergisch auf Pralinen.«

»Wie hätte es anders sein können«, seufzt Jessie. Es gelingt ihr nicht länger, ihre Verzweiflung zu überspielen.

Als Jessie ihren Mini durch die Hochhäuser des Sozialbaugebiets im Südlondoner Stadtteil Roehampton lenkt, stellt sie ihre Asprey-Handtasche aus Straußenleder in den Fußraum vor dem Beifahrersitz und dreht ihren Verlobungsring so, dass der Stein gegen ihre linke Handfläche drückt. Sie fährt durch die Haupteinkaufsstraße, die sonntagmorgens wie ausgestorben wirkt; außer den Überbleibseln der wüsten Zechgelage von gestern Nacht – zerbrochene Flaschen, durchweichte Take-away-Schachteln, ein einzelner Turnschuh – ist nichts zu sehen. Sie fährt an dem kleinen Spielplatz vorbei, auf dem sie als Kind so fröhliche Stunden verbracht hat. Wie oft ist sie hier die Rutsche hinuntergesaust, hat Ketten aus Gänseblümchen geflochten und mit ihren Schulfreundinnen geplaudert? Heute Morgen entdeckt sie einen großen Brandfleck in der Mitte des Stehkarussells. Offenbar hat dort jemand versucht, ein Feuer zu entzünden. Zwei der drei Schaukeln haben keine Sitze mehr, jemand hat sie in den Mülleimer gesteckt. Dort, wo früher die Wippe stand, liegt ein kaputter Kinderwagen, der Asphalt ist rissig und voller Buckel.

Es kommt Jessie merkwürdig vor, zum Haus ihrer Kindheit zurückzukehren. Wehmütige Erinnerungen an lange Sommerabende, in denen sie noch nach Einbruch der Dunkelheit draußen spielte, an den engen, liebevollen Zusammenhalt in ihrer Familie mischen sich mit dem unglücklichen Gefühl, nicht länger hierherzugehören. Sie fühlt sich unsicher, meint, jeder würde sie anstarren und sich fragen, ob sie die falsche Ausfahrt genommen hat und versehentlich hier gelandet ist. Trotz der Tatsache, dass sie dieses ambitionslose Leben so sehr hasst und verachtet, schmerzt es sie weit mehr, als sie zugeben möchte, dass dieser Ort mit seinen Bewohnern sie gleichermaßen zurückweist. Sie ist nicht länger eine von ihnen, kann deren Leben nicht verstehen, da ihr eigenes so weit davon entfernt ist. Jessie fühlt sich entwurzelt, als habe sie keinen Anspruch mehr darauf, sich hier heimisch zu fühlen. Diesen Anspruch hat sie an dem Tag verwirkt, an dem ihr Bankkonto in den Himmel geschossen ist und sie fortan vor den finanziellen Dramen geschützt hat, die sich hier tagein, tagaus hinter den billigen Plastikfenstern abspielen.

Jessie stellt den Wagen am Straßenrand ab, steigt aus und blickt an dem riesigen Hochhaus empor, das auf der anderen Straßenseite aufragt, die winzigen Balkone rappelvoll mit Wäsche, die an diesem feuchten Morgen doch keine Chance hat zu trocknen, bergeweise Plastikspielzeug, bellenden Hunden, Grills und Laufrädern; auf einem steht sogar eine Waschmaschine.

Sie dreht sich um und geht zu dem winzigen Haus ihrer Eltern, das identisch ist mit allen anderen Häusern auf dieser Straßenseite. Ihre Mum hat anscheinend hinter der Gardine auf Jessie gewartet, denn sie reißt die Haustür auf, noch bevor diese den verrosteten Türklopfer betätigen kann.

»Jessica!« Margaret schlingt die Arme um sie und zieht sie ins Haus. »Alle sind hier – wir brennen darauf, von den Hochzeitsplänen zu hören!«

Wenn das tatsächlich der Fall ist, gelingt es ihren Geschwistern ausgezeichnet, ihr Interesse zu verbergen. Keiner von ihnen macht sich die Mühe, vom Wohnzimmerfußboden aufzustehen, wo sie sitzen und Vanillekekse in ihre Teetassen tauchen.

»Ich habe den Kessel aufgesetzt, dein Tee ist gleich fertig, und dann musst du uns alles erzählen. Wann suchst du dir eigentlich dein Brautkleid aus, Liebes? Das möchte ich um nichts auf der Welt verpassen!«

Als sie ihrer Mum in die beengte Küche folgt, hat Jessie den Eindruck, jeden Augenblick zusammenzubrechen. Es wird niemals ein gemeinsames Brautkleid-Shopping geben, dafür hat sie gesorgt. Sie sieht ihrer Mum zu, die ein großes Brimborium um ihren Tee veranstaltet und ihr tausend aufgeregte Fragen wegen der Hochzeit stellt – und sie weiß, dass sie wieder einmal versagt hat. Schuldgefühle steigen in ihr auf, Schuldgefühle, die ihr klar und deutlich zu verstehen geben, dass sie die unerschütterliche Liebe ihrer Mutter nicht verdient hat.

Wie oft kann man jemanden vor den Kopf stoßen, ohne dass die Liebe zumindest ein klein wenig nachlässt? Wo liegt bei ihrer Mum die Grenze, wenn sie denn eine hat? Jessie hat sich inmitten ihrer Familie noch nie so einsam gefühlt. Die schier übermenschliche Anstrengung, ihren Platz bei den Coleridges zu finden, hat dazu geführt, dass sie sich von ihrer eigenen Familie entfernt. Ihre Zukunft sieht nicht gerade vielversprechend aus – im Gegenteil: Sie erscheint Jessie plötzlich ziemlich leer.

6

HELEN

Helen zieht ihren schönen antiken Esstisch aus und fängt an, für das Abendessen zu decken: zwei Tischsets, zweimal Besteck, zwei Wassergläser. Sie redet sich ein, das sei die Macht der Gewohnheit, doch sie weiß, dass mehr dahintersteckt. Fast vier Jahre nach Phillips Tod klammert sie sich immer noch an die kleinen Alltagsrituale, die irgendwie die Verbindung zu dem Mann aufrechterhalten, den sie ihr ganzes Leben lang lieben wird. Sein Aftershave steht nach wie vor neben ihrem Parfüm auf dem Frisiertisch, seine Zahnbürste lehnt in dem Glas im Badezimmer an ihrer. Der liebenswerte Mann, der so lange das Zentrum ihres Lebens bildete, mag vielleicht fort sein, aber Helen kann ihn nicht loslassen – und das möchte sie auch gar nicht. Sie kehrt in die Küche zurück und schenkt sich ein kleines Glas Weißwein ein. Dabei fällt ihr Blick auf die Einladung, die an ihrer Kühlschranktür hängt:

Käse, Wein, Klatsch & Tratsch
mit den Einwohnern von Little Bloombury
am Samstag, den 15. März, um 19.30 Uhr

im Gemeindesaal
Eintritt: 7,00 £
u.A.w.g.: Jayne, Telefon: 0749 866 741

Seit zwei Wochen nun bleibt Helens Blick immer wieder nachdenklich an der Einladung hängen. Sie weiß, dass sie hingehen sollte, auch wenn sie sich davor fürchtet. Jetzt ist der Abend gekommen, und sie hat immer noch keine Ahnung, was sie tun soll. Soll sie allein in ihrer Wohnung sitzen wie an all den anderen Abenden auch? Soll sie die Einladung dem Stapel ähnlicher Veranstaltungen hinzufügen, an denen sie nicht teilgenommen hat, weil sie sich davor fürchtet, allein auszugehen, weil sie immer noch nicht weiß, wer sie ohne ihn ist? Oder soll sie endlich die Gelegenheit ergreifen, Freundschaften zu schließen und nach vorn zu blicken? Sie blickt auf das überflüssige Tischset auf dem Platz ihr gegenüber und wünscht sich verzweifelt, Phillip würde dort sitzen. Wie viel länger kann sie in der Vergangenheit leben, kann ihn gegenwärtig halten in einem Leben, das er vor langer Zeit verlassen hat? Wie lange kann sie ihren Nachbarn aus dem Weg gehen, die sie vermutlich für die unhöflichste Frau auf der ganzen Welt halten?

Helen sitzt da, in absoluter Stille. Sie weiß, dass sie weitere fünf Stunden vor sich hin sinnieren wird, ohne jemanden zum Reden zu haben, den Fernseher als einzige Gesellschaft, bis es endlich Zeit ist, ins Bett zu gehen. Helen vermisst das lärmende Chaos, das früher ihr Familienleben untermalt hat. Immer suchte jemand laut schimpfend nach einer verloren gegangenen Haarbürste, der Tagesplan war rappelvoll, ständig musste sie Familientaxi spielen und irgendwen irgendwohin kutschieren, musste einkaufen, sauber machen, organisieren, kochen – und das in einer Endlosschleife. Jetzt ist alles ruhig, kein einziger Laut ist zu hören. Sie stellt Radio 2 ein, um den Raum mit etwas anderem als ihrer Einsamkeit zu füllen.

»Ich kann das nicht, Phillip«, flüstert sie. »Ich kann das einfach nicht.«

Helen geht ins Schlafzimmer und öffnet die Schublade ihres Frisiertischs. Sie nimmt ein kleines vergilbtes Blatt Papier heraus, ein Gedicht von Henry Scott Holland, Phillips Lieblingsgedicht, das er aufgehoben hat wie einen Schatz. Er hat es in den Seiten ihres Romans verborgen, als er wusste, dass das Ende nahte. Sie hatte es erst Wochen nach dem Begräbnis entdeckt, und als sie es zwischen den Seiten hervorzog, flossen die Tränen, als wollten sie nie mehr versiegen. Helen liest die Worte jetzt noch einmal, so wie sie es schon unzählige Male zuvor getan hat.

Der Tod bedeutet gar nichts.
Ich bin nur unbemerkt in den Raum nebenan
gegangen.
Ich bin ich, und du bist du.
Was wir jemals füreinander waren –
Wir sind es immer noch.
Nenn mich bei meinem altvertrauten Namen.
Sprich mit mir so unbefangen,
wie du es immer getan hast.
Ändere deinen Tonfall nicht.
Sei nicht gezwungen ernst oder traurig.

Lache, wie wir immer gelacht haben,
über die kleinen Scherze, an denen wir uns gemeinsam erfreuten.
Spiele, lächle, denke an mich. Bete für mich.
Benutze meinen Namen so selbstverständlich,
wie du es immer getan hast.
Nenne ihn ohne Mühe.
Ohne dass die Spur eines Schattens mitschwingt.
Das Leben bedeutet das, was es immer bedeutet hat.
Es ist das Gleiche, das es immer war.
Seine Stetigkeit ist ungebrochen.
Warum sollte ich nicht länger in deinen Gedanken sein,
nur weil du mich nicht mehr sehen kannst?
Ich warte auf dich.
Zwischen den Zeiten.
Irgendwo. Ganz in der Nähe.
Gleich um die Ecke.
Alles ist gut.

Phillip kannte seine Frau gut genug, um zu wissen, dass er das Unmögliche verlangte, indem er sie bat, ohne ihn glücklich zu werden. Gleichzeitig wusste er, dass sie ihr Bestes geben würde, ihm diese Bitte zu erfüllen und ein letztes Mal pflichtbewusst die Rolle der ergebenen Ehefrau zu übernehmen.

Helen lehnt sich am Esstisch zurück, das Gedicht in der einen Hand, die andere gegen die Stirn gedrückt. »Warum ist das so schwer, Phillip? Ich versuche es ja, wirklich. Aber ich möchte nicht jeden Morgen allein aufwachen und zuallererst an dich denken …«

Sie hebt das Glas mit dem kalten Wein an ihre Lippen und nimmt einen großen, wohltuenden Schluck.

»Ach komm schon, Helen, das schaffst du. Versuch es einfach, du kannst doch jederzeit wieder gehen, wenn es dir nicht gefällt. Was ist das Schlimmste, was passieren kann?« Es liegt herzlich wenig Überzeugung in ihren aufmunternden Worten, doch sosehr sich Helen dagegen sträubt, an dem netten Beisammensein im Gemeindesaal teilzunehmen, so wenig erträgt sie es, einen weiteren Abend lang in den Fernseher zu starren, ohne irgendetwas mitzubekommen von dem, was dort gezeigt wird. Morgen ist Sonntag, und die Boutique ist geschlossen. Deshalb kann sie sich nicht damit herausreden, sie müsse noch Vorbereitungen für den kommenden Tag treffen.

Bevor sie es sich anders überlegen kann, greift Helen zum Telefon und wählt Jaynes Nummer. Es klingelt zwei Mal, dann kommt die Verbindung zustande.

»Hallo, ich möchte gern mit Jayne sprechen.«

»Ja, ich bin dran?«

»Hallo, Jayne, hier ist Helen von der White Gallery.«

»Oh, hi, Helen. Ist alles in Ordnung?«

»Ja. Ich rufe bloß wegen des Käse-und-Wein-Treffs heute Abend an. Vermutlich bin ich viel zu spät dran, und Sie haben längst keinen Platz mehr …«

»Doch, doch, Sie können gern kommen. Wie viele Karten brauchen Sie?«

»… nur eine, bitte.« Sofort bedauert Helen ihren Anruf.

»Gut, ich lege eine am Eingang für Sie zurück. Wir sehen uns in einer Stunde!«

»Danke, Jayne, bis später.«

Als Helen über den gepflasterten Weg zum Eingang des Gemeindesaals geht, dringt gedämpftes Gelächter zu ihr nach draußen. Ihr Magen schnürt sich zusammen. Es wäre so viel leichter, einfach kehrtzumachen und nach Hause zu gehen. Und dann? Wieder einen ganzen Abend auf dem Sofa sitzen und nichts tun? Ihre Hand schwebt über dem Türgriff. Helen holt tief Luft und stößt die Tür auf. Drinnen befinden sich ungefähr vierzig Personen, die meisten in ihrem Alter. Sie stehen in kleinen Gruppen zusammen und plaudern entspannt miteinander. Eilig lässt sie den Blick über die Menge schweifen, nur um festzustellen, dass ihr kein einziges Gesicht bekannt vorkommt – was kein Wunder ist, schließlich hat sie sich nie darum bemüht, die Dorfbewohner kennenzulernen.

Nach Phillips Tod hat sie das Einfamilienhaus in Bristol verkauft und mit dem Erlös die White Gallery und die kleine Wohnung darüber erworben. Damals erklärten sie alle für verrückt – und in diesem Augenblick würde sie ihnen sogar beipflichten –, doch sie konnte einfach nicht in ihrem gemeinsamen Heim bleiben. Es war zu schmerzhaft, lähmend, hinderte sie daran, Fortschritte zu erzielen. Also hatte sie sich für die Cotswolds entschieden, wo Phillip und sie so viele glückliche Wochenenden miteinander verbracht hatten. Tapfer bewältigte sie die praktischen Anforderungen, die der Kauf eines neuen Hauses sowie der Aufbau eines Geschäfts mit sich brachten, inklusive sämtlicher Tücken, die dabei auf sie zukamen. Darauf konnte sie sich fokussieren, konnte sich damit von ihrem Kummer ablenken. Die Motivation, neue Beziehungen und Freundschaften aufzubauen, dagegen fehlte ihr – bis heute Abend. Das gemütliche Beisammensein im Gemeindesaal ist der erste große Schritt.

Doch nun steht sie wie angewurzelt auf der Stelle und weiß nicht recht, was sie mit sich anfangen soll. Alles ist so viel leichter, wenn man jemanden an seiner Seite hat. Wieder wandert ihr Blick über die Menge und sucht verzweifelt nach einem bekannten Gesicht, doch sie findet keins. Ach du lieber Himmel, muss sie etwa wirklich zu einer Gruppe von Fremden gehen und sich selbst vorstellen? Nein, das kann sie nicht. Sie will sich gerade zurückziehen, als eine schlanke Frau sie entdeckt und schnurstracks auf sie zukommt.

»Sie sind Helen, nicht wahr? Ich bin Jayne; hier ist Ihre Eintrittskarte.«

Helen zieht ihr Portemonnaie aus der Handtasche und reicht Jayne das Eintrittsgeld. Die bedankt sich, legt die sieben Pfund in eine kleine Kassette auf dem Tisch, der neben der Tür aufgebaut ist, und tritt wieder zu Helen.

»Wenn Sie möchten, kann ich Ihnen ein paar Leute vorstellen, aber erst einmal besorgen wir Ihnen etwas zu trinken. Rotwein oder Weißwein? Folgen Sie mir einfach.«

»Weißwein, bitte, das wäre wunderbar«, sagt Helen und atmet erleichtert auf, weil Jayne die Führung übernimmt.

»Susan und David, darf ich euch mit Helen bekannt machen? Ihr gehört die White Gallery, gegenüber von Willow Manor.«

»Ah, hallo, Helen, wie schön, Sie kennenzulernen.« Susan, eine überaus lebhafte Frau mit geröteten Wangen und genug Käse für drei Personen auf dem Teller, streckt ihr die Hand entgegen.

»Ich denke nicht, dass wir uns schon einmal begegnet sind«, bemerkt David. »Wohnen Sie schon lange hier?«

»Ja, inzwischen sind es drei Jahre«, antwortet Helen und lässt Susans Hand los. »Ich fürchte, ich habe mich nicht allzu oft unter die Leute gemischt.«

»Es muss große Freude machen, jeden Tag von all den wundervollen Hochzeitskleidern umgeben zu sein. Ich drücke mir oft die Nase am Schaufenster platt, wenn die Boutique geschlossen ist«, gesteht Susan. »Allerdings ist es lange her, dass ich in eines dieser Kleider gepasst hätte!«

Jayne kehrt mit einem Glas Weißwein zurück, das sie Helen reicht, bevor sie wieder verschwindet. David entschuldigt sich ebenfalls, vermutlich ahnt er, dass sich das Gespräch weiterhin um Kleider drehen wird.

»Sagen Sie, Helen, was um alles auf der Welt kostet so ein Hochzeitskleid heutzutage?«, will Susan wissen. »Ich glaube, ich habe damals für meins ungefähr zweihundert Pfund bezahlt, was David für eine astronomische Summe gehalten hat. Aber so sind Männer nun mal. Sind Sie verheiratet?«

»Die meisten jungen Damen, die zu mir kommen, geben ungefähr dreitausend Pfund für ihr Kleid aus …«

»Wie bitte? Allmächtiger, das kann doch nicht Ihr Ernst sein?«

»O doch, seit unserer Jugend hat sich vieles verändert.«

»Das kann man wohl laut sagen! Dann sind Sie also verheiratet?«

»Nein, nicht mehr.« Es ist, als habe Helens Gehirn vorübergehend die Verbindung zu ihrem Sprachzentrum gekappt. Es fällt ihr einfach nichts ein, was sie sagen könnte, um ihre unangenehm knappe Antwort zu ergänzen.

»Ach, nicht mehr?« Susan lässt die Frage in der Luft hängen und sieht Helen unverwandt an; anscheinend erwartet sie, dass Helen sich näher dazu äußert, aber das tut sie nicht, und so senkt sich ein verlegenes Schweigen auf die beiden Frauen herab.

»Geschieden?« Susan gibt nicht auf.

»Nein.« Jetzt wird sie doch wohl aufhören mit der Fragerei!

Doch Susan sieht Helen weiterhin forschend an, offenbar fest entschlossen, Helens Beziehungsstatus auf den Grund zu kommen.

Helen beschließt, auf unverfänglicheres Terrain zurückzusteuern und über die Boutique zu reden, in der Hoffnung, Susan damit fürs Erste zufriedenzustellen. Sie fühlt sich verantwortlich dafür, dass das Gespräch nicht ins Stocken gerät.

»Ich liebe meine Arbeit«, sagt sie daher probehalber. »In Wahrheit steckt so viel mehr dahinter, als bloß ein Kleid zu verkaufen. Für gewöhnlich verbringe ich mit meinen angehenden Bräuten nicht mehr als eine Stunde, aber in der Zeit bin ich ihre Therapeutin, Stylistin, Kummerkastentante, Eheberaterin, Streitschlichterin, Freundin und Mutter – in welcher Funktion auch immer. Und es ist wundervoll, wieder gebraucht zu werden.«

»Wie schön! Führen Sie das Geschäft allein?«

Gerade als Helen zu der Einsicht gelangt, dass es ein gewaltiger Fehler war, heute Abend hierherzukommen, und beschließt, sich bei der erstbesten Gelegenheit zu verdrücken, steht ein Mann am anderen Ende des Gemeindesaals von seinem Platz am Tisch auf und klopft gegen sein Glas.

»Wenn ich kurz um Ihre Aufmerksamkeit bitten darf? Pssst, seien Sie bitte kurz still. Die beiden werden mich umbringen, aber ich möchte Ihnen nicht vorenthalten, dass sich ein ganz besonderes Paar mit uns im Saal befindet, das für einen Augenblick unsere Aufmerksamkeit verdient hat. Sylvia und Keith, kommt doch bitte kurz zu mir. Nicht alle von Ihnen werden wissen, dass die zwei heute ihren fünfzigsten Hochzeitstag feiern, und sehen Sie sich die beiden an – verliebt wie eh und je!«

Ein überrascht, doch augenscheinlich hochzufrieden dreinblickender Keith marschiert, begleitet von ohrenbetäubendem Applaus, Hand in Hand mit seiner Sylvia durch die Menge nach vorn.

»Ich glaube kaum, dass es ein glücklicheres Paar gibt als euch«, fährt der Mann fort. »Gill, bring die Torte!«

Auf seine Aufforderung hin wird ein Teewagen mit einer großen weißen Torte, auf der die Gesichter von Keith und Sylvia prangen, durch den Saal gerollt. Ein Champagnerkorken knallt, begleitet von erschrockenem Kreischen, Lachen und Jubeln. Als Keith seiner Frau einen dicken Kuss auf die Wange drückt, verliert Helen die Fassung. Ihr Gesicht verzieht sich zu einer schmerzerfüllten Grimasse, unkontrolliert schluchzend stürzt sie zur Damentoilette.

Sie schließt sich in eine der beiden kleinen Kabinen ein, lehnt sich mit dem Hinterkopf an die kühlen Wandfliesen und lässt die Tränen über ihr Gesicht strömen, während sie sich innerlich dafür verflucht, dass sie gedacht hatte, diese Situation meistern zu können. Sie versucht, ihr Schluchzen zu unterdrücken, das von den gefliesten Wänden widerhallt, gedämpft von den lauten Feierlichkeiten im Saal. Ihre Traurigkeit ist plötzlich absolut überwältigend – die Erkenntnis, dass Phillip und sie niemals ihren fünfzigsten Hochzeitstag feiern werden, dass sie niemals eine Überraschungstorte von ihren Freunden geschenkt bekommen werden. Dass sie nie wieder etwas gemeinsam erleben werden. Er ist tot, und er kommt nicht zurück. Sie ist allein und wird für immer allein bleiben.

Wenn sie heute Abend nach Hause kommt, wird niemand da sein, der ihr einen Gutenachtkuss gibt, niemand, der seine warmen Lippen auf ihre drückt, niemand, der im Bett die Hand nach ihr ausstreckt, niemand, mit dem sie eine Tasse heißen Tee trinken und über den vergangenen Tag reden kann. Das ist so unfair! Warum sie? Warum er? Sie hat genau nach den Regeln gespielt, hat den Mann geheiratet, den sie liebte und der sie liebte. Sie führten eine glückliche, aufrichtige Ehe mit keinem anderen Ziel, als für den anderen zu sorgen, einander zu unterstützen und liebevoll ihre gemeinsamen Kinder in einer schützenden Blase großzuziehen.

So kann sie auf keinen Fall in den Saal zurückkehren, sie muss grauenhaft aussehen, doch soweit sie weiß, gibt es keinen Hinterausgang. *Wie lächerlich,* denkt sie, eine erwachsene Frau, seit fast vier Jahren Witwe und trotzdem nicht in der Lage, etwas so Simples zu bewerkstelligen wie mit den neuen Nachbarn ein Glas Wein zu trinken – dabei weiß sie, dass sie dringend Freundschaften schließen muss.

Sie hört, wie die Tür zur Damentoilette aufgeschoben

wird, und hebt instinktiv die Hand zum Mund, um ihre Schluchzer zu unterdrücken. Ihr Körper zittert vor Anstrengung, die äußere Fassung wiederzuerlangen.

»Helen, hier ist Susan. Ist alles in Ordnung? Helen?«

»Es geht mir gut, Susan. Bitte gehen Sie schon vor, ich bin in einer Minute bei Ihnen.« Die einzige Sache, die noch schlimmer ist, als in einer Toilettenkabine zu weinen, ist eine Zeugin, die den Schlamassel mitbekommt.

»Ich werde nicht gehen, Helen. Bitte kommen Sie heraus.«

»Ich brauche bloß eine Minute, Susan. Bitte.«

»Ich warte.«

Das war's dann. Es bleibt Helen keine andere Wahl, als die Tür zu öffnen und sich der peinlichen Situation zu stellen, am besten bevor noch jemand die Toilettenräume betritt. Helen entriegelt die Tür und zieht langsam die Tür auf. Susan steht direkt vor der Kabine; es gibt absolut keine Möglichkeit, ihr zu entkommen.

»Es tut mir leid, Helen, aber ich möchte mich vergewissern, dass es Ihnen gut geht.« Ohne eine Antwort abzuwarten, schlingt sie den Arm um Helens Schulter und führt sie aus der Kabine zum Waschbecken, damit sie ihr verlaufenes Make-up richten kann. Helen hält eine Handvoll Tücher unter den Kaltwasserhahn und fängt an, die schwarzen Wimperntuschespuren zu entfernen. Das kühle Wasser unter den Augen, die jetzt rot und aufgequollen sind, tut gut.

»Mein Ehemann Phillip ist vor vier Jahren an Lungenkrebs gestorben. Das ist das erste Mal, dass ich allein irgendwohin gehe. Obwohl ich jetzt wünschte, ich hätte es nicht getan.«

»Das tut mir so leid. Waren Sie lange verheiratet?«

»Über dreißig Jahre, allerdings habe ich ihn schon sehr viel früher kennengelernt, im Grunde schon als Kind.«

»Kommen Sie«, sagt Susan, »lassen Sie uns rausgehen. Wir besorgen Ihnen ein neues Glas Wein und ein bisschen von dem leckeren Käse, und dann erzählen Sie mir alles von ihm.«

Susan nimmt Helens Arm und geleitet sie sanft aus der Damentoilette an einen kleinen Tisch an der Rückseite des Gemeindesaals, dem einzigen, an dem niemand sonst sitzt.

Als Helen Platz genommen hat, verschwindet Susan und kommt kurz darauf mit zwei vollen Gläsern Weißwein und einem Teller Käse zurück. »Wie haben Sie sich kennengelernt?«, fragt sie, nachdem sie sich zu Helen gesetzt hat.

»Unsere Familien wohnten in derselben Straße, wir haben stundenlang mit den anderen Kindern gespielt«, fängt Helen an zu erzählen. »Ständig waren wir noch lange nach Anbruch der Dunkelheit draußen. Später habe ich das getan, was die meisten Frauen damals taten – ich habe meinen ersten festen Freund geheiratet: Phillip.« Jetzt, da sie über ihn spricht, spürt Helen, dass die Anspannung, die sich in ihr seit Beginn des Abends aufgestaut hat, langsam verfliegt.

»Zu jener Zeit war alles einfacher. Ich vergleiche mein damaliges Leben oft mit dem, das meine Tochter Betsy heute führt, und ich finde, dass sie es in vielerlei Hinsicht um einiges schwerer hat. Sie lebt mit ihrem Freund Jacob weit weg von mir in Birmingham. Sie arbeitet so hart, beinahe rund um die Uhr, und ich frage mich, wer sich um sie kümmert. Wer unterstützt sie? An wen kann sie sich anlehnen, wenn sie das Bedürfnis danach verspürt? Ich finde, das Leben für junge, arbeitende Frauen ist sehr viel anstrengender geworden.«

Susan nickt. »Ja, sie bezahlen ein kleines Vermögen dafür, zwischen Büro und Kinderzimmer hin und her zu pendeln, das Baby im einen, den Laptop im anderen Arm. Beide Partner verdienen, aber sie geben das Geld genauso schnell wieder aus. Ich weiß, Helen, ich habe ebenfalls eine karrierebesessene Tochter. Die Dinge, die sie von ihrem bedauernswerten Ehemann erwartet – nun, ich würde es ihr niemals so direkt sagen, aber ich bin verblüfft, dass sie damit durchkommt.« Susan erwärmt sich definitiv für das Thema und schickt beim Sprechen eine Fontäne von Blauschimmelkäse-Bröckchen quer über den Tisch.

»Seltsamerweise haben Phillip und ich nie darüber gesprochen, wie wir unsere Arbeit aufteilen möchten, das ergab sich einfach ganz von selbst, genau wie bei meinen Eltern. Ich habe den Haushalt geführt, er hat finanziell für uns gesorgt, und dann haben wir eine Familie gegründet. Phillip hat nie die Windeln gewechselt oder ist in der Nacht aufgestanden, um ein brüllendes Baby zu versorgen, auch mit der Schule hatte er nichts zu tun, aber es hat funktioniert, und wir waren beide so glücklich. Ich habe meine Rolle nie abgelehnt – ich habe sie geliebt.«

Warum ist es so viel einfacher, laut über Phillip zu sprechen, als in der Abgeschiedenheit ihrer Wohnung ihre persönlichen Erinnerungen auszuhalten, die Erinnerungen, die sie Nacht für Nacht durchlebt?, fragt sich

Helen. Sie mag zwar nicht allem zustimmen, was Susan heute Abend sagt, aber die weibliche Gesellschaft ist ihr sehr willkommen. Und weil das Schlimmste überstanden ist, kann sie jetzt genauso gut versuchen, sich zu amüsieren.

»Ich habe meine tägliche Routine perfektioniert, habe all unsere Mahlzeiten selbst zubereitet – Phillip hat meinen Cottage Pie geliebt –, habe die Wäsche gemacht und mindestens zweimal die Woche das Haus von oben bis unten geputzt. Wir haben nie irgendeinen Kredit oder eine Hypothek aufgenommen. Wenn wir uns etwas nicht leisten konnten, haben wir darauf verzichtet.«

»Sagen Sie das mal jemandem, der um die dreißig ist«, schaltet sich Susan dazwischen. »Der erklärt einen glatt für verrückt. Wenn die nicht das neueste iPhone haben und mindestens drei Fernreisen pro Jahr buchen, halten sie das Leben für nicht lebenswert.«

»Jeden Sommer haben wir unser Auto beladen und sind zu einem Campingplatz in Cornwall gefahren«, erzählt Helen weiter. »Es waren preiswerte Ferien, aber die Kinder haben es geliebt. Sie haben den ganzen Tag lang am Strand Sandburgen gebaut, ganz gleich, bei welchem Wetter, haben sandige Sandwiches in sich hineingestopft und darum gebettelt, sich ein Eis kaufen zu dürfen. Am Abend gab es Fish & Chips und Kartenspiele; alle saßen eng zusammengedrängt rund um den kleinen Klapptisch, der sich für die Nacht in ein Bett verwandeln ließ. Wir mieteten immer denselben Wohnwagen, und manchmal, wenn wir noch Energie hatten, unternahmen wir einen Abstecher ins Klubhaus. Ich wünschte so sehr, ich könnte die Zeit zurückdrehen und alles noch einmal erleben.«

Helen spürt die Last jeder einzelnen dieser Erinnerungen, eine grausame, verquere Mischung aus dem Glück, das sie einst empfunden hat, und der hoffnungslosen Trauer über das Wissen, dass diese kostbaren Momente ein für alle Mal vorüber sind.

»Sehen Sie das mal so, Helen: Sie sind noch immer jung genug, um jemand anderen kennenzulernen«, sagt Susan voller Optimismus.

»Das wäre vermutlich großartig, wenn ich jemand anderen kennenlernen wollte, Susan, aber das will ich nicht. Das war so nicht geplant. Ich wollte mit Phillip alt werden und mit niemandem sonst.« Der Kloß steckt wieder in Helens Kehle.

»Ich weiß, wie es ist, jemanden zu verlieren«, fügt Susan unbeirrt hinzu. »Ich bin geschieden, daher weiß ich recht genau, wie Sie sich fühlen. Ich muss Sie unbedingt Roger vorstellen. Er hat vor einigen Jahren seine Frau verloren.«

»Bitte tun Sie das nicht.« Helen streckt erschrocken den Arm nach Susan aus. Die Vorstellung, ein anderer Mann könne sie begutachten, ihr Potenzial bewerten für etwas, was so gar nicht ihrem Wunsch entspricht, weckt in ihr das Bedürfnis, aufzuspringen und zum Ausgang zu stürmen. Selbst die unschuldigste Freundschaft mit einem Mann ist für sie im Augenblick unvorstellbar. Sie würde gar nicht wissen, was sie mit ihm reden könnte, wie sie sich verhalten oder seinen Erwartungen gerecht werden sollte. Allein der Gedanke, sich damit auseinandersetzen zu müssen, löst Panik in ihr aus.

»Oh! Da bist du ja, Roger.« Susan wirft einen Blick über die Schulter zu dem Tisch rechts neben ihnen, an dem ein vornehm aussehender Herr Ende fünfzig sitzt, so nah, dass er vermutlich das ganze Gespräch mitbekommen hat.

Bevor der Abend noch peinlicher wird, steht Helen auf und entschuldigt sich, bereit zur Flucht.

»Wenn es Ihnen nichts ausmacht, Susan, würde ich jetzt gern gehen.« Nie zuvor hat sie sich so sehr nach dem schützenden Kokon ihres Zuhauses gesehnt, danach, die Vorhänge zuzuziehen und sich von allen unerwünschten Einmischungen in ihr Leben abzuschotten.

»Nicht bevor Sie Roger kennengelernt haben, Helen. Roger, das ist Helen, ihr gehört das Brautmodengeschäft im Dorf.« Helen spürt bereits, wie ihre Handflächen kribbeln, und obwohl sie weiß, dass das unhöflich ist, sucht sie ihre Sachen zusammen und ignoriert Rogers ausgestreckte Hand.

»Schön, Sie kennenzulernen, Helen«, sagt Roger, gezwungenermaßen an ihren Hinterkopf gewandt. »Wenn Sie heimgehen möchten, kann ich Sie gern begleiten, ich wohne bloß ein kleines Stück von der White Gallery entfernt.«

»Das ist wirklich nicht nötig, vielen Dank, Roger. Ich bin in zwei Minuten zu Hause.« So hat sich Helen den Ausgang des heutigen Abends nicht vorgestellt. Sie muss dem sofort ein Ende setzen.

»Ich bestehe darauf.« Roger nimmt bereits seinen Mantel und macht Anstalten, Helen in ihren zu helfen. Sie weiß, dass sie an einem Punkt stehen, an dem ihn nur echte Grobheit zurückweisen kann. Allerdings glaubt sie nicht, dass sie das über sich bringt, ohne erneut in Tränen auszubrechen. Es bleibt ihr also keine andere Wahl, als zu kapitulieren, scheinbar sehr zu Susans Freude.

»Es war schön, Sie kennenzulernen, Helen«, fügt Susan mit einem breiten Lächeln hinzu. »Ich wohne ebenfalls gleich um die Ecke, im Roseberry Cottage, falls Sie einmal … Sie wissen schon … reden möchten.«

»Vielen Dank, das möchte ich bestimmt. Einen schönen Abend noch.« Helen eilt auf die Tür zu, was Roger zwingt, seine Schritte zu beschleunigen, um ihr die Tür aufzuhalten.

Die beiden legen die kurze Strecke durchs Dorf zur White Gallery zurück. Starr vor Furcht, er könne sie berühren, und sei es auch nur aus reiner Höflichkeit, sucht Helen krampfhaft nach etwas, das sie sagen könnte, nach etwas, das über banale Phrasen wie »Was für ein netter Abend« hinausgeht.

Als sie vor ihrer Haustür ankommen, wendet sich Roger Helen zu und lächelt. »Es ist nicht leicht, stimmt's? Die Leute sagen unglaublich unsensible Dinge, natürlich in bester Absicht, aber wenn man sich nie in unserer Situation befunden hat, kann man sich einfach nicht vorstellen, wie schwer das ist.« Wenn er auf Nähe setzt, hat er sich geschnitten. Helen ist so verkrampft und unnachgiebig wie ihre geballten Fäuste in den Manteltaschen.

Roger zögert einen Moment. Anscheinend spürt er ihr Unbehagen, denn er fügt hinzu: »Ich denke, Ihr Ehemann, wo immer er jetzt sein mag, Helen, wird heute Abend sehr stolz auf Sie sein.«

Es ist schön, dass er so etwas sagt, und genau das, was sie braucht, aber Helen möchte nicht mit einem völlig Fremden über Phillip sprechen.

»Danke, Roger, ich nehme an, Sie wissen, wie viel mir das bedeutet.« Sie gestattet sich ein schwaches Lächeln, dann zieht sie ihre Schlüssel aus der Tasche und verschwindet durch die Eingangstür.

Beeindruckt von sich selbst, steigt Helen die Treppe zu ihrer Wohnung über der Boutique hinauf. Sie geht direkt ins Schlafzimmer, erschöpft von dem anstrengenden Abend. Im Bad entfernt sie sorgfältig ihr Make-up, putzt sich die Zähne und steckt ihre Sachen in den Wäschekorb. Als sie ins Bett steigt, küsst sie zärtlich das gerahmte Foto von Phillip, das auf ihrem Nachttisch steht, so, wie sie es jeden Abend macht. Heute allerdings hat sie keine Tränen mehr, und einen Augenblick später ist sie eingeschlafen.

7

DOLLY

Schweiß strömt über Dollys puterrotes Gesicht. Sie ringt nach Atem, ist kaum in der Lage, sich aufrecht zu halten, so gewaltsam weicht die Luft aus ihrer Lunge. Ihre Hände zittern unkontrolliert, nach einer weiteren fünfundvierzigminütigen Trainingseinheit ist kein einziger Tropfen Milchsäure mehr in ihrem Körper.

Sie ist um 20 Uhr von der Arbeit nach Hause gekommen, in die kleine Drei-Zimmer-Wohnung, die sie sich mit Josh teilt, fix und fertig nach einem weiteren nervtötenden Tag, an dem sie versucht hat, völlig bescheuerte Produkte als hochinteressant und begehrenswert an den Mann zu bringen. Von Josh keine Spur, also hat sie beschlossen, mit ihrem Work-out loszulegen – so bleiben ihr zumindest seine ständigen Kommentare über ihre »jämmerlichen« Liegestütze erspart. Nachdem sie ihre Arbeitssachen auf den Fußboden geworfen hatte – die Cupcakes-Strategie muss warten –, war sie bereit, das doppelte Pensum ihres Intervalltrainings zu absolvieren – die erste von fünf Trainingseinheiten in dieser Woche.

Die Yogamatte lag an ihrer üblichen Stelle zwischen dem Frühstückstresen und dem Esstisch. Sie schlüpfte in ein Paar alte Turnschuhe, Shorts und Sport-BH, fuhr den Laptop hoch und rief den YouTube-Kanal auf, mit dem sie immer trainierte. Obwohl sich jede Faser ihres ausgelaugten Körpers danach verzehrte, einfach nur aufs Sofa fallen zu dürfen, absolvierte sie mit Fitnesstrainer Joe Wicks, besser bekannt als der »Body Coach«, eine qualvolle Session, die sie ihrem Traumgewicht, das sie bis zur Hochzeit erreicht haben möchte, einen Schritt näher bringt. Dreiundfünfzig Kilo – das ist schön schlank bei einer Größe von einem Meter siebenundsiebzig.

Das Bild des dicken Kindes, das sie einst war, genügte ihr heute Abend als Motivation – das und natürlich der immer näher rückende Hochzeitstag. Zwölf Jahre, mit einem prächtigen Dreifachkinn, das direkt in ihren Hals überging, Armen, die wie bei einem Bodybuilder aus jedem Oberteil herausplatzten, das sie besaß, eine fassähnliche Wampe ohne jede Taille und ein Wabbelhintern, auf dem man ein Tablett abstellen konnte, so groß war er. Doch am schlimmsten waren die Sprüche der anderen, geflüsterte Gehässigkeiten hinter ihrem Rücken, der angewiderte Ausdruck auf den Gesichtern der schlanken Mädchen, die Freundschaften, die sie nie schließen konnte, weil sie so viel dicker war – die Erinnerung an all das ist ihr so frisch im Gedächtnis, als wäre seitdem kaum ein Tag vergangen. Das will sie nie mehr erleben, komme, was wolle.

Nun zu den elenden Cupcakes. Sie hat die ganze Schachtel auf dem Weg vom Büro nach Hause in einen Mülleimer gestopft, damit auch ja kein Krümel den Weg in ihren Mund findet, und nun steht sie vor der kniffligen Herausforderung, sich Namen für die sechsundzwanzig

Varianten auszudenken, die sie nun nicht einmal mehr vor sich hat, sowie eine Pressekampagne für die verdammten Dinger auszuarbeiten. Was nun? Soll sie Tilly eine Nachricht schicken? Ihre blitzgescheite Freundin würde das in null Komma nichts erledigen. Nein. Keine Chance. In Tillys Welt ist gerade Cocktailstunde, und sie wird mit Kunden unterwegs sein, die sie beeindrucken muss. Eigentlich wäre es sinnvoll gewesen, die Cupcakes vor dem Entsorgen zumindest zu fotografieren. Aber egal – Josh wird jeden Augenblick nach Hause kommen, und sie möchte die Sache schnell hinter sich bringen, denn es gibt Wichtigeres zu tun, zum Beispiel eine weitere E-Mail an das *Brides Magazine* zu schicken. Sie *müssen* etwas über diese Hochzeit bringen, davon hängt ihr zukünftiges Glück ab. Denn dadurch hätte sie Gelegenheit zu zeigen, was sie stylingtechnisch draufhat, und *Zack!* ist da vielleicht ein Ausweg aus ihrem elenden, öden Job.

Dolly überfliegt die gesicherten Dokumente auf ihrem Laptop in der Hoffnung, auf etwas zumindest ansatzweise Relevantes zu stoßen. Der Cursor gleitet über eine lange Liste mit erfolglosen Pitch-Präsentationen – eine für eine griechische Weinfirma (ungenießbar), eine andere für ein neues Sortiment herzhafter Donuts mit Geschmacksrichtungen wie Hühnerleber oder Blauschimmel, die doch nie jemand probieren wird, eine weitere für einen verblendeten Kunden, der Wendestrumpfhosen für den Verkaufsschlager der nächsten Saison hält, und dann, endlich, eine für eine Cupcake-Marke. Ja!

Dolly erinnert sich an die Kampagne aus dem letzten Jahr. Sie hatten ein annehmbares Produkt, aber nicht annähernd genug Geld, um die Marke effektiv zu lancieren – zumindest war das die Ausrede der Arschgeige, warum sie die Ausschreibung nicht gewonnen haben. Sie öffnet das Dokument und überfliegt den Inhalt – und tatsächlich! Welch Freude! Es ist alles da, was sie braucht. Dolly hat in ihrem Leben genügend Cupcakes gesehen, um zu wissen, dass im Grunde jeder Anbieter das gleiche Produkt verkauft, er gibt ihm nur unterschiedliche Namen. Das hier ist fast zu einfach. Sie klickt auf *Kopieren* und fügt große Teile des alten Dokuments in das neue ein, das sie soeben erstellt hat – Namen, Geschmacksrichtungen ... Der »Smoking« – eine köstliche Mischung aus weißer und dunkler Schokoladenganache. Der »Cakey Perry« zu Ehren von Kathy Perry – ein leichter Vanillebiskuit mit rosa Buttercreme, bestreut mit bunten Mini-Jelly-Beans und Zuckerherzchen. Der »Florabunda« – dekoriert mit einer kunstvoll paspelierten Buttercremeblume. Der »Bananarama« mit seinen frischen Bananenstücken und dem auf der Zunge zergehenden, leicht salzigen Karamell und so weiter und so fort. Alles, was sie braucht, steht hier, inklusive einer langen Liste mit Pressekontakten zu sämtlichen wichtigen Food-Blogs, Websites und wöchentlich erscheinenden Printmedien, außerdem der Entwurf einer halbwegs ordentlichen Social-Media-Kampagne, um die Cupcakes via Instagram an den Mann beziehungsweise die Frau zu bringen. Zwanzig Minuten später hat Dolly ihre Aufgabe erledigt. Es macht keinen Sinn, sich noch länger darüber den Kopf zu zerbrechen, denn der Kunde ist ein amerikanisches Unternehmen, und die wollen erfahrungsgemäß ohnehin alles umändern, sobald die sechs stellvertretenden Vorstandsvorsitzenden ihren Vorschlag gelesen haben.

Sie schickt eine E-Mail mit der *neuen* Verkaufsstrategie an die Arschgeige – das wird den Kerl beschäftigen, während sie morgen früh in der White Gallery ist –, dann geht sie ihren Posteingang durch in der Hoffnung, darin eine Nachricht vom *Brides Magazine* zu finden. Gott weiß, wie viele Wochen sie die persönliche Assistentin der Chefredakteurin belagert hat, damit diese ihre Hochzeit auf den Hochglanzseiten des renommierten Magazins bringt. Dolly ist überzeugt, dass dies der Blitzstart in eine neue Karriere ist, die es ihr endlich ermöglicht, der Arschgeige den Stinkefinger zu zeigen. Doch trotz der mittlerweile sechsundfünfzig E-Mails, zwölf Telefonanrufe, eines peinlichen und höchst unklugen Versuchs, in die *Brides*-Redaktion vorzudringen und ein kleines Vermögen in Karten für diverse *Brides*-Leserinnen-Veranstaltungen zu investieren in der Hoffnung auf ein persönliches Gespräch mit Annabel, der eiskalten persönlichen Assistentin der Chefredakteurin, ist Dolly keinen Schritt weitergekommen. Wenn sie sich bei ihrem Job in der PR-Agentur so viel Mühe geben würde, würde der Laden bestimmt ordentlichen Profit abwerfen.

Sie nimmt sich vor, der persönlichen Assistentin gleich morgen eine Schachtel mit Cupcakes zu schicken – in der Agentur stehen noch jede Menge rum –, dann fängt sie an, eine weitere, beschämend kriecherische E-Mail an sie zu schreiben.

Liebe Annabel,
vorweg möchte ich Ihnen mitteilen, wie sehr ich Ihren Artikel in der aktuellen Ausgabe liebe – Taubenblau ist in der Tat das neue Rosé, da stimme ich

Ihnen voll und ganz zu! Sie sind eine so wundervolle Autorin!

Ich möchte Sie auf den neuesten Stand bringen, was meine Hochzeitspläne angeht – in der Hoffnung, dass Sie der Chefredakteurin vorschlagen, etwas darüber in Ihrem Magazin zu bringen, das für mich, wie Sie wissen, das Nonplusultra darstellt. All meine Ideen stammen aus der Brides, *und ich hätte diese Hochzeit unmöglich ohne Ihre fachkundige Unterstützung planen können, daher möchte ich mich von ganzem Herzen bei Ihnen bedanken.*

Wir haben beschlossen, den Ablauf unseres Hochzeitstags auf den Kopf zu stellen. Josh, mein Verlobter, der einige Ihrer Modestrecken fotografiert, und ich werden einen großen Dinnerempfang auf dem Anwesen von Willow Manor in den Cotswolds geben. Am frühen Abend geht es los: Das Essen wird in einem glamourös geschmückten Zelt von Sperry serviert werden, genau wie in einer Ihrer Hochzeitssonderausgaben. Die Gäste werden über einen lampiongeschmückten Weg zum Zelt geleitet, bevor sie an großen Banketttischen Platz nehmen und das Menü genießen – selbstverständlich stammen sämtliche verarbeiteten Produkte aus biologischem Anbau. Da Individualität momentan so sehr im Trend liegt, wird es für jeden einzelnen Gast eine persönliche Speisekarte mit handgeschriebenem Namen geben. Der Partybereich besteht aus einer Tanzfläche, über der riesige Spiegelkugeln schweben, und es ist mir gelungen, dieselbe

Band zu buchen, die Sie letztes Jahr für Ihren Designerball in Goodwood organisiert hatten. Außerdem soll eine elegante weiße Champagnerbar aufgebaut werden sowie ein gemütlicher Chill-out-Bereich mit riesigen Sofas und Rentierfellen, unter die man sich kuscheln kann.

Nach dem letzten Brief der Chefredakteurin an ihre Leserinnen habe ich beschlossen, bei meiner Hochzeit ganz auf Blumen zu verzichten und stattdessen ausschließlich auf Grün zu setzen – vielleicht eine Mischung aus Palmen, Farnen und kleineren Kakteen. Das wirkt sehr viel cooler, da haben Sie absolut recht. Bei der Torte wird es sich nicht um eine klassische Hochzeitstorte handeln, sondern um eine zu einer Pyramide aufgetürmte Croquembouche, ähnlich der, die Dolce & Gabbana bei der diesjährigen Londoner Fashion Week geordert hatten.

Nach dem Essen planen wir einen Spaziergang mit unseren Gästen durch die Außenanlagen von Willow Manor. Ziel ist die Kirche aus dem 19. Jahrhundert, in der wir uns um Mitternacht in einer romantischen Zeremonie bei Kerzenschein das Jawort geben wollen. Wenn sich die Gäste anschließend verabschieden, bekommt jeder einen individuellen Präsentkorb.

Morgen habe ich einen Termin in der White Gallery, wo ich mein Hochzeitskleid aussuchen werde. Ich denke dabei an das »Niara« von Pronovias. Ich bin mir sicher, Sie kennen das Modell, es ist das mit dem transparenten Tüllrücken und der

Spitze mit Tattoo-Effekt. Um ehrlich zu sein, zeigt man mehr Haut als Spitze! Die Schuhe werden von Charlotte Olympia sein – nerzbrauner Seidensatin –, die Accessoires aus der neuesten Kollektion von Jenny Packham. Sollten Sie irgendwelche Fragen haben, scheuen Sie sich nicht, diese zu stellen. Meine Hochzeit im Brides Magazine *präsentiert zu sehen wäre für mich das ultimative Kompliment und eine unbeschreibliche Ehre. Denken Sie, Sie könnten meine Ideen bald Ihrer Chefredakteurin vorstellen?*

Wie ich bereits erwähnt habe, wird die Hochzeit am 25. August stattfinden, und ich hoffe, Sie halten das nicht für seltsam, doch vielleicht wäre es das Beste, wenn Sie einfach daran teilnehmen? Ich werde gleich morgen eine offizielle Einladung für Sie in die Post stecken. Sie können sie nicht übersehen, denn ich habe sie so gestalten lassen, wie Sie es in der letzten Sonderausgabe vorgeschlagen haben – in handgemalter Aquarell-Kalligrafie.
Sie können selbstverständlich gern eine Begleitung mitbringen.
Mit den allerbesten Grüßen
Dolly Jackson

Zwei weitere Personen zu dieser Hochzeit einzuladen ist aberwitzig, das weiß Dolly. Das Budget ist jetzt schon maßlos überschritten, doch für Annabel wird sie eine teure Ausnahme machen. Gerade als Dolly auf *Senden* klickt, kommt Josh zur Tür herein, jede Menge Kameraausrüstung im Gepäck. Er sieht verdammt heiß aus in der Jeans, die tief auf seiner gebräunten Hüfte sitzt, und dem anthrazitfarbenen Hemd, das sich über seiner Brust spannt. Vor drei Jahren haben sie in einer schwülwarmen Nacht zum ersten Mal im Shangri-La-Zelt auf dem Glastonbury Festival miteinander rumgemacht, und noch heute genügt ein einziger Blick, um Dolly dahinschmelzen zu lassen. Er ist umwerfend, daran besteht kein Zweifel. Vielleicht ist er sogar zu umwerfend. Manchmal kann sie kaum glauben, dass er wirklich ihr gehört. In der Nacht, in der er ihr den Antrag gemacht hat, waren sie beide betrunken, feierten, dass er einen lukrativen Werbejob gelandet hatte. Als sie beide am nächsten Morgen mit einem grauenvollen Kater aufwachten, rechnete sie halb damit, dass er einen Rückzieher machen würde. Als er das nicht tat, fing sie an zu planen – zugegebenermaßen ohne große Unterstützung von Josh. Der Ring war sehr viel später gekommen und auch erst, nachdem sie ihn wochenlang damit genervt hatte, daran erinnert sich Dolly nur zu gut. Ganz anders als bei ihrem Liebesleben: Da erweist sich Josh als äußerst engagiert.

»Puh, das war vielleicht ein Shooting. Zehn Stunden nonstop, ich bin fix und alle. Holst du mir ein Bier, Babe?«

»Für wen hast du diesmal gearbeitet?«, erkundigt sich Dolly.

»Für die *GQ – Sexiest Woman of the year.* Wahnsinn, diese Körper, so was habe ich noch nie gesehen. Diese Frauen sind hundertpro perfekt, endlose Beine, nicht ein Gramm Fett, perfekte Boobs und allesamt in absoluter Bestform.« Josh hält kurz inne, anscheinend überlegt er, ob er zum Todesstoß ausholen soll, und genau das tut er.

»Ich sage dir, Dolly, das ist so, als sei man süchtig nach Schokolade und den ganzen Tag über von nichts anderem umgeben, dabei hat einem der Zahnarzt verboten, auch nur ein Stück davon zu naschen.«

»Ähm, ja ... ich nehme an, dann bin ich der Zahnarzt?«

»Mal im Ernst, Dolly, niemand kann diesen Frauen das Wasser reichen, es ist, als wären sie eine ganz andere Spezies. Du solltest es nicht mal ansatzweise versuchen, das deprimiert eh nur.«

Als Dolly verletzt schweigt und überlegt, ob sie ihn einfach rückwärts zur Tür hinausschieben soll, fügt er eilig hinzu: »Allerdings zählen sie ganz offenbar nicht zu der Sorte Frau, die man heiratet. Und jetzt komm her.«

Zögernd tritt Dolly näher. Wäre sie nicht in dem elendsten Job der Welt gefangen, hätte sie vielleicht mehr Zeit, die Oberschenkellücke zu definieren, an der sie seit Monaten arbeitet, was Josh selbstverständlich entgangen ist. Er schlingt die Arme um sie und umfasst mit beiden Händen ihren Hintern, dann zieht er sie an sich. Sie spürt sofort, dass er hart ist nach einem langen Tag, umgeben von all dem perfekten weiblichen Fleisch. Er schiebt seine Zunge in Dollys Mund und gibt ihr unmissverständlich zu verstehen, dass das kein Begrüßungskuss, sondern die Verheißung auf so viel mehr ist.

»Geh und zieh dir das schwarze Höschen an, auf das ich so stehe, okay?«

Dolly eilt ins Schlafzimmer und wünscht sich, sie wäre unter die Dusche gehüpft, bevor Josh heimgekommen ist. Jetzt bleibt ihr keine Zeit mehr, sich frisch zu machen, sein Gesichtsausdruck gibt ihr deutlich zu verstehen, dass er nicht vorhat, den ganzen Abend auf sie zu warten.

Noch immer verschwitzt von ihrem Work-out streift sie das transparente schwarze Höschen über, zieht ihren nicht existenten Bauch ein und begutachtet ihre Rückenansicht in dem bodenlangen Spiegel. Verfluchte Cellulite. Ohne BH sehen ihre Brüste erbärmlich aus und so gar nicht wie die zuvor erwähnten perfekten Boobs, mit denen sie heute Abend konkurrieren müssen. Sie entscheidet sich für ein paar High Heels von Prada für den so dringend benötigten zusätzlichen Sex-Appeal und trippelt zurück in die Küche, oben ohne. Josh trinkt sein Bier aus und zieht sein T-Shirt über den Kopf, um einen Körper zu enthüllen, der aussieht wie gemeißelt, wohldefiniert und kräftig. Er kommt mit großen Schritten auf sie zu, steckt zwei Finger in ihr Höschen und zieht sie zu sich heran. Noch bevor Dolly nach Luft schnappen kann, ist seine ganze Hand dort unten, schiebt sich zwischen ihre Beine und öffnet sie leicht. »Du willst mich, Babe, du musst schon die ganze Zeit darauf gewartet haben.«

»Ich bin immer für dich bereit, Josh«, haucht Dolly ihm ins Ohr, wohl wissend, dass es ihn jedes Mal total anmacht, seinen Namen zu hören.

Er umfasst ihre Hüften, dreht sie um und drückt ihren Oberkörper auf die Frühstückstheke, dann hebt er ihr rechtes Bein an und platziert es ebenfalls dort, um sie für ihn zu öffnen. Dolly fühlt die kalte Granitoberfläche unter ihren Brüsten. Josh lehnt sein Gewicht auf sie, um sie in dieser Position zu halten, während er den Reißverschluss seiner Jeans öffnet und die Hose herunterlässt, ohne sich die Mühe zu machen, sie ganz auszuziehen. Anschließend schiebt er ihr Höschen zur Seite und gleitet in sie hinein, stößt sie vor und zurück, vor und zurück auf der harten Granitoberfläche, wobei er sie auffordert, ihm *mehr zu geben*. Genau das, so stellt sie sich vor, sagt er hinter der Kamera zu den Models am Set. Sie versucht, den sexy Victoria-Secrets-Models nachzueifern, gibt sich alle Mühe, in seinen Augen genauso vögelnswert zu erscheinen wie diese perfekten Frauen, doch sie spürt, wie ihr Hintern bei jedem Stoß wabbelt, und krümmt sich innerlich bei der Vorstellung, wie das wohl aussehen muss.

Josh zieht sie auf den Holzfußboden und macht weiter, bis sie beide so laut stöhnen, dass sie es nicht länger aushalten. Anschließend bleiben sie für eine Minute so liegen. Keiner von ihnen sagt ein Wort, beide sind leicht schockiert über die Wucht dessen, was gerade passiert ist. Josh steht auf und nimmt sich noch ein Bier, während Dolly verknautscht und verletzlich auf dem Fußboden liegen bleibt. »Scheiße, das hab ich gebraucht«, keucht er.

Als Dolly aufsteht und ins Bad geht, ist sie sich ziemlich sicher, dass ihn nicht ihr verschwitzter Körper zu dieser Performance inspiriert hat. Josh hatte offenbar einen ziemlich erregenden Tag. Als sie die Dusche anstellt und unter den heißen Massagestrahl tritt, hört sie ihn hinter sich. Mein Gott, er wird doch nicht etwa auf mehr aus sein?

»Du solltest dir die Achselhöhlen rasieren, wenn du schon unter der Dusche bist, Babe. Sie sind ein bisschen, nun ja, stoppelig. Das sieht nicht gerade gut aus.«

Als Dolly am nächsten Morgen aufwacht, stellt sie fest, dass Josh bereits zur Arbeit gegangen ist, ohne sich von ihr zu verabschieden. Sie steigt aus dem Bett, ihr Rücken schmerzt dort, wo er gestern Abend über den Küchenboden geschrammt ist. *Egal,* denkt sie, *heute suchst du dir dein Hochzeitskleid aus!* Und sie ist fest entschlossen, etwas zu finden, das Josh aus den Socken hauen wird.

8

EMILY

Sie hat grauenhaft geschlafen letzte Nacht, wenn man denn überhaupt von Schlaf sprechen kann. Unruhig und nass geschwitzt ist sie immer wieder aus dem Schlaf hochgeschreckt von Kopfschmerzen, die ihren Schädel umklammert hielten wie ein Schraubstock und die sich jetzt auf eine kleine Stelle hinter Emilys linkem Auge zurückgezogen haben. Bei den ersten Sonnenstrahlen, die sich durch einen Spalt in den Schlafzimmervorhängen stehlen, ist sie erneut aufgewacht. Ihre Mutter muss die Vorhänge zugezogen haben, nachdem sie eingeschlafen war. Sie trägt noch immer das Wickelkleid – das hätte Mum ihr nie ausziehen können, ohne sie zu wecken –, doch nun klebt es an ihrer feuchtheißen Haut, und als sie den Kopf dreht, um auf die Uhr zu schauen (5.35 Uhr – igitt!), bemerkt sie einen unangenehm feuchten, kalten Fleck auf ihrem Kopfkissen und stellt fest, dass auch ihr Hinterkopf klatschnass ist.

Mein Gott, fühlt sie sich erschöpft! Für einen Augenblick bleibt sie still liegen und fragt sich, was sie zu dieser frühen Uhrzeit anfangen soll. Es dauert eine Weile, bis sich die Konturen des Zimmers scharf stellen, alles ist verschwommen und doppelt. Sie will auf keinen Fall noch mehr Paracetamol nehmen, sechs Tabletten in zwölf Stunden überschreiten bereits die in der Packungsbeilage angegebene Höchstdosis. Ihr fehlt die Energie, aufzustehen und sich eine Tasse Tee zu machen, aber sie kann auch nicht länger in diesem abstoßend klammen Bett bleiben. Sie fühlt sich grauenhaft und wünscht sich, jemand würde das Fenster öffnen und eine kühle Brise hereinlassen, die über sie hinwegstreicht, den ekelhaften Nachtschweiß trocknet und die abgestandene Luft aus dem Zimmer vertreibt.

Sie denkt an Daniel, den kleinen Jungen, den sie am Freitag früher aus der Kita nach Hause geschickt hat. Seine Haut war glühend heiß, das Gesicht gerötet, der Unterkiefer vor Kraftlosigkeit heruntergeklappt. Er hatte sich den ganzen Morgen über den Kopf gehalten und über heftige Schmerzen geklagt, außerdem hatte er den ganzen Tag lang nichts gegessen, sich vor dem Mittagessen aber schon zweimal auf sie übergeben. Emily hatte seine Mutter angerufen, die voller Panik hergekommen war, um ihn abzuholen und ihm alle vier Stunden einen Löffel Paracetamolsaft, kalten Johannisbeersaft und trockenes Toastbrot zu verabreichen – die Heilige Dreifaltigkeit, auf die jede Mum bei einem kranken Kind schwört. Ganz offensichtlich bezahlt Emily nun den Preis dafür, dass sie sich um den Kleinen gekümmert hat, aber das war ihr schon klar gewesen, als sie am Abend mit hämmernden Kopfschmerzen die Kindertagesstätte verlassen hatte.

Der Gedanke an kalten Johannisbeersaft führt Emily vor Augen, wie durstig sie ist. Sie sehnt sich nach einem

Glas Wasser und stellt sich vor, wie die Flüssigkeit ihre Kehle hinabrinnt und die erstickende Trockenheit wegspült, die sich über Nacht bemerkbar gemacht hat.

Sie wird wohl oder übel aufstehen müssen, wenn sie nicht austrocknen will. Als sie die Beine aus dem Bett schwingt und sich auf den rechten Ellbogen stützt, werden die Kopfschmerzen schlimmer. Es ist, als würde jemand einen Schraubenzieher durch ihren linken Augapfel bohren und immer tiefer und tiefer in ihren Kopf vordringen, durch die Hornhaut, den Muskel und das Gehirn, bis es nicht mehr weitergeht. Der Schraubenzieher bleibt stecken, während der Schmerz darum herum pulsiert. Der arme Daniel, dieser Infekt ist wirklich grässlich.

Emily tappt zur Schlafzimmertür und schleicht auf Zehenspitzen über den mit Teppich belegten Treppenabsatz in Richtung Badezimmer am Ende des Flurs, die Arme zu beiden Seiten ausgestreckt, um das Gleichgewicht zu halten. Vielleicht liegt es an der Erschöpfung, dass der Fußboden mit der Wand verschmilzt, die wiederum in die Decke übergeht, und überhaupt ist alles seltsam. Im Bad beugt sie sich übers Waschbecken, spürt, wie ihre Beine zittern, und spritzt sich eine Handvoll kaltes Wasser ins Gesicht, den Mund geöffnet, um gleichzeitig zu trinken. *Was für eine Erleichterung!* Als sie sich wieder aufrichtet und einen Blick in den großen Spiegel wirft, stellt sie fest, dass sie kalkweiß ist, obwohl sie das Gefühl hat, ihr Blut würde förmlich kochen. Ihre Haut wirkt fahl, gar nicht wie ihre eigene. Als hätte man sie aus dem Grab gezogen. Ihre Augen blicken müde, das linke hängt merklich tiefer, die Pupille ist erweitert.

Jetzt, da sie aufrecht steht, nimmt die Übelkeit überhand, ihr Mund ist plötzlich voller Spucke, und sie weiß, dass sie sich jeden Moment übergeben wird. In diesem Augenblick betritt Gloria das Bad, gerade noch rechtzeitig, um Emily die Haare aus dem Gesicht zu halten, die ihren Mageninhalt in das makellos weiße Waschbecken entleert. Als endlich nichts mehr kommt, drückt Glo Zahnpasta auf Emilys Zahnbürste, reicht sie ihr und füllt einen Becher mit Mundwasser. »Nur einmal kurz ausspülen, dann geht es dir gleich besser.«

»Ich habe diese Woche keine Zeit zum Kranksein, Mum, ich muss doch mein Hochzeitskleid aussuchen«, kann Emily gerade noch hervorstoßen, bevor ihre Mutter sie in ihr Schlafzimmer zurückbringt. Sie drückt Emily in den Polstersessel neben der Frisierkommode und macht sich daran, das Bett frisch zu beziehen. Emily ist dankbar für das meisterhaft gebügelte, nach Weichspüler duftende Kopfkissen, und noch dankbarer ist sie, als Glo eine kurze Schlafanzughose und ein lockeres Hemdchen aus der Kommode nimmt und ihr aus dem durchgeschwitzten Wickelkleid heraushilft. Dem Himmel sei Dank, dass es Mum gibt, denkt sie, als sie die frischen Sachen überzieht.

»Du bleibst im Bett, Emily. Ich rufe Dr. Blake an und mache für heute Vormittag einen Termin aus. Es ist Montag, deshalb wird sie viel zu tun haben, trotzdem bin ich mir sicher, dass sie dich dazwischenschiebt. Wozu hat man eine Allgemeinmedizinerin im engen Freundeskreis? Diese Kinder in der Krippe sind doch die reinsten Bakterienschleudern! Hast du das Handdesinfektionsmittel benutzt, das ich dir gekauft habe? Daran musst du unbedingt denken, wenn du nicht ständig krank sein willst.«

Emily ist zu erschöpft, um etwas zu erwidern, und schließt die Augen. Im selben Moment blickt das besorgte Gesicht ihres Dads zur Tür herein.

»Alles okay, Liebling?«

Emily lächelt schwach und sieht gerade noch, wie ihr Vater einen Luftkuss in ihre Richtung wirft, dann ist sie wieder eingeschlafen.

Emily sitzt im Wartezimmer der Arztpraxis, die Augen hinter einer riesigen Sonnenbrille versteckt, und versucht, nichts und niemanden zu berühren. Die Leute um sie herum husten und niesen die ganze Zeit. Ein kleines Kind bekommt einen Wutanfall, weil man ihm verbietet, die Seiten aus den alten Zeitschriften zu reißen, die sich auf dem Wartezimmertisch türmen. Das Geschrei ist mehr, als Emily ertragen kann. Was würde sie für Lärmschutzkopfhörer geben! Die Mutter der Kleinen sieht noch schlimmer aus als Emily, und sie fragt sich, woher die Frau bloß die Kraft nimmt, sich zu beherrschen.

Emily umklammert eine leere Sainsbury-Tüte, die ihre Mum ihr mitgegeben hat für den Fall, dass sie sich erneut übergeben muss. Sie mag sich gar nicht vorstellen, was für eine Strafpredigt sie von der an eine Gefängniswärterin erinnernde Arzthelferin am Empfang über sich ergehen lassen müsste – eine Vorstellung, die ihre Übelkeit nur noch verstärkt. *Das war keine gute Idee,* denkt Emily. *Wenn ich hier rauskomme, bin ich noch kränker als zuvor.* Glo hat sie zur Praxis gefahren, unglücklich darüber, dass Emily darauf bestanden hat, allein zu dem

Termin zu gehen. Immerhin hat sie dafür gesorgt, dass ihre Tochter eingeschoben wird. Nicht einmal die Gefängniswärterin hat es gewagt, Glo eine Abfuhr zu erteilen. Jetzt gehen Emily Hunderte von Hochzeitsgedanken durch den ohnehin übervollen Kopf.

1. Soll ich eine Rede halten? Wenn ja, werde ich Dad damit vor den Kopf stoßen? Was soll ich sagen? Oder ist das zu viel Druck?
2. Cocktailhäppchen. Ob wirklich irgendwer Entenleberpastete mag? Wären nicht Fish & Chips in diesen niedlichen Minipapiertütchen besser? Oder wird Dad behaupten, dass er das nicht mag, obwohl das nicht stimmt?
3. Blumen. Dad will endlich wissen, was er anpflanzen soll. Du musst um Himmels willen eine Entscheidung treffen, Emily. Aber was pflanzt man um diese Jahreszeit? Etwas, das nicht unbedingt ein Vermögen kostet. Wie viele Blumen brauche ich überhaupt? Wie soll mein Brautstrauß aussehen? Abgesehen von Rosen, Osterglocken, Gänseblümchen und Tulpen weiß ich doch noch nicht einmal, wie die Blumen heißen, und ich bin mir ziemlich sicher, dass das nicht gerade das ist, was man in einem Brautstrauß verwendet.
4. Das Kleid. Keine Ahnung. Lass dir was einfallen! Du hast diese Woche deine erste Anprobe, und du wirst von einem riesigen Publikum begleitet, das unterhalten werden will.
5. Mark möchte wissen, wohin die Hochzeitsreise gehen soll. Kann er sich nicht einfach selbst etwas überlegen? Doch was, wenn ich ihn entscheiden lasse, und

am Ende machen wir eine schweißtreibende Bergtour durch Bhutan?

6. Wunschzettel. Sollen wir eine Geschenkeliste schreiben oder nicht? Wirkt das zu gierig oder hilft es den Gästen, etwas auszusuchen? Vielleicht hat Mum ein paar Ideen, was wir für unseren Haushalt brauchen könnten. Immerhin ist sie darin eine echte Expertin.
7. Die Kleider für die Brautjungfern. Vielleicht sollte ich mir erst einmal überlegen, wer überhaupt Brautjungfer wird?

Nach quälenden fünfundvierzig Minuten im Wartezimmer, in denen Emily noch schmerzlicher bewusst wird, wie viel Arbeit bis zur Hochzeit noch vor ihr liegt, erscheint das freundliche Gesicht von Dr. Sarah Blake.

»Emily, wenn du bitte mitkommen würdest?«

Sie gehen den schmalen Gang entlang zu Dr. Blakes Sprechzimmer. Emily bemerkt die abblätternde Farbe an den farblich nicht zusammenpassenden Türen – die flackernde Neonröhre ist Gift für ihre Kopfschmerzen. Sie kommen an einer leuchtend rosa Tür vorbei, die zur Damentoilette führt, und an einem riesigen Metallschrank, in dem Berge von Verbandsmaterial, nierenförmigen Pappschalen sowie Becher und Röhrchen für alle möglichen Proben untergebracht sind. Es riecht nach Desinfektionsmittel, was neuerliche Übelkeit in ihr hervorruft. Sie nimmt auf dem durchgesessenen Lederstuhl vor Dr. Blakes Schreibtisch Platz und bedauert, dass sie sich nicht ein klein wenig lebhafter geben kann. Seit sie denken kann, ist Sarah Blake ihre Hausärztin und eine geschätzte Freundin ihrer Eltern.

»Jetzt dauert es nicht mehr lange, nicht wahr?«, beginnt Dr. Blake und versucht, Ordnung in das Durcheinander auf ihrem Schreibtisch zu bringen.

»Entschuldigung?« Emily ist zu erschöpft, um sich auf das Gespräch zu konzentrieren.

»Die Hochzeit! Wie lange ist es noch bis dahin? Fünf Monate? Ich habe mir schon einen Hut ausgesucht. Wie dem auch sei – was kann ich für dich tun, Emily? Du siehst gar nicht gut aus.« Sie blickt von dem Unterlagenwust auf ihrem Schreibtisch auf und konzentriert sich auf Emilys bleiches, lebloses Gesicht.

»Ich brauche bloß irgendein megastarkes Schmerzmittel, damit ich endlich diese elenden Kopfschmerzen loswerde.« Emily sackt auf dem Stuhl zusammen, die Beine ausgestreckt, als wolle sie sich am liebsten hinlegen.

»Wie lange hast du die Kopfschmerzen schon?«

»Das ist heute der vierte Tag in Folge.«

»Ununterbrochen? Hat der Schmerz denn gar nicht nachgelassen?« Sarah sucht zwischen Rezeptblöcken, medizinischen Fachschriften und einem umgekippten Karteikasten, aus dem fächerförmig jede Menge Adresskarten quellen, nach einem Kugelschreiber.

»Nein.« Ihre Antworten so knapp zu halten, dürfte für die Ärztin nicht gerade hilfreich sein, aber Emily fehlt die Kraft für dieses Gespräch, sie möchte einfach nur dieses verdammte Schmerzmittel haben.

»Und wo genau sitzt der Schmerz?«

»Hinter meinem linken Auge. Es ist ein stechender Schmerz, als hätte man mich auf einen Pfahl gespießt.« Ihre Beschreibung ist so zutreffend, dass Emily zu würgen beginnt.

»Aha. Normalerweise hast du keine Kopfschmerzen, oder?«

Dr. Blake hat die Suche nach einem Stift aufgegeben und frischt stattdessen ihre Erinnerung an die Krankengeschichte von Emilys Familie am Computer auf.

»Nein, zumindest nicht so wie in den letzten vier Tagen. Allerdings bin ich fast ständig von dreißig schreienden Kleinkindern umgeben, deshalb ist es wohl kein Wunder, wenn einem ab und zu der Kopf wehtut. Außerdem bin ich damit beschäftigt, die Hochzeit vorzubereiten, ein Haus zu kaufen und zwei feierwütige Elternpaare unter Kontrolle zu halten.«

»Irgendwelche anderen Symptome? Ich nehme an, du trägst die Sonnenbrille, weil du ein bisschen lichtempfindlich bist?«

»Sonnenbrille?«

»Die, die du aufhast, Emily.« Dr. Blakes Augenbrauen ziehen sich besorgt zusammen.

»O Gott, Entschuldigung, die hatte ich ganz vergessen. Ja, die Brille lindert zwar nicht unbedingt den Schmerz, aber ohne fühle ich mich noch schlechter.«

»Okay … Was ist mit Übelkeit?«

»Ja, heute Morgen ist mir schlecht geworden.« Sie versucht, nicht zu schlucken; ihre Kehle brennt immer noch vom vielen Würgen.

»Temperatur?«

»Ich habe noch nicht gemessen, aber mir ist ziemlich heiß. Eins der Kinder aus der Krippe hatte am Freitag genau die gleichen Symptome, wahrscheinlich habe ich mich angesteckt. Gibt es irgendetwas, das mich schnell wieder auf die Beine bringt?« Sie setzt sich etwas aufrechter, da sie davon ausgeht, gleich ein Rezept ausgehändigt zu bekommen und sich auf den Weg machen zu können.

»Erst mal möchte ich dich untersuchen.«

Emily mag Dr. Blake sehr, aber das geht ihr jetzt doch ein wenig gegen den Strich. Sie hat schon fast eine Stunde im Wartezimmer verschwendet, und jetzt will sie einfach nur nach Hause, ihre Medikamente einnehmen und sich im Bett verkriechen. Aber nein – Dr. Blake misst ihre Temperatur (39°C), prüft ihren Blutdruck (allem Anschein nach hoch), leuchtet mit einer grellen Stablampe ihren Augapfel an (*im Ernst?*), drückt fest auf die Drüsen an beiden Seiten ihres Halses und stellt jede Menge Fragen zum medizinischen Hintergrund ihrer weit verzweigten Familie, die Emily längst nicht alle beantworten kann. Vermutlich hätte sie diese Gründlichkeit an einem anderen Tag zu schätzen gewusst, aber nicht heute, nicht, wenn sie derart erschöpft ist.

»Sag mir genau, wo der Schmerz sitzt, Emily.«

Ach Mensch, nun mach schon …

»Er sitzt direkt hinter meinem linken Auge, aber er reicht bis tief in meinen Kopf hinein. Da war er die ganze Zeit über, doch er ist schlimmer und schlimmer geworden. Ich bin einfach total gestresst – was keine große Überraschung ist.« Sie seufzt tief. Gereizt.

»Genau das ist meine Sorge, Emily. Was du beschreibst, ist eben kein Stresskopfschmerz, denn der geht für gewöhnlich von der Stirn aus. Man fühlt sich, als würde man eine zu enge Mütze oder einen zu engen Hut tragen. Das, was du mir schilderst – die exakte Lokalisierung des Schmerzes, gekoppelt mit den übrigen Symptomen –, weist auf eine andere Problematik hin. Ich überlege, dich ins Allgemeinkrankenhaus in Oxford zu überweisen, damit du ein MRT machen lassen kannst.«

»Wie bitte? Ist das nicht ein klein wenig übertrieben? Außerdem geht das gar nicht – dazu fehlt mir einfach die Zeit.« Sie sitzt jetzt kerzengerade, ihre Körpersprache gibt klar und deutlich zu verstehen, dass sie eigentlich woanders sein müsste.

»Du gehst morgen aber nicht zur Arbeit, oder?«

»Ähm, nein.« Ertappt.

»Nun, dann nehmen wir das gleich morgen in Angriff. Die Radiologin ist eine ehemalige Kollegin von mir; sie wird dich bestimmt einschieben, wenn ich sie darum bitte. Ich werde dir erst etwas verschreiben, wenn ich genau weiß, womit wir es zu tun haben, Emily. Das MRT wird uns einen klaren Blick auf die Blutgefäße in deinem Gehirn ermöglichen, sodass wir erkennen können, ob dort irgendwelche Verletzungen oder eine Arterienverstopfung vorliegt.«

»Ich muss jetzt aber nicht ›Gehirntumor‹ googeln, oder?«, fragt Emily flapsig.

»Nein, Emily. Dann hättest du diese Symptome vermutlich schon einige Zeit länger. Hör mal, ich mache mir keine übermäßigen Sorgen, und das solltest du auch nicht tun, aber sicher ist sicher. Ich als Allgemeinmedizinerin stoße hier an eine klare Grenze, denn ich kann dich nur von außen ansehen. Wenn die Möglichkeit besteht, der Schmerzursache von innen her auf den Grund zu gehen, warum sollten wir sie dann nicht nutzen? Wenn ich jetzt anrufe, könntest du vielleicht sogar heute noch drankommen. Nimm doch noch einmal im Wartezimmer Platz, ich gebe dir Bescheid, wenn ich meine Kollegin erreicht habe. Und mach einen Termin bei deinem Optiker aus, damit wir auch das abklären können.«

Zurück im Wartezimmer ruft Emily von ihrem Handy aus ihre Mum an, doch sie wird direkt an den Anrufbeantworter weitergeleitet, also bestellt sie sich ein Taxi. Das ist einfacher, als Glo herzubemühen, damit sie sie abholt. Fünfzehn Minuten später hat Dr. Blake einen Termin für sie im Oxford General ausgemacht, und sie sitzt im Taxi auf dem Weg in die Klinik, als plötzlich ihr Handy klingelt.

»Hi, Mum. Ja, es geht mir schon viel besser. Ich schaue noch schnell beim Blumenladen vorbei, um eine Vorstellung zu bekommen, was ich überhaupt haben möchte. Es wird nicht lange dauern, ich bin bald zu Hause!«

Das ist das Großartige bei der Hochzeitsplanung: Man hat tausend Gründe und Vorwände, weiß Gott wo zu sein, selbst wenn man gar nicht da ist.

Verlegen, weil sie die größte, hässlichste Unterhose trägt, die sie besitzt (*nicht vergessen, sexy Dessous für die Hochzeitsreise auf die To-do-Liste setzen),* zieht sich Emily in dem kleinen Raum in der Radiologie aus und ein steifes grünes Krankenhausnachthemd an – eins mit nicht erreichbaren Bändern im Rücken, sodass keine Hoffnung besteht, es zuzubinden. Man hat sie gebeten, sämtliche Metallgegenstände am Körper zu entfernen – Schmuck, Kleidung mit Reißverschlüssen, Drahtbügel-BH – und zusammen mit ihren Wertsachen in den kleinen grauen Spind einzuschließen. Emily hat beschlossen, alles bis auf die riesige Unterhose auszuziehen. Wenn sie sich schon eine Stunde lang hinlegen muss, kann sie es sich genauso gut gemütlich machen. Sie hat schon von diesen Kernspins gehört, weiß, dass die magnetische Anziehungskraft in diesen Röhren so stark ist, dass sogar medizinische Gerätschaften durch den Raum fliegen oder Möbelstücke angezogen werden können. Im Augenblick ist Emily für zwei Dinge dankbar. 1. Sie ist halbwegs zierlich, denn die Röhre, in der sie liegen muss, ist erstaunlich eng. 2. Sie hat keine Platzangst, denn der Raum zwischen Kopf und Decke ist minimal.

Die ganze Sache erscheint ihr so willkürlich. Um diese Zeit haben die Kinder in der Kita gerade ihr Frühstück beendet, und sie sollte eigentlich damit beschäftigt sein, Coco Pops vom Boden zu fegen, doch stattdessen bittet eine gelehrt wirkende ältere Frau namens Mary, dass sie sich mit dem Rücken auf die Liege legt. Anschließend schiebt sie Emily ein Polster unter die Knie, damit sie es bequemer hat. Die Liege hat eine Ausbuchtung, in die ihr Kopf hineinkommt, und Mary breitet eine Decke über sie aus, weil sie es warm haben soll. Als sie damit fertig ist, bietet sie ihr einen Kopfhörer an – wegen der Geräusche ist es angenehmer, wenn sie während des Kernspins Musik hören kann –, außerdem drückt sie ihr einen Panikknopf in die Hand, falls sie während des Prozederes durchdreht. Weit davon entfernt, in Panik auszubrechen, freut sich Emily darauf, sich hinlegen zu können. Das, so denkt sie, ist vermutlich das Problem, wenn man eine so enge Beziehung zu seiner Hausärztin pflegt. Hätte Dr. Blake jemanden, den sie nicht so gut kennt, sofort ins MRT geschickt? Ist sie einfach übervorsichtig, weil sie eine persönliche Freundschaft mit der Familie verbindet? Vielleicht reagiert Emily etwas zu schroff, aber das alles kommt ihr so überflüssig vor. Sie hat Kopfschmerzen – zugegebenermaßen ziemlich heftige –, aber wer geht denn mit Kopfschmerzen gleich in die Klinik? Oder gibt es irgendetwas, das sie nicht weiß? Irgendeine unangenehme medizinische Vorgeschichte in der Familie, die man ihr vorenthalten hat? Hat Dr. Blake eine oscarreife Vorstellung in der Rolle als leicht besorgte Ärztin hingelegt, obwohl sie in Wirklichkeit denkt, dass Emily kurz davorsteht, ihren letzten Atemzug zu tun? Nein, das kommt ihr unwahrscheinlich vor. Das hier ist lediglich viel Wirbel um nichts … Vielleicht fürchtet sich Dr. Blake auch vor Gloria, die ihr die Hölle heißmacht, sollte sie irgendetwas übersehen. Emily fühlt sich wie einer von diesen Hypochondern, von denen man immer wieder liest – Menschen, die das Budget des staatlichen Gesundheitsdiensts erschöpfen, obwohl sie einfach Ibuprofen nehmen und sich ins Bett legen könnten. So ein Aufwand, nur um ein anständiges Schmerzmittel von Dr. Blake verschrieben zu bekommen!

Nat King Coles »Unforgettable« dringt in Emilys Ohren, ein kühler Luftzug weht durch die Röhre, und Emily schließt die Augen. Klopfende Geräusche in unterschiedlicher Lautstärke und unterschiedlichem Tempo sind um ihren Kopf herum zu hören – ähnlich Maschinengewehrsalven, aber leicht gedämpft durch die Musik. Die kühle Brise vermittelt einem die Illusion, an der frischen Luft zu sein, und Emilys Gedanken schweifen zu ihren Flitterwochen – sie und Mark, Hand in Hand an einem sonnigen Strand, die Zehen versinken im warmen Sand. Sie stellt sich vor, wie sie am Pool Cocktails trinken. Die Luft duftet süß nach Frangipani, und sie verbringen ihre Tage auf großen Liegen, bestellen Spieße mit köstlichem Obst, trinken Roséwein unter einem gestreiften Sonnenschirm und verdrücken jede Menge Hummer und Garnelen, fangfrisch aus dem Meer. Doch mehr als alles andere sieht sie, wie sie miteinander lachen und plaudern und Pläne für ihre gemeinsame Zukunft schmieden: das Haus, in das sie ziehen werden, die guten Zeiten, die sie miteinander verbringen, die Babys, die sie bekommen, die Familie, zu der sie zusammenwachsen werden. Der Tagtraum ist so schön, dass sie fast gar nicht möchte, dass die Kernspin schon vorüber ist, doch eine Stunde später steht sie wieder in der Umkleide und kämpft sich aus dem Nachthemd.

»Haben Sie heute Nachmittag schon etwas vor?«, fragt Mary.

»Nein, ich fahre nach Hause und mache mich an die Hochzeitsplanung«, antwortet Emily. »Ich heirate in ein paar Monaten.«

»Oh.« Marys Gesicht scheint kurz zu entgleisen, dann fängt sie sich wieder. »Nun, ich wünsche Ihnen alles Gute, Emily. Bitte lassen Sie Ihr Handy eingeschaltet, Sie werden in Kürze die Ergebnisse erhalten.«

»Das mache ich. Auf Wiedersehen.«

Als Emily den Raum verlässt, wirft sie noch einen Blick über die Schulter und sieht, dass Mary zum Telefon greift.

»Ja, hier spricht Mary von der Radiologie«, sagt sie. »Könnten Sie mir den Chefarzt schicken? Ich möchte ihm etwas zeigen.«

Während Emily draußen auf einer der traurigen Gedenkbänke sitzt – die glänzende goldene Plakette an ihrer verkündet, dass diese Bank einem »treu sorgenden Ehemann und Vater« gewidmet ist – und auf ihr Taxi wartet, denkt sie über Marys Anruf nach.

Die Radiologin hat an diesem Vormittag sicher jede Menge Kernspins durchgeführt, was bedeutet, dass sie sich nicht unbedingt auf Emilys Ergebnisse bezogen haben muss. Im Grunde ist das auch gar nicht möglich – sie sind ja gerade erst fertig geworden. Außerdem weiß sie, dass die Leute, die die MRTs durchführen, die Aufnahmen in der Regel nicht auswerten.

Sie lässt sich auf die Rückbank des Taxis fallen, froh, endlich nach Hause zu können. Auf ihrem Display sieht sie einen Anruf in Abwesenheit von ihrer Mutter. Ach ja, die Blumenladen-Flunkerei, sie sollte sich besser etwas einfallen lassen. Das Gute ist, dass die Kopfschmerzen endlich nachgelassen haben (*offenbar brauchte sie einfach nur eine Pause)* und dass sie nun weiß, dass sie sich ein exotisches Flitterwochenziel wünscht, vielleicht Thailand oder Bali – diesen Punkt kann sie also von ihrer Liste streichen. Der Morgen war also doch keine reine Zeitverschwendung. Die zwanzigminütige Fahrt nach Hause zieht sich ewig hin, dank des Taxifahrers, der jede rote Ampel und jeden Stau mitnimmt. Aus zwanzig Minuten werden vierzig, und als sie endlich die Ortschaft erreichen, klingelt ihr Handy.

»Emily, hier spricht Sarah Blake.«

»Oh, hi, Dr. Blake? Sie wollen mich doch nicht etwa kontrollieren? Ich war beim MRT, und jetzt bin ich gleich zu Hause.«

»Ich weiß, dass du da warst, Emily.«

Verflixt, sie klingt wie eine Frau, die endlich Feierabend machen will.

»Ja, richtig. Nun, es ist alles gut gelaufen, und um ehrlich zu sein, habe ich die Zeit für mich sogar genossen. Es tut mir leid, dass ich Sie vorhin so angefahren habe.«

»Ich möchte, dass du noch einmal in die Praxis kommst, Emily.« Dr. Blakes Stimme klingt vollkommen nüchtern, von ihrer üblichen Fröhlichkeit ist nichts zu spüren.

»Wie bitte? Habe ich etwas vergessen?«

»Nein, du nicht, aber ich ...«

»Ach, mein Rezept! Macht es Ihnen etwas aus, eine E-Mail an die Apotheke hier im Dorf zu schicken? Ich habe heute schon ein kleines Vermögen für Taxis ausgegeben, und nichts für ungut, Dr. Blake, aber ich will jetzt einfach nur noch ins Bett.«

»Emily, ich rufe an, weil ich die Ergebnisse deiner Kernspintomografie vor mir liegen habe. Ich bitte dich dringend, noch einmal herzukommen. Könntest du vielleicht jemanden mitbringen? Kann Glo dich begleiten?«

Schlagartig verschwindet das Lächeln von Emilys Gesicht. Gerade als das Haus in Sicht kommt, lässt sie den Taxifahrer anhalten und nennt ihm die Adresse der Praxis.

»Ich bin schon unterwegs«, sagt sie. Das Taxi wendet. Im Seitenspiegel sieht Emily ihren Vater, der im Vorgarten herumwerkelt und die Blumenbeete für den großen Tag vorbereitet.

Emily nennt der unfreundlichen Arzthelferin am Empfang ihren Namen und wird aufgefordert, sich unverzüglich in Dr. Blakes Sprechzimmer zu begeben. Sie klopft an und tritt ein. Die Ärztin brütet über etwas, das aussieht wie Röntgenaufnahmen von ihrem in Scheiben geschnittenen Gehirn.

»Bist du allein gekommen, Emily?«

»Ja, aber wenn ich Ihr Gesicht so sehe, wünschte ich, ich hätte das nicht getan.«

Dr. Blake sieht aus, als hätte sie geweint. Ihre Augen sind gläsern, neben ihrer Computertastatur liegt ein verräterisches Taschentuch. Sie steht auf und zieht ihren Stuhl um den Schreibtisch herum zu Emily, dann setzt sie sich und nimmt ihre Hand.

Ach du lieber Himmel!

»Ich fürchte, die MRT-Ergebnisse sind gar nicht gut, Emily. Es hat sich herausgestellt, dass du ein Gehirnaneurysma hinter dem linken Auge hast. Es ist sehr groß, etwas über zweieinhalb Zentimeter, und ist tief ins Hirngewebe eingebettet. Ich habe eine halbe Stunde lang mit dem Chefarzt des Oxford General telefoniert, und obwohl noch zahlreiche weitere Gespräche anstehen, ist sein erster Eindruck, dass es aufgrund seiner Position und der Größe inoperabel ist.«

Emilys Hände wandern unwillkürlich zu ihrem Gesicht und schließen sich um ihre Wangen, während sie tief Luft holt. Ein Aneurysma. Inoperabel. Warum setzt Dr. Blake voraus, dass sie weiß, was ein Aneurysma ist? Sie weiß es nämlich nicht. »Was bedeutet das?«, fragt sie, während ihr die Tränen in die Augen treten.

»Ich bin keine Expertin auf diesem Gebiet, Emily, und wir müssen dich sofort an einen Spezialisten überweisen, aber grundsätzlich bedeutet es, dass du ein entzündetes Blutgefäß im Gehirn hast, das sich mehr und mehr aufbläht und einen deiner Kranialnerven abdrückt – dieser

Druck ist aller Wahrscheinlichkeit nach verantwortlich für deine Kopfschmerzen. Der Größe nach zu urteilen ist es schon eine ganze Weile da. Zuerst müssen wir nun herausfinden, wie wir verhindern können, dass es platzt, und wie wir am besten damit umgehen. Es ist sehr wichtig, im Auge zu behalten, dass du bis jetzt sehr gut damit gelebt hast.«

Hört sie wirklich richtig? Emily kommt sich unglaublich dumm vor. Warum hat sie die Sache nicht ernster genommen? Warum ist sie nicht dankbarer gewesen für die umgehende Überweisung ins Oxford General? Aber nichts davon macht Sinn.

»Wie konnte es dazu kommen? Ist das wirklich etwas Ernstes? Gibt es etwas, was man dagegen tun kann? Es gibt doch mit Sicherheit Medikamente, die dafür sorgen, dass es sich wieder zusammenzieht, oder?«

Sie feuert die Fragen so schnell auf Sarah Blake ab, dass sie selbst kaum noch mitkommt. Die Worte klingen hohl, hallen in dem unaufgeräumten Sprechzimmer wider, als würden sie gar nicht aus Emilys Mund kommen.

»Muss ich sterben, Dr. Blake?« Sie kommt sich beinahe albern vor, ihre Befürchtung auszusprechen. Wie melodramatisch ist das denn? Wie seltsam, eine solche Frage zu stellen, wo sie doch noch vor einer Stunde ihre Flitterwochen geplant hat.

Schweigen. Dr. Blake ringt augenscheinlich nach einer schonenden Art und Weise, ihr beizubringen, was gesagt werden muss. Emily beschließt, ihr zu helfen.

»Werden Sie Ihren Hut umtauschen, Sarah?«

»Die Frage kann ich dir nicht beantworten, Emily«,

flüstert sie, doch die unerwartete Ehrlichkeit, die sie Emily entgegenbringt, klingt wie ein Donnerhall.

Und dann sieht Emily, wie eine einzelne Träne über Dr. Blakes Gesicht rinnt, von ihrer Wange tropft, in ihrem Schoß landet und zerplatzt. In den siebenundzwanzig Jahren, die sie Sarah Blake als Ärztin und Freundin der Familie kennt, hat sie sie noch nie weinen sehen.

9

JESSIE

Noch fünf Monate

Brautjungfern. Jessie braucht Brautjungfern. Die Frage ist bloß – wen? Camilla hat bereits kräftig mit dem Zaunpfahl gewinkt, daher hat Jessie sich bereit erklärt, die Enkelinnen von zwei Freundinnen darum zu bitten, Blumenmädchen zu sein. Die pfingstrosenfarbenen Kleider mit den eleganten Kellerfaltenröckchen und den Puffärmeln von Nicki Macfarlane sind bereits bestellt – wenn sie für Kate Middleton gut genug waren, dann doch sicher auch für sie … Jetzt braucht Jessie erwachsene Begleiterinnen, oder soll sie darauf verzichten? Was wäre, wenn sie dieses Detail außer Acht lässt? Sie weiß niemanden, der dafür infrage kommen könnte. Ihre ehemaligen Schulfreundinnen interessieren sie nicht, die ehemaligen Arbeitskolleginnen – selbst die, mit denen sie in Kontakt geblieben ist – ebenfalls nicht, und neue Freundschaften hat sie nicht geschlossen. Sie weiß, dass sie ihre jüngere Schwester fragen sollte, aber Jessie möchte nicht, dass Claire, die bei einer Körpergröße von einem Meter fünfundsechzig knapp neunzig Kilo auf die Waage bringt, kein Interesse an Make-up zeigt und ständig mit fettigen Haaren herumläuft, hinter ihr durch den

Mittelgang der Kirche zum Altar schreitet und die elegante Ästhetik zerstört, für die Jessie so viel Geld ausgegeben hat. Aber Claire ist nun mal ihre Schwester. Es versteht sich von selbst, dass sie an einem solchen Tag miteinbezogen werden sollte, und Jessie weiß genau, dass sie Claire verletzt, wenn sie sie ausschließt. *Selbstverständlich solltest du Claire fragen, das ist das einzig Richtige*, doch irgendwie kann sich Jessie nicht recht mit dem Gedanken anfreunden, ist hin- und hergerissen zwischen ihrem Wunsch, das Richtige zu tun, und ihrem Bestreben, dafür zu sorgen, dass die Hochzeit bis ins kleinste Detail perfekt wird.

Vielleicht sollte sie sich über diesen Unsinn besser keine Gedanken machen, sonst kommt sie noch zu spät zu ihrem allerersten Jagdtreffen, und vielleicht lernt sie dort jemanden kennen, der die Brautjungfernlücke in ihrer Hochzeitsplanung füllen kann.

Als sich Jessie dem in ihrem Navi nicht verzeichneten Feld nähert, auf dem die Jagd beginnen soll, fallen ihr Camilla Coleridges Worte wieder ein: *Es macht keinen Sinn, so zu tun, als sei man jemand, der man nicht ist.* Camilla gegenüber hat sie so getan, als sei sie eine weitaus versiertere Reiterin, als sie tatsächlich ist – ein paar überstürzte Unterrichtsstunden in letzter Minute, um sich allererste Grundkenntnisse anzueignen, zum Beispiel wie man auf das verdammte Ding aufsteigt –, und nun findet sie sich auf dem Anwesen des Duke of Beaufort wieder (selbstverständlich ein persönlicher Freund der Coleridges) und versucht verzweifelt, die Jagdgesellschaft zu entdecken, die in – *Oh, verdammt!* – zehn Minuten aufbrechen wird. Camilla hat Jessie für den heutigen Tag freundlicherweise (dummerweise) Horace gegeben, eines ihrer *besten Pferde.* Wo ist Adam? Jessie weiß, dass sie nicht weit vom Treffpunkt entfernt sein kann, denn entlang der schmalen Landstraße, die sie seit nunmehr fünfunddreißig Minuten ziellos abfährt, parkt ein Allradwagen neben dem anderen.

Dann entdeckt sie sie, auf einem offenen Feld auf der anderen Straßenseite. Es müssen mindestens zweihundert Reiter sein, allesamt gekleidet wie … O Gott, zumindest nicht so, wie Jessie gekleidet ist. Warum hat sie Adam nicht nach Einzelheiten befragt, als er heute Morgen *Zieh dich für die Jagd an!* gerufen hat und aus dem Haus gestürmt ist? Eine Stunde später hat er ihr eine SMS geschickt mit dem Rat: *Frag Lady C. nach der passenden Jagdausrüstung, sie wartet auf deinen Anruf,* doch Jessie hat nicht darauf reagiert, wollte nicht wieder völlig ahnungslos erscheinen. Und so hat sie sich fürs Reiten angezogen anstatt für die Jagd. Völlig daneben. Jessie sieht die Hunde, so viele Hunde, große Hunde, begierig darauf zu töten. *Du darfst niemals zugeben, dass du Hunde nicht magst.*

Sie steigt aus dem Wagen und sprintet mit baumelnden Ohrringen über das schlammige Feld auf die Gesellschaft zu. Als sie zu der Gruppe stößt, ist sie schweißgebadet, der rosa glänzende Lippenstift verlaufen. Jetzt erst kann sie sehen, was für einen kolossalen Fehler sie mit ihrem Outfit begangen hat. Die eingefleischten Jäger tragen allesamt etwas, das aussieht wie ein marineblauer Samtzylinder, manche auch einen schlichten marineblauen Samthelm (völlig anders als ihr Helm mit rosa- und orangefarbener Seidenbespannung und feschen kleinen Bommeln am Rand), marineblaue Jagdröcke mit Lederkragen (ihre Jacke ist aus Tweed), dazu rehbraune Reithosen (hochpreisige schwarze Sportleggins), gestärkte weiße Reithemden mit aufwendig gebundenem Plastron (ihre Tweedjacke verbirgt zumindest das T-Shirt von Abercrombie, das ihre Brüste zur Geltung bringt) und kniehohe schwarze Lederreitstiefel (Jessies Gummistiefel sind Gott sei Dank schwarz, um ein Haar hätte sie sich für die lustigen roten entschieden).

»Verdammt, verdammt, verdammt. Bitte, lieber Gott, *bitte, bitte, bitte* mach, dass das nicht wahr ist«, fleht Jessie gen Himmel gewandt. Es ist, als hätte jemand die Uhr zurückgedreht und sie würde zu ihrer Klausur in Naturwissenschaften erscheinen, nur um festzustellen, dass heute die mündliche Französischprüfung ansteht. Sie ist absolut unvorbereitet auf das, was sie nun erwartet.

Solange sie außer Hörweite ist, flucht sie, was das Zeug hält.

»Diese verdammte Hochzeit bestimmt inzwischen schon mein ganzes Leben! Wieso war mir nicht klar, was für Klamotten die tragen? Wieso zum Teufel habe ich nicht Camilla angerufen? Ich bin bei einer Scheißjagd auf dem Land eines Herzogs, *natürlich* geht es hier hochtraditionell zu. Ich bin eine totale Versagerin, die es verdient hat, gedemütigt zu werden. Aber warum um alles auf der Welt zieht man sich so an, nur um am Ende von Kopf bis Fuß mit Matsch bedeckt zu sein?«

Die Stimmung ist wie bei einer klassischen Cocktailparty, zu der Jessie in einem schäbigen Trainingsanzug aufkreuzt, während alle anderen Cocktailkleider tragen. Ihre Kleidung ist passend für einen zwanglosen Ausritt, nicht für eine exklusive Jagdveranstaltung, an der ausschließlich geladene Gäste teilnehmen. *Das ist ein gewaltiger Unterschied.* Sie ist nur dankbar, dass Camilla nicht da ist, um Zeugin dieses Fauxpas zu werden. Die Leute um sie herum wünschen einander überschwänglich einen guten Morgen, während sie aus ledernen Feldflaschen kleine Schlückchen Sherry und Portwein nehmen und fettige Würstchen verspeisen, die den Reitern gereicht werden. Nur dass jetzt alle in ihre Richtung starren – und mit hochgezogenen Augenbrauen deutlich machen, was sie von ihr halten. Jessie ist ungewollter Fokus ebenjener Menschen, die in fünf Monaten ein exquisites Fünf-Gänge-Menü auf ihre Kosten genießen werden – na schön, auf Henrys und Camillas Kosten, aber trotzdem.

Eine nicht gerade schöne Frau mit perfekter Haut, großen weißen Zähnen und mehr als nur einem Hauch arroganter Herablassung begegnet Jessies Blick. In ihren Augen liegt nacktes Entsetzen, als habe ihr gerade jemand eine Probe von Britney Spears' neuestem Duft unter die Nase gesprüht. Jessie weiß, dass sie einander noch nie begegnet sind, dennoch kommt ihr die Frau bekannt vor … Sie kennt das Gesicht, da ist sie sich ganz sicher, aber woher? Obwohl ihr Gehirn auf Hochtouren arbeitet, will ihr partout nichts einfallen, womit sie sie in ein geistreiches Gespräch verwickeln könnte.

Die Frau sitzt auf einem tadellos gepflegten Pferd, dessen Mähne und Schweif straff geflochten sind, doch bei Jessies Anblick wirbelt die Stute herum, als wolle sie empört protestieren. Als das Pferd seine Position verändert, kann Jessie sehen, dass die Frau mit einem stilsicher mit Kniebundhose und Reitstiefeln bekleideten Adam spricht, der aussieht, als sei er den Seiten eines Romans von Jilly Cooper entsprungen – eine heißere Version von Rupert Campbell-Black, nur dass sein Mund herunterklappt und er anfängt zu lachen, als er sie sieht.

»Ich nehme an, du hast Lady C. nicht angerufen?« Adam legt schützend den Arm um sie. »Komm, sehen wir zu, dass wir das in Ordnung bringen.« Ihr Verstoß gegen die gesellschaftlichen Umgangsformen perlt an ihm ab, als handele es sich lediglich um eine unbedeutende Dummheit, der undurchdringliche Mantel des Selbstvertrauens schützt ihn wie immer vor jeglicher Verlegenheit. Jessie dagegen könnte sich nicht noch mehr als gebrandmarkte Frau fühlen; ihr Kopf raucht, weiß sie doch, dass ihr all das erspart geblieben wäre, wenn sie auf Adam gehört und vorab seine Mutter angerufen hätte. Nun hat sie ungewollt die Aufmerksamkeit aller auf sich gezogen und betet inständig, dass Adam nicht irgendwo im tiefsten Innern dieselbe Verlegenheit verspürt wie sie. Doch sollte das der Fall sein, gelingt es ihm hervorragend, die Menge zu täuschen.

»Du bist lustig, Jessie! Du kannst unmöglich diesen Reithelm tragen, wenn du nicht willst, dass dich der Jagdherr nach Hause schickt. Nimm ihn ab, ich besorge dir einen anderen. Und solltest du an deinen Ohrringen hängen – nimm sie lieber raus. Warte hier, ich hole dir dein Pferd.«

Die Versuchung, die Flucht zu ergreifen, ist extrem groß, aber die eingebildete Frau, die mit Adam geplaudert hat, kommt bereits näher; ihr Pferd, das vollkommen unter der Kontrolle ihrer wohlgeformten Oberschenkel steht, macht tänzelnde kleine Seitschritte.

»Sind Sie sich eigentlich bewusst, dass Sie soeben über ein frisch gesätes Getreidefeld gelaufen sind? Ich hoffe nur, der Herzog hat nichts davon mitbekommen.«

»O nein, das wusste ich nicht. Es tut mir leid, ich wollte nur nicht zu spät kommen.« Alle anderen haben sie dabei gesehen, was für einen Unterschied macht da schon ein weiteres spöttisches Augenpaar?

»Sie müssen Jessica sein.« Die Frau blickt von der luftigen Höhe ihres glänzenden braunen Sattels auf sie herab, als sei Jessie es nicht einmal wert, ihre Stiefel zu putzen. »Ich bin Annabel. Ich bin mir sicher, dass Adam mich erwähnt hat.«

Hat er nicht, aber Camilla hat mich vor dir gewarnt: Du bist die Irre, die seit Ewigkeiten in Adam verknallt ist. Zur Brautjungfer taugst du deshalb ganz bestimmt nicht.

»Ja, hallo.«

»Anscheinend haben Sie noch nie an einer Jagd teilgenommen.« Ihr angespanntes, aber auch selbstzufriedenes Lächeln legt nahe, dass sie nicht vorhat, Jessie zur Seite zu stehen.

»Nein, aber ich freue mich darauf. Camilla hat mir eines ihrer besten weißen Pferde überlassen, einen ihrer absoluten Lieblinge.«

»Ein graues Pferd«, korrigiert Annabel. »Weiße Pferde gibt es nicht.«

»Oh, richtig. Nun, ganz gleich, welche Farbe es hat, hoffen wir einfach, dass es sich von dem Hundegebell nicht aus der Fassung bringen lässt.«

»Das hier sind keine gewöhnlichen Hunde, sondern Jagdhunde, und sie bellen nicht, sie geben Laut.«

In diesem Augenblick kann sich Jessie nichts Schöneres vorstellen, als dass sich Annabels Pferd in einem unerwarteten Moment aufbäumt und sie wie einen Sack Kartoffeln in den Schlamm wirft. Versnobte Kuh. Und da kommt auch schon die nächste – eine beleibte Streitaxt mit gewaltigem Dekolleté, Oberschenkeln wie zwei Schinken und mehr als nur einem leichten Schnurrbart, die besser auf etwas so eng Anliegendes wie Reithosen verzichten sollte. Die Jagd nach Brautjungfern gerät definitiv ins Stocken.

»Ihr Obolus?«

»Ähm …« Jessie sieht Annabel fragend an, doch die lässt auf eine Erklärung warten, um diesen Augenblick des Leidens voll auszukosten. Endlich sagt sie:

»Sie meint Ihre Teilnahmegebühr, Jessie. Da Sie offensichtlich kein Mitglied des Jagdvereins sind, müssen Sie eine Tagesgebühr entrichten, um auf dem Land des Herzogs reiten zu dürfen.«

»Oh, ich habe gar kein Geld mitgenommen. Wenn Sie bitte einen Moment warten würden – ich bin mir sicher, Adam hat etwas dabei. Ach, da kommt er ja.«

Horace sieht prächtig aus mit den Mustern, die man ihm an den Beinen und am Bauch geschoren hat, seine Mähne ist zu festen, ordentlichen Knoten verknüpft, jeder Fuß steckt in einer steifen, schwarzen Manschette. *Er* hat sich an den Dresscode gehalten. Volle Punktzahl für Horace. Er ist makellos sauber und benimmt sich untadelig, bis er Jessie sieht. Von diesem Moment an versucht er, sich in den Pferdetransporter zurückzuziehen, mit dem er gekommen ist, was noch mehr Aufmerksamkeit auf Jessie lenkt. Genervt, weil sich dieser Vormittag nicht als die romantische Landpartie entpuppt, die sie sich erhofft hat, und wütend darüber, dass Annabel ihre Überlegenheit so unverhohlen genießt, brennt Jessie förmlich darauf, sie daran zu erinnern, dass sie, nicht Annabel, in die Familie Coleridge einheiraten wird.

»Ach du liebe Güte!«, ruft sie aus. »Er ist einfach hinreißend. Vielleicht sollte ich ihn bei der Hochzeit einsetzen! Und wie nett von Camilla, extra meinetwegen rote Bänder in seinen Schweif zu flechten.«

»O Jessie, das Band ist da, um den anderen anzuzeigen, dass Ihr Pferd austritt. Das ist keine gute Sache. Ein anderes Pferd oder einen Reiter zu treten ist schon schlimm genug, doch einen Jagdhund zu treten ist das Schlimmste, was passieren kann. Ich schlage vor, Sie halten sich ganz hinten, denn wenn es zu einem solchen Vorfall kommt, wird man Sie wahrscheinlich nach Hause schicken.«

»Jessie, hier ist dein Pferd – außerdem hab ich dir für alle Fälle einen ordentlichen Schuss Raketentreibstoff in deinen Drink getan«, sagt Adam. »Das hier ist Tilly, eine gute Freundin von mir, die mit dir reiten wird.«

»Du meinst, du reitest nicht mit mir?«

»Nein, ich bin heute ein Pikör, was bedeutet, dass ich ganz vorn beim Jagdherrn sein werde und für die Meute verantwortlich bin. Der korpulente Bursche dort drüben ist der Feldführer, er betreut das Feld, in dem du mitreitest, Jessie. Tu einfach das, was er dir sagt, und alles wird gut. Tilly kümmert sich um dich.«

Und damit ist Adam fort; Annabel an seiner Seite verschwindet er in der nebelverhangenen Landschaft wie eine Figur aus *Stolz und Vorurteil,* während Jessie mit

Tilly, ihrem heutigen Kindermädchen, zurückbleibt. Außerdem gehören zu ihrem Feld drei kleine Kinder auf winzigen Ponys – und alle drei wirken kompetenter als sie.

Jessie bleibt kaum Zeit, die Füße in die Steigbügel zu schieben, als auch schon ein Horn geblasen wird, und weg sind sie, galoppieren mit donnernden Hufen durch die wunderschöne englische Landschaft. Jessie weiß es noch nicht, aber ihre Oberschenkel werden heute das Work-out ihres Lebens bekommen. Sich auf dem Pferd zu halten ist Jessies einziges Ziel – das und nicht Camillas geliebten Horace umzubringen –, deshalb springt sie auf keinen Fall über all die Zäune, Hecken und Tore auf der Jagdstrecke. Bald schon bildet sie die Nachhut, liegt meilenweit hinter Adam und Annabel zurück und muss ständig ab- und wieder aufsitzen, um durch sämtliche Tore zu gelangen – im Grunde hätte sie gleich an einer anderen Veranstaltung teilnehmen können.

Es heißt, jedes Mal, wenn man vom Pferd fällt, wird man ein besserer Reiter, was in Jessies Fall bedeutet, dass sie schon bald stolze Besitzerin mehrerer olympischer Goldmedaillen sein müsste. Allerdings ist es auch schwer, sich zu konzentrieren, wenn einem eine Million Hochzeitsüberlegungen durch den Kopf galoppieren.

Ob der Vikar schon eingelenkt hat? Das sollte er besser schleunigst tun, denn ich werde auf keinen Fall über einen orangefarbenen Teppich zum Altar schreiten, Ende der Geschichte.

Heute geht Jessie unzählige Male gewaltsam zu Boden. Sie wird abgeworfen, vom Rücken geschleudert, aufs Gesicht gekippt, von Ästen aufgespießt und landet mit einem Salto im Graben, weil die Bestie zwischen ihren Beinen alles andere tut als das, was sie ihm laut schreiend befiehlt.

Ich brauche »Wow-Momente« überall dort, wohin die Gäste gehen, verschiedenfarbige Blumen an allen möglichen Stellen, dreitausendfünfhundert weiße Schnittrosen, die den Rasen vor dem Herrenhaus sprenkeln, was die Illusion eines Felds voller Wildblumen schafft. Der Empfang soll in allen möglichen Rosétönen geschmückt sein. Riesige, fluffige Wolken aus rosa Hortensien auf den Kronleuchtern. Eine Blumenwand hinter der Ehrentafel, die jedem Foto von mir, der neuen Mrs Coleridge, einen angemessenen Rahmen gibt. Diese verfluchte Annabel … Wo hab ich sie bloß schon mal gesehen?

Wenn das Camillas bestes Pferd ist, dann möchte Jessie auf keinen Fall dem schlechtesten begegnen – Gott bewahre. Selbst die liebenswerte Tilly, die die letzten drei Stunden damit zugebracht hat, unermüdlich *Hände runter! Halte dich am Sattel fest!* und *Fass die verdammten Zügel enger!* zu schreien, ist langsam, aber sicher verzweifelt, sehr zur Freude ihrer überprivilegierten Minigefährten.

Ich muss dafür sorgen, dass das Dorf abgeriegelt wird, niemand möchte, dass eine Busladung japanischer Touristen an seinem großen Tag Fotos schießt. Ich sollte mich beim Gemeindevorstand dafür einsetzen und eine saftige Spende anbieten, damit die Dorfbewohner einverstanden sind.

Dass sich Jessie keine Knochenbrüche zugezogen hat, grenzt an ein Wunder, doch nun gleicht ihr erboster Körper einer Palette in allen erdenklichen Lilaschattierungen.

Ich brauche zusätzliche Räume für die Brautkleider und meine Garderobiere, außerdem für den Wachmann, der auf den Schmuck achtgibt, sowie für meine Haar- und Make-up-Teams. Auf keinen Fall darf ich vergessen, die Anzahl der Gastgeschenke zu bestätigen – Leckereien aus biologischem Anbau von Daylesford und dem Soho Farmhouse sowie eine Behandlung im Willow Manor Spa dürften genügen.

Jegliche muntere Unwissenheit, die Jessie zu Beginn des Tages verspürt haben mag, weicht weiß glühendem Zorn und der deprimierenden Feststellung, dass sie sich von ihrer hingebungsvollen *Vogue*-Abhängigkeit lösen und sich stattdessen mit den Ausgaben der *Horse & Hound,* einem renommierten Reitsportmagazin, befassen muss, die überall im Haus herumliegen. Das ist es! Sie hat Annabel in einer Zeitschrift gesehen, da ist sie sich ganz sicher.

Die Gästekarikaturen, die sie bestellt hat! Bald ist Deadline. *Ich muss unbedingt Verbindung mit dem Zeichner aufnehmen und ihm sagen, dass er Camilla mindestens zehn Jahre jünger machen soll – das dürfte ihr gefallen.*

Am Ende der Jagd hat eine völlig ramponierte Jessie zumindest eine wichtige Entscheidung getroffen: Annabel kann es sich abschminken, dass sie bei der Hochzeit einen guten Tisch bekommt. Dann dämmert es ihr. Ja! Das Magazin, über dem sie seit Monaten brütet – die *Brides.* Wie konnte sie vergessen, dass Annabels selbstgefälliges Gesicht sie von ebenjenen Hochglanzseiten angegrinst hat? Annabel ist die persönliche Assistentin der Chefredakteurin und hat im vergangenen Monat einen völlig unsinnigen Artikel darüber verfasst, dass Taubenblau angeblich das neue Rosa wäre. Doch was viel wichtiger ist: Adam hat ihr die exklusive Berichterstattung für ihre Hochzeit zugesichert, mit der sie anscheinend ultimative Schleimpunkte bei der Chefin sammeln will.

Nun, sie wird diese Hochzeit von ganz hinten verfolgen, vielleicht von dem Tisch aus, an dem Jessies Familie sitzt. Wenn Annabel Gefallen daran findet, Menschen zuzusehen, die sich, herausgerissen aus ihrer Komfortzone, durchs Protokoll schlängeln, ist es sicher lustig zu sehen, wie sie selbst mit einer solchen Situation klarkommt.

»Großer Gott, was um alles auf der Welt ist denn mit Ihnen passiert?«, fragt Helen entsetzt, als Jessie sich im Ankleideraum der White Gallery auszieht und das ganze Ausmaß der Kratzer und Blutergüsse deutlich wird, die ihren zarten Körper überziehen.

Jessie überlegt, ob sie ihr eine Lüge auftischen soll – ein Autounfall (zu dramatisch, selbst für sie), ein Skiunfall (die Saison ist vorüber, wie Helen vermutlich weiß), eine ausgeartete Liebesnacht (arme Helen, nein).

»Sie hassen mich, Helen! Ich werde niemals gut genug sein!«

Es macht wenig Sinn, so zu tun, als würde ihr das nichts ausmachen. Die herabsackenden Mundwinkel und die Traurigkeit in ihren Augen verraten Jessie ohnehin.

»Wer hasst Sie?«

»Adams Freunde und Familie, jeder Einzelne von ihnen, und es gibt nichts, was ich dagegen tun kann.«

10

HELEN

Eine Nachricht von Betsy bringt stets Licht in Helens Tag – es sei denn, es handelt sich um eine wie diese: ein Foto von den letzten literarischen Ergüssen ihres Freundes Jacob, ein Geschreibsel, das dazu beitragen soll, eines Tages die Rechnungen zu bezahlen.

»Was hältst du davon?«, steht darunter – eine Frage, die Helen fürchtet, denn die ehrliche Antwort lautet: *Nicht gerade viel.* Aber wie kann sie ihrer Tochter das sagen, wenn diese sich so sehr bemüht, alles im Griff zu haben? Wie sehr wünscht sich Helen, dass Betsy im umgekehrten Fall die gleiche Unterstützung erhalten würde. Aber der umgekehrte Fall ist nun mal nicht da, und es ist Helens Aufgabe, sich Sorgen um ihre Tochter zu machen, nicht um Dauerfaulenzer Jacob, über den sie nun ein Urteil fällen soll.

Viel Zeit dazu bleibt ihr nicht: Jessie Jones steht bereits im Umkleideraum und zieht sich aus. Mit viel zu langsamen Fingern tippt sie eine Antwort ein, als auch schon eine zweite Nachricht eintrifft.

Es tut mir wirklich leid, dass ich dich darum bitten

muss, Mum, aber könntest du uns auch diesen Monat ein bisschen Geld leihen? Nur bis Jacob irgendwas veröffentlicht – ich bin überzeugt, es klappt bald.

Helen hat mit eigenen Augen gesehen, wie lieb die beiden miteinander umgehen, wie zwei frisch verliebte Teenager. Sie hat gesehen, wie viel ihre Tochter lacht, wenn er in der Nähe ist – ein tiefes, dröhnendes Lachen aus dem Bauch heraus –, hat sich emotionsgeladene Geschichten über den Mann angehört, mit dem sie ihr Leben – und ihr abgeräumtes Bankkonto – teilt, und das schon seit vier Jahren. Doch dieses Lachen bezahlt nicht die Hypothek, das schaffen nicht mal die Überstunden, die Betsy permanent in der Personalvermittlungsfirma leistet, für die sie arbeitet. Helen beschließt, so bald wie möglich mit ihrer Tochter zu reden, doch im Augenblick bleibt ihr lediglich Zeit, ein schlichtes *Selbstverständlich kann ich das* zurückzuschreiben, dann kehrt sie in den Umkleideraum zu Jessie zurück.

Mein Gott, was für ein Anblick! Helen mustert diskret Jessies fast nackten Körper. Vom Hals an abwärts sieht jedes noch so kleine Fleckchen aus, als müsse es richtig wehtun. Auf der linken Hüfte hat sich ein großes Hämatom in der Farbe einer überreifen Pflaume breitgemacht, welches das bedauernswerte Mädchen dazu zwingt, das Gewicht unbeholfen aufs rechte Bein zu verlagern; ein weiteres, noch größeres Hämatom zieht sich ihren kompletten rechten Unterarm hinauf bis zur Ellenbeuge. Helen stellt fest, dass Jessies Handflächen aufgeschürft und voller Blasen sind, doch abgesehen von den äußeren

Verletzungen kann sie sehen, dass sie kurz davorsteht, die Fassung zu verlieren und zu weinen – ja, die Tränen fangen bereits an zu fließen, begleitet von Schluchzern und den mühsam hervorgestoßenen Worten: »Sie hassen mich, Helen!« und: »Ich werde niemals gut genug sein!«. Jessies erster Termin in der White Gallery endete damit, dass sie ihr Gesicht in einer Schachtel Kleenex-Tücher vergrub und so aufgeregt war, dass sie die Kleider nicht einmal anprobieren konnte, die Helen für sie herausgehängt hatte. Jetzt sieht es so aus, als würde der zweite Termin genauso verlaufen.

»Ich glaube kaum, dass sie Sie hassen. Was bringt Sie dazu, so etwas zu denken?« Helen muss irgendwie zu dieser jungen Frau durchdringen.

»Ich bin keine von ihnen, Helen. Ich bin nicht aufs Internat gegangen, habe keinen Treuhandfonds, meine Eltern besitzen kein Land, und ich habe die Wochenenden in meiner Kindheit ganz bestimmt nicht damit verbracht, an irgendwelchen Reitveranstaltungen teilzunehmen. Das ist nicht meine Welt, Helen, ich habe mich lediglich in einen Mann verliebt, der in einer solchen Welt lebt. Ich tue alles dafür, um eine perfekte Hochzeit auf die Beine zu stellen, für Leute, die mich doch nie akzeptieren werden. Und umso mehr Mühe ich mir gebe, desto schlimmer wird es.«

Jessies Geschichte kommt Helen nicht unbekannt vor. Unzählige Bräute haben bereits in diesem Umkleideraum gestanden und sich die Augen ausgeweint über abweisende Verwandte, Familienpolitik und eifersüchtige Freunde. Vielleicht liegt das an der Anonymität des Umfelds, das diese Frauen auf dem Weg in die aufregenden Gefilde der Ehe passieren müssen. Sie können sich bei Helen erleichtern in dem Wissen, dass sie in ein paar Monaten aus ihrem Leben verschwunden und somit nicht länger Ohrenzeugin ihrer Geheimnisse sein wird. Ihr Rat wird nicht länger gebraucht werden, und Helen kann den Vorgang in der Kartei abheften, die sie in dem verschlossenen Schrank unter der Ladenkasse aufhebt. Wenn sie eine Dankeskarte schicken, was viele von ihnen tun, denkt Helen jeden Morgen an sie, sobald sie einen Blick auf die Pinnwand in der Küche wirft, an die sie alle Karten hängt. Wenn nicht, sind sie aus ihrem Gedächtnis verschwunden, zusammen mit den Dingen, die sie ihr anvertraut haben.

Als sie nun hier steht und Jessie betrachtet, wird ihr bewusst, wie viel dieses Mädchen auf sich nimmt, nur um alle von sich zu überzeugen. Sie sieht aus, als sollte sie lieber eine Arztpraxis aufsuchen anstatt einer Brautmodenboutique.

»So hatte ich mir das nicht vorgestellt, Helen. Sollte ich nicht eigentlich überglücklich sein und umgeben von neuen Freundinnen meine Brautkleider anprobieren? Sollte ich nicht lachen, anstatt schon zum zweiten Mal vor Ihnen in Tränen auszubrechen? Sie müssen mich doch für völlig verrückt halten.«

Helen schüttelt den Kopf. »Nein, Jessie, doch ich frage mich, ob Sie sich womöglich ein bisschen zu viel Mühe geben. Adam liebt Sie. Er hat Sie gebeten, ihn zu heiraten. Ist das denn nicht genug?«

»Nein! Haben Sie jemals geheiratet, Helen? Haben Sie eine Ahnung, womit ich mich auseinandersetzen muss?«

Helen zuckt zusammen. »Ich war verheiratet, und

zwar eine sehr lange Zeit, fünfunddreißig Jahre, um genau zu sein.« Sie senkt leicht den Kopf, um jeder weiteren Frage zu diesem Thema vorzubeugen.

»Oh, dann wissen Sie sicher, was für ein Albtraum der richtige Umgang mit der Familie des Mannes ist.«

»Ich fürchte nein.« Jessies Erfahrung ist so anders als die, die Helen damals gemacht hat, dass sich eine emotionale Kluft zwischen den beiden Frauen auftut, die Helen zu überbrücken versucht. »Welches Kleid möchten Sie zuerst anprobieren?«, erkundigt sie sich daher. »Sollen wir gleich mit dem von Herrera anfangen?«

Jessie nickt abwesend. Helen nimmt die Robe vom Bügel und schüttelt sie auf, sodass sich der luftige Tüllrock wunderschön auf dem teppichbedeckten Fußboden der Umkleide ausbreitet. Sie spürt, wie Jessie sie anstarrt, scheinbar mehr an dem interessiert, was sie zu sagen hat, als an dem exquisiten Kleid, in das sie nun hineinsteigen soll. Vielleicht ist ein Gespräch genau das, was die junge Frau jetzt braucht.

»Stellen Sie sich das hier als die Eröffnungszeremonie zu dem sehr viel anstrengenderen, lebenslangen Event ›Ehe‹ vor – ein Event, das völlig andere Fertigkeiten erfordert als die, die man zu einer perfekten Hochzeitsvorbereitung benötigt.« Sie nimmt Jessies Hand, um sie zu stützen, als sie in den Rock steigt. »Statt sich auf jedes kleine Detail zu konzentrieren, sollten Sie meiner Meinung nach genau das Gegenteil tun: Sie sollten loslassen.« Helen zieht das Kleid an Jessies Körper hoch, bis das meisterhaft gefertigte Spitzenkorsett genau in Jessies Taille sitzt.

»Loslassen? Sind Sie verrückt geworden? Diese Hochzeit wird ausschlaggebend sein für unser restliches Zusammenleben. Alles muss perfekt sein – wenn nicht jetzt, dann niemals.«

Da passt etwas ganz und gar nicht zusammen, denkt Helen. So ein wunderhübsches Mädchen in einem unfassbar schönen Hochzeitskleid, das so unglücklich aussieht. »Haben Sie mit Adam darüber gesprochen, Jessie? Sieht er das genauso?« Helen lässt ihre Finger über die Rückseite des Kleides gleiten, um die kleinen seidenbezogenen Knöpfe zu schließen. Mit jedem Knopf, den sie zumacht, sitzt das Kleid besser.

»Das muss ich nicht, schließlich ist nicht er derjenige, über den man sich ein Urteil bilden wird. Alle lieben ihn. Geliebt zu werden ist für manch einen selbstverständlich, andere müssen etwas mehr dafür tun.«

»Vielleicht ist genau das der Punkt: Sie sollten nichts dafür tun müssen, finden Sie nicht?« Helen steckt Jessie makellose taubenblaue Veloursledерpumps an die Füße, damit das Kleid die richtige Länge bekommt. »Es ist nichts Falsches daran, eine perfekte Hochzeit anzustreben, aber für eine Ehe ist das nicht unbedingt die beste Idee. Alle Menschen haben ihre Schwachstellen, und das Gleiche gilt für Ehen. Und zwar für *alle.*«

»Ich sehe das so, Helen: Ich bin der CEO, ich bin dafür verantwortlich, dass sowohl bei der Hochzeit als auch in der Ehe alles glattläuft – und die Wachstumsstrategie sieht Folgendes vor: Ich bringe alle in Adams Umfeld dazu, mich zu akzeptieren und vielleicht sogar zu lieben.« Die Tränen sind jetzt getrocknet, und Jessie hat sich auf wundersame Weise zurückverwandelt in die Kratzbürste, die Helen gleich bei ihrem ersten Treffen kennengelernt hat. Die Hände in die Hüften gestemmt versucht sie, sich Autorität zu verschaffen.

»Ich an Ihrer Stelle würde eine Degradierung anstreben«, greift Helen Jessies Bild des CEO auf, hebt deren glänzendes Haar hoch und dreht es zu einem losen Knoten, den sie am Hinterkopf feststeckt. »Zumindest aber würde ich daran denken, dass sich die erfolgreichsten Firmenbosse mitunter zurücklehnen, ihre Leute für sich arbeiten lassen und darauf vertrauen, dass alles gut läuft. Glauben Sie mir, Jessie, ich nehme an, dass niemand von Ihnen erwartet, die Patentlösung für alles zu haben, am wenigsten Adam.«

Schweigend bewundern die beiden nun die junge Frau, die ihnen aus dem Spiegel entgegenblickt. Helen ist erleichtert, dass sich Jessie endlich das erste Lächeln gestattet, seit sie heute Morgen hier eingetroffen ist.

»Haben Sie alle Accessoires von Carolina Herrera bekommen können, die ich bestellt habe?«, erkundigt sich Jessie.

»Das habe ich – aber ehrlich gesagt glaube ich kaum, dass Sie sie brauchen werden.«

»Aber so hat die Designerin den Look zusammengestellt, und ich denke, sie weiß, was sie tut.«

»Selbstverständlich weiß sie das, doch die Accessoires sind sehr teuer, und …«

»Glauben Sie wirklich, das interessiert mich?«, blafft Jessie.

»Nur weil etwas viel Geld kostet, heißt es noch lange nicht, dass es das Richtige ist für diesen Look oder – was noch viel wichtiger ist – für Sie. Das Kleid ist perfekt in seiner Schlichtheit. Als Herrera diese Robe mit Accessoires versehen hat, wollte sie Drama für den Laufsteg schaffen – Theater. Sie brauchen das nicht. Vertrauen Sie Ihrem eigenen Instinkt – Sie selbst wissen am besten, was gut an Ihnen aussieht, Jessie. Warten Sie, ich will Ihnen etwas zeigen.«

Helen verbringt die nächsten fünfzehn Minuten damit, Jessie in die Kopie der Brautvision zu verwandeln, die Herrera für ihre letzte Show in New York geschaffen hat. Sie fügt eine ausladende Seidenschärpe hinzu, die an der Rückseite des Kleides zu einer gewaltigen Schleife explodiert, ein Paar übergroße Perlenohrringe, die bis auf Jessies leicht gebräunte Schultern reichen, außerdem einen spitzenbesetzten Seidenschleier, der über das ohnehin detailreiche Kleid fließt und wie eine Schleppe über den Boden schleift.

»Das ist ein unglaublicher Look«, befindet Helen, als sie fertig ist. »In der Tat wunderschön. Aber ist das tragbar, Jessie? Fühlen Sie sich wohl darin?«

Jessie sieht sie perplex an. »Keine Ahnung. Was denken Sie?«

»Wie *fühlen* Sie sich darin?« Helen geht jetzt um Jessie herum, die Augen auf das Kleid gerichtet, was Jessie Zeit und Raum gibt, sich eine Meinung zu bilden.

»Ich bin mir etwas unsicher; außerdem fürchte ich, dass die Ohrringe ein bisschen zu viel sind.«

Helen nimmt die Ohrringe ab.

»Und wirkt diese Schleife nicht ein wenig übertrieben?«

»Wenn Sie sich unsicher sind, nehmen wir sie einfach mal ab.«

Als Helen die Schärpe entfernt hat, kehrt das Lächeln auf Jessies Gesicht zurück, und Helen weiß, dass sie es beinahe geschafft hat. Sie steckt das Kleid ab, wo es nötig ist, hebt den Saum ein klein wenig an, macht die Taille eine Spur enger und nimmt sich Zeit, um sicherzugehen, dass es genau so sitzt, wie es an Jessies Körper sitzen sollte. Als Helen fertig ist, bleiben beide Frauen für einen Moment nebeneinander stehen und bewundern wortlos Helens Werk, dann bricht Jessie das Schweigen.

»Welche Schwachstelle war es bei Ihnen?«

»Entschuldigung?«

»Sie haben behauptet, jede Ehe habe eine Schwachstelle – wo lag die Schwachstelle bei Ihnen?«

Helens Nackenhärchen stellen sich auf, das Ziehen in ihrer Magengrube kehrt in derselben Sekunde zurück, in der sie an Phillip denkt. Sie stößt langsam die Luft aus und bereitet sich darauf vor, die Worte auszusprechen, die sie so sehr fürchtet.

»Die Zeit war zu kurz – das war die Schwachstelle. Die Uhr lief von dem Moment an, in dem wir uns begegnet sind, wir haben es nur nicht gewusst.«

»Oh, verstehe.« Jessie streckt instinktiv die Hand nach Helen aus, auch wenn diese ihren Verlust nicht explizit benannt hat, dann zieht sie sie zurück, als fürchte sie, nach all den krassen Bemerkungen, die sie heute von sich gegeben hat, zurückgewiesen zu werden. »Wann haben Sie ihn verloren?«

»Vor fast vier Jahren, aber es tut heute noch so weh, als wäre alles ganz frisch.« Es ist unmöglich, diese schmerzhaften Worte auszusprechen und gleichzeitig die fröhlich-verheißungsvolle Atmosphäre aufrechtzuerhalten, um die Helen sich stets bemüht. Sie weiß, dass Jessies Mitgefühl alles nur noch schlimmer macht.

»Es tut mir so leid, Helen. Was für ein Mann war er?« Jessie kann sehen, dass es Helen schwerfällt, über ihn zu sprechen, aber es interessiert sie wirklich. Was für einem Mann würde eine Frau wie Helen ihre Liebe schenken?

Ein weiteres tiefes Luftholen, dann macht Helen sich daran, die nicht benötigten Accessoires wegzuräumen – doch da sie so tief in Jessies Leben eingetaucht ist, spürt sie nun deren Erwartung. Sie weiß, dass sie der jungen Frau dasselbe zugestehen muss. Doch wie soll sie einen Mann wie ihren Phillip auf einige wenige Sätze reduzieren, die Jessies Neugier befriedigen? Wie soll sie das Gespräch weiterführen, ohne sich erneut im Abgrund ihrer Trauer zu verlieren? Jetzt, da es ihr gelungen ist, ihre so tief verunsicherte Braut aufzumuntern, möchte sie sie auf keinen Fall mit ihrer eigenen Traurigkeit herunterziehen. Deprimierte Kundinnen sind nicht unbedingt das, was sie sich für ihr Brautmodengeschäft vorstellt.

»Er hat mir alles bedeutet, Jessie. Er war sanft, freundlich, ehrlich, seiner Familie treu ergeben.«

»Aber warum von allen Männern ausgerechnet er?«

Helen legt die Ohrringe in die mit weichem Samt ausgepolsterte Schatulle, dann nehmen die beiden auf der Chaiselongue Platz. Helen lehnt sich gegen die Wand und streicht mit den Fingerspitzen vorsichtig unter ihren Augen entlang, um die Tränen zurückzuhalten, die sich dort gesammelt haben.

»Er hat mir das Gefühl gegeben, geliebt zu werden, Jessie. Selbst zum Schluss, nach einer so langen gemeinsamen Zeit, hat er mich angesehen wie sonst niemanden, nicht einmal seine eigenen Kinder. Es ist schwer zu erklären, aber ich hatte das Gefühl, dass ich für ihn kostbarer war als alles andere. Er hätte alles für mich getan, das weiß ich – er zählte zu den wenigen Menschen, die für jemand anderen gelebt haben; mein Glück kam für ihn stets vor seinem. Er hat sein Versprechen gehalten, mich bis zum allerletzten Moment seines Lebens zu lieben.«

»Das klingt wundervoll.« Und trotz der Jahre, die sie trennen, begreift Jessie, denn Helen bringt auf eine wunderschöne Art und Weise zum Ausdruck, was sie sich für ihre eigene Ehe erhofft.

»Und genau das ist er … war er.« Helen wendet sich Jessie zu und legt sanft eine Hand auf ihre, dann lässt sie endlich den Tränen freien Lauf, die sie doch nicht länger zurückhalten kann.

»Ich beneide Sie, Jessie. Sie haben das alles noch vor sich.« Helens gezwungenes Lächeln verrät, welche Qualen sie erleidet, als ihr wieder einmal bewusst wird, was sie einst hatte und dass sie jetzt ohne leben muss.

»Vor Ihnen erstreckt sich ein erfülltes Leben voller Glück. Ich werde nie wieder dieses Gefühl der Zusammengehörigkeit erleben, das weiß ich. Sie dagegen werden genau das eine lange Zeit genießen können. Verschwenden Sie nicht Ihre Zeit damit, sich Sorgen zu machen, was andere über Sie denken könnten.«

Sie wirkt jetzt völlig gebrochen. Nicht wie die starke, gefestigte Frau, die Jessie anfangs kennengelernt hat, sondern schwach, schutzlos und verletzlich, doch selbst in diesem Moment will sie Jessie instinktiv helfen, will sie warnen, einen Weg zu beschreiten, der doch nur in Enttäuschung und einem Gefühl der Unzulänglichkeit enden kann.

Helen entschuldigt sich und zieht sich kurz in den Laden zurück. Sie weiß, dass sie sich sammeln muss, daher nimmt sie sich ein Kleenex-Tuch und bringt ihr Make-up vor einem der verschnörkelten Spiegel in Ordnung. Als sie sich näher an die reflektierende Oberfläche heranbeugt, sieht sie plötzlich jemanden an der Eingangstür stehen. Der nächste Termin ist erst in einer Stunde, außerdem erkennt sie am Umriss, dass es sich um einen Mann handeln muss. Vielleicht Adam, der gekommen ist, um Jessie abzuholen?

Eilig entfernt sie die letzten Spuren ihrer verlaufenen Wimperntusche, holt tief Luft und öffnet die Tür. Davor steht der letzte Mensch auf Erden, den sie jetzt sehen möchte. Roger.

»Oh, hi, Helen, alles in Ordnung?« Sein Gesicht ist voller unangebrachter Sorge.

»Ähm … Es geht mir gut, danke, aber ich habe im Augenblick eine Kundin da. Tut mir leid.« Helen spürt, dass ihre Wangen heiß werden, auch wenn sie sich nicht recht erklären kann, warum.

»Ich war mir nicht sicher, ob ich Sie damit behelligen soll oder nicht, aber haben Sie vielleicht Lust, mit mir etwas trinken zu gehen? Irgendwann diese Woche, Sie könnten sich einen Abend aussuchen?«

»Nein! Das ist unmöglich.«

»Ich, ähm, ich könnte auch etwas kochen, wenn Ihnen das lieber ist.«

»Nein, nein, danke.«

»Na schön. Ich dachte nur, es wäre nett, wenn wir …«

»Es geht wirklich nicht, Roger, tut mir leid. Ich weiß nicht, warum Sie dachten, ich würde Ihre Einladung annehmen.« Helens Wangen brennen jetzt. Sie weiß, dass sie unhöflich ist, und entsprechend angespannt ist die Atmosphäre zwischen ihnen. Roger blickt auf seine Füße, vermutlich auf der Suche nach Worten, die ihn aus dieser misslichen Lage befreien.

»Sollten Sie Ihre Meinung ändern, geben Sie mir einfach Bescheid.« Er steckt seine Hände in die Jackentaschen und zieht sie wieder heraus, da er nicht weiß, was er sonst damit anfangen soll, sichtlich schockiert über eine so unverblümte Abfuhr.

»Das werde ich nicht.«

Diese Zurückweisung ist brutal – und gleichzeitig ziemlich dumm. Ist Gesellschaft nicht genau das, wonach sie sich in letzter Zeit gesehnt hat? Nach jemandem, den sie anrufen, mit dem sie lachen und scherzen kann, jemandem, der auf sie achtgibt und die langen, einsamen Abende mit fröhlichen Gesprächen füllt, die nicht zwingend eine Bedeutung oder versteckte Absicht haben müssen?

Doch die Vorstellung, sich tatsächlich mit einem Mann zu treffen, behagt ihr gar nicht. Als wolle sie ihrem Unbehagen körperlichen Ausdruck verleihen, weicht Helen von der Tür zurück. Sie sieht sie beide bei einer Flasche Wein zusammensitzen, sieht vor sich, wie er ihr Fragen stellt, wie sich ihre Finger auf dem Tisch berühren, malt sich aus, welche Schlüsse die Leute ziehen könnten. Roger steht noch immer auf der Schwelle. Sie muss sich bei ihm entschuldigen, doch Helen ist stumm vor Schreck bei der Vorstellung, dass ihr ein anderer Mann als Phillip die Hand in den Rücken legt, zum Beispiel wenn Roger darauf besteht, sie nach Hause zu bringen. Nein. *Ich bin nur unbemerkt in den Raum nebenan gegangen* – das hat Phillip ihr über das Gedicht von Henry Scott Holland zu verstehen gegeben. Roger soll sich zum Teufel scheren! Warum tut er ihr das an? Noch dazu bei der Arbeit, ihr heiliger Rückzugsort vor den grauenhaften Gefühlen, die sie wegen Phillips Verlust quälen – zumindest bis jetzt. Sie ist nicht mal ansatzweise bereit dazu, sich einem anderen Mann zu öffnen, das muss er doch wissen. Helen murmelt hastig eine Verabschiedung, wobei sie feststellt, dass Rogers weinrote Wangen gut zu ihren eigenen passen, schließt die Tür und vergräbt das Gesicht in den Händen. Nein, diese Situation hat sie wirklich nicht gut bewältigt. Das hat er nicht verdient.

»Nun, *das* war mal ein peinlicher Auftritt!« Jessie ist aus dem Umkleideraum getreten und hat anscheinend alles beobachtet.

Zum ersten Mal ist Helen wirklich genervt von ihr, nein, sie ist sauer, dass sie sich in einen derart persönlichen Moment einmischt und etwas so Qualvolles einfach herunterspielt. Hat sie auch nur ein Wort von dem verstanden, was Helen heute gesagt hat? Ihr Gesicht muss Bände sprechen, denn eine weit weniger spöttische Jessie fügt eilig hinzu: »Sie haben ein Recht darauf, wieder glücklich zu sein, Helen.«

»Das Gleiche gilt für Sie, Jessie, das Gleiche gilt für Sie«, ist alles, was Helen mit zusammengebissenen Zähnen hervorstoßen kann, wohl wissend, dass sie soeben den einzigen Mann zurückgewiesen hat, der womöglich versteht, wie sie sich fühlt, von welchem Schmerz ihr Leben begleitet ist. Sie weiß auch, dass die Chance, dass er sie noch einmal um ein Wiedersehen bittet – wenn er sich denn überhaupt ein Wiedersehen wünscht –, quasi gegen null geht.

11

DOLLY

Dollys Augen zucken über den Körper der schönen Frau, die bei ihrer Ankunft die White Gallery verlässt. Die teuer aussehende Skinny Jeans sitzt stylish auf ihren Hüftknochen, ein Stück gebräunte Haut ist dort zu sehen, wo das frische weiße T-Shirt, das lässig aussieht, aber vermutlich dreihundert Pfund kostet, nicht ganz bis zum Bund reicht. *Umwerfend,* denkt Dolly, deren Laune schlagartig in den Keller sinkt. Jetzt hasst sie die Jeans, die sie trägt. Wo ist Tilly, wenn sie mal eine Streicheleinheit für ihr Ego braucht? Sie nimmt sich vor, später eine extra Trainingseinheit einzuschieben, und bedauert bereits jetzt, dass sie heute Morgen gefrühstückt hat. Es ist zwar nichts Falsches an einem Omelett aus Eiweiß, aber das wundervolle Gefühl der Leere wäre vermutlich besser gewesen für ihren ersten Abstecher in ein Brautmodengeschäft. *Nichts schmeckt so gut wie das Gefühl, dünn zu sein?* Wer immer das gesagt haben mag – er hatte vollkommen recht.

Die Frau schwebt vorbei und umhüllt sie mit einer Wolke teuer duftenden Parfüms – Dolly scheint sie gar nicht wahrzunehmen. Als sie an ihr vorüber ist, sieht

Dolly ihr nach. Ihre Augen wandern zu ihrem festen Hintern und ein Stück tiefer, und ja, da ist sie: die Oberschenkellücke. Verdammt. Sie hasst die Vorstellung, sich in der Umkleide mit dieser Frau vergleichen lassen zu müssen.

»Ah, Sie müssen Dolly sein. Ich bin Helen, bitte treten Sie ein.« Die beiden Frauen schütteln einander kurz die Hand, und Dolly fühlt sich sofort aufgefangen von Helens Herzlichkeit, dem aufmunternden Blick und ihrem freundlichen Gesicht.

Als Dolly die White Gallery betritt, spürt sie, wie aufgeregt sie ist. Die letzten Monate laufen allesamt auf diesen einen Moment hinaus – den Moment, in dem sie das Kleid anzieht, das Josh jede Frau vergessen lassen wird, die er im Geiste ausgezogen hat. Und da gibt es viele. Deshalb sucht Dolly nach etwas, das so viel mehr ist als ein weißes Kleid, in dem sie einfach nur gut aussieht. Sie braucht etwas, das endgültig jeden verbliebenen Gedanken an Freundinnen aus der Vergangenheit oder Models aus der Gegenwart auslöscht. Der Katalysator für den ultimativen Moment der Klarheit. Von allen Männern, die sie hätte haben können, hat sie *ihn* gewählt. Er teilt nicht nur heute Nacht das Bett mit ihr, sondern wird es jede Nacht mit ihr teilen, und deshalb möchte sie wenigstens einmal erleben, wie sie ihm den Atem raubt, wie sich Stolz auf seinem Gesicht spiegelt, wenn er sie sieht, sodass er ihr nicht länger das Gefühl gibt, lediglich die zweite Wahl zu sein im Angesicht all der unerreichbaren Schönheiten, die er Tag für Tag durch die Linse seiner Kamera betrachtet.

»Haben Sie schon eine genauere Vorstellung von dem

Kleid, das Sie suchen?«, unterbricht Helen Dollys Gedanken.

»Etwas richtig Cooles, sexy, nichts Traditionelles.« Dollys Augen fliegen bereits über die Kleiderstange und werden von einem figurbetonten Modell mit transparenten Ausschnitten an den Seiten angezogen, unter dem definitiv kein Platz für ein Höschen ist. »Ich suche etwas, in dem ich richtig heiß wirke – so wie das hier.« Sie deutet auf das Kleid, in dem sie aussehen wird wie Jessica Rabbit. Egal. Hauptsache sexy.

Mein Gott, warum kann Tilly heute Morgen nicht bei ihr sein? Sie vermisst sie ganz schrecklich. Warum muss sie ausgerechnet heute eine Horde von aufgeblasenen Bloggern zu einem Pressetrip in irgendein überkandideltes Fünf-Sterne-Spa begleiten? Bis vor Kurzem war Tilly die Einzige, die ihr die Zeit im Büro einigermaßen erträglich machte – hauptsächlich weil sie sich von der Arschgeige nichts hat gefallen lassen. Dolly hat sie dafür geliebt. Doch dann kam eines Tages der grauenhafte Moment, den Dolly so sehr gefürchtet hatte: Tilly marschierte in Richs Büro und teilte ihm mit, er könne sie mal, sie würde sich selbstständig machen, und um das Messer so richtig schön in der Wunde zu drehen, würde sie eine Reihe seiner besten Kunden mitnehmen. Natürlich freute sich Dolly für Tilly, doch von einem Tag auf den anderen verlor sie ihre Stütze im Büro und vermisst es seitdem schmerzlich, täglich von ihr auf den neuesten Stand gebracht zu werden – außerdem: Niemand außer Tilly kann die Arschgeige so wunderbar demontieren. Sozusagen über Nacht war ihre persönliche Stilberaterin, Beziehungscoachin und Karrieretherapeutin nicht mehr greifbar. Denn trotz ihrer extrem gegensätzlichen Lebensstile vertraut Dolly Tillys Urteil bedingungslos. Sie hätte sich nur einmal in diesem Raum umsehen müssen und sofort gewusst, in welchem Kleid Josh sie von der Hochzeitsfeier entführt und vernascht haben würde, noch bevor die Kellner das Dessert auftragen könnten.

»Sie sind sehr schlank, Dolly, was bedeutet, dass wir viele unterschiedliche Looks ausprobieren können.« Helen lächelt erfahren. »Ich hänge rasch das Kleid, in das Sie sich verliebt haben, in die Umkleide, und dann sehen wir mal, was Ihnen sonst noch so gefällt.«

Es ist kurz nach zehn, und Dolly müsste eigentlich an ihrem Schreibtisch sitzen. Sie weiß, dass die Arschgeige ihre Abwesenheit bemerken wird, doch hoffentlich ist er noch in ihre meisterhafte Cupcake-Kampagne vertieft. Vermutlich werden ihr anfangs die Kollegen Rückendeckung geben (Stau, Zahnarzt, wichtiges Frühstück mit einem der Kunden – *wer's glaubt …*), aber ewig werden sie ihn nicht ablenken können. Sie überfliegt die E-Mails auf ihrem Handy. Noch keine Nachricht von ihm. Doch da ist eine Mail von der Entertainment-Vermittlungsagentur, bei der sie nach wochenlanger ergebnisloser Recherche endlich die perfekte Band für die Hochzeitsparty gefunden hat. Josh steht ebenfalls in der Adresszeile.

Hi, Dolly,
ich setze mich mit Ihnen wegen Ihrer vorläufigen Buchung der London Essentials in Verbindung.
Da Sie Ihre Buchung im vorgegebenen Zeitrahmen weder bestätigt noch die Anzahlung in Höhe von 50 % des Gesamtpreises geleistet haben, wurde

die Buchung storniert. Es hat sich bereits ein anderes Paar für die Jungs entschieden, doch ich würde mich freuen, wenn ich Ihnen weitere Empfehlungen zukommen lassen dürfte.

Verdammt noch mal, Josh! Er hat Dolly versprochen, sich darum zu kümmern. Mehrfach hat sie ihn darauf angesprochen, hat ihm unzählige E-Mails geschickt, um sich zu vergewissern, dass er die Überweisung tatsächlich vorgenommen hat, und er hat ihr versichert, dass alles erledigt sei. Die Vermittlungsagentur muss sich irren. Nun, dann müssen sie dem anderen Paar eben absagen. Dolly hat zuerst gebucht, das dürfte doch eigentlich kein Problem sein, oder? Sie schreibt eilig eine E-Mail zurück und setzt Josh in CC, auch wenn sie sich *beinahe* sicher ist, dass er etwas so Wichtiges nicht vermasselt hat.

Helen kehrt aus der Umkleide zurück, und sie fangen an, sich durch die atemberaubende Kleiderkollektion der White Gallery zu arbeiten. Dolly wählt alles aus, was aussieht, als würde es anliegen wie eine zweite Haut: eine knallenge weiße Meerjungfrauenrobe – ein echter Hingucker auf jedem roten Teppich –, ein superschmales Etuikleid und ein Empirekleid mit dramatisch tiefem Rückenausschnitt, das Oberteil gehalten von einem transparenten Band, wandern zu Jessica Rabbit in den Umkleideraum. Dolly fängt an, sich auszuziehen, und enthüllt ihre übermäßig trainierten, sehnigen Oberarme und einen Waschbrettbauch, an dem sich ein Sixpack zeigen würde, wäre nur genügend Fleisch dafür da. Als sie sich bückt, um ihre Jeans auszuziehen, springt jede einzelne Rippe hervor. Monatelanger Verzicht auf Zucker haben Dolly die formlosen Oberschenkel und die flache Brust eines dreizehnjährigen Mädchens beschert. Ihre Brust hasst sie am meisten – und die winzige Hautwulst an ihrem Bauch, die ihr Slip aufwirft. Anfangs hatte sich Josh auf ihre Brüste gestürzt, doch inzwischen beachtet er sie kaum noch – so wie ihre Körbchengröße Nummer um Nummer geschrumpft ist, ist auch sein Interesse an diesem Körperteil geschrumpft. Seit Neuestem spricht er nicht mehr von ihren »Boobs«, sondern von ihren »Titties«, anscheinend betrachtet er die zwei längst nicht mehr als vollwertige Brüste.

»Es ist wichtig, dass wir erst einmal einen Eindruck bekommen, welcher Schnitt Ihre Figur am besten zur Geltung bringt.« Helen nimmt die Meerjungfrau vom Bügel und bereitet sie zur Anprobe vor.

»Josh wird das Kleid *lieben.*« Dolly strahlt. »Es sieht genauso aus wie das, was Jennifer Lawrence letzten Monat auf dem Cover der *Glamour* getragen hat. Er hat das Cover geshootet und sich wochenlang darüber ausgelassen, wie toll sie doch ist.«

»Nun, das hier ist etwas zu groß für Sie, Dolly, aber lassen Sie mich versuchen, ob ich die Silhouette abstecken kann.« Helen zieht das Kleid über Dollys schmalem Rücken straff und steckt den überschüssigen Stoff mit riesigen Clips fest, da bei einer solchen Stoffmenge mit Nadeln nichts mehr zu machen ist. Als sie fertig ist, liegt das Kleid zwar an Dollys knabenhaftem Körper an, hat aber sämtlichen Sex-Appeal eingebüßt. Die trägerlose Korsage steht am Oberkörper ab, als warte sie darauf, von vollen weiblichen Brüsten gefüllt zu werden. Ohne

Kurven fällt der lange, geschwungene Rock gerade auf den Boden, ein ganzes Stück länger als vorgesehen. Trotz Helens Bemühungen sitzt das Kleid hinten und vorne nicht.

Dolly betrachtet sich selbst in dem gnadenlosen Ganzkörperspiegel.

»Das sieht grauenhaft aus. *Ich* sehe grauenhaft aus.« Sie stellt sich den Ausdruck unermesslicher Enttäuschung auf Joshs Gesicht vor, wenn er sich vor dem Altar umdreht, um sie das erste Mal in ihrem Kleid zu sehen.

»Der Schnitt ist nichts für Sie, das ist alles«, sagt Helen tröstend. »Dieses Modell ist für eine junge Frau gearbeitet, die mindestens Größe sechsunddreißig trägt, und Sie sind eher eine sehr kleine zweiunddreißig.«

Helen hilft ihr heraus und bereitet das Etuikleid aus Satin vor.

Ping! Eine weitere E-Mail landet in Dollys Posteingang, gerade als Helen das Kleid hochhebt, um es ihr überzustreifen, aber Dolly muss erst die Mail lesen, die Antwort von der Entertainment-Agentur:

Es tut mir so leid, Dolly, aber wir haben Josh vergangene Woche mehrfach kontaktiert. Er teilte uns mit, er sei bei einem Shooting und habe keine Zeit für ein kurzes Telefonat, aber er versprach, die Anzahlung zu überweisen. Als keine Zahlung einging, schickten wir ihm eine weitere E-Mail, auf die er nicht reagierte. Deshalb sind wir davon ausgegangen, dass Sie von der Buchung zurücktreten wollen.

Nur eine einzige Sache. Eine einzige verdammte Sache. Mehr hab ich doch gar nicht verlangt. Buch die Band! Ich habe so viel Zeit und Energie investiert, um die Jungs aufzutreiben, habe mir stundenlang YouTube-Videos von beschissenen Hochzeitsbands reingezogen, eine schlimmer als die andere, bis ich endlich diese hier gefunden habe. Sie haben beim Brides-*Designerball gespielt. Ich habe der persönlichen Assistentin der* Brides-*Chefredakteurin geschrieben, dass ich die London Essentials gebucht habe. Wie konnte Josh mir das nur kaputtmachen?*

Das schimmernde Satinkleid umwabert ihren Körper, als habe sie beschlossen, mit dem teuren Negligé ihrer Mutter Verkleiden zu spielen. Es klafft unter den Achselhöhlen so weit auf, dass man ihre jämmerlichen, knospenähnlichen Brüste sieht, außerdem hängt es viel zu tief und gibt den Blick auf ihr knochiges Dekolleté frei. Es sieht beinahe unheimlich aus: ein Kind im Hochzeitskleid einer Frau. Sie wirkt dürr, nicht sexy, und das wird Josh in der Hochzeitsnacht bestimmt nicht anmachen.

»Ich hasse das Kleid, Helen! Wieso sieht an mir alles so grauenvoll aus?«

»Darf ich Ihnen einen Vorschlag machen? Ich weiß, dass Sie diese Kleider lieben, und das tue ich auch, aber etwas so Hautenges ist an einem zu zierlichen Körper wie Ihrem immer etwas schwierig. Wir müssen für Kurven sorgen!«

»Wie bitte? Damit ich dicker aussehe? Das ist das Letzte, was ich will!« Dolly schüttelt den Kopf, doch sie wird Helen diesen albernen Vorschlag verzeihen. Sie kennt Josh nicht und kann daher unmöglich wissen, wie viel Wert auf körperliche Perfektion er bei einer Frau legt. Dolly dagegen wurde in den letzten Wochen ständig daran erinnert – wann immer sie kurz davorstand, einzuknicken und zum Kühlschrank zu gehen, machte Josh irgendeine abfällige Bemerkung, ob sie zum Altar rollen wolle oder meine, mit dieser Einstellung am Hochzeitsmorgen in ihr Kleid zu passen. Beide Szenarien haben ihr wochenlang Albträume beschert.

»Nein, Sie sollen nicht dicker aussehen, aber wir sollten die Illusion von Kurven schaffen. Die lassen das Kleid interessanter aussehen und werden Ihnen schmeicheln. Vielleicht sollten wir etwas Asymmetrisches ausprobieren, die schräge Schleppe sorgt für jede Menge Wow-Effekt. Oder vielleicht ein Duchessekleid, das Ihre schmale Taille betont und dann in einen glockenförmigen, voluminösen, bodenlangen Rock übergeht. So wird Ihre Zartheit hervorgehoben und gleichzeitig Ihre nicht vorhandene Hüfte überspielt. Wir könnten es auch mit einem gepolsterten Mieder versuchen, um Ihrem Oberkörper zu mehr Volumen zu verhelfen – ein Neckholder würde bestimmt wunderbar aussehen.«

»Wie war das noch gleich? Dünn sein bedeutet, dass man tragen kann, was man will? Ich muss *sexy* aussehen. Josh will mich in einem Kleid sehen, das kaum eine Frau tragen kann. Ist das nicht genau das, was sich alle Männer wünschen? Sagen Sie, Helen, verstehe ich hier vielleicht etwas falsch? Auf welche Hochzeitskleider stehen Männer? Was erwarten sie, wenn ihre Zukünftige zum Altar schreitet?« Ihre Worte klingen verzweifelter, als Dolly beabsichtigt hat. Puh, anscheinend gehört sie tatsächlich zu den Frauen, die ihre Kleidung nach dem

Geschmack der Männer auswählen. Sie kauft ihr Hochzeitskleid, um Josh zu gefallen, nicht sich selbst. Tragisch. Wenn sie ehrlich ist, liebt sie die weicheren, fließenderen Silhouetten der hübschen Tüllkleider, aber die wird Josh nicht mögen. Er wird sie für formlos und langweilig halten. Verdammt. Vielleicht sollte sie einfach Tilly fragen, wann sie Zeit hat, sie zu begleiten, und einen neuen Termin vereinbaren.

»Meiner Erfahrung nach wünschen sich die meisten Männer einfach nur, ihre Braut wiederzuerkennen, anstatt plötzlich einen ganz anderen Menschen vor sich zu sehen.«

Nun ja, das mag vielleicht auf die meisten Männer zutreffen, aber Dolly weiß, dass Josh nicht so leicht zufriedenzustellen ist. Sie hat aufgehört mitzuzählen, wie oft er sich darüber ausgelassen hat, dass eine Frau an ihrem Hochzeitstag das Allerbeste aus sich herausholen sollte, und Dolly weiß, wie hoch er die Messlatte legt. Wie hoch sie die Messlatte legen muss.

»Sie sollten außerdem daran denken, dass Sie in der Kirche sein werden. Vor dem Vikar möchten Sie sicher nicht so gekleidet sein, als würden Sie sich mit Ihren Freundinnen ins Partyleben stürzen. Kommen Sie, ich will Ihnen etwas zeigen. Ich habe schon viele Frauen mit Ihrer Figur eingekleidet, vertrauen Sie mir.«

Helen verlässt kurz die Umkleide, um eine Auswahl an Kleidern zu treffen. Zurück bleibt eine desillusionierte Dolly, die sich fragt, um wie viel sie ihr Dessousbudget aufstocken muss, um all das wettzumachen, was ihr die Natur vorenthalten hat – und somit Joshs Erwartungen zumindest ansatzweise zu erfüllen.

Als Helen zurückkehrt, hält sie exakt die Kleider im Arm, die Dolly niemals gewählt hätte, weil sie weiß, dass Josh sie fürchterlich finden wird: etwas, das aussieht wie ein T-Shirt mit einem riesigen Ballonrock, und etwas (*Das kann doch nicht Helens Ernst sein!*), das komplett aus Spitze besteht.

»Ich glaube, Kate Halfpenny ist die richtige Designerin für Sie, Dolly. Sie ist bekannt für ihre Zweiteiler, was bedeutet, dass wir Ihren Look Stück für Stück zusammenstellen können, bis wir etwas haben, das exakt zu Ihrer Figur passt.«

»Nun, in Anbetracht dessen, dass das, was ich mir ausgesucht habe, einfach grässlich an mir aussieht, würde ich sagen: Versuchen wir's mal.« Der Minutenzeiger rückt unerbittlich voran, also bleibt Dolly keine andere Wahl.

Sie hält still, als Helen ein schmal geschnittenes Hängerchen mit dünnen Spaghettiträgern über ihre Schultern gleiten lässt. So weit, so gut. In Dollys Gesicht spiegelt sich Enttäuschung.

»Das ist bloß die Basis, jetzt fangen wir an aufzubauen. Was wir brauchen, sind Schichten.«

Helen bindet Dolly einen Wickelrock aus Seide in Tellerform um, den sie in der Taille eng zusammenschnürt, was ihren Hüften einen wunderschönen Schwung verleiht. Anschließend zieht sie das Hängerchen ein kleines Stück hoch, damit es Dollys Mitte umspielt. Der Rock ist so gebunden, dass er eins von Dollys langen, schlanken Beinen freigibt, die in Zwölf-Zentimeter-High-Heels besonders grazil aussehen. Anders als die anderen liegt er nicht eng an, stattdessen schwingt er bei jeder Bewegung, als warte er nur darauf, sich beim leichtesten Lufthauch zu heben. Der zusätzliche luxuriöse Stoff erweckt den Anschein, als habe Dolly tatsächlich einen Po, auch wenn sie schon lange keinen mehr hat.

»Tatsächlich, das kommt dem schon näher.« Dolly strahlt wieder. »Aber was mache ich damit?« Sie deutet auf ihr Schulmädchen-Dekolleté.

»Versuchen wir's mal hiermit.« Helen drapiert ein leichtes Spitzenjäckchen mit Flügelärmeln um Dollys schmale Schultern, was den Look hochzeitstauglich macht und den Blick sofort ablenkt von ihren nicht vorhandenen Brüsten.

»Das gefällt mir! Sie wussten, dass die anderen Kleider fürchterlich an mir aussehen würden, nicht wahr?« Dolly kommt sich so albern vor. Hatte sie wirklich erwartet, sexy wie ein Supermodel auszusehen, ohne auch nur eine der dafür notwendigen Voraussetzungen mitzubringen? Sie windet sich innerlich bei der Vorstellung, Josh wäre Zeuge dessen geworden, was gerade eben passiert ist.

»Es ist wichtig, dass Sie das selbst erkennen«, sagt Helen mit Wärme in der Stimme. »Ich kann Ihnen nicht vorschreiben, was Sie tragen sollen – es ist Ihr Hochzeitstag und letztendlich Ihre Entscheidung. Ich bin nur hier, um Sie zu beraten und Sie von meiner Erfahrung profitieren zu lassen. Ich habe schon Hunderte von Bräuten ausgestattet, Dolly, deshalb gehe ich davon aus, dass ich weiß, was ich tue.«

»Was ist mit den Accessoires? Was halten Sie von einem extravaganten Hut?«

»Lieber nicht, Dolly. Bei Ihrer zarten Gestalt dürfen wir Ihnen nichts Großes auf den Kopf setzen.«

»Ich habe gelesen, dass Victoria Beckham stets eine riesige Handtasche trägt, damit ihre Beine dünner aussehen.«

»Ach du liebe Zeit! Was für ein Unsinn. Ich bin mir sicher, sie hat weit wichtigere Dinge zu tun, als sich zu überlegen, wie sie möglichst dünn aussehen kann. Wie wär's, wenn wir es stattdessen mit einem Schleier probieren?«

»Ist das nicht ein bisschen zu traditionell?«

»Das ist die einzige Gelegenheit in Ihrem Leben, einen Schleier zu tragen. Und weil Sie die Frage gestellt haben: Ich weiß, dass Bräutigame Schleier lieben – und vor allem lieben sie es, den Schleier nach dem Jawort zu lüften.« Dolly versucht, sich zu bremsen, aber es gelingt ihr nicht, das Bild von Josh aus ihrem Kopf zu vertreiben, der ihren Schleier anhebt und sie in derselben Sekunde darauf aufmerksam macht, dass sie besser noch ein wenig Puder oder etwas mehr Lipgloss aufgelegt hätte.

»Okay, nehmen wir einen Schleier!«, hört sie sich sagen, auch wenn das nichts mit ihrer modernen, feministischen Einstellung zu tun hat. Der Gedanke, dass Josh das zarte Stück Stoff anhebt, das liebt, was er sieht, und ihre Zukunft mit einem anerkennenden Kuss besiegelt, ist mehr als verlockend.

Helen nimmt einen hauchdünnen Schleier, übersät mit zarten Kristallperlen, und steckt ihn an Dollys Hinterkopf fest, dann drapiert sie ihn so, dass er das Licht einfängt, und sofort zucken unzählige kleine Kristallblitze um sie herum auf, als wären es die Blitzlichter der Paparazzi.

»Ich fühle mich fabelhaft! Ich liebe es! Umso mehr, weil ich denke, dass er es ebenfalls lieben wird.«

»Sie sehen unglaublich aus, Dolly, wirklich.«

»Ja! Wo ist mein Selfiestick?«

Der Jubel wird unterbrochen von dem lauten Klingeln des Festnetztelefons. Helen entschuldigt sich, um dranzugehen.

»Es ist für Sie, Dolly.« Helen steckt den Kopf in die Umkleide und sieht gerade noch, wie Dolly mit einem verführerischen Schmollen in die Kamera ihres iPhones blickt. »Ein Mann, er wollte mir seinen Namen nicht nennen.«

Seltsam, nur Josh weiß, dass sie heute hier ist. Ob er sich bei ihr entschuldigen will, weil er vergessen hat, die Anzahlung für die Hochzeitsband zu überweisen? Vielleicht hat sie ihr Handy nicht gehört, und er ruft deshalb auf dem Festnetz an? Zu seinem Glück ist sie so gut gelaunt, dass sie darüber hinwegsehen wird. Noch immer im kompletten Hochzeitsoutfit schwebt Dolly durch die Boutique und greift voller Selbstbewusstsein zum Hörer.

»Du wirst nicht glauben, was ich anhabe«, stößt sie atemlos vor Aufregung hervor, während ihre Gedanken zu der bevorstehenden Hochzeitsnacht schweifen, in der Josh sie aus ebendem, was sie da trägt, befreien wird.

»Könnte es vielleicht ein Hochzeitskleid sein?« Die Stimme klingt sauer, um nicht zu sagen stinkwütend, als könne sich der Mann, dem sie gehört, nur mühsam beherrschen und stünde kurz davor zu explodieren. Für einen Augenblick ist Dolly völlig perplex. Das ist nicht Josh.

»Zwei Dinge, Dolly, vorausgesetzt, es ist dir genehm, dass ich deine kostbare Zeit für einen Moment beanspruchen darf.«

Ach du liebe Güte, nein! Die Arschgeige.

»Erstens: Wenn du schon blaumachst, weil du dich einen Scheißdreck um deinen Job scherst, dann hinterlasse wenigstens nicht überall Post-its mit Kontaktdaten und Terminen, die einem verraten, wo du steckst.« Ohne Luft zu holen und ganz offensichtlich ohne das geringste Interesse an einer der fadenscheinigen Ausreden, die sie sich womöglich zurechtgelegt hat, fährt er fort: »Das ist verdammt respektlos mir und all deinen Kollegen gegenüber, die ihre Arbeit ordentlich erledigen. Zweitens …« Sein Ton ist jetzt anders, sarkastisch, als würde er den Augenblick tatsächlich genießen, als sei er ihr bei irgendetwas um einen Schritt voraus. »Mir gefällt deine Cupcake-Kampagne, ich bin bloß neugierig, warum du an keiner Stelle erwähnt hast, dass die Dinger *zuckerfrei* sind, dabei ist es das Einzige, was dieses Produkt von der Konkurrenz unterscheidet. Aber das kannst du mir ja erklären, wenn du hier bist, denn ich habe sämtliche Termine für heute Nachmittag verschoben, damit wir zwei ein ernsthaftes Gespräch in meinem Büro führen können. Solltest du heute Abend irgendetwas vorhaben, sag es ab – du hast jede Menge Arbeitsstunden nachzuholen.«

Die Verbindung bricht ab, doch Dolly bleibt wie erstarrt stehen, den Hörer fest umklammert. Ihr Herzschlag dröhnt in ihren Ohren, ihre Stimmung schwankt zwischen aberwitziger Freude bei der Aussicht, endlich ihren bescheuerten Job los zu sein, und der nackten Panik bei der Frage, wie sie ohne ihre Arbeit bei der PR-Agentur für diese Hochzeit aufkommen soll.

All die wundervollen Gedanken und Gefühle, die das

wunderschöne Hochzeitsoutfit in ihr hervorgerufen hat, sind auf einen Schlag verpufft.

Ping! Der Eingang einer weiteren E-Mail lenkt sie von den Tränen ab, die ihr in die Augen steigen. Nein, das kann nicht sein, aber der Name steht tatsächlich da, Irrtum ausgeschlossen. Annabel Coutts. Persönliche Assistentin der Herausgeberin der *Brides,* herausgegeben von Condé Nast.

Dollys Finger schwebt über dem Display, starr vor Furcht vor dem alles entscheidenden Klick.

12

EMILY

Noch zwölf Wochen

Alles ist weiß. Die Farbe des Augenblicks. Die Farbe glücklicher Zeiten. Weiße Wolken an einem vielversprechenden Frühlingsmorgen. Ein strahlendes Lächeln. Frische Weihnachtsnarzissen, die ihren süßen Duft verströmen. Ein traumhaft schönes Hochzeitskleid.

Aber nicht heute.

Die Wände. Die Böden. Sein Schreibtisch. Sein Stuhl. Sogar der Computer und die Tasten auf der kabellosen Minitastatur sind klinisch weiß. Genau wie sein Namensschild. Dr. David Stevens. Es gibt keine Stifte und kein Papier, keine persönlichen Gegenstände, keine braun gefleckten Kaffeetassen. Nichts liegt auf seinem Schreibtisch außer einem Klarsichtordner mit Emilys Namen in Times New Roman in der Ecke oben links, gefolgt von ihrem Alter. Siebenundzwanzig. Viel zu jung, um dieses Gespräch zu führen.

»Das MRT war sinnvoll, Emily, aber der anschließenden CT-Angiografie, die uns natürlich sehr viel klarere Aufnahmen Ihrer Blutgefäße sowie deren Form und Größe bringt, entnehme ich, dass es unglaublich schwierig wird, Ihr Aneurysma operativ zu entfernen.« Dr. Stevens hält unmittelbaren Augenkontakt, um zu sehen, wie Emily diese Nachricht aufnimmt.

»Aha.« Emily sieht winzig aus in dem großen weißen Ledersessel auf der anderen Seite seines weißen Schreibtischs. Sie stößt sich mit den Zehen ab, um verhalten von einer Seite zur anderen zu schwingen wie ein Kind, das sich nicht sicher ist, was man von ihm erwartet und wie es nun weitergehen soll, verzweifelt darauf bedacht, die unbehagliche, sterile Atmosphäre im Sprechzimmer des Neurochirurgen aufzulockern. Nicht dass sie jemals einen Gedanken daran verschwendet hätte, wie sie sich in einer derartigen Situation verhalten sollte. Das, was ihr nun widerfährt, ist nicht gerade das, was sie sich für ihre Zukunft erträumt hat.

»Momentan sprechen diverse Gründe gegen diesen komplizierten Eingriff. Stellen Sie sich Ihr Aneurysma vor wie eine Blase an der Wand eines Ihrer Blutgefäße, doch auf den Aufnahmen ist zu erkennen, dass sich unmittelbar dahinter ein zweites Aneurysma gebildet hat, das ebenfalls größer zu werden scheint. Sollten die beiden zusammenwachsen, wird die Wand an der Anschlussstelle dünner und dünner, wodurch beide entsprechend fragiler werden. So erhöht sich die Wahrscheinlichkeit, dass sie platzen.«

»Und dann?«, fragt Emily, obwohl sie im Grunde nicht weiß, warum sie diese Frage stellt. Sie will die Antwort gar nicht wissen, will nicht darüber nachgrübeln, geschweige denn sich von Dr. Stevens die Fakten mit der brutalen Offenheit darlegen lassen, zu der nur ein völlig Fremder fähig ist.

»Es gibt ziemlich viele Faktoren, die die Antwort auf

Ihre Frage beeinflussen, aber wenn Sie mich fragen, ob eine solche Ruptur tödlich sein kann, dann bin ich gezwungen, dies zu bejahen. Manche Rupturen führen allerdings nicht zum Tod, sondern zu einem dauerhaften Hirnschaden.«

Dr. Stevens hat ein Gespräch wie dieses schon häufig geführt, das merkt Emily daran, dass er weder stockt noch über seine eigenen Worte stolpert. Ohne einen Hauch von Zögern oder Unbehagen liefert er eine niederschmetternde Tatsache nach der anderen und hält die ganze Zeit über Augenkontakt.

»Aber es gibt doch sicher irgendetwas, womit wir die Blutgefäße davon abhalten können, einfach so zu platzen, oder?« In Emilys Stimme schwingt keine Panik mit. Keine Tränen. Sie ist geschäftsmäßig ruhig. Sollte sie nicht eigentlich hochdramatisch zusammenbrechen? Es fühlt sich an, als würden sie über jemand anderen sprechen, als ginge sie das alles gar nichts an. Ihre Kopfschmerzen sind weg, sind schon vor Wochen verschwunden. Vielleicht wird das Aneurysma dasselbe tun, wird sich einfach zurückbilden, womit all ihre Sorgen sich in Luft auflösen und sie sich wieder auf die Essenswünsche und die blumengemusterten Stuhlhussen konzentrieren kann, die dringend auf ihrer To-do-Liste für die Hochzeit abgehakt werden müssen. Vielleicht färbt Dr. Stevens' methodische und strikt faktenorientierte Herangehensweise auf sie ab. Sie hat den Eindruck, dass in seinem Sprechzimmer kein Platz für Emotionen ist. Vielleicht sollen die Patienten ihre Gefühle erst später zeigen, am Empfang bei der hübschen Assistentin.

»Ihr Aneurysma wächst an der Arteria carotis interna

an der Innenseite der Schädelbasis; sie gehört zu den hirnversorgenden Schlagadern. Am meisten Sorgen bereitet mir, dass sie mit weiteren gesunden Arterien zusammengekoppelt ist. Es ist äußerst schwer, diese während der Operation abzuklemmen, ohne einen tödlichen Hirninfarkt zu riskieren.«

Es entsteht eine lange Pause, in der Dr. Stevens die Informationen in Emilys gefährdetes Gehirn einsickern lässt. Sie spürt, dass er keinerlei Absicht hegt, die Gesprächslücke zu schließen.

»Warum ist das so? Wieso passiert das ausgerechnet mir? Hab ich irgendetwas falsch gemacht?« Emily ist bewusst, wie quengelig sie klingt – wie ein kleines Kind, das mit dem Fuß aufstampft und sich beschwert, dass das Leben nicht fair ist, weil es die Tüte mit Bonbons nicht bekommt oder weil es gern später zu Bett gehen möchte –, doch in Anbetracht der Umstände wird er ihr das vermutlich durchgehen lassen. Überhaupt, sie ist eine zukünftige Braut, sie kann so quengelig sein, wie sie will, oder etwa nicht?

»Fakt ist, dass Sie unglaubliches Pech haben. Sie gehören nicht zu den üblichen Risikogruppen – haben keine familiäre Vorgeschichte, Sie rauchen nicht, und Ihr Blutdruck ist völlig normal. Sie sind einfach eine von Tausenden, die jedes Jahr ohne erkennbaren medizinischen Grund ein Aneurysma ausbilden.«

»Wie geht es jetzt weiter? Sie haben meine Frage noch nicht beantwortet, ob Sie eine Ruptur verhindern können.« Emily sucht noch immer nach etwas Positivem. Irgendeine Wundermedizin? Eine Studie, für die noch Freiwillige gesucht werden?

»Die beiden Aneurysmen können jederzeit platzen, Emily. Ich fürchte, ich kann wenig für Sie tun, außer Sie zu beruhigen. Der dringlichste Punkt ist, dass wir uns für eine Therapie entscheiden, und dazu würde ich gern eine zweite Meinung einholen. Wenn Sie damit einverstanden sind, schicke ich Ihren Befund an das Barrow Neurological Institute in Phoenix. Das ist ein Spitzenforschungszentrum für Aneurysmen, dort wird man in der Lage sein, das Risiko einer Operation einzuschätzen. Es kommt natürlich darauf an, wie beschäftigt man dort ist, aber sobald ich eine Rückmeldung bekommen habe, sollten wir in der Lage sein, einen Behandlungsplan aufzustellen.«

»Und was soll ich in der Zwischenzeit tun?«

»Nach Hause gehen. Mit Ihren Angehörigen reden. Ich nehme an, dass Sie allein gekommen sind, bedeutet, dass sie noch nichts wissen?«

»Nein. Ich wollte nichts sagen, bevor ich mit Ihnen gesprochen habe.«

»Sie werden die Unterstützung Ihrer Familie brauchen. Es stehen einige schwierige Entscheidungen an.«

Emily nickt zögernd. »Nun, es ist bloß so, dass wir gerade meine Hochzeit planen …«

»Wann findet Ihre Hochzeit statt?«

»Am 25. August, in zwölf Wochen.« Trotz der Umstände muss Emily immer noch lächeln, als sie diese Worte ausspricht. Ihr Hochzeitstag. Bis dahin ist es gar nicht mehr lang.

»Sie sollten überlegen, den Termin vorzuziehen.« Dr. Stevens knallt den Ordner zu und deutet auf die Tür. »Mein Büro wird sich in Kürze bei Ihnen melden.«

Ihre Zeit ist um.

Das rote Kleid. Heute Abend musste es das rote Kleid sein. Mark liebt es. Liebt es, wie es ihre Hüften umschmeichelt, wie der Ausschnitt ein kleines Stück zu tief rutscht, wenn sie sich bewegt, sodass der Spitzenrand ihres BHs darunter hervorblitzt. Emily sitzt in ihrer Lieblingstrattoria in Oxford und wartet auf ihn. Sie ist als Erste eingetroffen und hat ihren üblichen Tisch am Fenster besetzt, damit sie die Horden von Büroarbeitern auf dem Heimweg beobachten kann. Sie nimmt bereits von der warmen Focaccia, taucht das duftende Hefeteigfladenbrot in köstliches Olivenöl und Balsamicoessig, verdrückt Scheibe um Scheibe. Es ist außergewöhnlich warm für einen frühen Maiabend, die Menschen bummeln, trinken ein Bier zusammen, stehen auf dem Gehsteig mit Kollegen zusammen und genießen den Augenblick in der Vorfreude auf den kommenden Sommer.

Tisch fünf war Schauplatz so vieler wundervoller Dates mit Mark. Hier haben sie sich ganz am Anfang einige Male getroffen, haben einander nervös von sich erzählt und sich Sorgen gemacht, dass Essen zwischen ihren Zähnen steckte. Jetzt ist es mehr so, dass sie die Sätze des anderen beenden und einander, ohne zu fragen, Leckerbissen vom Teller stibitzen. Hier hat Mark sie letzten Winter an einem verregneten Samstagmittag völlig überrumpelt. Er hatte sie gebeten, sich mit ihm auf einen raschen Happen zu treffen, doch als sie in der Trattoria ankam, war das Lokal leer, bis auf einen einzigen Tisch in der Mitte des Raums. Dort stand Mark, eine einzelne rote Rose und ein Schmuckkästchen in den Händen. Sie war augenblicklich in Tränen ausgebrochen, da ihr klar war, was das bedeutete: Mark zu heiraten war die natürlichste Sache der Welt, ihr persönliches Schicksal, das schon lange bevor sie sich einen Ehemann erträumen konnte, in den Sternen geschrieben stand – bevor sie überhaupt wusste, dass sie sich einen Ehemann wünschte. Mark würde ihr für immer gehören, genau wie sie ihm.

An einem normalen Abend wäre sie ganz aus dem Häuschen vor Vorfreude, würde an die herrliche Flasche Chianti denken, die sie an ihrem mit einer rot-weiß karierten Decke versehenen Tisch trinken würden, die Gesichter leuchtend im Schein der flackernden Kerze, den Mund voller köstlicher hausgemachter Puttanesca-Soße, die einen an den pastellfarbenen Küstensaum von Neapel versetzte. Mark schaffte es jedes Mal, seine Krawatte damit zu bekleckern. Normalerweise würde sie sich auf die berauschende Süße des eiskalten Limoncellos freuen, den sie zum Abschluss trinken. Heute Abend jedoch ist ihre Vorfreude getrübt. Sie weiß, dass sie es ihm sagen muss. Der Neurochirurg hat praktisch darauf bestanden, und ganz gleich, wie erschütternd das ist – Mark hat ein Recht darauf, es zu erfahren. Er wird wissen wollen, was mit seiner zukünftigen Frau los ist, sie wird der Nachricht nur ein wenig die Schärfe nehmen müssen. Immerhin gibt es noch jede Menge Optionen. Dass das Gefäß nicht platzt. Dass die Amerikaner das Aneurysma für operabel halten. Dass sie einfach damit weiterleben kann.

Emily wirft einen Blick aus dem Fenster und sieht ihn auf sich zukommen. Ihren geliebten Mark. Er wirkt so glücklich. Er lächelt. Wer sonst tut so etwas? Wer geht eine belebte Geschäftsstraße in der Innenstadt entlang und lächelt völlig fremde Passanten an? Ein kleiner

Junge verliert sein Kuscheltier und bricht in seinem Buggy in lautstarkes Gebrüll aus. Seine Mum, das Handy am Ohr, bekommt nichts davon mit, aber Mark hebt das Stofftier auf und gibt es dem Jungen zurück. Er bleibt nicht einmal stehen, erwartet kein Dankeschön, das ohnehin nicht kommt, stattdessen streicht er dem Jungen über den Kopf und geht weiter. Von ihm geht eine wunderbare Leichtigkeit aus. Hier kommt ein Mann, der mit der Welt im Reinen ist. Emilys Aufgabe heute Abend ist es, genau das zu zerstören. Ihr Kiefer spannt sich an, als sie wieder einmal denkt, wie unfair das alles ist. *Warum ich? Warum wir?*

Als Mark das Restaurant betritt, wird er vom Inhaber wie ein alter Freund mit Handschlag und einer Umarmung begrüßt. Sie plaudern ein paar Minuten lang, während Mark ihr zwinkernd zu verstehen gibt, dass er gleich bei ihr ist, und Emily denkt wieder einmal, dass seine Fähigkeit, mit allen anderen so mühelos zurechtzukommen, eines der Dinge ist, die sie am meisten an ihm liebt.

»Du siehst so umwerfend aus wie immer.« Mark küsst gespielt gentlemanlike Emilys Hand, bevor er auf dem rustikalen Holzstuhl ihr gegenüber Platz nimmt. Ihre Knie stoßen zusammen, als sie sich auf ihren Stühlen zurechtsetzen. »Mein Gott, wie sehr ich dieses Lokal liebe.«

Emily wird plötzlich von Traurigkeit überwältigt. Ihn so nah bei sich zu haben, ihn zu riechen, seinen Atem auf ihrer Hand zu spüren, ihm in die Augen zu sehen – zu wissen, was sie weiß. Sie hat noch nie zuvor ein Geheimnis vor ihm gehabt. Er bestellt Wein, drückt auf dem Tisch ihre Hand und sagt ihr noch einmal, wie umwerfend sie aussieht, dann erzählt er ihr mit Hochgeschwindigkeit von den Ergebnissen seiner Suche nach einem passenden Urlaubsziel für ihre Flitterwochen. Sie spürt, wie sie anfängt zu zittern, so dicht davor steht sie, einfach damit herauszuplatzen, es hinter sich zu bringen, aber …

»Auch auf die Gefahr hin, dass ich komplett albern klinge, möchte ich einfach nur sagen, dass die letzten Wochen die glücklichsten meines Lebens waren. Ganz im Ernst. Womit habe ich ein solches Glück verdient? Ich sehe dich an, und da ist immer noch die schüchterne Erstsemesterstudentin, die ich kennengelernt habe, als wir beide achtzehn waren, aber jetzt, jetzt wirst du bald meine Frau sein. Diese Woche sucht ihr dein Hochzeitskleid aus, oder?« Sein Gesicht ist voller aufgeregter Erwartung, als könne er kaum glauben, dass alles, was sie geplant haben, endlich wahr werden wird.

»Mark …« Sie versucht ihn zu bremsen, aber er ist voll in Schwung, rechnet keine Sekunde lang damit, dass das hier etwas anderes ist als ein weiterer wundervoller Abend mit wundervollem Essen bei Rossellini. Er nimmt ihre Hände in seine.

»Ich liebe dich, Emily. Ich habe dich immer geliebt. Ich hoffe nur, ich kann dir der Ehemann sein, den du dir wünschst.«

Alles, was er sagt, wirkt schlagartig ernüchternd und macht es ihr unmöglich, den Mund zu öffnen und das über die Lippen zu bringen, was sie über die Lippen bringen muss. Wie soll sie das schaffen? Er irrt sich. Es geht nicht darum, dass Mark sie beschützt, nein, es geht darum, dass sie Mark schützen muss vor einer entsetzlichen Wahrheit, an der er doch nichts ändern kann. Ihr bleibt keine Wahl, sie muss Bescheid wissen. Für ihn dagegen gibt es sehr wohl eine Wahl, denn sie kann die Entscheidung treffen, ihm nichts zu erzählen. Seine Welt nicht in Stücke zu zerschlagen und mit Sorgen zu füllen.

»In ein paar Monaten sind wir bei der Hochzeit von den Coleridges – Adam und Jessie. Die beiden feiern, kurz bevor wir in die Flitterwochen starten.«

Mehr als ein Nicken bringt Emily nicht zustande.

»Nun, ich hoffe, du bist nicht enttäuscht, wenn du siehst, was die alles auf die Beine stellen. Es ist ein bisschen schade, dass die beiden Feiern so dicht aufeinanderfolgen, denn ich fände es schrecklich, wenn du im Nachhinein den Eindruck hättest, unser Tag wäre nicht genauso aufregend oder … nun ja … nicht ganz so protzig gewesen.« Er sieht ihr prüfend ins Gesicht, auf der Suche nach irgendwelchen Anzeichen der Enttäuschung.

»Ich wäre niemals enttäuscht, Mark. Dazu bin ich viel zu glücklich, dich zu heiraten.« Sie muss sich zwingen, die Worte über die Lippen zu bringen, die in ihrer Kehle feststecken. Als sie es geschafft hat, greift sie nach ihrem Weinglas und nimmt einen großen Schluck, in der Hoffnung, dass er weiterspricht.

»Um ehrlich zu sein, bin ich überrascht, dass wir eine Einladung erhalten haben. Ich weiß, dass ich viele Reisen für Henry und die Familie organisiert habe, trotzdem halte ich das für eine großzügige Geste. Wir sollten einfach hingehen und genießen, was aller Wahrscheinlichkeit nach ein wundervoller Tag werden wird.«

Es ist so traurig zu hören, wie er sich für Dinge begeistert, die aus Emilys Perspektive nichts mehr bedeuten.

Wen interessiert es schon, wie protzig die Hochzeit der Coleridges sein wird? Sie selbst kann im Augenblick an nichts anderes denken als an ihre eigene bevorstehende Hochzeit und daran, dass es ihr gesundheitlich hoffentlich wieder besser geht – vorzugsweise ohne dass sie sich Mark oder ihrer Familie anvertrauen muss.

Ihn einzuweihen ist selbstsüchtig, das weiß sie. Nur sie profitiert davon, wenn sie ihre Ängste mit jemandem teilt, der sie tröstet und ihr versichert, alles werde wieder gut. Doch das kann er nicht, warum also sollte sie ihm – oder sonst wem – eine solche Last aufbürden?

»Ich verschwinde kurz, und dann komme ich zurück und gebe dir einen dicken Kuss, wenn du nichts dagegen hast.« Emily braucht einen Vorwand, vom Tisch aufzustehen, bevor er ihr ansieht, dass etwas nicht stimmt.

»Ähm, nein … ich habe nichts dagegen.« Mark lächelt, jungenhaft und charmant zugleich.

Emily entschuldigt sich und geht in Richtung Toilette, doch in Wahrheit stiehlt sie sich durch die Hintertür aus dem Restaurant in eine kleine Gasse. Hier machen die Kellner für gewöhnlich ihre Rauchpausen. Sie lehnt sich mit dem Rücken gegen die Mauer und holt tief Luft, hält sie an, damit sie sich in ihrer Lunge verteilt, dann stößt sie sie mit offenem Mund wieder aus und damit ihre Angst und ihren Zorn. Das Geräusch, das sie dabei macht, kennt sie nicht: ein ersticktes Stöhnen; reine, ungefilterte Wut, die sich aus ihrem tiefsten Innern einen Weg an die Oberfläche bahnt. Die Hände zu Fäusten geballt tritt sie gegen die Mauer, was einen scharfen Schmerz durch ihren rechten Fuß bis hinauf ins Schienbein schickt. Anschließend drückt sie ihr heißes Gesicht gegen das Mauerwerk und fragt sich wieder und wieder: *Warum, warum, warum?* Sie weiß, dass sie ihr Geheimnis für sich behalten muss.

Der Kopfschmerz ist zurück. Stärker denn je.

Ja, das ist in der Tat kuschelig. Emily steht halb nackt in der Umkleide der White Gallery, während sich im Verkaufsraum der Boutique ein ganzer Pulk von Schaulustigen inklusive ihrer Eltern, Marks Mutter Barbara, seiner Schwester Janet, ihrer Großmutter Joyce und der Nachbarin Phillipa versammelt hat. Sie alle warten nur darauf, dass die große Modenschau beginnt. Der komplette Sonntagsgipfel mit Ausnahme von Mark und seinem Dad auf einem Ausflug. Ihr Vater sitzt in der Mitte, den Notizblock in der Hand, »damit wir uns nachher, wenn wir darüber beratschlagen, was ihr am besten steht, auf meine Notizen stützen können«.

Hinter dem schweren Vorhang des Umkleideraums, wo ihr die Besitzerin der White Gallery, Helen Whittaker, eine Reihe von Kleidern zur Anprobe zurechtgehängt hat, kann Emily das aufgeregte Geplapper hören – jede Menge Gekicher und das Klirren von Champagnergläsern. Bill hat Glo bereits streng zurechtweisen müssen, weil sie in Tränen ausgebrochen ist, sobald sie die Boutique betreten haben. Jetzt schwelgen ihre Eltern in Erinnerungen an ihre eigene Hochzeit und beklagen, wie schnell ihr kleines Mädchen groß geworden ist.

Das erste Kleid ist für ein Brautmodengeschäft wie dieses erstaunlich preiswert – ein Maya-Modell mit V-Ausschnitt von Amanda Wakeley. Eine der schlichteren Roben aus ihrer himmlischen Kollektion, in der Taille leicht gerafft, bevor es in einen fließenden Chiffonrock übergeht. Die einzigen Verzierungen sind die perlenbesetzten Flügelärmel sowie der mit Edelsteinen besetzte Gürtel, den die Bräute, die ihr Budget im Auge behalten müssen, auch weglassen können. Doch als Auftakt zu Emilys persönlicher Catwalk-Show gibt es der erwartungsvollen Menge nicht das, was sie will.

»Es sieht hübsch an dir aus«, bringt Glo es auf den Punkt, »aber wo bleibt das ›Wow‹, auf das wir alle so warten?«

»Nun, mir gefällt es, Mum, außerdem ist es etwas günstiger als die anderen Modelle, die in der Umkleide hängen.« Sie muss ihnen von Anfang an klarmachen, was sie will, sonst gerät die Anprobe außer Kontrolle.

»Jetzt hab dich doch nicht so, Emily, hier geht es nicht um den Preis. Entschuldigen Sie, Helen, aber könnten wir etwas … Glamouröseres sehen?«

»Mum!«

»Ach, komm schon, Emily, wir machen das schließlich nur einmal.« Glo ist nicht bereit, sich den Augenblick ihres Lebens nehmen zu lassen.

»Ganz genau«, schaltet sich Barbara ein.

»Emily, du möchtest dir an deinem großen Tag doch nicht von deinem alten Vater die Schau stehlen lassen, oder? Ich habe in einer deiner Brautzeitschriften gelesen, dass viele Bräute hinterher bereuen, kein opulenteres Kleid gewählt zu haben. Den Fehler werden wir definitiv nicht machen!«

Und so arbeitet sich Emily während der nächsten Stunde durch jeden erdenklichen Schnitt im Sortiment, begleitet von unterschiedlichen Graden der Zustimmung ihrer Zuschauer – das trägerlose Duchessekleid (*göttlich*), das Etuikleid (*Kann mir mal jemand erklären, wieso das ein Hochzeitskleid ist?*), das Meerjungfrauenkleid (*zu eng und kurvig für die Kirche*), das Säulenkleid (*Deine Brüste sind ja gar nicht mehr zu sehen!*), die Tee-Länge (*altmodisch*), vorne kurz, hinten lang (*Tut uns leid, wir wollen kein Kleid, das sich nicht für eine Länge entscheiden kann!*), das Empirekleid (*Umstandsmode!*), die A-Linie (*ein heißer Anwärter*) –, bis jeder zufrieden und Emily völlig erschöpft ist.

Gemeinsam entscheiden sie sich für das trägerlose Duchessekleid mit einer handgearbeiteten, perlenbestickten Corsage von Reem Acra und einem gigantischen, einer Kathedrale würdigen Rock. Das Preisschild anzusehen ist nahezu schmerzhaft, aber Emily muss zugeben, dass die Robe unglaublich ist – eine um einiges stilvollere Version von Cinderellas Hochzeitskleid. Beeindruckend, was den Umfang angeht, und doch so leicht wie Zuckerwatte (*wunderbar geeignet für den Hochzeitstanz, so viel steht fest*). Sie fühlt sich gut darin – aber mehr, weil sie allen ihren großen Moment gönnt. Brautkleid-Shopping mit der eigenen Tochter – das schafft Erinnerungen, die bedeutsamer sind, als alle heute hier Versammelten sich vorstellen können.

In der einen Stunde, die es dauert, die Entscheidung zu treffen, hat Emilys Publikum zwei Flaschen Taittinger geleert, einen Teller Plätzchen verputzt und je einen wunderhübschen rosa Cupcake verdrückt. Helens ehemals makelloser cremefarbener Teppich ist voller Krümel. Jetzt sitzen alle mehr oder weniger zusammengesunken auf den gold-weißen Stühlen.

»Heute haben wir einen großen Schritt voran gemacht.« Als sie endlich wieder in Jeans und T-Shirt schlüpft, kann Emily durch den Vorhang hören, wie ihr Dad allen zu der »großartigen Arbeit« gratuliert.

»Gut gemacht, Emily.« Helen kehrt in die Umkleide zurück, ein Maßband in der Hand. »Ich finde, das haben Sie hervorragend gelöst. Sie stehen sich anscheinend alle sehr nahe, was einfach wunderbar ist.«

»Helen …« Emily senkt ihre Stimme zu einem Flüstern. »Bitte machen Sie sich keine Mühe mit dem Abmessen.«

»Aber ich muss Ihre Maße nehmen, damit das Kleid bei der Hochzeit perfekt sitzt.«

»Ich möchte nicht, dass Sie das Reem-Kleid bestellen. Ich nehme das Maya von Amanda Wakeley, und falls Sie irgendetwas mit dem Preis machen könnten …«

»Aber ich dachte …« Auf Helens Gesicht zeigt sich Verwirrung, und Emily erkennt, dass sie sich bemüht herauszufinden, was schiefgelaufen ist. »Das Maya-Kleid ist ein Modell aus dem Laden, Emily, und wenn Sie es kaufen möchten, könnte ich es Ihnen für sehr viel weniger überlassen, als ein neues Kleid kosten würde. Allerdings haben es schon viele Frauen anprobiert – vielleicht gewinnen Sie den Eindruck, es sei nicht besonders genug?«

»Das ist absolut in Ordnung«, erwidert Emily kurz angebunden, bevor Helen weitere Fragen stellt. »Ich weiß, dass alle das Duchessekleid lieben, aber …« Aber was? Aber schließlich stehe ich kurz davor, tot umzufallen? Aber es gibt vielleicht gar keine Hochzeit? Aber ich möchte die Finanzen meiner Eltern schonen, weil sie demnächst für eine Beerdigung aufkommen müssen?

Vielleicht hätte ich Mark doch etwas sagen sollen. Er hätte genau gewusst, was jetzt zu tun wäre, wie sie mit der Situation umgehen sollte. O Gott, warum kann sie nicht einfach eine ganz normale Braut sein und all die Aufmerksamkeit genießen? Sie will den Nachmittag auskosten und sich über Brautkrönchen mit Strasssteinen den Kopf zerbrechen und darüber, ob sie sich lieber für die Perlenohrhänger in Tränenform oder die klassischen Saphire, die Joyce bei ihrer Hochzeit getragen hat, entscheiden soll. Die Heuchelei ist ungeheuer anstrengend.

Emily holt tief Luft. »Ich glaube, es sieht einfach besser an mir aus. Und den Gürtel brauche ich auch nicht, vielen Dank. Ach ja, Helen, niemand darf davon erfahren – bitte.«

»Selbstverständlich nicht, aber …« Emily sieht, wie sehr Helen sich bemüht, sie zu verstehen, so etwas ist offensichtlich neu für sie. Sie muss das Gespräch beenden, bevor jemand von den anderen etwas mitbekommt oder sie die Fassung verliert.

»Hören Sie, Helen, es kann sein, dass ich gar kein Kleid mehr brauche. Könnten Sie vielleicht einfach tun, worum ich Sie bitte?« Emilys Stimme ist so voller Verzweiflung und sehr viel schroffer, als sie beabsichtigt hat. Sie findet es schrecklich, als Helen den Kopf senkt, als habe man ihr einen Rüffel erteilt. Das Einzige, was noch schlimmer ist, ist die Last ihres Geheimnisses, das sie nun erst recht für sich behalten muss, die Lüge, die sie begleiten wird, solange es eben dauert.

13

JESSIE

Claire füllt den Sessel, in den sie sich hineingequetscht hat, komplett aus. Sie knibbelt an ihrem ohnehin abgeblätterten rosa Nagellack, während sie gleichzeitig eine Familienpackung Doritos in sich hineinschaufelt. *Ist das ihr Frühstück? Um elf Uhr morgens?*, fragt sich Jessie. *Oder eher eine Zwischenmahlzeit?* Sie kann sich nicht erinnern, wann sie ihre jüngere Schwester jemals Obst essen sehen hat. Oder irgendetwas, das direkt aus der Natur stammt, frei von Transfetten oder raffiniertem Zucker, der in allem steckt, was Claire als Nahrungsmittel betrachtet. Ihr Job, Leuten Burger zu verkaufen, denen ein schnelles Mittagessen wichtiger ist als ihre Gesundheit, hat ihr Ernährungsbewusstsein nicht gerade verbessert. Für einen Augenblick überlegt Jessie, sie zu fragen, ob sie überhaupt weiß, was das Wort bedeutet.

Sie muss sich alle Mühe geben, ihre Gedanken vor ihrer Schwester zu verbergen. Wann hat sich Claire zum letzten Mal die Haare gewaschen? Herrgott, ist das ein Haargummi? Wo bekommt man heutzutage noch solche Haargummis? Weiß sie eigentlich, dass diese Leggins mindestens drei Größen zu klein sind?

Ist es Abscheu oder Mitleid, was Jessie empfindet? Mitunter fällt es ihr ausgesprochen schwer, die beiden Gefühle auseinanderzuhalten, vor allem, wenn es um ihre Familie geht.

Soll sie Claire helfen? Sie mit jemandem bekannt machen, der dieses Dilemma für sie lösen kann? Ist ihr eigentlich klar, wie sie aussieht? Wäre es nicht das Netteste auf der Welt, wenn sie ihr die Wahrheit sagen würde? Nein, das würde ihr mit Sicherheit das Herz brechen. Ihre Lebenswege mögen sich getrennt und völlig unterschiedliche Pfade eingeschlagen haben, aber sie hat die Zeiten, die sie als Kind miteinander verbracht haben, nicht vergessen. Claire und sie haben zusammengehalten wie Pech und Schwefel, bevor die Unterschiede zwischen ihnen so groß wurden, dass man sie nicht mehr so einfach übersehen konnte. Wie oft haben sie sich oben auf dem Treppenabsatz herumgedrückt, wenn ihre Eltern dachten, sie lägen längst in ihren Betten und würden tief und fest schlafen? Wie viele Stunden haben sie im Garten hinter dem Haus Schule gespielt? Jessie war immer die Lehrerin und Claire die strebsame Schülerin. Hinter dem grauenhaften Äußeren verbirgt sich ein empfindsames Herz, das Jessie nicht verletzen möchte – andererseits möchte sie auch nicht, dass ein riesiger Claire-Schatten auf all ihre Hochzeitsfotos fällt. Was soll Hugo bloß denken?

»Möchte jemand eine Tasse Tee? Oder ein paar Kekse?« Margaret, Jessies Mum, ist wie immer in der Küche und räumt allen hinterher, fegt die Reste zuckerummantelter Frühstückszerealien in den Mülleimer und lädt einen Berg Kakaokekse auf einen großen weißen Teller.

Alle schreien »Ja!«, ohne von dem aufzusehen, womit sie gerade beschäftigt sind; niemand bietet an, aufzustehen und Margaret zu helfen. Jessies älterer Bruder Jason sitzt auf dem Fußboden, seine aggressiv grelle Neon-Boardshorts beißt sich mit dem gewagten grau-roten geometrischen Muster des Teppichs. Eine Ausgabe der *Daily Mirror* aufgeschlagen auf dem Schoß betrachtet er die nur mit Unterwäsche bekleidete Kelly Brook und murmelt vor sich hin, dass er die auch nicht von der Bettkante stoßen würde – als würde eine Frau wie Kelly ihn überhaupt wahrnehmen! Mitleiderregend blind gegenüber seinen Schwächen hat Jason seinen Job bei der hiesigen KFZ-Werkstatt verloren, nachdem ganz in der Nähe ein neues Einkaufszentrum mit einem Kwik Fit aufmachte. Seitdem wohnt Jason wieder zu Hause und liegt seinen inzwischen in Rente gegangenen Eltern auf der Tasche. Mittlerweile schon seit zwei Jahren, und solange Margaret weiterhin etwas zu essen vor ihn hinstellt, seine Sachen wäscht und bügelt und sein Zimmer aufräumt, wird er nirgendwohin gehen. Achtunddreißig Jahre alt und immer noch von den Eltern abhängig. Wie tragisch. Als sie das letzte Mal zu Hause war, hat Jessie gesehen, wie ihre Mum ihm eine Rolle mit Zehn-Pfund-Scheinen in die Hand gedrückt hat, damit er einen weiteren Abend mit seinen Kumpeln im Pub verbringen kann. Sie hat ihm zugeflüstert, er solle ja nichts seinem Vater verraten, und Jessie hat sich gefragt, wie viele weitere solcher Zuwendungen er eingesackt hat. Nicht das kleinste Fünkchen von Selbstachtung.

Jessies Dad Graham liegt auf dem Sofa und schaut *Ice Road Truckers* auf dem riesigen Fernseher, der den orangefarbenen Kiefernholztisch darunter winzig aussehen lässt. Er schenkt Jessies Besuch kaum Beachtung, ist kein Mann für Küsse und Umarmungen. Er steht immer hinter seiner Familie, ohne allzu viel Wirbel darum zu veranstalten, genau wie sein eigener unterkühlter Vater, der seine Kinder nie in den Arm genommen hat. Dafür zeigt er seine Gefühle auf andere Art und Weise. Von seinen drei Kindern war es immer schon Jessie, zu der er sich am meisten hingezogen fühlte. Nicht dass er sie mehr liebte, aber er mochte es, mit ihr zu sprechen, schätzte ihren schärferen Verstand, ihren Ehrgeiz. Seit er nach fünfunddreißig Jahren als Hausmeister an der Grundschule in Rente gegangen ist – fünfunddreißig Jahre Kreide von den Wänden schrubben, stinkende Toiletten putzen und Parkettböden wischen und bohnern –, scheint er geschrumpft zu sein, innerlich und äußerlich. Er steht jetzt im Schatten seiner Ehefrau, die weit mehr Elan hat als er und die sich in dem Moment, in dem er seinen letzten Gehaltsscheck in den Händen hielt, zu seiner neuen Rektorin aufgeschwungen hat.

»So, bitte sehr.« Margaret stellt ein Tablett mit zusammengewürfelten Tassen, schwachem Tee und dem Kakaokekse-Turm auf den kleinen Couchtisch, wobei sie ein Weidenkörbchen mit Duftpotpourri zur Seite schiebt, das schon seit Jahren nicht mehr duftet. *Das ganze Haus ist voll mit sinnlosem Schnickschnack,* denkt Jessie. Das Flaschenschiff, gekauft bei einem Ausflug an die Küste von Cornwall; die in Massenproduktion gefertigten Minicottages, die Margaret als Werbegeschenk für eines ihrer Zeitschriftenabos bekommen hat; und – das Grässlichste von allem – eine Weihnachtskrippe mit Licht, die aus irgendeinem Grund das ganze Jahr über im Wohnzimmer steht. Nichts hat irgendeinen Wert. Es gibt keinerlei Familienerbstücke, bloß Gerümpel, an dem ihre Eltern erstaunlicherweise hängen.

»Wie geht es mit der Hochzeitsplanung voran, Jessica?« Margarets Gesicht glüht vor Vorfreude.

»Gut! Ich weiß, dass du mich gern beim Hochzeitskleid-Shoppen begleitet hättest, aber ich habe meine drei Kleider schon ausgesucht. Ich wusste genau, was ich haben will, und hab die Sachen bestellt.« Auch wenn Jessie diese Tatsache wie beiläufig erwähnt, ist ihr bewusst, wie sehr sie ihre Mutter damit enttäuscht. Obwohl sich Margaret große Mühe gibt, nicht allzu unglücklich dreinzuschauen, zuckt sie leicht zusammen, bevor sie versucht, ihre Gefühle zu überspielen, indem sie die Teetassen verteilt. Jessie überlegt krampfhaft, was sie sagen könnte, um sie zu versöhnen, irgendetwas, bei dem es nicht um den Kleiderkauf geht. Ihre Augen kleben an ihrer Mum. Wird sie die Sache aufbauschen und ihrem Unmut Luft machen? Als sie das nicht tut, fühlt sich Jessie noch zehnmal schrecklicher. Offenbar will Margaret nicht, dass sich ihre Tochter genauso verletzt fühlt wie sie.

»Entschuldige, hab ich richtig gehört? Du brauchst *drei* Kleider?« Claires Interesse ist geweckt.

»Ja, Claire. Eins für das Probeessen, eins für …«

»Für *was*?« Als jemand, der wohl kaum einem Vertreter des männlichen Geschlechts den Kopf verdreht, geschweige denn jemals heiraten wird, hat Claire jetzt schon Mühe, die grundlegendsten Dinge einer gelungenen Hochzeitsfeier nachzuvollziehen.

»Das ist ein ungezwungenes Essen am Abend vor der

Hochzeit für die Familie und enge Freunde, damit sich alle schon mal ein wenig beschnuppern können.« Jessies Blick schweift durchs Wohnzimmer, um zu sehen, ob die Reaktion kommt, die sie befürchtet.

»Cool, noch ein Essen umsonst. Wir sind dabei. Wo soll das Ganze stattfinden?«

Natürlich gehen sie davon aus, dass sie eingeladen sind. Unter normalen Umständen wäre das selbstverständlich. Doch das hier sind keine normalen Umstände und normale Menschen schon gar nicht …

»Auf dem Landsitz von Adams Eltern.«

»Dann lernen wir ja endlich Mr Schnösels ach so vornehme Eltern kennen.« Wenn Claires spöttischer Ton darauf abzielt, Jessie zu ärgern, hat sie Erfolg damit.

»Falls du Camilla und Henry meinst – ja, sie werden an jenem Abend unsere Gastgeber sein.«

»Wie nett von ihnen, aber wir müssen unbedingt etwas beisteuern, findest du nicht, Graham? Was soll ich machen – meine Haddock-Pastete mit dem leckeren selbstgemachten Zwiebel-Chutney? Oder den Schoko-Karamell-Blechkuchen, den ich letzte Woche zum ersten Mal gebacken habe? Den mochten alle.«

»Nein, Mum, das ist wirklich nicht nötig. Camilla wird sich um alles kümmern.«

»Da bin ich mir ganz sicher, Jessica, aber Adams Eltern bezahlen doch schon alles andere. Außerdem gehört es sich nicht, mit leeren Händen aufzukreuzen. Übrigens: Dein Dad und ich würden wirklich gern etwas zu deinem Kleid beisteuern … ähm, zu deinen *Kleidern*, sollte ich wohl besser sagen.«

Gott, das ist ja beinahe zum Lachen. Jessie hat das

genaue Ausmaß ihres neuen Reichtums vor ihrer Familie verheimlicht, was erstaunlich leicht war, denn in diesem Haus sind die feinen Abstufungen von Wohlstand irrelevant. Die Vorstellung ihrer Familie von Adams Leben ist so vage, dass das nie nötig war – sie konnten es ja schon nicht fassen, dass jemand für sie kocht. Daher hat Jessie beschlossen, dass sie nicht wissen müssen, dass das Haus in Cheltenham 3,5 Millionen Pfund wert ist, dass sich allein die monatlichen Personalkosten auf viertausend Pfund belaufen oder dass ihre Garderobe mit einem Betrag von siebenhundertfünfzigtausend Pfund versichert ist. Ihre Mum hat sich noch nie im Leben die Nägel professionell maniküren lassen, und sie wird es nie verstehen, warum Jessie letzte Woche einen Lippenstift für zweiundsiebzig Pfund gekauft hat (sie hat erst an der Kasse bemerkt, was er kostet, weil sie in bar bezahlt hat, normalerweise macht sie sich nicht die Mühe, nach dem Preis zu fragen), und ihre Familie muss ganz bestimmt nicht wissen, dass ihre drei Hochzeitskleider zusammen über fünfzigtausend Pfund kosten. Jegliche »Finanzspritze« zu ihrer Hochzeitsgarderobe ist daher nicht nur unnötig, sondern komplett unsinnig, aber wie soll man das bloß äußern, ohne grauenhaft undankbar zu klingen?

Jessie spürt, dass dieses Gespräch außer Kontrolle gerät.

»Ich hoffe, du erwartest nicht, dass ich mir noch ein Outfit kaufe«, lässt sich Claire vernehmen. »Wir alle wissen, dass du stinkreich bist, aber es hat nun mal nicht jeder so ein dickes Konto wie du, Jess. Ich hab mir übrigens ein Kleid von River Island gekauft, bei dem ich bloß eine andere Strickjacke überziehen muss.«

»Ach? Wie sieht es denn aus?« Die Schärfe ist in Jessies Stimme zurückgekehrt und verrät, wie nervös sie Claires Hochzeitsoutfit macht.

»Wieso? Hast du etwa Schiss, dass ich dich *blamieren* werde?«, faucht Claire.

»Natürlich nicht.« *Doch, selbstverständlich.* »Ich bin nur neugierig.«

»Es ist grün, fließend und hat in der Taille einen breiten, funkelnden Gürtel. Mum sagt, es sieht gut aus, außerdem war es runtergesetzt, auf vierzig Pfund. Da kann man nichts sagen.«

»Es ist schön, dich mal in etwas so Femininem zu sehen, Claire«, fügt Margaret aufmunternd hinzu.

Jessie hofft, dass man ihrem Gesicht nicht ansehen kann, wie entsetzt sie ist. Wie kann jemand mit Claires Kleidergröße denken, an ihm würde irgendetwas *fließend* aussehen? Ein Mädchen wie sie braucht Figur – man muss wegdrücken, formen, stützen und kaschieren! Außerdem hat Claire keine Taille. Jeder Gürtel wird in den Fleischmassen verschwinden.

Jessie spürt, wie Panik in ihr aufsteigt. Sie hatte gehofft, sie könne mit Claire shoppen gehen, zu einem Designer, der sich auf Korsetts versteht, doch offenbar hat sie keine Chance. *Denk nach, Jessie, denk!* Jessie bringt es nicht fertig, das Naheliegendste zu tun, um das Problem zu lösen. Doch wie sonst kann sie die Situation retten und Claire davor bewahren, so auszusehen, als habe sie mindestens drei der anderen Hochzeitsgäste verschlungen? Wie soll sie verhindern, dass die restlichen Anwesenden Claire anstarren und über sie tuscheln, wie soll sie ihrer Schwester die grausamen Bemerkungen ersparen? Sosehr Jessie Claires Aussehen missbilligt, möchte sie doch nicht, dass andere über sie herziehen – außerdem wird das natürlich auch auf sie selbst zurückfallen.

»Dein zweites Kleid ist also für den Hochzeitstag – und wofür ist das dritte?«

»Für die Party am Abend.«

»Wenn du dich umziehst, dann tue ich das auch. Jawohl! Ich könnte das orange Kleid tragen, das ich mir letztes Jahr für Marbella gekauft habe!«

Jessie hat Fotos von Claire darin gesehen, ein billiger Abklatsch eines Hervé-Léger-Abendkleids, designt für Frauen mit Größe 32 bis höchstens 36. Claire sieht darin völlig durchgeknallt aus – wie ein riesiger orangefarbener Hüpfball, der kurz vor dem Platzen steht. Das kann sie nicht zulassen. Dem muss sie einen Riegel vorschieben, ganz gleich, wie. Ihr bleibt keine andere Wahl, als das Undenkbare zu tun.

»Eigentlich wollte ich dich fragen, ob du meine Brautjungfer sein möchtest, Claire.« Jessie fühlt sich elend, als würde sie auf ihrer eigenen Hochzeit eine Art Stil-Selbstmord begehen, aber das ist die einzige Möglichkeit, wie sie Claires Kleiderchaos unter Kontrolle bringen kann.

»Wirklich?« Claire ist über Jessies Worte genauso überrascht wie Jessie selbst.

»Was für eine wundervolle Idee!« Margaret ist versöhnt. »Wow, meine zwei wunderschönen Mädchen zusammen! Claire, du *musst* den Brautstrauß fangen!«

Herrgott, sie ist ja schon wie Mrs Bennett! Claire wird ganz bestimmt nicht in meiner Nähe sein, wenn ich das

Ding werfe; ich will schließlich nicht, dass jeder männliche Gast zum Ausgang stürmt.

»Das würde allerdings bedeuten, dass ich dir drei verschiedene Outfits für die verschiedenen Veranstaltungen kaufe.« Jessie muss Claire überzeugen, und sie ist sich sicher, dass ihr das mit den Klamotten gelingt.

»Abgemacht!«

Ein Problem gelöst, ein anderes geschaffen, und zwar von *epischem* Ausmaß. Wie soll es ihr gelingen, Claire gut aussehen zu lassen? Jessies Hirn arbeitet auf Hochtouren, während die anderen gedankenverloren Kakaokekse in sich hineinstopfen. Vivienne Westwood? Nigella Lawson sieht darin umwerfend aus. Roland Mouret? Nein, brillant in der Formgebung, aber zu modisch für Claire. Lanvin und Lela Rose haben beide wunderschön geschnittene Kleider für fülligere Frauen, und hat nicht Marina Rinaldi letztes Jahr die Plus-Size-Comedian Melissa McCarthy bei den Oscars eingekleidet? Claire braucht ein Couture-Modell, vielleicht von Bruce Oldfield? Er ist dafür bekannt, jede Figur elegant und geschmackvoll zur Geltung zu bringen – zwei Dinge, die Helen ihrer Schwester nahebringen muss, ob es ihr passt oder nicht.

Der restliche Samstagnachmittag vergeht wie so viele andere im Haus der Familie Jones – Mum flitzt ungefähr dreihundert Mal zwischen Wohnzimmer und Küche hin und her, um den Teekessel zu füllen, während Dad keinen Finger krümmt. Der Fernseher läuft ununterbrochen, Soaps, Spielshows und Immobiliensendungen wechseln einander ab, bis sich alle fünf zusammensetzen, Käse und Cracker auf dem Schoß, um den Abendfilm zu schauen. Heute läuft eine weitere Wiederholung von *Pretty in Pink* mit Molly Ringwald in der Hauptrolle, Jessies Lieblingsfilm: Ein Mädchen aus der Unterschicht verabredet sich mit einem wohlhabenden, beliebten Jungen. Er ist liebenswert, charmant, und er mag sie wirklich, obwohl die reichen Mitschüler sie für uncool und unter seiner Würde halten. Das Date läuft gut, bis es Zeit ist, dass er sie nach Hause bringt und sie in Panik ausbricht, weil sie nicht möchte, dass er sieht, wo sie wohnt.

Jessie zuckt zusammen, die Parallelen sind einfach zu offensichtlich, aber außer ihr scheint niemand etwas zu bemerken. Claire hat sich zu ihren Eltern aufs Sofa gesetzt, während Jason noch immer auf dem Boden hockt, was Jessie dazu zwingt, sich in den Sessel ein Stückchen weiter weg zu setzen. Unwillkürlich fragt sie sich, wie wundervoll es doch sein muss, so unbefangen zu sein, sich ihrer grundverschiedenen Leben gar nicht bewusst zu sein. Sie genießen den Film, weil er ist, was er ist – seichte Wohlfühl-Hollywood-Unterhaltung. Nur Jessie tut das nicht. Für sie ist *Pretty in Pink* eine bittere Erinnerung daran, wer sie ist und wer zu sein sie vorgeben muss. Sie ist dankbar, dass Margaret das Deckenlicht ausgeknipst hat und einzig der bläuliche Schein des Fernsehers das Wohnzimmer erhellt, denn so bemerkt niemand die Tränen, die sich in ihren Augen bilden. Sie weiß, dass ihre Familie sie liebt – aber ihre Eltern und ihre Geschwister lieben die Version von ihr, die sie zu kennen meinen. Und genau diese Jessie ist sie nicht mehr. Das Mädchen, das in diesem Haus aufgewachsen ist, gibt es nicht mehr. Sie kann nicht mehr so sein. Sie musste sich weiterentwickeln, nach vorn schauen, sich nach oben strecken und in eine völlig neue Welt einfügen. Als der Abspann über den Bildschirm flackert und Jessie die zufriedenen Gesichter betrachtet, fühlt sie sich so entspannt und gleichzeitig so fremd wie noch nie, die einzige Überlebende auf dem einsamen Mittelweg zwischen Vergangenheit und Zukunft.

Sie schaut zum Sofa hinüber und sieht, wie Mum, die um ein Haar eingeschlafen wäre, ruckartig den Kopf hochreißt. Sie ist todmüde, dabei ist es noch nicht mal 22 Uhr. Jessies Blick bleibt an den billigen Primark-Pantoffeln hängen, deren Sohlen bereits durchgescheuert sind, und weiß, dass sie sich erst neue kaufen wird, wenn die hier förmlich auseinanderfallen. Es ist kühler im Zimmer geworden, und Jessies Mum drückt sich eine Wärmflasche auf den Bauch, fest entschlossen, kein Geld für die Gasheizung zu verschwenden. Der Anblick erfüllt Jessie mit Traurigkeit. Ihre Mum hat so viel Besseres verdient – und sie könnte es ihr so leicht geben.

Jessie steht auf und geht zu ihrer Mutter, die nun doch eingeschlafen ist, und weckt sie.

»Wie wär's, wenn ich uns vor der Hochzeit in ein wundervolles Wellnesshotel einbuche, damit wir uns mal so richtig verwöhnen lassen können, Mum? Das komplette Programm. Natürlich auf meine Rechnung – man gönnt sich ja sonst nichts.«

»Das wäre wundervoll, Jessie. Nichts würde mich glücklicher machen, als einen Tag mit dir zu verbringen.« Sie lächelt Jessie an. Ihre Augen wirken erschöpft.

Mehr braucht es nicht, um das Herz ihrer Mum mit Freude zu füllen. *Ich frage mich, ob sie mich immer noch lieben würde, wenn sie wüsste, was in meinem Kopf vorgeht,* denkt Jessie traurig und hasst sich einmal mehr dafür, dass sie allein mit Geld ein weiteres Problem so leicht lösen konnte.

14

HELEN

Helen fühlt sich schrecklich, als sie aufwacht. Aber heute ist es eine andere Art von Sich-schrecklich-Fühlen. Nicht die übliche herzzerreißende Einsamkeit, die sie überfällt, sobald sie morgens die Augen öffnet. Das hier ist anders. Ein drückendes Gewicht in der Magengrube, wie sie es oft verspürt. Aber eben jetzt, in diesem Augenblick, ist es eine aktuelle Dringlichkeit, die sie mit ihrem verschlafenen Gehirn nicht gleich einordnen kann. Und dann macht es klick. Es ist Scham. Bedauern. Das unerschütterliche Gefühl, dass sie sich blamiert hat. Sich hat gehen lassen.

Roger.

Sie spürt, wie ihr das Blut in die Wangen steigt bei der Erinnerung daran, wie schroff sie ihn zurückgewiesen hat. Wie viel Mut es ihn gekostet haben muss, sie zum Essen einzuladen … Natürlich hatte sie ihre Gründe, ihm einen Korb zu geben, aber hat Susan nicht gesagt, er habe seine Frau verloren, genau wie sie ihren Mann? Wie würde sie sich fühlen, wenn es andersherum wäre? Helen bleibt ein paar Momente länger im Bett liegen als gewöhnlich und starrt die Decke an, wobei sie sich fragt, wie um alles auf der Welt sie das wiedergutmachen kann.

Sie wünscht sich, Betsy wäre hier, dann würde es ihr gleich besser gehen. Ob sie ihre Tochter schnell anrufen und ein bisschen mit ihr plaudern soll? Sie weiß, dass Betsy das Richtige sagen und die Dinge geraderücken wird. Nein, sie entscheidet sich dagegen. Nicht, dass sie noch in Tränen ausbricht und Betsy zusätzliche Sorgen bereitet.

Als Roger in ihren Termin mit Jessie geplatzt ist, hat er sie völlig überrumpelt. Aus diesem Grund ist es ihr auch nicht gelungen, ihn einfach abzuwimmeln wie jeden anderen, der versucht, in ihr Privatleben einzudringen. Plötzlich ist es ihr ungeheuer wichtig, dass Roger sie nicht für unhöflich, kalt und undankbar hält. Erstaunlich wichtig.

Helen schwingt die Beine aus dem Bett, stößt einen langen, gequälten Seufzer aus und steht auf. Nachdem sie im Bad war, zieht sie ein hübsches korallenfarbiges Sommerkleid mit schmalem Gürtel und einer beigefarbenen Strickjacke an, dazu blütenweiße Leinenschuhe. Es ist Dienstag, für die nächsten Stunden ist kein Termin eingetragen. Sie kann die Situation keinen Augenblick länger ertragen. Sie schuldet Roger eine Entschuldigung, und die wird er bekommen. Erst dann kann sie diese grauenhafte Episode hinter sich lassen. Doch zunächst einmal muss sie ihn ausfindig machen. Sie nimmt ihre Schlüssel und verlässt ihre Wohnung. Im hellen Maisonnenschein fällt ihr auf, wie grün, wie lebendig die Natur ist, wie wundervoll alles duftet. Müsste sie nicht diesen peinlichen Zwischenfall bereinigen, hätte sie vielleicht einen Spaziergang zum Fluss unternommen, die Enten gefüttert und sich darüber gefreut, auf diesem idyllischen Fleckchen Erde zu leben. Es ist 9 Uhr morgens. Zu früh für die Touristen, daher lässt Helen sich Zeit, genießt das Vogelgezwitscher und atmet tief den Duft des blühenden Jasmins ein, der sich mit dem unverkennbaren Landgeruch vermischt. Anscheinend fahren die hiesigen Bauern bereits Jauche aus.

Helen schlendert zu dem kleinen Dorfladen, der etwas versteckt hinter der Mühle liegt, sodass dort nur selten viel los ist. Bis auf die Ortskundigen und ein paar Touristen, die sich von der Hauptstraße in diesen Teil des Dorfes mit den hübschesten Cottages weit und breit verirren, kommt nur selten jemand hierher. Der Laden wird von einer Frau mittleren Alters namens Irene geführt. Niemand verkörpert den Begriff »Landleben« so anschaulich wie sie. Sollte jemand versuchen, eine typische Bäuerin zu beschreiben, müsste er bloß Irene anschauen: gut gepolstert, ohne eine Spur von Make-up, mit drahtigen grauen Haaren und roten Wangen, eine fleckige Schürze vor dem Bauch. Eine Frau, die unverblümt ihre Meinung äußert, meistens ungefragt. Helen hat einmal mitbekommen, wie sie über ein paar naive Neulinge im Dorf hergefallen ist, die die Todsünde begangen hatten, ihre Kinder nicht an der Dorfschule von Little Bloombury anzumelden. Als die Mutter das Geld über die Ladentheke reichte, um ihren wöchentlichen Einkauf zu bezahlen, hatte Irene ihr ordentlich die Meinung gesagt und den *verhassten Londonern* vorgeworfen, das Dorfleben zu zerstören und die hart arbeitenden Einheimischen vom Immobilienmarkt zu verdrängen. In Helens Augen grenzt es an ein Wunder, dass überhaupt noch jemand einen Fuß in den Laden setzt. Fakt ist jedoch, dass Irene sämtliche Dorfbewohner kennt und über alles und jeden Bescheid weiß, und während Helen ihr für gewöhnlich aus dem Weg geht, braucht sie heute ihre Hilfe. Wenn jemand Rogers Adresse kennt, dann sie.

Helen betritt den Laden, in dem sich nur wenige Kunden aufhalten, und während Irene eifrig ein älteres Ehepaar bedient, das eine Ewigkeit braucht, um sich zwischen den einfachen Scones und denen mit Fruchtfüllung zu entscheiden, nimmt sie einen Einkaufskorb und verschwindet in einem der Gänge, um Butter, Käse und einen frischen Laib Brot für ihre Mittagspause hineinzulegen. Irene, in das Gespräch mit dem Ehepaar vertieft, hat sie nicht bemerkt, und Helens Brust schwillt vor Stolz, als ihr klar wird, dass sich das Gespräch um die White Gallery dreht.

»Was für eine wundervolle Boutique«, sagt die freundliche Kundin laut, während sie einen ganzen Berg von Leckereien aus der Gegend auf die Ladentheke legt. »Ich kann mir keinen Ort vorstellen, an dem ich lieber arbeiten würde. In einem so hübschen Cottage mit den schönsten Brautkleidern, die ich je gesehen habe.«

»Fantastisch!«, pflichtet Irene ihr bei und fängt an, die Einkäufe in eine braune Papiertüte zu packen. »Die Bräute reisen aus dem ganzen Land an, nur um in der Boutique einzukaufen. Helen, die Besitzerin, führt Kleider, die man sonst nirgendwo bekommt. Sie sind weiß Gott nicht billig, aber dafür sind sie etwas ganz Besonderes. Es ist bloß so schade …«

Helen schleicht geduckt näher und versucht, möglichst geräuschlos eine Packung Kekse mit Schokosplittern aus einem der Regale zu nehmen – ein wahrer Leckerbissen und wunderbarer Energielieferant, wenn sie am Nachmittag ihren üblichen Durchhänger bekommt.

»... so schade, dass sie eine der unglücklichsten Frauen ist, der ich je begegnet bin.«

Wie bitte? Helen erstarrt. Das kann nicht sein. Sie muss sich verhört haben. Sie will sich gerade aufrichten, aber Irene ist noch nicht fertig.

»Hat anscheinend vor ein paar Jahren ihren Mann verloren und ist nie darüber hinweggekommen – keine Ahnung, warum sie sich ausgerechnet für eine solche Boutique entschieden hat. Ich meine, wer kauft schon gern sein Brautkleid bei einem so freudlosen alten Trauerkloß? Mischt sich nie unter die Einheimischen, schließt sich völlig aus der Dorfgemeinschaft aus und suhlt sich lieber in einsamem Selbstmitleid. Sehr seltsam, wenn Sie mich fragen.«

Jemanden auf so grausame, unverzeihliche Weise über sie sprechen zu hören – ganz zu schweigen davon, dass die Behauptungen der Ladenbesitzerin nicht unbedingt der Wahrheit entsprechen –, verschlägt Helen förmlich den Atem. Wie kommt Irene nur dazu, so etwas von sich zu geben? Sie kennt Helen doch gar nicht, weiß nicht, was sie durchmacht. Vor lauter Entsetzen ist Helen wie erstarrt. Sie möchte keine Aufmerksamkeit auf sich ziehen und wünscht sich nichts sehnlicher, als unbemerkt aus dem Laden zu schlüpfen. Wie peinlich! Doch Irene ist noch nicht fertig.

»Ich meine, da fragt man sich doch, wie furchtbar es für den armen Kerl gewesen sein muss, mit so einer verheiratet zu sein.«

Etwas in Irenes ganz und gar nicht schwesterlichem

Ton weckt einen Zorn in Helen, den sie so bislang nicht gekannt hat. Sie richtet sich kerzengerade auf und lässt den Einkaufskorb fallen, die Kekspackung rollt heraus und durch den Gang. Mit vier großen Schritten ist Helen bei der Ladentheke und baut sich vor der völlig perplexen Irene auf, die Lippen wutverzerrt, bereit zu explodieren.

»Wie können Sie es wagen!«, faucht sie, während Irene sich blitzschnell duckt, als wolle sie einer drohenden Ohrfeige ausweichen. »Was wissen Sie schon? Nennen Sie mir doch bitte nur eine einzige Sache über meinen Mann oder mich, die den Tatsachen entspricht!« Helen schreit jetzt, blind für alles andere um sie herum. »Irgendetwas außer dem, was Sie in diesem lausigen Laden herumtratschen und was ja doch nur erstunken und erlogen ist. Bitte, ich warte.« Sie spuckt die letzten Worte aus, hat völlig die Beherrschung verloren. Das ältere Ehepaar steht wie angewurzelt da und blickt verblüfft zwischen der schäumenden Helen und der sichtlich erschütterten Irene hin und her, gespannt darauf, was als Nächstes passieren wird. Gäbe es unter dem Ladentisch einen Alarmknopf, würde Irene in diesem Augenblick mit Sicherheit die Hand danach ausstrecken.

»Helen, ich habe doch nur gesagt ...« Irenes Ton klingt alles andere als entschuldigend im Gegenteil – sie wirkt störrisch, verstockt. Nicht bereit, in irgendeiner Form einzulenken.

»Ich habe genau gehört, was Sie gesagt haben, Irene, und Sie widern mich an.« Die Worte sprudeln aus Helen heraus, ohne dass sie zuvor darüber nachdenken kann. »Wie traurig muss Ihr Leben doch sein, wenn Sie eine andere Frau attackieren müssen, die Sie nicht einmal kennen! Wie gehässig von Ihnen! Kein Wunder, dass die Kunden diesen Laden meiden! Sie meiden SIE, Irene! Nur zu Ihrer Information: Ich bin auf dem Weg zu einem Mann, der mich um ein Date gebeten hat, und ich werde Ja sagen. Ich mische mich allerdings lediglich unter die Menschen, die ich sehen möchte, und versuche, den Niederträchtigen aus dem Weg zu gehen. Werden Sie endlich erwachsen, Irene, denn in Ihrem Alter sollten Sie es eigentlich besser wissen.«

Na schön, das mit Roger war gelogen, aber was soll's. *Gib ihr etwas, worüber sie wirklich tratschen kann,* denkt Helen. Nachdem sie der Besitzerin des Dorfladens eine Lektion erteilt hat, wirbelt Helen herum und marschiert zur Tür, gerade noch rechtzeitig, um zu sehen, dass Roger dort steht, sich die Tageszeitung unter den Arm steckt, um die Hände frei zu bekommen und Helen zu applaudieren. Zwei Frauen, die ebenfalls zwischen den Regalen verschwunden waren, kommen vor zur Kasse und genießen das Spektakel, grinsend wie dreiste Schulmädchen – anscheinend war diese Aktion längst überfällig. Helen ist sich nicht sicher, ob es an ihrer engagierten Darbietung liegt oder daran, dass sie ihr Date mit ihm öffentlich bestätigt hat, aber Rogers Augen leuchten auf. Als sie hört, wie er leise anfängt zu lachen, prustet sie laut los. Die beiden Frauen, Roger und sie stürmen hinaus auf den Gehsteig, noch bevor Irene dazu kommt, sich zu sammeln. Das ältere Ehepaar folgt ihnen, weit davon entfernt, entsetzt zu sein. Anscheinend hat es die kostenlose Unterhaltung genossen.

»Gut, dann hole ich Sie heute Abend um acht Uhr ab,

Helen«, verkündet Roger, immer noch lachend. »Und ich werde daran denken, mich zu benehmen, damit Sie mich nicht genauso herunterputzen müssen wie Irene!« Damit dreht er sich grinsend um und marschiert von dannen, während Helen ihm mit offenem Mund nachsieht. Sprachlos.

Zurück in der White Gallery bleiben Helen noch zehn Minuten bis zu ihrem ersten Termin – zum Glück verflüchtigt sich der Adrenalinschub, den ihr Ausbruch ausgelöst hat. Wie konnte das bloß passieren? Sie war losgezogen, um sich bei Roger zu entschuldigen, hat es geschafft, den schlimmsten und gleichzeitig unterhaltsamsten Streit ihres Lebens zu überstehen, hat sich nicht bei Roger entschuldigt und trotzdem ein Date mit ihm, obwohl sie sich nicht einmal sicher ist, ob sie wirklich mit ihm ausgehen möchte. Für einen Moment bleibt sie in ihrer Küche stehen, über die Arbeitsfläche gebeugt, und atmet tief durch. Jetzt ist keine Zeit für Grübeleien. Sie trinkt hastig eine Tasse superstarken Earl Grey, zieht ein frisches Kleid an in der Hoffnung, so die morgendliche Aufregung ablegen zu können, und dann klingelt auch schon Dolly Jackson an der Eingangstür.

Eilig ruft sie sich Dollys ersten Besuch vor Augen. Wie sie sich vorsichtig von Kleid zu Kleid vorgetastet haben, wie Helen taktvoll versucht hat, ihrer Kundin die Schnitte auszureden, die für deren schmale Gestalt wenig schmeichelhaft waren, und wie sie endlich die perfekte Silhouette gefunden haben. Heute wird Helen genau Maß nehmen und den Stoff abstecken, damit das Kleid individuell für sie angefertigt werden kann.

»Hallo, Dolly, wie geht es Ihnen?« Helen freut sich, in Dollys glückliches Gesicht zu blicken – eine bemerkenswerte Veränderung, wenn sie an den Anfang ihres letzten Termins zurückdenkt.

»Es ist mir nie besser gegangen, Helen«, verkündet Dolly strahlend.

»Lassen Sie mich raten: Es ist Ihnen gelungen, die Band für die Hochzeit doch noch zu buchen?«

»Nein. Um ehrlich zu sein, hab ich's noch nicht mal probiert. Wir haben keine Band, und das ist mir auch egal. Raten Sie noch einmal!«

»Ihr Chef hat Ihnen verziehen, dass Sie blaugemacht haben, um hierherzukommen?« Helen erinnert sich an den Ausdruck nackter Angst in Dollys Augen, als sie seinen Anruf entgegennahm. Wie gemein von ihm, sie so zu brüskieren.

»Ach, dieser Blödmann! Der soll bleiben, wo der Pfeffer wächst.« Dolly ist wahrhaftig in Hochstimmung.

»Ich gebe auf, Dolly. Was ist es? Was ist für Ihre übersprudelnde Freude verantwortlich?« Jetzt ist Helen neugierig.

»Mein Hochzeitskleid und ich werden sehr, *sehr* berühmt werden!«

»Wirklich? Und warum?« Helen sieht verwirrt zu, wie Dolly den Blick zur Decke hebt und die Hand aufs Herz legt, als würde sie vor einer Schar begeisterter Fans stehen.

»Ich werde Ihnen nicht verraten, wie ich das angestellt habe, Helen, denn um ehrlich zu sein, handelte es sich mehr oder weniger um eine Verzweiflungstat, aber das *Brides Magazine* wird zur Hochzeit kommen und vier

Seiten in der nächsten Ausgabe bringen – die übrigens die auflagenstärkste des ganzen Jahres ist. Ha! Was halten Sie davon?«

»Wow! Das sind großartige Neuigkeiten, Dolly!« Helen schlingt die Arme um die zierliche Frau, um ihre Freude zu teilen, froh über die so glückliche Ablenkung von den turbulenten Ereignissen des Vormittags. »Wie denkt Josh darüber?«

Dolly befreit sich aus Helens Umarmung. »Josh? Oh, ich hab's ihm noch gar nicht erzählt. Ich denke, er wird nicht mal etwas davon mitbekommen – obwohl ich die Pläne ein wenig abändern musste. *Brides* hat in der letzten Ausgabe ein Zelt von Sperry gebracht, daher habe ich das gecancelt und stattdessen durch ein Tipi-Dorf ersetzt. Allerdings war man von der Idee der individuellen Präsentkörbe begeistert, sodass ich mich für teurere von Selfridges entschieden habe. Sie kosten ein wahres Vermögen, aber die Herausgeberin liebt die Idee, deshalb lege ich darauf besonderes Augenmerk. Ich hab schon einen extra großen Korb für sie bestellt. Können Sie glauben, dass das wirklich passiert? Ich bin mir sicher, wenn sie sieht, was für einen fantastischen Job ich bei der Planung gemacht habe, wird sie mich in ihr Team holen wollen. Was denken Sie? Das ist doch zumindest eine Chance!«

Helen nimmt Dollys Musterkleid vom Bügel und sucht nach der Dose mit den Stecknadeln. »Ich habe keine Ahnung, wie so etwas läuft, Dolly, aber die Tatsache, dass sie zur Hochzeit kommen wird, klingt gut. Doch jetzt legen wir los – wir müssen ein Kleid abstecken!«

Helen lässt die Seide über Dollys Kopf gleiten und

sieht zu, wie sie ihren Körper umfließt. Wunderschön – als wäre das Material eigens für sie gemacht. Anschließend dreht sie Dolly so, dass sie sie von allen Seiten betrachten kann, wobei ihr auffällt, dass diesmal etwas anders ist. Das Basiskleid fällt genauso wie bei der ersten Anprobe, nur dass es diesmal über der Brust ein wenig spannt. *Das muss mir entgangen sein, als ich das Spitzenjäckchen mit den Flügelärmeln um ihre Schultern drapiert habe,* denkt Helen. Ihr unterläuft so selten ein Fehler, dass es sie stets sehr beschäftigt, wenn es denn doch einmal passiert – für gewöhnlich an Tagen, an denen die Kleiderdetails mit den Erinnerungen an Phillip in ihrem Kopf um Aufmerksamkeit ringen. Auf keinen Fall möchte sie Dollys Maße infrage stellen, daher macht sie sich einfach eine Notiz und fährt mit ihrer Arbeit fort.

An jenem Nachmittag hat sie noch vier weitere Bräute in der White Gallery, bevor sie um achtzehn Uhr das hübsche spitzenverzierte Türschild auf *Geschlossen* drehen und die Lichter ausschalten kann. Sie ist erschöpft, sodass sie kaum auf das nervöse Kribbeln achtet, das sich mehr und mehr in ihrem Magen ausbreitet. Helen will es sich nicht eingestehen, will der in ihr aufkommenden Erwartung keinen Platz einräumen, aber sie freut sich tatsächlich darauf, heute Abend auszugehen. Sie weiß sogar schon, was sie anziehen wird.

15

DOLLY

Noch zehn Wochen

Die Zeit verstreicht, und der Juni läuft gar nicht gut für Dolly. Dank der Arschgeige, die ihr »im Büro der Verdammnis« die Daumenschrauben anlegt und sie nahezu permanent überwacht, wird die Arbeit für Dolly unerträglich. Josh ist so gut wie nie zu Hause, lichtet eine perfekte Frau nach der anderen ab und blendet offenbar völlig aus, dass sie in zehn Wochen vor dem Altar stehen werden. Jegliche Nähe, die sie teilen, beschränkt sich auf eine Reihe lustvoller Mitternachtsficks – nichts, woran man sich erinnern müsste, bloß, um überhaupt eine Verbindung aufrechtzuerhalten. Beide gestehen ihren persönlichen Ambitionen mehr Bedeutung zu als ihrem Sexualleben.

Mittlerweile ist Dolly ein wahres Nervenbündel, immerhin wird das Team der *Brides* bei ihrer Hochzeit anwesend sein – und ihr Budget gerät dadurch völlig außer Kontrolle. Doch diese Chance darf sie sich nicht entgehen lassen. Der Druck zu wissen, dass das bedeutendste Brautmagazin über jedes Detail ihres großen Tages berichten wird, hat sie das festliche Dinner um zwei Gänge aufstocken lassen, außerdem hat sie die Auswahl auf der Cocktailkarte verdoppelt und zwei weitere Kellner engagiert. Anschließend hat sie sich doch für die Canapés entschieden, die sie erst gestrichen hatte (28 £ pro Kopf). Außerdem hat sie weitere tropische Pflanzen bestellt, weil sie weiß, dass diese ein zusätzliches Foto wert sind, und bei einem Konditor, der für sämtliche großen Londoner Filmpremieren gebucht wird, eine mehrstöckige Hochzeitstorte mit einer kunterbunten Glasur im Graffiti-Stil geordert.

Die Aufnahmen müssen gut werden. Die Herausgeberin muss sich beeindruckt zeigen. Für Dolly hängt alles davon ab.

Doch im Augenblick steht sie splitternackt in ihrem winzigen weiß gefliesten Badezimmer, starrt auf eine schmutzige Boxershorts, die Josh heute Morgen auf dem Fußboden liegen lassen hat, damit sie sie aufhebt, und fragt sich, was um alles auf der Welt wohl noch schiefgehen kann. Sie steigt auf ihre intelligente WLAN-Waage. Das darf doch wohl nicht wahr sein! Anscheinend funktioniert etwas nicht, denn laut Digitalanzeige hat sie drei Kilo zugenommen. Hastig geht sie ihre mentale Checkliste durch. Stand die Waage auf null, als sie daraufgestiegen ist? Sie springt herunter und sieht nach. Ja. War sie heute Morgen schon auf der Toilette? Sie weiß, dass der morgendliche Urin bis zu einem Pfund wiegen kann. Ja, sie hat schon gepieselt. Hat sie etwa aus Versehen vorher ihr Glas Zitronenwasser getrunken? Nein. Hat sie gestern Abend spät gegessen? Ja, aber nur ein paar Scheiben Serrano-Schinken – das Einzige im Kühlschrank, das man nicht erst kochen musste. Als ihr keine weiteren möglichen Gründe mehr einfallen wollen, fällt es ihr wie Schuppen von den Augen: Sie wird fett. Setzt vor dem großen Tag täglich mehr Fett an, und dafür ist nur einer verantwortlich: die gottverdammte Arschgeige.

Dollys Gedanken schweifen zurück zu jenem unerfreulichen Morgen, an dem sie nach ihrem ersten Termin in der White Gallery mit zweieinhalbstündiger Verspätung ins Büro gesprintet kam. Der Schweiß lief ihr zwischen den Schulterblättern hinab, sammelte sich unangenehm im unteren Rückenbereich und hinterließ einen hässlichen Fleck auf ihrer hübschen pfirsichfarbenen Self-Portrait-Bluse. Was hatte es der Arschgeige für einen Spaß gemacht, sie direkt in sein Büro zu bestellen (vor seiner Bürotür musste sie stehen bleiben und ihm laut seinen neuesten Motivationsspruch vorlesen: *Alles, was du je erreichen willst, liegt jenseits der Furcht*), dann hatte er sie angefahren, so laut dass ihn alle, wirklich alle in der Agentur – und vermutlich auch die in den anderen Stockwerken – gehört hatten. Ihre Bestrafung war schlicht, aber teuflisch: Er hatte ihr für die kommenden Monate Termine zum Brunch, zum Lunch und sogar zum Abendessen mit den unausstehlichsten Klienten der Agentur reingedrückt. Um seinem Ruf als nicht zu toppender Scheißkerl gerecht zu werden, hatte die Arschgeige eine Liste selbstherrlicher Journalisten beigelegt, die nur darauf brannten, ihrem eigenen, von Deadlines bestimmten Büroalltag sowie ihren ausfälligen Vorgesetzten für ein dreistündiges, alkoholbefeuertes Essen zu entkommen (vor allem, wenn sie bezahlte) oder nach der Arbeit Cocktails zu schlürfen, was sich gut und gern bis zwei Uhr morgens hinziehen konnte und Dolly zwang, eine riesige Scheibe gebuttertes Toastbrot zu verschlingen, wenn sie denn endlich nach Hause kam.

Jetzt ist Dolly müde. So verdammt müde. Am liebsten würde sie die nächsten Tage auf dem Sofa verbringen, doch vor ihr liegt eine weitere Arbeitswoche voller Kundenentertainment und Schleimereien. Eine weitere Woche, in der sie so tun muss, als würde sie diese Leute mögen. In der sie über langweilige Witze lachen und Fragen stellen muss, obwohl sie die Antworten nicht interessieren, in der von ihr verlangt wird, sich bei einem weiteren Teller kalorienhaltiger, buttergetränkter Speisen das Gehirn über lahme Ideen zu zermartern und anschließend alles mit dem x-ten Glas Champagner hinunterzuspülen, wobei ihr Interesse von Schluck zu Schluck abnimmt.

Die endlosen Stunden und die generell verabscheuenswürdige Aufgabe, die die Arschgeige ihr aufs Auge gedrückt hat, lassen sich nur mit Essen ertragen. Irgendwann hatte sie es satt, all die Speisen in all den Angeberrestaurants auf dem Teller hin und her zuschieben, und hat jede ihrcr selbst aufgestellten Regeln gebrochen. Und jetzt fühlt sie sich elend deswegen, hasst sich selbst, doch sie ist zu erschöpft und steht zeitlich viel zu sehr unter Druck, um ihre Übungen machen zu können. Das Schrecklichste aber ist, dass ihr Josh in einem der seltenen Momente, die sie seitdem bei Tageslicht miteinander verbracht haben, geraten hat, ihre Sit-ups ernsthafter zu absolvieren, da sie um die Mitte herum *ein wenig aufgeschwemmt* sei. Jetzt, wo sie darüber nachdenkt, fällt ihr auf, dass das Kleid bei ihrem letzten Besuch bei Helen ziemlich eng saß. Vielleicht sollte sie heute ganz aufs Essen verzichten – und morgen ebenfalls, um für einen

Ausgleich zu sorgen. Es wäre ja nicht das erste Mal. Doch schon als sie diese Option in Erwägung zieht, weiß sie, dass sie das nicht durchziehen wird. Im Augenblick hat sie schrecklichen Heißhunger auf eine dicke Scheibe Weißbrot, am liebsten von einem ganzen, noch nicht angeschnittenen Laib, bestrichen mit einer großzügigen Portion Butter und einer nahezu obszönen Menge Erdnusscrunch.

Dolly lässt sich aufs Bett zurücksinken, das jetzt natürlich leer ist; Josh ist heute früh bei Tagesanbruch wortlos zu einem weiteren Shooting in London gefahren. Er könnte genauso gut dort hinziehen, das würde ein kleines Vermögen an Bahntickets sparen. Erst jetzt fällt Dollys Blick auf ihren Nachttisch und die Packung mit den Antibabypillen, die unter dem aufgeschlagenen Roman hervorlugt, in dem sie seit Tagen nicht mehr gelesen hat. Ihre Augen verweilen einen Moment zu lange bei der Packung, während ihr Gehirn versucht, den nagenden Zweifel aus dem Weg zu räumen, der mehr und mehr von ihrem Bewusstsein Besitz ergreift.

Mist. Die Pille. In dem ganzen Durcheinander aus Brautkleidern, der Arschgeige, dem *Brides Magazine,* Josh und dieser monströsen Hochzeit wird sie doch nicht etwa vergessen haben, ihre Pille zu nehmen? Sie greift nach der Blisterfolie und unterzieht sie einer genauen Musterung, wobei sie feststellt, dass sie nicht nur eine ausgelassen hat, sondern gleich *vier. Verdammt! Wie konnte sie nur so nachlässig sein? Hat sie etwa auch letzten Monat welche vergessen? Möglich. Okay, keine Panik.* Sie spielt dieses ganz besondere Roulettespiel seit Jahren, und bislang ist sie immer davongekommen. *Jetzt sei nicht albern, Dolly; du wirst nicht schwanger, wenn du ab und an mal eine Pille vergisst, zumal du das Zeug schon seit Ewigkeiten einwirfst. So leicht wird keine Frau schwanger. Außerdem musst du dich nicht übergeben, also kann es gar nicht sein – ganz zu schweigen davon, dass jegliches neues Leben sofort in Unmengen von Alkohol ertrunken wäre. Ausgelöscht, bevor es sich überhaupt entwickeln konnte.*

Der logische Teil von Dollys Hirn ist überzeugt davon, dass es keinen Grund gibt zur Sorge … Trotzdem. Sie hatten jede Menge Sex. Joshs Terminkalender ist aberwitzig, doch ganz gleich, wann er nach Hause kommt, fällt er über sie her, sogar wenn sie bereits eingeschlafen ist. Und da sie die letzten Monate über beinahe ständig betrunken war, ist es unmöglich, die genauen Daten, Zeiten und Abstände zu bestimmen.

Sie zieht sich einen dicken Leinenmorgenmantel über und geht in die Küche. Es gibt wirklich keinen Grund zur Sorge. Weil sie keine Zeit hatte, sich etwas zu essen zuzubereiten, verschlingt sie einfach Toastbrot *und* eine Schale von Joshs gezuckerten Frühstückszerealien. Der süße Geschmack hebt sofort ihre Laune. Anschließend lässt sie sich aufs Sofa fallen und schaltet die Frühstücksnachrichten auf BBC ein. Puh, ist das alles schrecklich! Nachrichten sind so deprimierend. Sie hasst Verbrechen. Auf der High Street hat wieder einer ihrer Lieblingsläden geschlossen. Mehrere Kinder haben sich während der Ferienzeit in defekten Fahrgeschäften verletzt. Ihre Gedanken schweifen ab. *Was, wenn sie tatsächlich schwanger ist?* Für einen Moment malt sie sich die Bilderbuchversion aus: knuddelweiches Baby mit flauschigem Haar.

Jemand, der mit liebevollen Augen zu ihr aufsieht, dankbar, ergeben – das wäre schön. Die winzigen niedlichen Klamotten! Der Mutterschutzurlaub! Aber Josh … als Vater? Die Elternschaft verändert manche Männer enorm, das hat sie den endlosen Gesprächen frischgebackener Mütter entnommen, die nach der Pause ins Büro zurückkehrten und von völlig verwandelten Ehemännern berichteten, die liebend gern lange Nächte gegen frühe Morgenstunden austauschten. Aber Josh?

Dollys Augen gleiten über die Reihe von Fotos, die in schlichten weißen Rahmen auf dem Kaminsims im Wohnzimmer stehen. Sie und Josh beim Skifahren; aufgedonnert bei den Hochzeiten im Freundeskreis; ihr erstes gemeinsames Weihnachtsfest; ein gemeinsamer Urlaub mit ihren wundervollen Freunden, alle mit sonnengeküsstem Haar, makelloser junger Haut und hysterischem Grinsen im Gesicht. Glückliche Erinnerungen. Ein Paar, das sich um niemand anderen Gedanken machen muss als um sich selbst. Dann fällt ihr ein, wie Josh im letzten Jahr die Patenschaft für das Neugeborene eines Freundes abgelehnt hat – angeblich, weil er der religiösen Verantwortung, die eine solche Rolle mit sich bringt, nicht gerecht werden kann. Ihr hat er dagegen erzählt, das Letzte, worauf er Lust habe, sei die Vorstellung, seine Wochenenden damit zu verbringen, sich um anderer Leute Bälger zu kümmern. Wie er jedes Mal, wenn sie ein Café oder Restaurant betreten, einen Tisch verlangt, »wo nirgendwo Kinder in der Nähe sitzen«. Zuerst hat sie das auf seinen Mangel an Toleranz für alles, was ein Gespräch mit ihm stören könnte, zurückgeführt, doch jetzt ist sie sich da nicht mehr so sicher. Er nutzt unverhohlen jegliche Gelegenheit, Kindern aus dem Weg zu gehen, und zeigt keinerlei Interesse daran, selbst Nachwuchs zu bekommen. Was Dolly insgeheim Sorgen bereitet, denn was ist, wenn sie eines Tages selbst einen Kinderwunsch verspürt?

Sie muss daran denken, wie sämtliche Farbe aus seinem Gesicht gewichen ist, an den Ausdruck von Panik und nackter Angst in seinen Augen, daran, wie er förmlich vor ihr zurückgewichen ist, als sie letztes Jahr mit tränenüberströmtem Gesicht in die Küche kam, einen noch unbenutzten Schwangerschaftstest in der Hand. Seine Körpersprache sagte alles: *Dein Problem.* Vier Minuten später, als er wusste, dass er aus dem Schneider war, hatte er sich an ein Gespräch mit einem seiner Freunde erinnert, kurz nachdem dessen Frau ihr einziges Kind zur Welt gebracht hatte. Josh hatte ihr erzählt, dass der Ehemann bei der Geburt dabei gewesen sei und den Eindruck hatte, seinen Lieblingspub abbrennen zu sehen. Dolly hatte die unverfälschte Version von der frischgebackenen Mutter höchstpersönlich erfahren, die ihr von dem unbarmherzigen Schmerz erzählte, der Stunde um Stunde anhielt, von der nicht aufzutreibenden Anästhesistin, einer Reihe von Hebammen und diversen Schichtwechseln, einer einst perfekten Vagina mit Dammriss – ein Trauerspiel, im buchstäblichen Sinne. Josh hatte die Schilderung des Ehemanns zu seinem Lieblingswitz erklärt, den er monatelang jedem Mann erzählte, den er kannte – immer und immer wieder, bis er selbst daran glaubte.

Der *Schwangerschaftsschock*.

Dolly ist sich ziemlich sicher, dass zwei Tests in der Packung waren – und dass sie nur einen gebraucht hat. Der andere liegt mit Sicherheit noch immer gut versteckt ganz hinten in ihrer Nachttischschublade, zusammen mit alten Gehaltsabrechnungen und ungeöffneten, offiziell aussehenden braunen Briefumschlägen. Vermutlich ist er längst abgelaufen, funktioniert nicht mehr, bringt kein zuverlässiges Ergebnis. Aber … vielleicht sollte sie einfach mal nachschauen, ob er noch da ist.

Er ist noch da. Der Anblick der leuchtend blauen Schachtel mit der munteren pinkfarbenen Aufschrift holt die grässliche Erinnerung an ihren letzten Schwangerschaftstest zurück, und zwar mit einer Wucht, als habe man ihr einen Hieb auf die Brust versetzt. Sie weiß noch genau, welchen Nagellack sie an jenem Tag trug, als sie die Zellophanfolie aufriss und die kleingedruckte Anleitung überflog. Auch jetzt hält sie sich nicht damit auf, sie genau zu lesen. Sie denkt daran, wie sehr sie Josh noch Tage nach dem Schwangerschaftsschock gehasst hat, dass sie ihn kaum ansehen konnte, bis ein riesiger Strauß roter Rosen zu ihr ins Büro geliefert wurde. Sie hätte dankbar sein sollen, glücklich, aber alles, was ihr durch den Kopf schoss, war: *Was für ein verdammtes Klischee.* Und wie dämlich von ihm, denn so zwang er sie, all ihren neugierigen Kollegen eine Erklärung zu liefern. Wenn er ihr öfter mal Blumen schicken würde, wäre das sicher keinem aufgefallen.

Na schön, dann wollen wir uns mal vergewissern, dass ich auch diesmal nicht schwanger bin, denkt Dolly. *Und dann werde ich den Tag vergessen, genau wie den letzten Monat, und mich stattdessen auf Montag konzentrieren, denn dann fange ich auf jeden Fall ernsthaft mit neuen HIIT-Übungen an.*

Das Problem ist: Sie muss nicht pieseln. Als sie auf der

Toilette hockt und versucht, ein paar Tropfen aus sich herauszupressen, fällt ihr die Fernsehwerbung ein, in der ein Mann auf der Suche nach dem perfekten Rasierer durch die Wellen surft … aber auch das bringt nichts. Genervt kehrt sie in die Küche zurück, stürzt drei Gläser Wasser hinunter und wartet. Immer noch nichts. Eine Tasse Tee. Noch mehr Wasser. Ein zwei Tage alter Smoothie aus dem Kühlschrank, der sich mittlerweile zur Hälfte in Wasser und zur anderen Hälfte in ekeligen Fruchtbrei unterteilt hat. Dann wieder auf die Toilette, und siehe da: gerade genug Urin, um die Spitze des weißen Plastikstäbchens einzutauchen.

Sie sieht zu, wie der Teststreifen die Flüssigkeit aufsaugt, bis in das kleine Fenster mit dem rosa Papierhintergrund, der sogleich eine dunklere Farbe annimmt. Noch passiert nichts. Und nun? Sie lässt das Stäbchen auf dem Waschbeckenrand liegen, tappt barfuß zurück ins Wohnzimmer und nimmt die neueste Ausgabe der *Brides* vom Couchtisch. Bald wird Pippa Middleton ihren Hedgefonds-Millionär heiraten, und im Brief der Chefredakteurin an die Leserinnen geht es diesmal um die Entwürfe führender internationaler Brautmodendesigner, die sich um den Job als Chef-Couturier reißen. Dolly betrachtet die Entwürfe und überlegt, welcher davon Pippas perfekten Pfirsichpopo wohl am besten zur Geltung bringt. Auch für Prinzessin Charlotte und Prinz George sind umwerfend süße Modelle abgedruckt. Dolly überlegt, was für eine Hochzeit sie mit Pippas Budget auf die Beine stellen würde – immer muss es jemanden geben, der es besser macht. Jemanden mit mehr Kontakten, mehr Geld, mehr Fantasie.

Der Schwangerschaftstest! Eigentlich hat Dolly gar keine Lust, ins Bad zurückzukehren. Sie weiß, dass sie nicht schwanger ist. Allerdings hätte sie dann *Gewissheit.* Jetzt, da sie damit begonnen hat, sollte sie die Sache auch zu Ende bringen. Die Vernunft zwingt sie, aufzustehen und zum Badezimmer zu gehen. An der Tür bleibt sie stehen, auf Zehenspitzen, den Kopf vorgestreckt. Sie sieht etwas in dem kleinen Fensterchen. Etwas Schwarzes. Was ist das? Keine Linie, wie man sie für gewöhnlich bei Schwangerschaftstests findet. Was hat das zu bedeuten? Sie macht einen Schritt ins Bad hinein, wobei sie ein Bein nach hinten schwingt wie eine Ballerina und sich mit den Händen am Türrahmen festhält. Jetzt hat sie den Schwangerschaftstest genau im Blick. Aus dem kleinen, rosa hinterlegten Fenster springt ihr ein einziges, schwarz gedrucktes Wort entgegen:

Schwanger.

Dolly ist nicht stolz auf ihre Reaktion. Nicht stolz auf den allerersten Gedanken, der ihr in dem Moment, in dem ihre Augen die Botschaft an ihr Gehirn weiterleiten, durch den Kopf schießt und der ihr für einen Moment den Atem raubt: *Wird die* Brides *mich noch nehmen? Wird die Chefredakteurin in ihrem stylischen Magazin über eine dicke, fette Schwangere berichten wollen?* Das ist vollkommen irrational, und das weiß sie, aber für sie ist es wichtig, *ungeheuer* wichtig. Sie klappt den Klodeckel zu und lässt sich daraufsacken, das weiße Plastikstäbchen direkt vor den Augen. *Bestimmt ist das Ding kaputt,* redet sie sich ein, aber sie weiß, dass das nicht stimmt. Sie muss nachdenken, den ersten Schreck verdauen, sich eine Möglichkeit überlegen, das Dilemma zu lösen. Wie viele Wochen dauert eine Schwangerschaft? *Weiß der Geier!* Im wie vielten Monat wäre sie bei ihrer Hochzeit? *Viel zu weit.* Sie wird einen Bauch haben, und ihre Brüste werden riesig sein. Sie wird überall Fett ansetzen. Das passiert nun mal, wenn man schwanger ist. Der Körper hält jede Kalorie fest, die er kriegen kann, um das winzige Leben, das in ihm heranwächst, zu nähren. Eine Frau aus der Agentur fällt ihr ein, die freiheraus zugegeben hat, beim ersten Baby sechzehn und beim zweiten zwanzig Kilo zugenommen zu haben. Das jüngere Kind ist jetzt drei Jahre alt, und sie ist ihren Babyspeck immer noch nicht losgeworden. Dolly hatte erwartet, dass sie verlegen und unglücklich darüber ist, aber nein – die Irre ist absolut zufrieden, denn *das ist die Geschichte, die mein Körper nun erzählt. Er zeigt, dass ich eine stolze Mama bin.*

Allein mit diesen verwirrenden Gedanken sitzt Dolly im Badezimmer und hat keinen blassen Schimmer, was sie tun soll. Zwei Dinge allerdings weiß sie mit absoluter Gewisshcit: Sie wird nicht schwanger zum Altar schreiten, und sie wird sich nicht mit einer monströs fetten Kugel auf den Hochglanzseiten der *Brides* verewigen lassen. Auf gar keinen Fall.

Etwas später liegt sie auf dem Sofa, betrachtet ihren Bauch und fragt sich, was darin wohl los ist, als ihr plötzlich ein weiterer Gedanke kommt: Wie um alles auf der Welt wird Josh reagieren?

16

EMILY

Noch acht Wochen

»Ich habe entschieden, dass sie nichts davon erfahren sollen. Und Sie werden mich nicht davon abbringen können.«

Emily sitzt einer verblüfften Sarah Blake gegenüber und versucht, der Ärztin klarzumachen, dass sie ihren Befund auf keinen Fall ihrer Familie mitteilen möchte.

»Sie sind deine Eltern, Emily, sie werden wissen wollen, was los ist, und sie werden dir helfen wollen, diese Zeit durchzustehen. Ich kenne deine Mum seit über siebenundzwanzig Jahren, und bitte glaub mir, wenn ich dir sage, dass es ihr *noch* mehr wehtun wird, wenn du die Sache vor ihr verheimlichst.« Dr. Blake ist sichtlich aufgeregt. Die kühle, emotionslose Fassade, die sie als Ärztin errichtet hat, bröckelt, *wieder einmal.* Seltsamerweise scheint sie das Ganze mehr zu treffen als Emily selbst. Gleich wird sie wieder in Tränen ausbrechen, das sieht Emily. Soll sie sie bitten, sich endlich zusammenzureißen?

»Was glauben Sie, was diese Nachricht bei den beiden bewirkt, Sarah? Sie wird sie zerstören! Ich bin ihr einziges Kind. Das kann ich ihnen nicht antun, und das werde ich ihnen auch nicht antun.«

»Nun, dann vertrau dich wenigstens Mark an.«

»Das kann ich nicht! Das Risiko, dass er es ihnen erzählt, ist zu groß. Es gibt nichts, was man gegen das Aneurysma tun könnte. Außerdem könnte ja auch alles gut gehen, haben Sie das schon vergessen? Ich bin noch nicht tot!«

»Willst du diese Last wirklich mit dir allein herumschleppen, Emily?« Sarahs Augen glänzen verdächtig. Sie stützt sich auf die Ellbogen und sieht Emily flehend an, doch sie hat den Kampf bereits verloren.

»Ja, das will ich. Glauben Sie nicht, dass ich stundenlang in meinem Zimmer gelegen und stumm die Decke angeschrien habe? Das alles ist so verdammt unfair! Dass ausgerechnet mir das passiert, noch dazu jetzt, wenn ich den Mann heiraten möchte, den ich mehr als alles auf der Welt liebe …« Sie unterbricht sich, muss den Kurs wechseln, bevor die Mauer, die sie um sich herum errichtet hat, zu bröckeln beginnt und die Emotionen durchsickern lässt, die sie so sorgfältig in ihrem Innern verschlossen hat.

»Außerdem trage ich die Last nicht ganz allein. *Sie* wissen Bescheid. Sie sind der einzige Mensch, der mir wirklich helfen kann. Sie können mir medizinischen Rat geben, Termine vereinbaren und mir bei der Entscheidung helfen, was ich tun soll, wenn die Amerikaner ihr Urteil verkünden. Das hilft mir sehr viel.« Emilys Stimme bricht. »Ich möchte die traurigen Gesichter nicht sehen. Sie sind mit Feuereifer dabei, diese Hochzeit zu planen, und diese Freude werde ich ihnen nicht nehmen. Im Gegenteil – ich habe beschlossen, den Hochzeitstermin vorzuverlegen, nur für alle Fälle.«

Emily steht auf und verabschiedet sich. Sie sieht, wie Sarah auf ihren Schreibtisch sackt in dem Wissen, dass sie sich geschlagen geben muss. Am liebsten hätte sie sie umarmt, aber sie möchte dieses Gespräch nicht noch länger hinausziehen, möchte Sarah nicht das Gefühl geben, dass sie sie womöglich doch noch umstimmen kann.

»Es wird schon gut gehen. Ich bin stark. Ich fühle mich gut, zumindest im Augenblick. Bitte, Sarah, respektieren Sie meinen Wunsch. Ich bin mir sicher, das ist für alle das Beste.«

Als sie die Tür hinter sich schließt, hört sie, wie die Ärztin einen tiefen, lang gezogenen Seufzer ausstößt, und ist *beinahe* überzeugt, dass ihre langjährige Ärztin und enge Freundin der Familie tun wird, worum sie sie gebeten hat.

Okay, was nun? Emily muss zu einem wahren Geniestreich ansetzen, um die Hochzeitsplanung nach ihren jetzigen Wünschen zu drehen. Ihre Prioritäten haben sich völlig verlagert. Jetzt möchte sie nur noch möglichst bald – und möglichst günstig – heiraten. Ganz anders als vor der Diagnose. Es bleibt ihr keine Zeit, in Selbstmitleid zu baden, da das ohnehin zu nichts führt und niemandem hilft. Nein, lieber stellt sie sich der Tatsache, dass das Leben nicht so läuft, wie sie es geplant hat – und dass es für sie kein Happy End bereithält. Für sie zählt nur, was sie tun kann, um ihre geliebte Familie zu beschützen und dafür zu sorgen, dass die dunklen Tage, die bald auf sie zukommen, ein bisschen heller werden.

Sie sitzt auf dem Bett und hört ihre Eltern und Mark unten lachen. Emily hat Mark gerade gebeten, alles, was er sich wünscht, auf die Geschenkeliste zu setzen, die sie bei John Lewis auslegen wollen – dem Kaufhaus, in dem auch ihre Mütter so gern einkaufen. Sie hat nicht vor, etwas auszusuchen. Mark schien ein wenig enttäuscht zu sein, dass sie ihn nicht bei der Aufgabe unterstützen möchte, um die sich die meisten Bräute reißen, aber sie hat behauptet, sie habe oben etwas Dringendes zu erledigen. Als er immer noch nicht lockerließ – »Ach, komm schon, Emily, du kannst mir doch nicht die ganze Verantwortung aufdrücken! Was, wenn du die Dinge, die ich auf die Liste setze, ganz scheußlich findest?« –, blaffte sie: »Tu einfach, worum ich dich bitte, okay? Das kann doch nicht so schwer sein!« Das war das erste Mal seit Monaten, dass sie sich beinahe gestritten hätten. Emily hat die verwunderten Blicke im Rücken gespürt, als sie die Treppe hinaufgeflitzt ist.

Jetzt sitzen ihr Vater und Mark zusammen am Esstisch, über den Laptop gebeugt. Sie hört, wie Dad ihn bei der Auswahl des Grills berät, außerdem besteht er darauf, dass Mark zwei Regenhüllen auf die Liste setzt, *denn wenn so ein Ding erst mal anfängt zu rosten, dann war's das.* So soll es sein: Der angehende Ehemann und sein zukünftiger Schwiegervater – Dad erteilt Ratschläge, Mark lernt von dem großen Meister –, und Emily sieht sich noch mehr darin bestärkt, dass sie das einzig Richtige tut. Das Szenario, das sich vor ihrem inneren Auge entfaltet, wenn sie sich vorstellt, sie hätte ihnen heute Morgen die Wahrheit gesagt, ist ihr unerträglich. Sie alle würden jetzt zusammensitzen, Tränen auf ihre MRT-Aufnahmen vergießen, sie ermutigend in den Arm schließen und ihr versichern, dass alles wieder gut wird. Ja, vielleicht wird tatsächlich alles wieder gut, vielleicht aber auch nicht. Sie muss ihnen helfen, sollte der schlimmste Fall eintreten.

Emily nimmt ein elegantes weißes Notizbuch aus dem Bücherregal, in dessen Deckel mit goldenen Lettern die Worte *Der Bund fürs Leben* eingraviert sind. Sie hat es von Mark zur Verlobung bekommen. Damals fand sie, es sei viel zu schön, um es mit Tinte zu besudeln, und außerdem machte Dad schon mehr als genug Notizen, die er für alle kopierte, damit sie beim nächsten Sonntagsgipfel etwas in der Hand hielten. Jetzt aber hat das Notizbuch seinen eigentlichen Zweck gefunden. Sie schlägt es auf der ersten Seite auf und schreibt: *Hochzeit Nummer 2*, dann fängt sie an, die neue To-do-Liste zu notieren, Punkt für Punkt. In der nüchternen, methodischen Vorgehensweise liegt etwas seltsam Tröstendes. Sie hat ihre Hausaufgaben gemacht. Es kommt ihr nicht morbide vor, sondern nützlich und vernünftig – ein Vorgang, den sie zu hundert Prozent kontrollieren kann. In ihr steckt viel mehr von ihrem Dad, als Emily sich eingestehen mag. Sie hat bereits den Kleidertausch abgehakt und Mark alles auf die Geschenkeliste setzen lassen, was ihm gefällt. Den Hauskauf und die Buchung ihrer Hochzeitsreise hinauszuzögern dürfte um einiges schwieriger werden, aber sie ist fest entschlossen, eine Möglichkeit zu finden. Am besten, sie versucht, alles so schlicht wie möglich zu halten. Es dauert nicht lange, bis sie mehrere Seiten des Notizbuchs mit der neuen, wichtigen To-do-Liste gefüllt hat.

Anschließend verfasst sie eine rasche E-Mail an den Vikar, in der sie anfragt, ob eventuell ein früherer Hochzeitstermin frei ist. Je früher, desto besser. Sie ruft den Kalender auf ihrem Smartphone auf. Bis zu ihrem Ehrentag sind es noch zwei Monate. Viel zu lange. Mehrere Geburtstage sind eingetragen, der Tag der offenen Tür in der Kinderkrippe und eine Geschäftsreise für Mark, aber ein Samstag ist frei. In zwei Wochen. Am 14. Juli. Können sie es bis dahin schaffen? Es gibt kein teures Hochzeitskleid, das extra angefertigt werden muss; der Empfang kann zu Hause stattfinden, und Dad liegt in seiner Planung ohnehin ganz weit vorn. Im Grunde geht es nur noch um das Catering und die Gäste. Ob Glo das bis dahin stemmen kann? Hoffentlich haben die Gäste keine anderen Termine! Sie wird akzeptieren müssen, dass manche Freunde, die bereits zugesagt haben, den Termin womöglich canceln, aber das Risiko muss sie eingehen. Entschlossen schickt sie die E-Mail an den Vikar ab.

Also gut, das ist schon mal kein schlechter Anfang, doch Punkt vier auf ihrer Liste ist etwas kniffliger. *Sally zur ersten Brautjungfer machen.* Emily gestattet sich ein kleines Lächeln, als ihr auffällt, dass dieser Punkt nicht auf Dads Agenda vermerkt ist, was bedeutet, dass sie völlig frei entscheiden kann.

Sie weiß, dass Sally Mark ganz tief in ihrem Herzen trägt – und genau das ist der Punkt. Sie sind alle drei seit Jahren befreundet, seit ihrer Unizeit, als Emily gleich am Anfang die Blicke bemerkte, die Sally ihm zuwarf. Es ist ihr nicht entgangen, dass Sally nie länger als ein paar Monate mit einem Mann zusammen ist – und das, obwohl sie bildhübsch ist. Schon vor langer Zeit hat sie vermutet, dass das daran liegt, weil in Sallys Augen keiner Mark das Wasser reichen kann. Emily erinnert sich an einen Abend vor vielen Jahren, an dem Sally so etwas angedeutet hat. Sie hatte zu viel Wein getrunken und sich bei Emily wegen ihres Liebeslebens ausgeheult. Emily hatte versucht, sie zu bremsen, aber Sally, befeuert vom Alkohol, hatte einfach weitergeschwafelt. Emily sei wirklich zu beneiden, denn jedes Mal, wenn sie Mark auch nur ansehe, würde sie begreifen, was ihr fehle. Doch Emily weiß, dass Sally kein schlechter Mensch ist – im Gegenteil. Sie liebt Mark genauso, wie Emily ihn liebt, was diese ihrer Freundin kaum verdenken kann. Seine Warmherzigkeit, seine Umgangsformen – Mark ist ein Gentleman der alten Schule – und seine Fähigkeit, in allem stets das Positive zu sehen (*auch wenn das bald ernsthaft auf die Probe gestellt werden könnte*). Und auch äußerlich würden die beiden ein schönes Paar abgeben. Seine widerspenstigen blonden Locken, ihr glatter goldener Bob. Seine breiten Schultern, ihre mädchenhafte Cheerleader-Figur. Er im lässigen weißen Hemd, sie in einer coolen Gap-Jeans.

Einmal hat sie Sally dabei beobachtet, wie sie Mark völlig entrückt betrachtete. Sie saßen zusammen in dem von Gelächter erfüllten Biergarten ihres Lieblingspubs. Es war ein brütend heißer Julitag, und der Wirt hatte spontan ein Barbecue organisiert. Versteckt hinter ihrer Sonnenbrille und ein wenig abseits von ihren Freunden hatte Emily mitverfolgt, wie Sally jedes Wort in sich aufsaugte, das Mark von sich gab, ohne auch nur für einen kurzen Moment die Augen von ihm zu wenden. Es war, als gäbe es für sie niemand anderen als ihn. Ein vollkommen ahnungsloser Mark bemerkte, dass ihr Glas leer war, und bot ihr an, ein neues für sie zu organisieren, was

Sally vor Glück dahinschmelzen ließ. Emily hatte kein Wort darüber verloren, weder bei Mark noch bei Sally. Zu welchem Zweck auch? Sie würde ohnehin nichts anderes damit erreichen als Unbehagen und Verunsicherung. Emily weiß, dass sie Mark in den kommenden Wochen häufiger begegnen wird, wenn sie ihr diese Aufgabe überträgt. Er wird sich daran erinnern, wie liebenswert sie ist – und wie hübsch. Er wird eine weibliche Schulter brauchen, an der er sich ausweinen kann, und Sally wird hervorragende Arbeit leisten, davon ist Emily überzeugt.

Unter normalen Umständen hätte sie sich mit Sally verabredet, hätte sie zum Lunch eingeladen und sie persönlich gebeten, ihre erste Brautjungfer zu werden, doch heute beschränkt sich Emily auf einen schnellen Telefonanruf.

»Sally! Hier spricht Emily, wie geht es dir?«

»Hi, Emily, es geht mir ausgezeichnet, vielen Dank. Ich stecke bis über beide Ohren in Arbeit, aber ansonsten ist alles okay. Wie läuft's mit eurer Planung?«

»Ich bin froh, dass du fragst, deshalb rufe ich nämlich an.«

»Aha … Du willst mich jetzt aber nicht darum bitten, den Kindertisch zu beaufsichtigen, oder?«

Emily lacht. »Ganz bestimmt nicht. Ich möchte dich fragen, ob du Lust hast, meine erste Brautjungfer zu sein. Was denkst du?«

Das Schweigen am anderen Ende der Leitung kommt Emily endlos vor. Sie kann sich vorstellen, welchen inneren Kampf Sally in diesem Moment mit sich selbst ausficht. Kann man die erste Brautjungfer seiner langjährigen Freundin werden, wenn man seit Jahren in deren zukünftigen Ehemann verliebt ist? Zum Glück kann man. Zumindest Sally, denn sie bricht das Schweigen und antwortet: »Wow, Emily, ich fühle mich zutiefst geehrt, dass du mich darum bittest. Ja, das möchte ich liebend gern sein, vielen Dank.«

»Großartig. Es tut mir so leid, dass ich dich nicht persönlich darum bitten kann, aber in letzter Zeit war alles so hektisch, und ich bin einfach nicht dazu gekommen, einen Termin mit dir auszumachen. Apropos Termin: Wir sind mit der Organisation so weit voraus, dass wir die Hochzeit aller Wahrscheinlichkeit nach auf den 14. Juli vorziehen werden. Ich hoffe, das ist okay für dich?«

»Oh, ja. Ähm ... Moment ... ja, an dem Tag kann ich. Aber bis dahin sind es ja nur noch gut zwei Wochen! Da bleibt mir kaum Zeit, etwas für dich zu organisieren. Gibt es einen Grund, warum du ...«

Emily unterbricht sie. »Wunderbar! Ich weiß, wie sehr Mark sich darüber freuen wird.« Sie stellt sich das breite Grinsen vor, das bei der Erwähnung von Marks Namen auf Sallys Gesicht tritt.

»Das ist so lieb von euch beiden. Danke.«

»Okay, dann lass uns uns so bald wie möglich treffen, damit ich dir alles erklären kann. Ich habe sogar schon ein wunderschönes Kleid für dich entdeckt.«

»Perfekt. Danke noch mal, Emily. Bis bald!«

Kaum hat Emily aufgelegt, verkündet ein leises *Ping* eine eingehende E-Mail, die Antwort des Vikars. Der frühere Termin ist noch frei, aber sie muss sofort zusagen, da sich bereits ein anderes Paar danach erkundigt hat. *Geben Sie mir zehn Minuten,* tippt Emily hastig, dann lässt sie sich schwer aufs Bett fallen und überlegt, wie um alles auf der Welt sie diese Idee ihren Eltern *und* Mark verkaufen soll, die unten zusammensitzen und davon ausgehen, dass ihnen noch zwei ganze Monate bleiben, um die letzten Vorbereitungen zu treffen, nicht bloß zwei Wochen.

Der Zeitpunkt ist günstig. In fünfzehn Minuten wird sie das Haus verlassen und sich mit Helen in der White Gallery treffen. Eine letzte Anprobe, dann wird sie mit dem Maya-Kleid die Boutique verlassen. Aber zuerst muss sie das hier hinter sich bringen. Sie schließt das kleine weiße Buch, stellt es zurück ins Regal und geht langsam zur Treppe. Was soll sie sagen? Wie kann sie sie überzeugen? In nur zehn Minuten? *Du darfst nicht weinen, du darfst nicht weinen … Du musst überzeugend wirken, nicht verzweifelt.* Langsam steigt sie die Stufen hinunter, schindet Zeit, während sie in rasender Geschwindigkeit verschiedene Optionen durchgeht, die ihr allesamt nicht wirklich plausibel erscheinen.

Als Emily das Esszimmer betritt, klappen Mark und ihr Dad gerade den Laptop zu.

»Job erledigt!«, verkündet Bill. »Es ist sehr gut, dass ich Mark dabei unter die Arme gegriffen habe, das kannst du mir glauben. Wenn es ums Grillen geht, bin ich ein unschlagbarer Experte!«

»Vielen Dank, Dad, das weiß ich zu schätzen. Aber mehr darfst du mir nicht verraten, ich möchte mich nämlich überraschen lassen, wenn ich die Geschenke öffne.« Was sie wirklich meint, ist: *Ich möchte nicht in Versuchung geraten, irgendetwas auszutauschen.* »Es gibt übrigens gute Neuigkeiten. Ich habe gerade Sally gebeten, meine erste Brautjungfer zu sein, und sie hat Ja gesagt.« Emilys Augen fliegen zu Mark, um seine Reaktion einzufangen. Und tatsächlich, es passiert, was sie sich erhofft hat: Er verzieht die Lippen zu einem warmen Lächeln und gratuliert ihr zu der »ausgezeichneten Wahl«. »Ich finde, wir kommen sehr gut mit der Organisation voran, oder?«

»Das kannst du laut sagen! Ich habe vor, später noch ein paar Kleinigkeiten mit euch zu besprechen, aber ich bin sehr zuversichtlich, dass wir mit der uns noch bleibenden Zeit und einem festen Ziel vor Augen einen wunderschönen Tag erleben werden. Was meinst du, Glo?« Wie immer überschlägt sich Bill nahezu vor Begeisterung.

»Absolut! Aber warum fragst du, Emily? Ist alles in Ordnung?« Gloria entgeht wieder einmal gar nichts.

Mark sieht sie an, augenblicklich besorgt, dass etwas nicht stimmt. *Alle* sehen sie an. *Okay, jetzt oder nie.* Sie spürt, wie ihr leicht schwindelig wird. *Bleib ganz locker, bleib ganz locker …*

»Alles bestens. Ich habe mich bloß gefragt, warum wir das Ganze so lange hinauszögern? Wenn wir schon so weit sind, lass uns doch einfach früher heiraten!« Sie gibt ihr Bestes, unbefangen zu wirken, als wäre ihr das gerade eben ganz spontan eingefallen. Lächelnd sieht sie in die entgeisterten Gesichter, nimmt sich einen Apfel aus der Obstschale und beißt kräftig hinein.

»Entschuldige, *wie bitte?*« Bill scheint ihre Frage nicht zu verstehen.

Emily ignoriert ihn fürs Erste und wendet sich direkt an Mark. Sie muss ihn auf ihre Seite ziehen, und zwar schnell.

»Was hältst du davon, Mark? Sollen wir den Termin vorziehen?«

»Augenblick mal.« Er steht auf und macht einen Schritt auf sie zu, eine Hand auf der Hüfte, mit der anderen reibt er sich voller Sorge die Stirn. »Was geht hier vor? Erst interessierst du dich nicht für die Geschenkeliste, und jetzt willst du den Termin vorverlegen? Ich bin überglücklich, dich zu heiraten, Emily, und das würde ich an jedem Tag jederzeit tun – ich bin mir sicher, das weißt du. Aber gibt es womöglich etwas, was ich wissen sollte?«

Mark wirkt verunsichert. Sie hätte wissen müssen, dass sie nicht so leicht damit durchkommen würde. Wenn ihr nicht augenblicklich etwas einfällt, wird er sie mit Fragen löchern, noch bevor Mum und Dad so richtig loslegen.

»Ich liebe dich, Mark«, sagt sie daher. »Ich habe dich immer geliebt, und ich möchte keine Sekunde länger warten als nötig, das ist alles.« Ihre Stimme zittert leicht und ist voller Emotionen. »Es tut mir leid, ich dachte, du freust dich darüber.« Na schön, das alles ist mehr als peinlich – fast so, als würden sie sich vor den Augen ihrer Eltern einen leidenschaftlichen Zungenkuss geben –, vor allem, als sie aus dem Augenwinkel Glos gerührten Blick bemerkt.

»Nein, mir tut es leid, das ist eine fantastische Idee. Du bist so süß!« Er merkt, wie verlegen sie ist, und möchte dem augenblicklich ein Ende setzen. »Ich bin ein Idiot. Aber sind wir denn tatsächlich schon bereit? Müssen wir nicht noch so viel mehr erledigen, und brauchen wir nicht ein bisschen mehr Zeit, um alles in Ruhe abzuklären?«

»Ich glaube nicht. Die Einladungen sind noch nicht offiziell raus, das dürfte also kein Problem sein. Bleibt eigentlich nur die Hochzeitsreise, aber daraus müssen wir ja auch keine große Sache machen. Mum, glaubst du, Philippa schafft es, in der kurzen Zeit das Catering auf die Beine zu stellen?«

Ein seltsamer, wissender Ausdruck hat sich auf Glorias Gesicht gestohlen, der Emily ein wenig aus dem Konzept bringt. Was mag sie wohl denken? *Was glaubt sie zu wissen?*

»Das will ich doch annehmen. Allerdings kommt es darauf an, von welchem Zeitpunkt wir tatsächlich reden. Vielleicht müssen wir ein paar Kleinigkeiten aus saisonalen Gründen ändern – frische Feigen bekommt man Mitte Juli nicht –, doch ansonsten bin ich bereit, wenn du dir das so sehr wünscht, mein Schatz. Mein Outfit steht seit Monaten, von meiner Seite gibt es also keine Einwände.«

Bleibt noch Dad – und der ist nicht bereit, sich damit abzufinden, dass seine akribische Planung so einfach über den Haufen geworfen wird.

»Ja, habt ihr denn alle den Verstand verloren? Die Pflanzen! Die Rosensträucher sind noch nicht mal in der Erde, und ich wollte noch das ganze Moos in der Einfahrt entfernen und den Rasen nachsäen. Außerdem haben wir einen festen Termin für die kirchliche Trauung ausgemacht!«

»Das ist natürlich richtig, Dad, aber ich habe den Vikar gefragt, und es ist tatsächlich ein früherer Termin frei – genauer gesagt, am Samstag in zwei Wochen.« Es steht drei gegen einen, und Emily ist zuversichtlich, dass ihr Vater einlenken wird. »Entschuldige, aber das ist lächerlich! Ich habe einen ganzen Aktenordner voller Vorschläge und Gegenvorschläge, Tabellenkalkulationen, Pläne und zeitlicher Abläufe – allesamt für den 25. August, und jetzt teilst du uns plötzlich mit, dass wir nur noch zwei Wochen haben!«

»Bill, kann ich dich kurz sprechen?« Glo fasst ihn am Ellbogen, führt ihn in die Küche und schließt die Tür, doch Mark und Emily bekommen mit, wie sie ihn zurechtweist.

»Bill! Ist dir denn nicht klar, was das bedeutet? Warum sollte jemand einen Hochzeitstermin vorverlegen wollen?«

»Na schön«, meldet sich Mark zu Wort und zieht Emily schmunzelnd in seine Arme. »Ich nehme an, deine Mum verklickert deinem Dad soeben, dass du schwanger bist? Nur damit ich im Bilde bin: Du bist nicht schwanger, oder?«

»Nein! Natürlich nicht. Glo schießt wie immer übers Ziel hinaus. Ich bin mir sicher, sie steigt noch heute Nachmittag ins Auto und besorgt sich den neuesten *Eltern*-Katalog.«

»O Gott, wirklich? Hm, nur damit du's weißt: Ich würde mich sehr freuen, wenn du schwanger wärst. Vielleicht sollten wir auch damit nicht mehr allzu lange warten?« Sein Gesicht ist voller aufgeregter Vorfreude; würde sie den Kopf an seine Brust legen, könnte sie seinen Herzschlag hören, der seine Liebe zu ihr mit einem wahren Trommelwirbel untermalt. Als Emily sich für einen Augenblick das ausmalt, was niemals eintreten wird, verzieht sie gequält das Gesicht, doch dann wird sie abgelenkt von einem betreten dreinblickenden Bill und einer jubilierenden Gloria, die aus der Küche ins Esszimmer zurückkehren. Bills Blick schweift sofort zu Emilys Bauch, bevor er sich zwingt, zur Seite zu schauen.

»Entschuldige, ich war wohl ein bisschen unflexibel. Selbstverständlich können wir die Hochzeit auch vorziehen, Liebling. Lass uns in den nächsten Tagen ein Treffen mit allen Beteiligten einberufen, und dann besprechen wir, was noch organisiert werden muss. Ich liebe dich, und wir werden das hinkriegen, ganz gleich, wie sehr wir uns anstrengen müssen, das verspreche ich dir.«

Emily muss hier raus. Dringend.

»Vielen, vielen Dank euch allen. Jetzt muss ich aber los, ich habe einen Termin bei Helen in der White Gallery, und ich muss noch dem Vikar mailen. Bis später!« Emily stürmt zur Haustür hinaus. Heiße Tränen strömen über ihr Gesicht, noch bevor sie das Gartentor erreicht hat. Sarah Blake, die ein Stück die Straße hinauf zusammengesackt auf dem Fahrersitz ihres schwarzen BMW hockt, bemerkt sie nicht. Die Ärztin sieht erschöpft aus – völlig fertig, um genau zu sein –, aber das liegt wohl daran, dass sie sich mit der Frage quält, ob sie sich auch in diesem Fall an die ärztliche Schweigepflicht halten soll oder nicht. Zum ersten Mal in ihrer langen, erfolgreichen Karriere steht sie kurz davor, diese zu brechen.

Emily bemerkt auch nicht, dass Glo zwei Minuten nach ihr mit hüpfenden Schritten das Haus verlässt, das Gesicht strahlend vor Glück. Sie wird von einer Nachbarin aufgehalten, die quer über die Straße auf sie zueilt. Die beiden Frauen wechseln rasch ein paar Worte, dann gehen sie untergehakt weiter, was Sarah dazu zwingt, den Motor anzulassen und in die entgegengesetzte Richtung davonzufahren. Sie hat ihre Chance verpasst – Emily hat sich durchgesetzt.

Jetzt müssen sie beide die Konsequenzen tragen, ganz gleich, wie diese aussehen mögen.

17

JESSIE

Jessie starrt Adam an in der Hoffnung, dass die Worte, die so fröhlich aus seinem zu einem breiten Grinsen verzogenen Mund purzeln, ein Scherz sind.

»Das *kann* gar nicht stimmen, Adam. Dazu hattest du doch gar keine Zeit. Außerdem hättest du zuerst mit mir gesprochen, das *weiß* ich.« Sie zwingt sich zu einem Lächeln, das jedoch eher einer entsetzten Grimasse ähnelt. Sie spürt, wie Furcht in ihr aufsteigt, langsam, schleichend, bis in ihre Brust, dann läuft sie ihr wie ein eiskalter Schauer die Arme hinunter – nackte Panik, die sie unbedingt verbergen muss.

»Diesmal nicht, mein Schatz! Es ist alles organisiert. Ich würde wohl kaum mit den Jungs zum Junggesellenabschied nach Miami fliegen, wenn ich nicht wüsste, dass du auch die Gelegenheit hast, richtig zu feiern. Das wäre nicht fair, und deshalb habe ich die beste Frau auf diesen Job angesetzt. Tilly war überglücklich, als ich sie um Hilfe gebeten habe.«

»Ich wollte keinen Junggesellinnenabschied, Adam!« *Ach du lieber Himmel, das packe ich nicht!*

»Das weiß ich, aber genau das ist der Punkt!« Sein

Grinsen wird, wenn überhaupt möglich, noch breiter – der Gesichtsausdruck eines Mannes, der rundherum zufrieden mit sich selbst ist, was Jessies Blut endgültig zum Kochen bringt.

»Wen haben Tilly und du denn eingeladen?« *Er wird doch nicht etwa …*

»Das liegt doch wohl auf der Hand, Jessie: deine Mum, Lady C., deine Schwester, Annabel …«

Die weiteren Namen hört Jessie nicht, denn das Wummern ihres Herzens, das schmerzhaft gegen ihren Brustkorb hämmert, übertönt seine Worte.

Sie weiß, dass sie verraten wurde – und zwar ausgerechnet von dem Menschen, der ihr am meisten auf der Welt bedeutet. Adam weiß verdammt gut, dass sie niemals einen Junggesellinnenabschied für sich organisiert hätte, und sie ist überzeugt davon, dass er auch genau weiß, warum. Das ist seine Art und Weise, sie »in die richtige Richtung« zu stupsen, sie zu ermutigen, sich ihren Dämonen zu stellen, neue Freundschaften zu schließen und zu akzeptieren – vielleicht sogar zu *genießen* –, dass sie die beiden so unterschiedlichen Familien zusammenführen muss. Etwas Ähnliches hatte Adam schon seit Längerem im Kopf. Was nun dagegen in ihrem Kopf vorgeht, ist eine andere Geschichte – eine Geschichte, die kein gutes Ende nehmen wird. Wie sollte sie auch, wenn man darin Claire und Annabel in ein und denselben Raum packt, genau wie ihre Mum und Camilla? Die Vorurteile, die niemand sich trauen wird auszusprechen, werden wie eine giftige Wolke über dem Abend schweben und nach und nach alles verpesten.

Die ganze Mühe, die sie auf sich genommen hat, um

an dem Bild zu feilen, das die Leute sehen wollen, die Hintergrundgeschichte, die sie hören möchten – alles dahin aufgrund ein paar unseliger Telefonanrufe und einer heimlichen Verschwörung. Versucht Adam einfach nur, die Verlegenheit zu ignorieren, die ihr Gesicht jedes Mal mit einer tiefen Röte überzieht, wenn sie gezwungen ist zuzugeben, womit ihr Vater seinen Lebensunterhalt verdient hat oder in welcher Gegend sie aufgewachsen ist? Als sie sich vor zwei Wochen mit ihrer Familie getroffen hat, hat weder Mum noch Claire diesen Abend erwähnt. Tilly hat sie zu Stillschweigen verdonnert, daran besteht kein Zweifel. Doch was hat sich Adams Freundin bloß gedacht, als sie mit den beiden telefoniert hat? Eine schreckliche Vorstellung.

»Wann soll dieser Junggesellinnenabend denn stattfinden, Adam?« Ihre Stimme klingt kontrolliert, bedächtig, obwohl der Stressvulkan in ihrem Innern kurz vor dem Ausbruch steht. Vielleicht ist noch genügend Zeit, um aus der Sache wieder rauszukommen.

»Stell dir vor, schon *heute Abend* im Claridge's. Dort wirst du dich mit den anderen treffen, es ist alles arrangiert. Ich habe einen Wagen zu deiner Familie geschickt, der sie dorthin und später wieder nach Hause bringt, und einen separaten Raum für euch gebucht. Es gibt Cocktails, Canapés und so viel Champagner, wie zwanzig Frauen an einem Abend trinken können. Anschließend übernachtest du in einer der schönsten Suiten, damit du dich amüsieren kannst, ohne dir Gedanken über die Rückfahrt machen zu müssen. Tilly sagt, sie freuen sich alle riesig darauf!«

Tja, dann bildet Jessie wohl die Ausnahme. Sie weiß,

dass sie ein glückliches Lächeln aufsetzen sollte, aber das will ihr nicht gelingen. Wie kann sich jemand mit gesundem Menschenverstand auf heute Abend freuen? Es wird grauenhaft werden, absolut grauenhaft. Allerdings gibt es keinen Ausweg, daher tut Jessie das einzig Mögliche: Sie schlingt die Arme um Adam, bedankt sich so überschwänglich, wie sie kann, und stapft die Treppe ihrer eleganten Regency-Villa hinauf, um zu packen – so übel gelaunt, dass ihr sechzehnjähriges Selbst stolz auf sie gewesen wäre, würde man die Zeit zurückdrehen.

Als sie das Haus eine Stunde später verlässt, um die verhängnisvolle Fahrt nach London anzutreten, hält Adam sie an der Haustür auf. Er legt ihr fest die Hände auf die Schultern, dann drückt er ihr einen zärtlichen Kuss auf die Lippen.

»Glaub nicht, ich hätte keine Ahnung, wie viel Angst dir das macht, Jessie. Ich bin ja nicht blöd. Aber die Menschen sind netter, als du denkst, das sollte dir klar sein. Hab Spaß. Und jetzt ab mit dir, trau dich!«

Jessies Fahrer hält in der Brook Street in Mayfair direkt vor dem Haupteingang des Hotel Claridge's an und reiht sich in die lange Reihe eleganter, schwarzer Limousinen ein. Sie hat vor, noch einen Moment sitzen zu bleiben, um sich zu sammeln, sich ein letztes Mal Mut zuzusprechen, bevor sie die feindlichen Linien überschreitet, doch ein Empfangsportier im grauen Frack und Zylinder öffnet die Tür, stellt Blickkontakt her und reicht ihr die Hand, um ihr aus dem Wagen zu helfen. Sie schwingt ihre perfekt glatten Beine auf den Asphalt, ihre neuen goldenen Pailletten-High-Heels von Dior so ausbalancierend, dass sie beide genau gleichzeitig aufsetzen, dann folgt der Saum ihres schwarzen Seidenchiffonkleids von Carolina Herrera. Nachdem das geschafft ist, schwebt sie durch die Glasdrehtür in die berühmte Art-déco-Lobby aus den Zwanzigern mit den hohen, goldgerahmten Spiegeln über den Kaminen und dem schwarz-weißen Marmorfußboden im Schachbrettmuster, dann bleibt sie kurz stehen, um einzuchecken, bevor sie sich auf den Weg zu ihrer Suite macht.

Adam hat eine gute Wahl getroffen. Die von Diane von Furstenberg ausgestattete Grand Piano Suite ist sorgfältig durchdacht und von einer unaufgeregten Eleganz – das genaue Gegenteil von dem, wie Jessie sich im Augenblick fühlt. Der Loungebereich wird dominiert von einem großen Piano und Animalprints, übergroßen chinesischen Blumenbildern und sogar einer Cocktailbar. Die vorherrschenden Töne sind ein dunkles Schokobraun und Elfenbein mit Tupfern von Dunkellila und Flieder. Adam hat eine Flasche Laurent Perrier Rosé auf Eis bestellt, neben dem Glas liegt eine handgeschriebene Nachricht: »Sei brav!«. Jessie lässt den Korken knallen, schenkt sich ein und leert es in einem Zug, bevor sie sich nachfüllt. Der Abend heute wird ausgesprochen peinlich werden, so viel steht fest. Vielleicht macht der Champagner das Ganze ein kleines bisschen erträglicher.

19.10 Uhr. Sie sollte längst unten sein. Die anderen werden schon auf sie warten, aber die Vorstellung, die Suite zu verlassen, ist zu qualvoll. Am liebsten würde sie in das riesige Himmelbett aus gebleichter Eiche kriechen, sich die Diane-von-Furstenberg-Kaschmirbettdecke über den Kopf ziehen und dort bleiben, bis sie auch das letzte

Glas Champagner geleert hat. Aber sie muss hinuntergehen und sich bemühen, den Schaden zu begrenzen, den Claire und ihre Mutter vermutlich schon angerichtet haben. Außerdem muss sie versuchen, Freundschaften zu schließen, und dazu bietet ihr dieser Junggesellinnenabschied die perfekte Gelegenheit. Alle Frauen aus Adams Umfeld sind heute Abend hier versammelt, es gibt keinen besseren Zeitpunkt, um sie mit offenen Armen willkommen zu heißen – in der Hoffnung, dass sie in ihren Kreis aufgenommen wird.

Sie überlässt es dem Butler, ihr Gepäck auszuräumen – ein Vorteil, wenn man eine der besten Suiten des Hotels bucht –, und nimmt den Lift ins Erdgeschoss. Dort schlendert sie unter dem Originalkronleuchter von 1920 hindurch, vorbei an der geschwungenen viktorianischen Treppe, und lässt sich von der großartigen theatralischen Atmosphäre gefangen nehmen. Ihr Ziel ist die Fumoir Bar, die Adam exklusiv für den heutigen Abend reserviert hat.

Die stille Eleganz dieser Grande Dame unter den großen Hotels wird auf einmal von einem lauten Farbton zerstört, als auf der gegenüberliegenden Seite Claire in Jessies Blickfeld rückt – in dem orangefarbenen Kleid. Als sei der Anblick ihres voluminösen Leibs in der sprichwörtlichen Leberwurstpelle nicht peinlich genug, hat sie als Accessoire tatsächlich eine knallpinkfarbene Federboa gewählt. Das genügt, um Jessie auf der Stelle erstarren zu lassen. *Warum kann man sie nicht einfach rauswerfen?*, ist ihr einziger Gedanke, nein, ihre einzige Hoffnung. Jessies Blick fällt auf die Champagnerschale, die in der Faust ihrer Schwester steckt. Claire scheint sich wie zu Hause zu fühlen, als würde sie lediglich einen weiteren Abend von vielen im Claridge's verbringen. Offenbar ist sie sich nicht im Mindesten darüber im Klaren, dass sie aussieht wie eine verirrte Gratulantin vom Polterabend in der nächsten Eckkneipe. Ihre Mutter dagegen ist komplett in C&A von 1983 gekleidet. Sie trägt einen unmöglich geschnittenen mintgrünen Hosenanzug, der kurz über ihren Knöcheln endet und so abgetragen ist, dass er über dem Gesäß beult.

Camilla sitzt an der hufeisenförmigen Marmorbar und scherzt mit dem draufgängerischen italienischen Barkeeper, der ihr einen Cocktail mixt – wenn es ihm gelingt, den Blick lange genug von ihr loszureißen, um sich auf seinen Job zu konzentrieren. Ihre luxuriöse karamellfarbene Max-Mara-Hose ist bis zur Taille geschnitten und betont ihre bemerkenswerte, dem Reiten geschuldete Figur. Eine lockere cremefarbene Seidenbluse, ein Armband aus Roségold sowie butterweiche Lederloafers von Jil Sander machen den lässig-modernen Look komplett, der sich perfekt in dieses elegante Umfeld einfügt.

Jessie sieht, dass ihre Mutter einen Drink in der Hand hält, und ist erleichtert darüber, dass sie wenigstens nicht Zeugin werden muss, wie diese auch hier das übliche Gebräu aus Rotwein und Limo bestellt, das sie so liebt. Sie kann sich gut vorstellen, was sich der Barmann, der gerade Camillas Handrücken küsst, denken würde. Alles an ihrer Mum ist peinlich und völlig fehl am Platz, während die fachmännisch aufpolierte Schar junger Frauen, die sich an der Bar tummeln, allesamt schlank und feingliedrig, leicht gebräunt und mit teuren Balayage-Highlights ausstaffiert ist. Sie plaudern über Dinge, von denen

Margaret nichts versteht – Mode, Immobilien, Reisen und ihresgleichen. In einem Akt sozialer Selbstverteidigung zieht sich Margaret in eine Ecke zurück. Jetzt sieht sie aus, als würde sie nur darauf warten, dass alle gehen, damit sie die Tische abräumen kann. *Vielleicht ist es das Beste für sie, wenn sie dort bleibt, bis das Ganze hier vorbei ist,* denkt Jessie.

Wohin sie auch schaut, fällt ihr Blick auf teure, üppig verzierte Clutches, die an zarten Handgelenken baumeln und das Licht der Kristalllampen auf den Tischen widerspiegeln, während auf dem auf Hochglanz polierten Hartholzboden schwindelerregend hohe Heels aus Schlangenleder, roséfarbenem Velours oder mit Nietenverzierung miteinander wetteifern. Allem Anschein nach hat jede dieser Frauen – mit zwei offensichtlichen Ausnahmen – eine ordentliche Summe für einen vorherigen Besuch beim Hairstylisten hingeblättert. Zu reich oder zu beschäftigt, um sich selber die Haare zu waschen, haben sie ihre glänzenden Locken mit glitzernden Ohrringen aufgepeppt oder zurückstecken lassen, um ihre langen, schlanken Hälse zur Geltung zu bringen. Die Dekolletés sind mit Highlighter von Tom Ford optimal in Szene gesetzt. Jessie ist sich sicher, dass man bei keiner von ihnen auch nur ein einziges gesplissenes Haar findet. Auf den auberginefarbenen Samt-Bucket-Chairs liegen Jacken mit Pelzbesatz, deren Besitzerinnen es nicht zu interessieren scheint, ob sie am Ende des Abends noch da sind. Alle unterhalten sich prächtig. Ein ausgesprochen gut aussehender Kellner dreht mit Canapés, die doch niemand isst, die Runde – nicht mal Claire greift zu. Stattdessen bedient sie sich aus dem silbernen Schälchen mit

Nüssen auf dem Tisch, den sie ganz allein für sich beansprucht.

»Da kommt sie – unser Ehrengast!« Tilly hat Jessie entdeckt und eilt schnurstracks auf sie zu. Auf Margarets Gesicht tritt augenblicklich ein Ausdruck der Erleichterung – ihre Tochter ist endlich da, um sie zu retten. Sie möchte nicht den Rest des Abends in der Ecke verbringen, von einem Fuß auf den anderen treten, den Blick auf ihr Glas gesenkt, und sich fragen, was um alles auf der Welt sie mit sich anfangen soll. Aus dem Augenwinkel sieht Jessie, wie sie aufgeregt in ihrer Handtasche wühlt und etwas hervorholt, das … Um Himmels willen, was ist das? Margaret zieht ein Spruchband aus Folie aus ihrer grauen Einkaufstasche, auf dem Jessie die Worte *Jessies Weiber on Tour!* erkennen kann. Mein Gott, sie hat sich sogar die Mühe gemacht, den Mist für Jessie höchstpersönlich anfertigen zu lassen. Was für eine Vorstellung, in einer der schönsten historischen Bars von ganz London zu stehen, mit einem geschmacklosen Plastikspruchband um den Körper, als würde sie in einer abgenudelten Kneipe billige Cocktails mit einem penisförmigen Plastikhalm schlürfen. Sie sieht ihrer Mum streng in die Augen, die Lippen zu einer schmalen Linie verkniffen, und schüttelt unauffällig den Kopf, bis sie sieht, dass Margaret den albernen Plunder entschuldigend zurück in ihre Handtasche stopft.

Im nächsten Moment ist Jessie umgeben von einer Wolke teuren Parfüms und aufgeregten Hallo-Rufen.

»Ist das nicht herrlich?«, kreischt Tilly. »Adam ist wirklich ein Schlitzohr – du hast absolut nichts mitbekommen, oder?«

»Nein, ganz und gar nicht.« Jessie versucht, entspannt zu wirken, während sie hektisch den Raum scannt.

»Ich glaube, du kennst alle«, fährt Tilly fort und fängt an, sie den Gästen vorzustellen. »Carine und Pandora sind mit Adam zur Schule gegangen. Amber arbeitet mit ihm, und Anya und Delphine kennen ihn von der Universität. Sie sind gemeinsam in den Skiurlaub gestartet, und zwar nicht nur einmal. Solltest du also hinter schmutzigen Geheimnissen her sein – sie kennen sie alle! An Annabel erinnerst du dich sicher von der Jagd bei den Beauforts. Ihr habt euch doch bestimmt schon unterhalten – sie arbeitet als persönliche Assistentin der Chefredakteurin von der *Brides*. Wie du sicher weißt, wird das Magazin über eure Hochzeit berichten – warum auch sollten sie sich das entgehen lassen?«

»Ja, das ist richtig«, bestätigt Jessie mit einem schwachen Lächeln. Annabel sagt gar nichts, anscheinend hält sie es für unter ihrer Würde, mit Jessie zu reden.

Tilly fasst Jessie am Arm und führt sie weiter zu den anderen Gästen. Als Annabel außer Hörweite ist, flüstert sie Jessie ins Ohr: »Es bringt sie um, dass du Adam heiratest, das weißt du, oder? Darf ich dir einen Rat geben? Sei so nett zu ihr, wie es eben geht. Sie ist unglaublich hochnäsig und hält sich selbst für ungeheuer wichtig. Doch du hast etwas, das sie unbedingt haben möchte, aber niemals haben kann, Jessie. Du hast uns einen riesigen Gefallen getan, weil du sie endlich in ihre Schranken gewiesen hast, zumindest vorübergehend.«

Dem Himmel sei Dank, dass es Tilly gibt. Die einzige Person, die in Jessies Augen zumindest ansatzweise menschlich auf Jessie wirkt, die Einzige, die sich bemüht, ihr zu helfen. Kein Wunder, dass Adam so viel Zeit mit ihr verbringt. Sie kann ihr noch nützlich sein, denkt Jessie, es ist wichtig, dass sie sich Tilly warmhält, nicht zuletzt, weil Camilla ihr dazu geraten hat. Die Tatsache, dass sie sich mit Jessies Familie auseinandersetzen musste, um den heutigen Abend zu organisieren, und trotzdem noch mit Jessie spricht, ist eine gewaltige Überraschung.

Was Annabel betrifft, so hat Jessie schon bemerkt, wie diese sie bei den wenigen Gelegenheiten, bei denen sie einander begegnen, anstarrt. Als könne sie einfach nicht begreifen, wie Adam jemanden wie Jessie ihr vorziehen kann. Für gewöhnlich bekommt Annabel alles, was sie will, warum also nicht ihn? Als Jessie hinter ihr herschlendert, hört sie, wie sie der Frau, die neben ihr steht, ins Ohr zischt: »Wer ist denn das?« Sie sieht direkt Jessies Mum an, die sich immer noch allein in der Ecke herumdrückt.

»Wenn mich nicht alles täuscht, spüre ich die statische Aufladung des Polyesteranzugs bis hier drüben!« Die beiden Frauen kichern verächtlich.

Jessie weiß, dass sie ihre Mum verteidigen, dass sie auf der Stelle kehrtmachen und die beiden in Verlegenheit bringen sollte. Aber sie ist selbst viel zu verlegen, und außerdem winkt Camilla sie in diesem Moment zu sich an die Bar. Sie tut so, als habe sie Annabels Bemerkung nicht gehört, und bahnt sich den Weg durch die Menge zu Camilla, wobei sie Wangenküsse mit Frauen austauscht, die sie kaum kennt, ein Auge stets auf ihre Mutter gerichtet, die sich ganz und gar nicht wohlzufühlen scheint.

Kurz bevor sie die Bar erreicht, fasst Claire sie grob am Arm.

»Ich weiß, dass du jede Menge Leute begrüßen musst, Jess, aber Mum steht ganz allein dort drüben und wartet auf dich.«

»Ich sage nur schnell Adams Mum Hallo, dann bin ich bei ihr. Könntest du dich solange um sie kümmern, Claire? *Tolles* Kleid übrigens.« Jessie kann einfach nicht an sich halten, auch wenn sie weiß, wie bösartig ihr spöttischer Kommentar ist.

Claire steht einen Augenblick lang reglos da, anscheinend überlegt sie, warum sie so fertiggemacht wird, dann tritt Zorn auf ihr Gesicht.

»Sei nicht so ein Miststück, Jess«, faucht sie. »Ich würde gern sagen, das passt nicht zu dir, aber ich denke, du hast gerade eben das Gegenteil bewiesen.«

»Im Ernst, Claire, hältst du dein Outfit tatsächlich für angemessen?« Die monatelange Sorge und die nervenaufreibenden Bemühungen, aus dem grauenvollen Moment, in dem ihre Familie auf die von Adam trifft, eine gelungene Begegnung zu machen, drohen sie plötzlich zu erdrücken. »Weißt du eigentlich, wo du bist? Sieh dich doch mal um, Claire. Entdeckst du hier außer dir irgendwen, der gekleidet ist wie ein Barflittchen?«

»Du miese Kuh! Wir sind nur deinetwegen hier, weil das dein ganz besonderer Abend ist. Und das ist der Dank dafür?« Jessies kränkende Bemerkung ist nicht das, was sie schmerzt, denn davon hat Claire in ihrem Leben schon so einige einstecken müssen – es ist Jessies Überheblichkeit, die sie schier umbringt.

»Hast du nicht irgendetwas anderes zum Anziehen, Claire? *Irgendetwas,* das nicht ganz so billig aussieht?« Jessie hat die Grenze überschritten. Jetzt gibt es kein

Zurück mehr, aber Claire hat nicht vor, sich kampflos zu ergeben.

»Mich führst du nicht an der Nase herum, Jess. Ich sehe doch, wie sehr du dich anstrengst, all diese Leute zu beeindrucken, die du kaum kennst. Du hast dich verändert, siehst anders aus, klingst anders – weil du dich verzweifelt darum bemühst dazuzugehören, nicht wahr? Aber du bist keine von denen, Jess. Ganz egal, wie reich du bist, und das weißt du auch. Keine von den Weibern würde dich auch nur eines Blickes würdigen, wenn du nicht mit Adam verlobt wärst.«

»Halt die Klappe, Claire!«

»Was zum Teufel ist denn hier los?« Jetzt taucht Margaret an ihrer Seite auf und versucht, die beiden davon abzuhalten, den Abend zu ruinieren.

»Anscheinend sehe ich grauenhaft aus und muss mich umziehen«, blafft Claire.

»Sagt wer?« In Margarets Gesicht spiegeln sich Schmerz und Verwirrung.

»Das sage ich! Sieh sie doch an, Mum, das ist total peinlich!« Trotz ihrer schier übermenschlichen Anstrengung, ihre Wut im Zaum zu halten, wird Jessies anklagende Stimme ein wenig zu laut und schrill. Schon drehen sich mehrere Köpfe in ihre Richtung.

»Könntet ihr es nicht einfach gut sein lassen, ihr zwei? Wir sind hier, um einen schönen Abend zu verbringen, und ich möchte nicht, dass ein kleiner Streit alles ruiniert. Bitte.« Margaret legt jeder ihrer Töchter eine Hand auf die Schulter und versucht, ihrem Unmut die Schärfe zu nehmen.

»Sie soll sich gefälligst umziehen!« Jetzt, da sie so

weit gegangen ist, kann Jessie keinen Rückzieher mehr machen, nicht bevor sie erreicht hat, was sie will.

»Lass es gut sein, Jessica.« Margarets legendäre Geduld scheint sich zu erschöpfen.

»Warum sollte ich? Sieh doch nur, wie sie rumläuft.« Schon als die Worte aus ihr heraussprudeln, weiß Jessie, dass sie sie später bereuen wird.

In Margarets Gesicht verändert sich etwas. Jegliches Verständnis, das sie für Jessica aufgebracht haben mag, löst sich mit einem Schlag in Luft auf. Sie wird nicht in dieser Bar stehen und zusehen, wie ihre Töchter aufeinander losgehen.

»Jessica, ich fürchte, du kannst nicht alles um dich herum kontrollieren. Du kannst den Leuten nicht vorschreiben, was sie anziehen sollen. Ich wüsste gern, wie du dich fühlst, wenn Adam das mit dir machen würde.«

»Nun, das muss er nicht, das ist nämlich nicht nötig. Anders als Claire habe ich Geschmack … und ich habe nicht den Umfang eines Familien-Vans.«

»Nein, das hast du nicht, aber dafür bist du ein eingebildetes Miststück, das sich für etwas Besseres hält. Ich bin lieber ein bisschen dicker, als so zu sein wie …«

»Das glaubst du doch selbst nicht!«

»Schluss jetzt!« Margarets erhobene Stimme hat die Frauen neben ihnen verstummen lassen. Jetzt starren sie die kleine Gruppe mit unverhohlenem Interesse an. »Ich werde euch nicht beim Streiten zuhören. Seit fast vierzig Minuten habe ich in der Ecke da drüben gestanden und darauf gewartet, dass du zu mir kommst und mich begrüßt, Jessica. Ich habe gehofft, du würdest mich Adams Mum und ein paar von deinen Freundinnen vorstellen, aber das hast du nicht getan. Daher gehe ich davon aus, dass ich dir peinlich bin, und da das tatsächlich der Fall zu sein scheint, werde ich jetzt besser gehen.« Die letzten Worte stößt Margaret unter Tränen hervor, dann senkt sie den Kopf und eilt Richtung Ausgang.

»Such dir eine andere Brautjungfer, Jess. Vielleicht eine von den dürren Schlampen, die dich gerade ungeniert angaffen und sich fragen, wer dieser Abschaum ist, der sich da in ihre erlesenen Kreise drängt.«

Jessie sieht den beiden hinterher. Auf dem Weg hinaus kommt Claires Hintern einem Tisch voller Getränke gefährlich nahe.

Jessie wirft einen Blick auf Camilla. Offenbar hat sie die ganze unglückselige Szene verfolgt, tut nun so, als habe sie nichts davon mitbekommen, und wendet sich wieder dem glücklichen Barkeeper zu. Anscheinend ist das Ganze weit unter ihrer Würde.

Jessie ist fest entschlossen, jemand anderem als sich selbst die Schuld an dieser peinlichen Situation in die Schuhe zu schieben, außerdem nimmt sie den schadenfrohen Ausdruck auf Annabels Gesicht wahr. Also knöpft sie sich Annabel vor.

»Ich weiß, dass Adam dir einen Exklusivbericht über unsere Hochzeit in der nächsten Ausgabe zugesichert hat, Annabel …« Sie tritt ganz nah an sie heran, dringt in ihre persönliche Komfortzone ein und zwingt sie, einen kleinen Schritt zurück zu machen.

»Ähm, ja. Wir haben das schon vor Monaten besprochen, die Seiten sind geplant. *Adam* ist sehr glücklich damit.« Selbst jetzt noch kann sie ihr hämisches Grinsen nicht verbergen.

»Nun, ich fürchte, ich bin alles andere als glücklich damit«, entgegnet Jessie bissig. »Ich möchte nicht, dass über unsere Hochzeit berichtet wird – es tut mir leid, Annabel, aber du wirst dich wohl um Ersatz bemühen müssen.« Das Gefühl der Überlegenheit gewinnt die Oberhand, und auf Jessies Gesicht tritt ein sarkastisches Grinsen, etwa im selben Moment, wie Annabels Mundwinkel herabsacken.

Zufrieden darüber, ihr den Todesstoß versetzt zu haben, nimmt sich Jessie einen Drink von einem Tisch in der Nähe, stürzt ihn in einem Zug hinunter und eilt zur Bar, während sie sich insgeheim bereits fragt, wie um alles auf der Welt sie Adam beibringen soll, dass der so sorgfältig zu ihren Ehren geplante Abend so schnell zum Desaster werden konnte.

18

HELEN

Ich warte auf dich. Zwischen den Zeiten. Irgendwo. Ganz in der Nähe. Gleich um die Ecke.

Helen hat diese Zeilen heute Abend wohl hundertmal gelesen. Phillip hatte sie nicht allein lassen wollen. Und als er wusste, dass das Ende nah war, hatte er ihr mit diesen Worten klarmachen wollen, dass er für immer bei ihr bleiben würde. Was also tut sie da gerade, als sie all ihre besten Sachen aus dem Kleiderschrank nimmt, um für *einen anderen Mann* attraktiv auszusehen?

Die Worte, die Helen so lange Zeit Trost geschenkt haben, lassen sie jetzt zögern. War das Phillips Art und Weise, ihr zu sagen, er möchte nicht, dass sie Glück in den Armen eines anderen findet? Wie kann das sein? Doch … tatsächlich, er ist noch immer bei ihr. Täglich stattet sie ihren Erinnerungen einen Besuch ab, hält mit ihren routinierten Handlungen ein schmerzhaftes Andenken an ihn aufrecht. Doch jetzt, allein in ihrem Schlafzimmer, das Hochzeitskleid an der Bilderschiene an der rückwärtigen Wand, hinterfragt Helen Phillips Motive. Was hat er tatsächlich von ihr erwartet?

Während sie Kleid für Kleid mit der Geschwindigkeit

und Konzentration einer geübten Schnäppchenjägerin auf der Metallstange zur Seite schiebt und dabei eins nach dem anderen verwirft, kehrt Helen in Gedanken zu jenem grauenhaften Sonntagnachmittag zurück. Sie saß stundenlang neben ihm auf dem Bett, voller Angst, ihn auch nur für einen einzigen Moment allein zu lassen für den Fall, dass er genau dann von ihr gehen könnte. Es war ein strahlend schöner Tag, doch sie hatte die Vorhänge schließen müssen, da das helle Sonnenlicht Phillip zum Blinzeln brachte und ihn zwang, unbehaglich den Kopf abzuwenden. Helen streichelte ihm sanft die Stirn, strich ihm zärtlich die Haare aus dem Gesicht und küsste vorsichtig seine Wange und seinen Handrücken, wohl wissend, dass es das letzte Mal sein könnte, dass sie seine warme Haut unter ihren Lippen spürte. Ein ganzes Leben voller Liebe strömte aus ihr heraus und floss in ihn über.

Sie las ihm die Zeitung vor – wobei sie die sechs Seiten über den Tod seiner Lieblingssängerin Whitney Houston ausließ –, und erzählte ihm den neuesten Klatsch und Tratsch aus der Nachbarschaft. Dann faltete sie die Zeitung ordentlich zusammen, legte sie auf den Fußboden und hielt seine Hand, bis sie in ihrer kalt wurde – ein letzter Akt der Liebe als seine Ehefrau und ergebene Pflegerin. Anschließend schmiegte sie sich noch einmal an ihn, nahm dann einen seiner Arme und legte ihn auf ihren Rücken. Es kam ihr damals nicht seltsam vor, vielmehr wie ein intimer gemeinsamer Augenblick, bevor die Anrufe getätigt werden mussten und der Leichenbeschauer sowie Phillips Hausarzt eintrafen. Bevor sie voller Panik die Schlafzimmerfenster öffnete, da sie die

Präsenz des Todes nicht länger ertragen konnte, die sie zu verschlingen drohte.

Und jetzt ist sie hier, ein tränenüberströmtes Wrack, und Roger wird in einer halben Stunde bei ihr sein. Sie ist noch nicht angezogen. Mental fühlt sie sich noch nicht bereit für ihr erstes Date. Sie verflucht sich, weil sie sich nicht woanders mit ihm verabredet hat – das hätte ihr zumindest die Gelegenheit gegeben, gar nicht erst aufzukreuzen. Doch so wird er triumphierend auf ihrer Schwelle stehen, und sie wird in BH und Höschen durch den Briefschlitz schreien, dass er verschwinden soll.

Na schön, jetzt entscheide wenigstens, was du anziehen möchtest, der Rest ergibt sich hoffentlich von selbst – so oder so, denkt Helen. Sie war der Ansicht, sie hätte das perfekte Outfit zusammengestellt – ein hübsches dunkelrosa Kleid mit raffinierten Nähten und asymmetrischem Kragen –, doch jetzt fällt ihr ein, dass sie das Kleid bei der Geburtstagsparty eines engen Freundes von Phillip getragen hat. Phillip und sie hatten sich königlich amüsiert, während er sie zu einer endlosen Folge von Duran-Duran-Songs über die Tanzfläche gewirbelt hatte. Phillips Lieblingskleid scheidet ebenfalls aus – ein Modell mit einem grafischen Blumenmuster und raffinierten Schlitzen im Stil der Siebzigerjahre –; Helen hat es bei unzähligen Dates mit Phillip getragen. Sie sieht sie beide vor sich, bei einem spontanen Wochenendausflug an die Küste von Cornwall, wie sie am Strand sitzen, bis die Sonne ihre leuchtend rosa Arme über den Himmel streckt und Phillip Helen an sich drückt.

Alles, was sie besitzt, ist voller Erinnerungen an ihn, doch endlich entscheidet sie sich für ein bequemes dunkelblaues Samtkleid mit geknöpften Ärmeln und hochgeschlossenem Kragen. Es ist elegant, nicht verführerisch. Tailliert, aber nicht figurbetont. Eher schlicht als raffiniert.

Was würde Phillip denken, wenn er sie jetzt sehen könnte? Ob er sich für sie freuen würde? Wäre er eifersüchtig? Würde sie ihm das Herz brechen? Auf den Rat lieber Freunde hatte sich Helen nach Phillips Tod unbezahlten Urlaub genommen, bevor sie den Entschluss fasste, das gemeinsame Haus in Bristol zu verkaufen und die Boutique in den Cotswolds aufzuziehen. Doch bei den seltenen Gelegenheiten, zu denen sie sich hinauswagte, schienen sich ebenjene Freunde genauso unbehaglich zu fühlen wie sie, wenn sie auf den leeren Stuhl neben Helen blickten, den niemand zu besetzen vermochte. Sie war nicht länger die Hälfte eines Ganzen, und niemand wusste, was man dagegen tun konnte – am wenigsten sie selbst. Und so arbeitete sie sich Schritt für Schritt durch sämtliche Stadien der Trauer – angefangen bei Verleugnung über Wut bis hin zur Depression.

Irgendwer hatte ihr den wohlmeinenden Rat gegeben, monatelang jeden Tag »drei Dinge, die mir heute gut gelungen sind« aufzuschreiben, sogar wenn am Ende bloß so etwas wie »Ich habe mir die Haare gewaschen« oder »Ich habe mir ein Sandwich gemacht« auf dem Papier stand. Angeblich half das, aus der banalen Routine des Alltags Trost zu schöpfen. Helen las jeden Artikel zum Thema »Emotionale Zugänglichkeit«, den sie finden konnte, um zu unterscheiden, ob sie an »Paralyse durch Analyse« litt oder schlichtweg zu sehr in ihrer Angst vor einem erneuten Verlust gefangen war, um wirklich nach vorn blicken zu können. Sie hatte diese Mischung aus Furcht und Zorn immer dann empfunden, wenn sie über eines der vielen losen Enden stolperte, die Phillip ihr hinterlassen hatte. Ausgefranst und schutzlos offen liegen sie nun da, während sie mit ihm einst zu einem stabilen »Wir« verknüpft waren. Ohne ihn weiß Helen nicht, wohin.

Doch sie ist clever, sie hat ihre Hausaufgaben gemacht, hat den Theorietest bestanden. Jetzt ist es Zeit loszulassen, das weiß sie. Wenn sie ehrlich zu sich selbst ist, was den heutigen Abend angeht, dann erkennt sie die schlichte Wahrheit: Sie hat Angst. Angst, dass Roger sie für langweilig halten wird, Angst, dass ihnen der Gesprächsstoff ausgeht oder dass sie emotional wird. Aus Frauenmagazinen kann man viele Dinge lernen, doch leider nicht, wie man bei einem Date gut ankommt, wenn man innerlich schlottert vor Angst.

Es klingelt, was in Helens Magen das Gefühl auslöst, als würden hundert Schmetterlinge gleichzeitig aufflattern und miteinander kollidieren. *Du weißt nicht, was passiert, wenn du deinem Herzen gestattest, sich einen kleinen Spalt zu öffnen,* denkt sie, während ihre Hand über dem Türknauf schwebt. Im Augenblick würde sie alles dafür geben, um ihrer Einsamkeit zu entkommen.

Roger steht vor der Tür, in einem eleganten Anzug mit Krawatte, von einem Ohr zum anderen strahlend, eine rote Rose in der Hand. Helen krümmt sich innerlich, denn diese Förmlichkeit führt ihr allzu deutlich vor Augen, wie ernst er ihre Verabredung nimmt. Sie hat auf ein gemütliches Abendessen im Pub gehofft, etwas ohne viel Aufhebens, doch als Roger nun ihre Hand küsst und ihr sagt, wie schön sie aussieht, wird ihr klar, dass das eher nicht der Fall sein wird.

»Ich habe einen fantastischen Tisch bei Sotheby's reserviert – für Sie nur das Beste, Helen.« Roger zwinkert ihr zu und sieht sie erwartungsvoll an.

Sie weiß, dass sie beeindruckt sein sollte, aber sie hat von einigen ihrer Kundinnen gehört, wie spießig es dort ist und wie langsam der Service. Eines jener Restaurants, das einem für Fish & Chips ein Vermögen in Rechnung stellt, weil das, was auf dem Teller liegt, so gar nicht nach Fish & Chips aussieht. *Was für eine ungeschickte Wahl für ein erstes Treffen,* denkt Helen und stellt sich vor, wie sie beide stundenlang an einem Tisch mit weißer Tischdecke und Silberbesteck hocken, dazu verdammt, nicht lauter als im Flüsterton miteinander zu sprechen. Das will Helen auf keinen Fall über sich ergehen lassen.

»Lassen Sie mich ehrlich sein, Roger. Es tut mir leid, wenn ich Ihre Pläne über den Haufen werfe, aber würde es Ihnen etwas ausmachen, wenn wir heute Abend eher in der Nähe bleiben? Ich habe morgen einen vollen Terminkalender, deshalb wäre mir etwas weniger Aufwendiges lieber. Ich würde zum Beispiel sehr gern einfach in den Pub ein Stück die Straße hinauf gehen.«

»Oh, tatsächlich? Dort könnte es am Wochenende allerdings etwas lautstärker zugehen. Ich möchte nicht, dass Sie sich unwohl fühlen …«

»Es wäre mir lieber, ehrlich. Ich hoffe wirklich, es macht Ihnen nichts aus.«

»Na schön. Meine Brieftasche wird es ohnehin besser finden!« Kaum hat er die Worte ausgesprochen, verzieht er voller Reue das Gesicht. Es mag in Ordnung sein, so etwas zu denken, aber es ist kein guter Start für ein Date, schon gar nicht für Helen. Sie findet es ohnehin schrecklich, dass er bezahlt, denn es verleiht ihr das Gefühl, ihm verpflichtet zu sein, noch bevor sie überhaupt in die Speisekarte geschaut hat. Sie hätte sich gefreut, wenn er später am Abend nach dem einen oder anderen Glas Rotwein dezent die Rechnung beglichen hätte, doch Roger hat seine Absichten zu früh kundgetan.

Der Pub ist genau das, was Helen sich vorgestellt hat – die Sorte Lokal, die man sich für einen Wochenendausflug aufs Land vorstellt: gemütliche Sitzgelegenheiten, niedrige Decken, große Steinplatten auf dem Boden, Regale voller Bücher und – das ist das Wichtigste – eine absolut entspannte Atmosphäre, dank einiger Wochenendausflügler, die begeistert darüber sind, ihre Laptops zuklappen und sich einem schönen Ale aus der Region widmen zu können. Doch Roger versucht immer noch, ihr zu demonstrieren, dass er weiß, wie sich ein Gentleman benimmt. Er öffnet Helen jede Tür, die er nur finden kann, und tritt mit großem Getue einen Schritt zurück, um sie vorangehen zu lassen.

»So, suchen wir Ihnen jetzt mal einen Platz, dann gehe ich zur Bar. Einen Weißwein für Sie, nehme ich an?«

»Ich hätte lieber einen Gin Tonic«, erwidert Helen, die den dringenden Wunsch nach etwas Stärkerem verspürt.

Als Roger an der Bar steht, betrachtet sie nachdenklich seinen Rücken. Wie anders er doch ist! Er kommt ihr älter vor als Phillip, körperlich und emotional. Der Anzug ist ihm etwas zu groß; er ist kleiner und schmaler als Phillip. Sie weiß, dass das ein ausgesprochen kleinlicher Gedanke ist, doch während alle anderen ganz entspannt in Jeans und karierten Sakkos am Tresen stehen, wirkt Roger so, als käme er gerade von einer Firmenkonferenz.

»Bitte sehr!« Roger stellt ein Glas Weißwein vor Helen. Sie zögert einen Moment, überlegt, ob sie ihn auf seinen Fehler hinweisen soll, doch sie entscheidet sich dagegen, entschlossen, diesen Abend so unkompliziert wie möglich zu halten.

»Sie haben Irene ja ordentlich heruntergeputzt!«

Bei der ganzen Panik wegen des Dates hat Helen den Zwischenfall im Dorfladen völlig vergessen, doch nun fällt ihr wieder ein, wie Roger überhaupt zu dieser Verabredung gekommen ist. Und dass sie sich immer noch bei ihm entschuldigen muss.

»Tatsächlich war ich auf dem Weg zu Ihnen, Roger. Ich wollte mich bei Irene nach Ihrer Adresse erkundigen, um mich für mein ausgesprochen unhöfliches Verhalten zu entschuldigen, als Sie so plötzlich in der Boutique aufgetaucht sind.«

»Schon gut. Denken Sie sich nichts dabei.« Er winkt ab, um ihr zu bedeuten, dass sie einfach darüber hinweggehen und sich lieber weiter unterhalten sollen – vermutlich möchte er nicht an die unangenehme Situation erinnert werden oder aber das Gefühl verlieren, zumindest heute Abend alles im Griff zu haben.

»Ich hoffe, Sie können mir verzeihen. Ich konnte einfach nicht klar denken, und Sie haben mich auf dem völlig falschen Fuß erwischt. Es tut mir leid, ich wollte Sie wirklich nicht brüskieren.«

»Ich hatte ohnehin so ein Gefühl, dass Sie Ihre Meinung ändern würden, also Schwamm drüber.« Roger erkennt die Zusammenhänge nicht, ihm ist nicht klar, dass

Helen nicht zu ihm wollte, um seine Einladung anzunehmen, sondern um sich zu entschuldigen. »So wie es aussieht, brummt das Geschäft. Wie schaffen Sie das alles, so ganz allein?«

»Nun, mir bleibt keine Wahl. Ich bin nun mal allein, also muss ich das Beste daraus machen. Doch um ehrlich zu sein, mag ich es so. Ich liebe es, mein eigenes Unternehmen zu führen. Für mich ist das eine ganz neue Herausforderung seit dem Tod meines Mannes. Aus der Hausfrau ist in Windeseile eine Geschäftsfrau geworden, und ich bin stolz, behaupten zu können, dass es läuft. Ich liebe es, mit Designern zu verhandeln und jeden Tag Zeit mit all den strahlenden jungen Frauen zu verbringen.«

»Wer sind Ihre Berater? Sie müssen doch jemanden haben, der Ihnen in all den geschäftlichen Belangen zur Seite steht?«

Helen weiß, dass Roger es gut meint – er betreibt Konversation, zeigt Interesse –, dennoch ist seine Frage unterschwellig sexistisch, sodass sie Mühe hat, ihm eine Antwort zu geben, die nicht streitlustig klingt.

»Wie ich schon sagte: Ich betreibe meine Boutique allein.« Sie nimmt einen großen Schluck Wein und lässt ihn ihre Kehle hinabrinnen, damit er ein wenig von der Gereiztheit hinunterspült, die in ihr aufsteigt.

»Nun, ich habe in geschäftlichen Dingen ein wenig Erfahrung – Sie können mich gern fragen, sollten Sie etwas besprechen wollen. Allerdings bin ich mir nicht sicher, ob ich Ihnen in dieser speziellen Sache eine große Hilfe sein kann – die Feinheiten der Mode sind wohl eher weibliches Terrain!«

Spätestens an dieser Stelle beginnt Helen das, was aus

Rogers Mund kommt, auszublenden. Sie müssen ihre Bestellung aufgeben, und sie wirft einen Blick auf das jüngere Paar am Nachbartisch, das offenbar ein Wochenende ohne die Kinder genießt. Statt einander am Tisch gegenüberzusitzen, haben sie sich so dicht nebeneinandergekuschelt, als würden sie zusammenkleben. Helen beugt sich vor und erkundigt sich, was sie bestellt haben – das Essen sieht köstlich aus. Schon bald sind die drei in ein Gespräch vertieft; Helen schlägt den beiden ein paar Orte in der Umgebung vor, die sie unbedingt besuchen sollten. Roger beteiligt sich nicht an der Unterhaltung, und Helen hat das Gefühl, er ist ein wenig beleidigt, weil er sich ihre ungeteilte Aufmerksamkeit wünscht – oder sogar erwartet.

Auch im weiteren Verlauf des Abends bemüht er sich, ihr bei allem zu helfen: beim Aufstehen, beim Hinsetzen, beim Bestellen – er schirmt sie sogar mit seinem eigenen Körper ab, wenn es zu voll wird und die Gäste gegen ihre Stuhllehne stoßen und Bier auf den Boden verschütten. Das ist zu viel für Helen. Sie ist es gewohnt, allein zurechtzukommen, auf sich selbst aufzupassen, sie ist kein unmündiges Kleinkind, das man keine Sekunde lang aus den Augen lassen darf. Dass Roger die Rolle des Beschützers übernimmt, *weil die Dame es liebt, dass man sich um sie kümmert,* dreht ihr insgeheim den Magen um. Sie ertappt sich dabei, Dinge zu tun, die so gar nicht zu ihr passen, nur damit sie seine vorgefassten Meinungen erschüttern kann. Als er sich umständlich entschuldigt, um die Toilette aufzusuchen, geht sie zur Bar und ordert eine weitere Getränkerunde, obwohl sie ihre Gläser noch gar nicht geleert haben. Es ist ihre Art und

Weise zu zeigen, dass er ihr nicht den Verlauf des Abends vorzuschreiben hat, nur weil er für das Essen bezahlt. Wenn sie etwas zu trinken bestellen möchte, dann tut sie das, und daran wird sie kein überholter Verhaltenskodex hindern. Sie bleibt ein bisschen länger als nötig an der Bar stehen und lacht mit dem Barmann über einen Scherz, wobei sie ihre fast schon in Vergessenheit geratenen Flirtfähigkeiten ausgräbt – gerade so lange, bis Roger zurückkehrt. Er soll sehen, dass sie eine kompetente Frau ist. Nicht *seine* Frau.

Vielleicht liegt es am Wein oder an der Gesellschaft oder an beidem, dass sie ihre unbeschwerte Seite wiederentdeckt, doch eines weiß sie mit Sicherheit: Aus Roger und ihr wird sich niemals eine romantische Verbindung entwickeln, und vielleicht ist genau das der Grund dafür, dass Helen so locker ist. Sie findet zu ihrem Humor zurück, fühlt sich wieder als attraktive, faszinierende Frau, die der Welt so viel mehr zu bieten hat als wunderschöne Brautkleider.

Als sich der Abend dem unvermeidlichen Ende entgegenneigt – Roger flüstert Helen laut über den Tisch hinweg zu: »Ich will nichts davon hören, dass Sie sich an der Rechnung beteiligen möchten, Helen, damit könnte ich wirklich nicht leben!« –, fühlt sich Helen endgültig bevormundet. Unweigerlich schweifen ihre Gedanken zu ihrer Tochter. Vielleicht ist Betsys finanzielle Unabhängigkeit das Beste, was ihr passieren kann? Wenn es sich so anfühlt, von einem Mann »versorgt« zu werden, dann möchte sie das keiner Frau wünschen.

Helen weiß, dass Roger darauf bestehen wird, sie nach Hause zu begleiten, und wenn er unbedingt will, dann soll er eben. Es ist ohnehin das letzte Mal, dass er das tun wird. In einem letzten Akt falsch verstandener Ritterlichkeit geht er am Rand des Bürgersteigs, damit sie nicht so nahe an der Straße ist. Sie sind hier in Little Bloombury, einem kleinen Dorf in den Cotswolds, die Chancen, dass abends um halb elf ein Schwerlastwagen mit halsbrecherischer Geschwindigkeit unbemerkt an ihnen vorbeirauscht und sie mit seinen riesigen Rädern zermalmt, sind gleich null, aber das ist nicht der Grund dafür, warum Roger einen derart unnötigen Wirbel veranstaltet.

Helen ist das gleich – sie hat heute Abend eine wichtige Lektion gelernt. Vielleicht war es nicht ganz nett von ihr, ausgerechnet an Roger zu üben, und auf gewisse Weise sollte sie ihm dankbar dafür sein, dass er sie ausgeführt hat. Doch jetzt erkennt sie, dass all ihre Befürchtungen reine Energieverschwendung waren. Sie hat es geschafft! Und sie hat nicht nur den heutigen Abend überstanden, sie hat sich noch dazu über das anmaßende Benehmen eines Mannes, der sie nicht im Mindesten kennt, hinweggesetzt, sie hat die Kontrolle übernommen, sie hat den Spieß umgedreht und sich einen Spaß daraus gemacht, hat den Abend genossen – trotz Roger. Dieses Date war leichter, als sie es sich vorgestellt hat. Unweigerlich tritt ein Lächeln auf ihre Lippen, als sie Roger einen kleinen Abschiedskuss auf die Wange drückt, sich bei ihm für die Einladung bedankt und die Haustür aufschließt. Was macht es schon, dass sein Unterkiefer leicht herabsackt, weil sie ihn nicht auf einen Gutenachtdrink hereinbittet? Helen wendet dem verdutzten Roger den Rücken zu und schließt die Tür hinter sich, erstaunlich glücklich darüber, wieder allein zu Hause zu sein.

19

DOLLY

Dolly starrt ihr Baby an. Oder vielmehr das, was einmal ihr Baby sein wird. Es stellt sich heraus, dass es schon größer ist, als sie dachte, sie muss also schon vorher vergessen haben zu verhüten – oder die Pille hat schlichtweg ihre Wirkung verloren, wenn Dolly ihrer Figur wieder einmal mit Nahrungsentzug und Abführmitteln auf die Sprünge helfen wollte. Der Gynäkologe hat auf die vierzehnte Woche getippt, was der Ultraschall bestätigt hat. Jetzt sitzen Dolly und Tilly zusammen auf dem Sofa und sehen sich das Ultraschallbild an. Am Rand steht ein neues, für Dollys Leben entscheidendes Datum: 30. Dezember.

»Ach Tilly, was soll ich denn jetzt machen?« Dolly spürt, wie die Last der Entscheidung ihr vom Schlafmangel gezeichnetes Gesicht ihre Mundwinkel nach unten drückt. Niedergeschlagen legt sie die Stirn in Falten und fährt sich mit dem Handrücken über die vom Weinen verquollenen Augen. Stundenlang hat sie erstickt ins Kissen geschluchzt und inständig gebetet, dass Josh sie nicht hört, denn sie hat einfach noch nicht den Mut gefunden, ihm die schlichte Mitteilung zu machen: *Ich bin schwanger*. Drei Worte, die ihr heute Morgen in Tillys Gegenwart so mühelos über die Lippen gekommen sind.

»Nun, das Wichtigste ist, dass wir jetzt nicht in Panik ausbrechen«, erklärt Tilly mit fester Stimme. Dolly wünscht sich so sehr, sie hätte Tillys Selbstvertrauen, oder die Zuversicht ihrer Freundin würde sich auf sie übertragen und alles richten, was Tag für Tag immer vertrackter und verwirrender wird. »Du bist nicht die einzige Frau, der es so geht.«

»Nein, vermutlich nicht.« Es liegt auf der Hand, dass Tilly Selbstmitleid nicht gelten lässt – was schade ist, denn Dolly hat größte Lust, einfach nur loszuheulen, am besten den ganzen Morgen über.

»Dann weiß Josh also nichts davon?«

»Nein.«

»Und warum nicht?« Mein Gott, Tilly geht das Problem so sachlich-nüchtern an wie das PR-Desaster eines Klienten, der eine anständige Strategie braucht. Sie wird doch nicht etwa Dollys Antworten in eine PowerPoint-Präsentation einarbeiten?

»Was denkst du denn?« Wieder einmal ist Dolly genervt, weil sie sich eingestehen muss, dass Josh alles andere als perfekt ist. Zwar bildet sie sich keineswegs ein, Josh würde zum »Ehemann des Jahres« nominiert werden, trotzdem … es ist ihr peinlich und kann nur ein schlechtes Licht auf sie werfen – immerhin ist sie es, die ihm dieses Verhalten durchgehen lässt. »Er wird nicht gerade begeistert sein. Denk daran, was beim letzten Mal passiert ist – und da war ich nur *beinahe* schwanger.«

»Aber welche Reaktion erhoffst du dir? Kann es sein, dass du ein ganz anderes Problem hast: Du möchtest dieses Baby bekommen und hast Angst, dass er es nicht will?«

Keine zwei Minuten nachdem sie mit einem Armvoll Mini-Rocky-Roads – köstliche Schokowürfel mit Erdnuss, gefriergetrockneten Himbeeren, Cranberrys und fein gehackten Brezeln – und Schoko-Cornflakes-Keksen von Marks & Spencer durch Dollys Haustür marschiert ist, hat Tilly den Kern des Problems erkannt. Was Dolly nicht gelungen ist, obwohl sie seit dem verhängnisvollen Schwangerschaftstest Nacht für Nacht im Bett gelegen und an die Decke gestarrt hat, um zu irgendeiner Lösung zu kommen. Die Vorstellung, dieses Baby – ihr gemeinsames Kind – in den Armen zu halten, macht sie glücklich. Sie hat sich in jenen einsamen Nächten so oft das Babykörbchen ausgemalt, ausgeschlagen mit weichem weißem Leinen, hat die Regale im Kinderzimmer mit niedlichen langohrigen Häschen und fluffigen Schäfchen bestückt. An den Wänden hängen bunte Lichterketten, ein Porzellannachtlicht in Form einer Eule wirft Monde und Sterne an die Decke, während das Baby friedlich zu den Klängen eines Schlaflieds einschlummert. Der Schrank ist voller Strampler aus weißem Kaschmir, Schlafsäcken aus Biobaumwolle, Wickeltüchern und winzigen aufknöpfbaren Neugeborenen-Bodys. Dolly hat davon geträumt, gemeinsam mit Josh etwas Richtiges, Entscheidendes, Reales zu schaffen, etwas, das sie beide lieben, etwas Kostbares, das ihnen wirklich etwas bedeutet. Doch Dolly kann sich nicht länger vormachen, dass Josh ihren Traum teilen wird. Sie geht davon aus, dass er alles genauso beibehalten möchte, wie es ist – und zwar unbefristet. Wie lange kann sie sich damit noch zufriedengeben?

In diesem Fall gibt es keine Lösung, die alle Beteiligten glücklich macht – nicht mal einen Kompromiss. Das Baby wird entweder zur Welt kommen oder eben nicht. Es gibt eine Zukunft für sie und Josh oder eben nicht.

»Dolly? Ist es das, was du möchtest?« Tillys Stimme holt sie zurück ins Wohnzimmer.

»Ich glaube, ich möchte dieses Baby bekommen, ja.« Sie mag vielleicht geflüstert haben, aber *ja, sie hat die Worte ausgesprochen,* und es fühlt sich gut an, wie eine Offenbarung und gleichzeitig ein bisschen albern. Wie an dem Tag, an dem Josh ihr den Verlobungsring mit dem Diamanten an den Finger gesteckt und sie zum ersten Mal das Wort »Verlobter« laut ausgesprochen hat. Als würden sie so tun, als seien sie so viel mutiger und erwachsener, als sie es tatsächlich sind. Als würde Dolly versuchen, die Kluft zu schließen zwischen dem, was sie gerade eben gesagt hat, und dem, was es tatsächlich bedeutet. Doch die Kluft fühlt sich riesig an, vielleicht zu riesig. Herrgott, es ist eine Sache zu sagen, dass sie das Baby zur Welt bringen möchte, und eine ganz andere, es wirklich zu bekommen. Will sie wirklich dabei zusehen, wie ihr Bauch größer und größer wird, weil darin dieser winzige Mensch heranwächst? Hat sie überhaupt einen blassen Schimmer, was es bedeutet, Mutter zu sein? Die Opfer, die sie bringen, ihr Leben, das sie komplett umkrempeln muss, wenn plötzlich die Bedürfnisse eines anderen vor dem stehen, was man sich selbst wünscht – doch hat sie damit nicht längst Erfahrung gesammelt? Auf diese Fragen findet sie keine Antworten in den abgegriffenen *Petit-Bateau-* und *Bonpoint*-Katalogen, die sie unter ihrem Nachttisch versteckt hat.

»Das Baby ist ja bereits da«, Dolly hält das Ultraschallbild in die Höhe, damit Tilly das winzige Näschen und die Fingerchen sehen kann. Das kleine Lebewesen, nur acht Zentimeter lang, hat in etwa die Größe einer dicken Zitrone und ist nicht zu übersehen auf der körnigen Schwarz-Weiß-Aufnahme. Dieses zerbrechliche neue Leben wird ihr eigenes völlig auf den Kopf stellen. Sie hat auf dem Monitor gesehen, dass der Winzling bereits den Mund auf- und zuklappen, die Zehen einrollen und die Augen öffnen kann. Sie hat seinen raschen Herzschlag vernommen und eine Welle der Erleichterung verspürt, als sie auf der Untersuchungsliege auf der Station für Gynäkologie und Geburtshilfe lag, den nackten Bauch voller kaltem Gel, und hörte, wie die Ärztin ihr versicherte, ihr Baby sei wohlauf.

»Er oder sie ist bereits hier drinnen, und ich weiß nicht, ob ich es über mich bringe …« Dolly lässt den Satz verklingen.

Es entsteht eine Pause, in der beide sacken lassen, was Dolly sagen will, dann zieht Tilly scharf die Luft ein und sieht Dolly direkt ins Gesicht.

»Ich wusste es.« Tillys Augen sind plötzlich voller Tränen.

»Was meinst du damit?«

»Ich habe eine Abtreibung vornehmen lassen. Vor drei Jahren.« Tillys Tonfall klingt nüchtern, doch sie kann den Schmerz, der sich in ihren Zügen spiegelt, nicht verbergen.

»Aber … Ich hatte ja keine Ahnung, du hast nie etwas gesagt.« Furcht und Verwirrung sind fürs Erste vergessen, was sie nun empfindet, ist nagende Schuld. Tilly ist eine ihrer engsten Freundinnen, und sie hat nichts davon gewusst. Sie ist nicht besser als Josh. Wie konnte ihr das bloß entgehen?

Sie stellt sich vor, wie sie, bekleidet mit einem grünen Klinikhemd, auf dem Stuhl liegt, die Beine weit gespreizt, während sich der Arzt mit seinen kalten Metallutensilien in ihr zu schaffen macht und sie von dem unerwünschten Kind befreit, so wie vermutlich ein Dutzend Mütter pro Tag. Könnte sie wirklich wegsehen, wenn sie es in einer Schüssel aus dem Raum schaffen würden? Bei dem Gedanken, dass das winzige Wesen, das noch vor wenigen Minuten am Leben war, nun nichts mehr empfindet, würde sie da keinen Schmerz verspüren? Dolly weiß genau, was Josh von ihr verlangen wird, welche Entscheidung sie in den kommenden Wochen gezwungenermaßen treffen muss. Wenn es nicht ohnehin viel zu spät dafür ist.

»Alles okay, Dolly? Du bist plötzlich so blass.« Das ist typisch Tilly. Sie denkt wieder mal nur an sie, obwohl sie ihr gerade etwas anvertraut hat, was furchtbar für sie gewesen sein muss. »Ich hatte damals einfach Panik. Bin in die Klinik marschiert und wieder raus, bevor mir überhaupt richtig klar war, was das bedeutet. Eine einzige leichtsinnige Nacht mit einem Klienten, die niemals hätte passieren dürfen, total unverantwortlich, und ich hatte einfach nur das Bedürfnis, es schnell hinter mich zu bringen. Ich habe gar nicht richtig darüber nachgedacht, und ich möchte auf keinen Fall, dass du denselben Fehler machst.«

»Es tut mir so leid, dass ich nicht da war, um dir beizustehen.« Dolly kann ihre Tränen nicht länger zurückhalten und streckt die Hand nach Tilly aus, zieht sie an sich und umarmt sie, wie sie es gern vor drei Jahren getan hätte, als sie ihrer Freundin eine wirkliche Hilfe hätte sein können.

»Schon gut.« Tilly löst sich von Dolly und nimmt deren Hände. »Der Eingriff an sich war schnell vorbei. Die Schwangerschaft befand sich noch in einem sehr frühen Stadium, und alles ist okay, wirklich. Ich weiß, dass ich damals die richtige Entscheidung getroffen habe. Trotzdem sollst du wissen, dass seither kein Tag vergangen ist, an dem ich nicht daran gedacht habe, und ich bin überzeugt, dass sich das auch niemals ändern wird.«

»Ach, Tilly.« Dolly findet die Vorstellung unerträglich, dass Tilly das ganz mit sich allein ausgemacht hat, während sie hier … ja, was? Während sie damit beschäftigt war, die Anzahl ihrer Sit-ups zu erhöhen?

»Ich sage nicht, dass du dich auf keinen Fall zu einer Abtreibung entschließen solltest, Dolly. Deine Situation ist völlig anders als meine, und nur du allein kannst eine Entscheidung treffen. Ich möchte lediglich, dass du weißt, dass dich das nicht mehr loslassen wird. Eine Abtreibung ist nichts, was man abhaken und in einen Ordner mit der Aufschrift *Erledigt* heften kann. Weißt du, mein Leben fühlt sich manchmal an wie ein einziges, endlos langes Geschäftstreffen. Der Kitzel, einen neuen Klienten an Land zu ziehen, ist nichts im Vergleich mit dem, was dich nun möglicherweise erwartet. Außerdem: Besteht nicht die klitzekleine Möglichkeit, dass du dich in Josh täuschst? Seit dem *Schwangerschaftsschock*, wie du es so schön bezeichnest, ist immerhin eine ganze Weile vergangen, und vielleicht reagiert er gar nicht so entsetzt, wie du denkst.«

Tilly zuzuhören ist genau das, was Dolly jetzt braucht. Es hilft ihr, die richtige Perspektive zu finden; ihre Gedanken beginnen sich zu sortieren, an Ort und Stelle zu fallen und eine natürliche Reihenfolge in ihrem Kopf zu bilden.

»Tilly, ich bin mir nicht sicher, ob deine Situation tatsächlich so anders ist als meine.« Jetzt bekommt sich Dolly wieder in den Griff und schafft es, ihre Ansichten und Empfindungen in Worte zu fassen. »Du hattest keinerlei Unterstützung; du hättest dieses Baby ganz allein bekommen, richtig? Ich fürchte, das wird bei mir ähnlich sein, aber das eigentliche Problem ist ein ganz anderes, oder? Ich habe naiverweise gedacht, dass die Ehe meine Beziehung mit Josh irgendwie aufwertet, sie zu etwas Bedeutsamerem macht. Doch natürlich bleibt Josh immer noch derselbe Mann, nur dass er einen Tag lang einen Hochzeitsanzug tragen wird.« Es ist so, als würde sich auf einmal jeglicher Zweifel, den Dolly in die hinterste Ecke ihres Gehirns verbannt hat, Bahn brechen – und plötzlich sind es so viele, dass sie sich nicht länger einsperren lassen. »Manchmal vergehen mehrere Tage am Stück, ohne dass er sich nach mir erkundigt, mich fragt, wie es mir geht, wie ich mich fühle, ob alles okay ist. Wir reden eine Menge, das schon, aber irgendwie dreht sich dabei alles immer nur um ihn, um seine Arbeit, um seine Pläne, was er möchte.«

»Nun, ich kann nicht behaupten, dass mir das nicht aufgefallen wäre, aber wie konnte es so weit kommen?« Tillys Ehrlichkeit ist erfrischend hilfreich. Indem sie den Fokus auf Dolly richtet, zwingt sie sie, aufrichtig zu sich selbst zu sein.

»Ich habe mich zurückgenommen, weil sein Leben so viel aufregender ist als meins. Wir haben immer mehr über ihn geredet. Allerdings bin ich der Meinung, es sollte gar keine Unterteilung in *sein* Leben und *mein* Leben geben – es sollte *unser* Leben sein. Doch das haben wir beide vergessen, und mittlerweile ist die Kluft zwischen uns ziemlich groß.« Dolly senkt den Kopf. Sie weiß genau, dass sie nicht gerade das Idealbild werdender Eltern zeichnet. »Vielleicht ist er einfach zu selbstbezogen, um ein guter Vater zu sein. Vielleicht bin ich zu selbstbezogen, um eine gute Mutter zu sein. Doch wenn das der Wahrheit entspricht – warum überlege ich dann überhaupt, dieses Baby auf die Welt zu bringen? Alles andere ist falsch, das weiß ich. Mein Gott, ich habe ihn gestern Abend sogar gefragt, ob er etwas dagegen hat, wenn ich meine Füße neben ihn aufs Sofa lege, wie bescheuert ist das denn? Wir sind meilenweit voneinander entfernt, berühren einander nicht mehr. Zumindest nicht auf diese unschuldige, natürliche Art und Weise wie die meisten Paare. Weißt du, was ich meine, Tilly?«

»Ja, das weiß ich.« Tillys herabsackende Mundwinkel verraten, dass Dolly nicht die Einzige ist, die sich nach Zweisamkeit sehnt.

»Früher hat er mich dazu gebracht, dass ich mich einfach unglaublich gefühlt habe. Aber jetzt habe ich bloß noch den Eindruck, dass er mich gar nicht kennt, zumindest nicht wirklich. Ich weiß noch nicht mal, ob er sich wirklich wünscht, dass wir heiraten. Würde er die Hochzeit vielleicht lieber verschieben, sich Zeit nehmen, damit wir uns einander wieder annähern? Möchte er dieses Baby bekommen und eine ganz normale Familie gründen? Möchte er überhaupt irgendetwas davon – oder ist ihm das am Ende viel zu anstrengend?« Sie feuert die Fragen auf Tilly ab, als würde sie davon ausgehen, dass diese die Antworten darauf aus dem Ärmel zaubern könnte. Dolly muss nun nicht mehr weinen; all die Unsicherheit fällt von ihr ab, und ihr wird klar, dass sie Josh mit alldem konfrontieren muss – auch wenn sie die Wahrheit längst kennt.

»Warum wartest du nicht erst mal ab, wie er auf die Neuigkeiten mit dem Baby reagiert? Du wirst es ihm ohnehin sagen müssen, also ist das doch schon mal ein guter Anfang. Und wie auch immer du dich entscheidest, ich bin für dich da. Ganz egal, was geschieht, Dolly – du bist nicht allein.« Tillys Lächeln sagt ihr, dass sie es ernst meint.

»Danke. Und ja, du hast recht. Er wird heute Abend zu Hause sein. Das werde ich nutzen und es hinter mich bringen.« Dolly betet nur, dass das Selbstvertrauen, das Tilly ihr geschenkt hat, bis dahin hält, nicht dass sie sich von der Furcht darüber, wie dieses Gespräch verlaufen könnte, einschüchtern lässt. Sie wird ihn nicht mit einem Schnuller in einer Geschenkschachtel überraschen, wie manche Frauen es tun, auch nicht mit einem Teller, auf dem *Du wirst Daddy!* steht – die große Enthüllung am Ende eines romantischen gemeinsamen Abendessens. Nein, es wird keinen Bilderrahmen mit den Worten *I ♥ my Daddy* und einem handgeschriebenen Zettel *Foto folgt bald* darin geben.

Tilly fängt an, ihre Sachen zusammenzusuchen und schnappt sich den letzten Schoko-Cornflakes-Keks, bevor sie sich zum Gehen wendet.

»Ach übrigens, eine letzte Sache, bevor du gehst.« Dolly zögert. Ihr ist bewusst, dass das nächste Thema bei Tilly eher nicht auf offene Ohren stoßen wird.

»Ja?«

»Es wird kein Shooting für die *Brides* geben, oder?« Dolly lehnt sich nach vorn, die Ellbogen auf die Knie gestützt, das Gesicht in den Händen vergraben, leicht beschämt darüber, dass sie in einer solchen Situation überhaupt an so etwas denkt. Und tatsächlich: Davon will Tilly nichts hören.

»Vergiss es. Das ist durch, du hast an deinem großen Tag genug um die Ohren, auch ohne den Haufen Fotografen und Stylisten, die überall herumwuseln – vorausgesetzt, die Hochzeit findet überhaupt statt. Schreib einfach eine E-Mail und schaff dir eine Last von den Schultern. Das Ganze ist nicht wichtig!«

Vielleicht nicht für Tilly, aber Dolly stirbt innerlich einen kleinen Tod. All die Monate, die sie sich bei der eiskalten Annabel angebiedert hat, und nun muss sie ihr mitteilen, dass das *Brides Magazine* doch nicht über die Hochzeit berichten kann. Sie stellt sich das selbstzufriedene Gesicht der Arschgeige vor, das sie nun wohl noch eine ganze Weile länger ertragen muss. All ihre vielversprechenden Pläne für eine künftige Karriere als Stylistin – auf einen Schlag zunichtegemacht. Nicht genug damit, dass ihr die Wahrheit über Josh nach und nach bewusst wird, nein, nun auch noch die Absage an die *Brides*. Ein neuerlicher Schlag. Schmerzhaft. Sehr schmerzhaft sogar. Allerdings würde sie lieber sterben, als sich mit einem dicken Bauch ablichten zu lassen, und überhaupt hat Tilly recht: Vielleicht findet nach dem Gespräch mit Josh heute Abend gar keine Hochzeit mehr statt. Sie muss bloß noch diese elende Mail schreiben.

»Jetzt mach schon, bevor du es dir anders überlegst.« Tilly reicht Dolly ihr iPhone. »Wir reden nachher weiter.«

Fünf Minuten später drückt Dolly auf *Senden* und hört das akustische Signal, das ihr verrät, dass die niederschmetternden Worte auf dem Weg durch den Äther sind und in Kürze auf Annabels iPhone landen. Es gibt kein Zurück mehr.

Sie muss sich jetzt auf das wenige Positive an der Sache konzentrieren. Wenn sie sich anstrengt, das Kinderzimmer perfekt in Szene zu setzen, kann sie womöglich bei der *Vogue Baby* landen. Auch ihre Position in der Agentur könnte sich ändern. Seit sie ihr kleines Geheimnis kennt, hat sich ihre Scheißegal-Haltung in kritische Höhen geschraubt – man muss sich nur mal vorstellen, was passiert, wenn sie die Bombe bei der Arschgeige platzen lässt. Sie wird unantastbar sein. Kann diese Schwangerschaft nach allen Regeln der Kunst ausschlachten. Zunächst einmal wird sie die Termine mit der Hebamme in ihre Arbeitszeit verlegen. *Wie lästig – und wie offensichtlich.* Die morgendliche Übelkeit erfordert regelmäßige Abstecher in die Kantine, um den Blutzuckerspiegel anzuheben. Überhaupt – endlich kann sie sich erlauben, alles zu essen, was sie möchte, und zwar *so viel sie will!* Schluss mit den spätabendlichen Klientenbespaßungen, dafür wird ein ärztliches Attest sorgen, auf dem steht, dass sie jederzeit ohne Angabe von Gründen eine Pause einlegen darf. Dolly wird sich strikt an die offiziellen Bürozeiten von neun bis siebzehn Uhr halten, in denen sie noch weniger arbeiten wird als zuvor. Na, wie gefällt dir das, Arschgeige?

Weniger aufregend ist, dass die letzte Jeans, die ihr noch passt, mittlerweile schmerzhaft in ihren Bauch schneidet. Sie zieht den Bauch ein und hält die Luft an, dann öffnet sie den oberen Knopf und den Reißverschluss. Als das Fleisch dankbar hervorquillt, wird ihr wieder einmal bewusst, wie schnell sie die Pfunde ansetzt. Werden ihre wundervollen kantigen Hüftknochen jemals wieder zu sehen sein? Die so befriedigend nach innen gewölbte Kurve ihres Bauchs? Wird sie irgendwann noch mal eine dieser Jeans tragen können, die so eng sind, dass die meisten Frauen höchstens die Arme hineinbekommen würden? In der nächsten Zeit wird sie sich wohl eher mit einer aufgeblähten Kugel und Wasseransammlungen auseinandersetzen müssen.

Den Rest des Tages verbringt Dolly damit, auf Pinterest Kinderzimmerausstattungen zu begutachten und alles zu markieren, was die *Vogue Baby* in einer der kommenden Ausgaben bringen könnte. Sie ist rechtzeitig damit fertig, als Josh am frühen Abend in die Küche geschlendert kommt, endlich, sich mit der Hand durch das leicht zerzauste Haar fährt und einfach nur verdammt umwerfend aussieht. Ein rascher Abstecher unter die Dusche und frische Klamotten – ein leuchtend blaues Hemd und seine verwaschene Lieblingsjeans wirken nach einem schweißtreibenden Tag im Studio wahre Wunder. *Er sieht so gut aus,* denkt Dolly und stellt das dicke Steak vor ihn hin, das sie für ihn gebraten hat. Als sie das Blut sieht, das daraus hervorquillt, als er es anschneidet, schlägt ihr Magen einen Purzelbaum.

»Ich stehe kurz davor, diesen neuen Auftraggeber zu überzeugen, Dolly, es könnte in der nächsten Zeit also jede Menge Arbeit auf mich zukommen – der Großteil davon wahrscheinlich in New York.« Josh spießt ein Stück Fleisch auf die Gabel, ohne zu bemerken, dass Dolly kurz davorsteht, sich zu übergeben. »Ich werde wohl häufiger in Manhattan sein als hier, aber wenn man bedenkt, was die mir zahlen, können wir das wohl verkraften.«

»Oh, na dann. Wann brauchen sie dich wieder?« Dolly hat jetzt schon eine ungute Vorahnung, wohin dieses Gespräch führen wird. Sie braucht Josh. Mehr als er im Augenblick ahnt.

»In den nächsten Monaten ist es erst mal eine Reihe kleinerer Jobs, dafür muss ich wohl immer etwa eine Woche einplanen, und dann startet im Dezember die große weltweite Werbekampagne. Ich denke, dafür brauche ich den ganzen Monat, zumal ich an verschiedene Locations kreuz und quer in den Staaten reisen muss.« Vor lauter Aufregung spricht er schnell und mit vollem Mund. Dolly sieht das noch fast rohe Stück Steak zwischen seinen Zähnen und muss sich alle Mühe geben, ihre Übelkeit in Schach zu halten. »Das Gute ist«, fährt er fort, »dass keiner der Aufträge auf den Hochzeitstag fällt. Das bedeutet zwar, dass du die gesamte Organisation stemmen musst – aber mal ehrlich: Darin bist du eh um einiges besser als ich. Das macht dir doch nichts aus, oder Babe?«

Dolly kann sehen, wie begeistert er über diese Chance ist – Wer wäre das nicht? –, doch das ist er nur, weil er noch nicht weiß, dass sie sich unmöglich auf zwei verschiedenen Kontinenten aufhalten können, wenn sie sein Kind zur Welt bringt. Jeder Mann würde das einsehen. Es wird andere Aufträge geben. Josh ist gut in dem, was er tut, hat ausgezeichnete Kontakte, die Auftraggeber werden ihn nicht fallen lassen, nur weil er einen Job ablehnt.

»Dolly? Hörst du mir überhaupt zu? Ich weiß, dass das alles ein bisschen viel auf einmal ist, aber die machen mir jetzt schon Druck wegen der Zusage. Der Creative Director hat mir auf dem Heimweg eine SMS geschickt und mich gefragt, ob ich dabei bin. Was denkst du?«

»Ich denke, du solltest einen Blick auf das hier werfen.« Dolly schiebt ihm das Ultraschallbild zu und richtet die Augen auf ihn. Sie ist so nervös, dass sie sich kaum rühren kann, wagt kaum zu atmen, als sie darauf wartet, dass er begreift.

Schweigen.

Es dämmert Dolly, dass das vermutlich das erste Ultraschallbild ist, das er je gesehen hat – vielleicht weiß er gar nicht, was er da betrachtet. Geduldig wartet sie ab, gibt ihm die Zeit, die er braucht, bis es endlich klick macht.

Dann, endlich: »Wessen Baby ist das? Doch nicht etwa Tillys?«

Herrgott.

»Nein, Josh. Das ist unser Baby. Ich bin schwanger!«

»Wie bitte?« Seine Gabel fällt laut klappernd zu Boden, wo sie liegen bleibt. Sein Unterkiefer klappt herunter, und er schüttelt ungläubig den Kopf, als wolle er ihre Worte ausradieren, ihr sagen, dass das nicht sein kann. Dollys Hand unter dem Tisch wandert schützend zu ihrem Bauch, als müsse sie das ungeborene Wesen abschirmen vor der Reaktion, die sie befürchtet. Tief im Innern hat sie bereits Gefühle für ihr Baby entwickelt, einen emotionalen Sog, der stärker ist als das, was sie zu ihm hinzieht.

»Aber das kann nicht sein … du nimmst doch die Pille. Ich dachte, wir wären geschützt? Scheiße, hast du etwa schon wieder vergessen, die Dinger zu schlucken?«

Das Lächeln verschwindet von Dollys Gesicht. Josh runzelt die Stirn und sieht sie finster an, sein Blick ist ein einziger Vorwurf. Er reißt sich nicht schnell genug zusammen, und jetzt breitet sich ein gereiztes Schweigen zwischen ihnen aus, als beiden bewusst wird, wie der andere empfindet. Dolly entscheidet sich zur Flucht und schiebt ihren Stuhl zurück, doch er fasst sie am Arm, bevor sie aufstehen kann.

»Verdammt! Scheiße! Bist du dir sicher?« Er sucht hektisch nach Worten, ist gefangen in jenem schreckstarren Niemandsland zwischen dem, was er sagen *sollte,* und dem, was er sagen *möchte.*

»Der Beweis liegt direkt vor dir, Josh, aber wenn du noch mehr brauchst: Sieh dir meinen Bauch an.« Dolly ist sauer. *Das ist so verdammt typisch. Die meisten Männer an seiner Stelle würden jetzt feiern und erst später in Panik ausbrechen, wenn ihre Frauen nicht dabei sind. Doch für Josh kommt das natürlich nicht infrage. Er ist so ein selbstsüchtiges Arschloch.* Dolly schüttelt seine Hand von ihrem Arm.

»Ich habe viel darüber nachgedacht, Josh, und ich bin zu dem Schluss gekommen, dass wir die Hochzeit verschieben, das Baby bekommen und anschließend eine schlichtere Zeremonie planen sollten. Es kommen einige Kosten auf uns zu, und wir müssen ja auch noch das Kinderzimmer einrichten. Allerdings sollten wir uns schnell entscheiden, denn ich bin bereits in der vierzehnten Woche; der Geburtstermin ist für den 30. Dezember berechnet.« Dolly versucht, die Emotionen aus ihrer Stimme herauszuhalten. Sie möchte sachlich klingen, praktisch, ihm zeigen, dass wenigstens einer von ihnen die Sache durchdacht hat, aber das ist nicht leicht, wenn er sie anstarrt, als wäre sie eine tobende Irre.

»Aber dann bin ich in New York!« Seine Hände sinken auf die Tischplatte, die Handflächen nach oben, als versuche er, ihr das Offensichtliche klarzumachen, entsetzt über ihre Ignoranz.

»Nein, Josh, du wirst nicht in New York sein. Du willst doch nicht ernsthaft zu einem Shooting in den Staaten fliegen, wenn ich dieses Baby – *dein Baby* – zur Welt bringe! Kommt dir gar nicht der Gedanke, dass ich womöglich ein bisschen Unterstützung gebrauchen könnte? Ich schaffe das nicht allein!« Dolly möchte nicht hysterisch klingen, doch Furcht, Panik und Zorn lassen sie zu einer hässlichen Schimpftirade ansetzen.

»Verflucht noch mal, Dolly, du kannst mir doch nicht einfach diese Scheiße aufladen und erwarten, dass ich so einfach damit klarkomme!« Josh schiebt das kaum angerührte Steak von sich und nimmt einen großen Schluck Wasser, was ihm ein wenig Zeit zum Nachdenken verschafft.

Es liegt auf der Hand, dass heute Abend nicht gefeiert wird. Sie werden sich nicht begeistert ausmalen, was die Zukunft für sie bereithält. Sie werden sich nicht aufs

Sofa kuscheln, seine Hand auf ihrem Bauch, und zusammen Babynamen googeln. Stattdessen unternimmt Dolly einen letzten Versuch, ihn um Unterstützung zu bitten.

»Ich habe Angst, Josh.« Sie streckt ihre Hand über den Tisch nach ihm aus, doch die Hand bleibt liegen, unbeachtet. Sie ist so aufgewühlt, dass sie sie noch nicht mal zurückzieht. Als er immer noch nicht reagiert, fängt sie an, die Tischsets hin und her zu schieben.

»Nun ja, vielleicht hab ich auch Angst. Wir wollten eine megageile Hochzeitsparty mit all unseren Freunden feiern und anschließend das Leben für eine Weile genießen. Jetzt sind wir an ein Baby gebunden, bevor wir überhaupt geheiratet haben. Hast du mal nachgedacht, was das für uns bedeutet? Unser Leben wird bestimmt werden von vollen Windeln, schlaflosen Nächten, Babysittern und einem leeren Geldbeutel.« Seine Arme wedeln durch die angespannte Luft zwischen ihnen, als wäre er ein Dirigent, der das Orchester zu einem überwältigenden Crescendo auffordert, während er seine lange Liste mit Bedenken herunterrattert. »Ich kann mir nicht vorstellen, dass einer von uns beiden das gewollt hat.«

»Ich dachte, du würdest dich freuen!« Sie weiß selbst nicht, warum sie das sagt, obwohl sie tief im Innern die ganze Zeit über wusste, wie er reagieren würde. Die verdammten Hormone haben falsche Hoffnungen in ihr geweckt, haben sie glauben lassen, dass ihr das gleiche Happy End beschert wäre wie all den anderen Frauen.

»Wieso? Das Desaster hatten wir doch schon mal, wenn auch nur beinahe. Ich dachte, wir wären beide erleichtert gewesen, als sich herausgestellt hat, dass es falscher Alarm war. Ich kapiere nicht, wie du glauben konntest, dass das keine zwölf Monate später anders sein würde. Das ist es aber nicht, es ist noch genauso scheiße wie beim letzten Mal!« Er ballt die Hände zu Fäusten, und Dolly sieht kleine Speicheltröpfchen auf die Tischplatte fliegen, als er sie anblafft, so aufgebracht ist er.

»Klar.« Dolly lehnt sich auf ihrem Stuhl zurück, um der Auseinandersetzung die Schärfe zu nehmen. Sie hat nicht die Energie dafür, und es macht wenig Sinn, den Showdown zu verlängern.

»Ich wollte dich heiraten, Dolly, wollte Spaß mit dir haben. Lustige Dinnerpartys schmeißen, die ganze Nacht durchfeiern, Fässer voll italienischem Wein mit dir trinken und Berge von französischem Käse in mich hineinstopfen – einfach so, weil das eben möglich ist. Wenn du dieses Kind bekommst, werden wir ständig ein Auge auf den Babymonitor werfen, werden nur darauf warten, dass es aufwacht und anfängt zu schreien, werden uns darüber streiten, wer aufsteht und auf dem Kinderzimmerfußboden Wache schiebt, bis es wieder eingeschlafen ist. Das andere Auge wird an der Uhr kleben, denn wenn wir nicht spätestens um zehn im Bett sind, werden wir zu erschöpft sein, um überhaupt noch irgendwas auf die Beine zu stellen.« Er beugt sich vor, damit sie die Entschlossenheit in seinen Augen sehen kann, die hochgezogenen Augenbrauen und den *Du-weißt-genau-dass-ich-recht-habe*-Blick, der seine Überzeugung widerspiegelt, dass er diese Auseinandersetzung gewinnen wird.

»Nun, genau dorthin ziehe ich mich jetzt zurück«, sagt Dolly und steht auf. »Ich gehe ins Bett. Du kannst dir einen anderen Platz suchen, an dem du heute Nacht schläfst.« Es ist Dolly nicht entgangen, dass Josh die Vergangenheitsform verwendet hat, als er seinen Wunsch, sie zu heiraten, erwähnte. Nur zur Erinnerung: Noch vor ein paar Stunden hatten Tilly und sie versucht, ihre Zweifel zu seinen Gunsten zurückzustellen, doch jetzt wird ihr die Tragweite seiner so deprimierend vorhersehbaren Reaktion in vollem Maße bewusst.

»Danke für deine Unterstützung, Josh. Vielleicht ist dir nicht klar, dass auch ich Opfer bringen muss.« Sie möchte nur noch raus aus der Küche, weg von ihm, will keine Sekunde länger in sein zorniges Gesicht blicken. »Hast du eigentlich eine Ahnung, wie lange ich gebraucht habe, um das *Brides Magazine* für unsere Hochzeit zu gewinnen, damit ich endlich eine Gelegenheit bekomme, meinen elenden Job loszuwerden?« Der Versuch, irgendwelche Schuldgefühle in ihm zu wecken, ist jämmerlich, das weiß sie, aber sie muss ihn mit irgendetwas treffen – schließlich ist sie nicht allein für dieses Dilemma verantwortlich.

»Warum hast du mich nicht einfach gebeten, ein gutes Wort für dich einzulegen? Ich hätte bestimmt was deichseln können.«

»Und warum hast du's nicht getan, wenn das so leicht für dich gewesen wäre?« Dolly verlässt die Küche, bevor sie einander noch mehr wehtun können, ratlos, wie der Abend derart aus den Fugen geraten konnte.

Nach etwa zwei Stunden, in denen sie heiße Tränen ins Kopfkissen vergossen hat, schleicht sie auf Zehenspitzen, die Hand auf ihrem Bauch, zurück ins Wohnzimmer. Josh liegt fest schlafend auf dem Sofa, einen Arm über die Kante baumelnd, das Handy auf dem Teppich. Sie bückt sich, um es aufzuheben, wobei ihr Blick auf die letzte Textnachricht fällt, die er empfangen hat. Sie stammt von dem Creative Director, der auf Joshs Zusage für den Job in New York wartet. Die Worte auf dem Display lauten schlicht: *Es freut mich sehr, dass Sie dabei sind, Josh.*

20

EMILY

Das ist nicht der Stoff, aus dem Träume gemacht sind. Und erst recht nicht das, worauf sich angehende Bräute freuen. Emily steht im Umkleideraum der White Gallery und trägt die Maya-Robe, ein Brautkleid, in dem sie niemand sehen möchte. Nicht ihre Familie, nicht Helen und sie selbst auch nicht. Ein Brautkleid, das sie vielleicht nie tragen wird. Noch nie hat sie sich so zusammenreißen müssen wie jetzt. Wenn sie zusammenbricht, wenn sie auch nur den kleinsten Riss in ihrer Rüstung erkennen lässt und Helen anvertraut, was wirklich los ist, hat sie verloren. Wenn die Tränen erst einmal fließen, werden sie nie mehr aufhören. Ihr Plan wird in sich zusammenbrechen, alles wird umsonst gewesen sein.

Seltsam, denkt Emily, als Helen die schön verzierten Träger des ansonsten so schichten Kleides richtet, *wie viele Frauen ihr während der vergangenen drei Monate gesagt haben, wie entscheidend dieser Moment sein wird.* Die allumfassende Erleuchtung, wenn eine angehende Braut ihr Konterfei betrachtet, ganz in Weiß, und mit absoluter Gewissheit realisiert, dass sie *die eine* ist. Allem Anschein nach liegt das am Schleier, dem unverkennbaren Hochzeitsaccessoire, das eine Frau von der leicht verlegenen heiratswilligen Kandidatin in die rechtmäßige Ehefrau verwandelt. Das Problem ist, dass Emily diese Offenbarung nicht empfindet. Ihre Gedanken sind bei dem Kleid, das sie ausgeschlagen hat. Das Duchessekleid von Reem Acra, das die anderen für sie ausgesucht haben – das Kleid, das sie am glücklichsten Tag ihres Lebens tragen sollte. Die Aufregung, die sie verspüren sollte, wenn sie am Hochzeitsmorgen hineinsteigt. Das Herzklopfen, wenn sie durchs Mittelschiff zum Altar schreitet, den Arm ihres Dads so fest umklammernd wie er ihren. Die unzähligen Fotos von ihr in diesem Kleid, die über Jahre – wenn nicht gar über Generationen – hinweg die Geschichte dieses ganz besonderen Ehrentages erzählten sollen. Mark, der ihr am Abend nach der Feier das Kleid auszieht, wie sie es wegpackt, in Lagen von weißem Seidenpapier gehüllt, bis sie es an ihrem ersten Jubiläum wieder hervorholt und damit kichernd durchs Schlafzimmer tanzt. Der Tag, an dem sie es zum ersten Mal ihrer Tochter zeigen wird, die es vielleicht sogar selbst anprobieren darf. Zu sehen, wie es sie in eine kleine Prinzessin verwandelt. Ihre Gedanken schweifen in die Zukunft zu dem Tag, an dem sie selbst die Mutter der Braut sein wird. *Ob ihr wohl auch die Tränen kommen?* Ja, sie wird platzen vor Liebe und Stolz, genau wie Glo. Hoffentlich.

Mit dem Maya-Kleid ist im Grunde nichts verkehrt, eine Menge Mädchen würden sicher liebend gern darin heiraten, das weiß Emily. Es ist bloß so, dass es ihr Herz nicht dazu bringt, überzuschäumen vor Freude. Ihr Herz wiegt schwer vor Verantwortung, der Verantwortung dessen, was sie tun muss. Und Helens ernstem Gesichtsausdruck nach zu urteilen, ist auch ihr nicht nach überschäumender Freude zumute.

»Wissen Sie, Emily, wenn Sie lieber das Reem-Kleid tragen möchten – oder irgendein anderes – und es nur um die Kosten geht, bin ich mir sicher, dass ich Ihnen entgegenkommen kann.«

»Das ist so lieb von Ihnen, Helen, aber nein, vielen Dank.« Helens unerwartete Freundlichkeit ist der Tropfen, der das Fass beinahe zum Überlaufen bringt. Es kostet Emily alle Kraft, ihrem ganzen aufgestauten Kummer nicht mit einem einzigen, ungeplanten Schrei Luft zu machen. Das hier ist viel schwerer, als sie gedacht hat. Sie muss die letzten Änderungen vornehmen lassen und raus aus dem Laden. Raus an die frische Luft, um sich wieder ihrer To-do-Liste zu widmen. Es ist noch so viel zu erledigen.

»Na schön, lassen Sie mich rasch den Saum abstecken, und dann sind wir, denke ich, fertig.« Helen arbeitet sich auf Knien um Emily herum, hebt hier und da den Saum an und steckt anschließend die perfekte Länge für sie ab. »Die Änderungen dauern ungefähr fünf Tage, und dann gehört das Kleid Ihnen. Ich rufe Sie an, wenn Sie es abholen können. Ist das in Ordnung?«

»Perfekt, Helen, vielen Dank.«

Fünfzehn Minuten später sind sie fertig. Emily trägt wieder ihre Jeans und knöpft ihre zarte Seidenbluse von H&M zu, während sie gleichzeitig die Textnachrichten von Glo wegen der Menüänderungen überfliegt. Plötzlich wird ihr Blickfeld an den Rändern dunkel, und dann ist alles schwarz.

Ich sterbe um 23.05 Uhr.

In diesem Moment senkt sich ein überwältigendes Gefühl von Frieden auf mich herab, als sei ich an einen Punkt gekommen, an dem es keine Umkehr gibt, als müsse ich nicht länger atmen, was seltsamerweise kein Grund zur Aufregung ist. Ich fühle mich vollkommen gelassen.

Ich weiß, was mit mir passiert. Ich habe darüber gelesen, schon vor Monaten. Einen Artikel in einer der Sonntagsbeilagen über einen Mann, der ertrunken ist und wiederbelebt wurde und der detailliert berichtete, wie schön diese Erfahrung doch sei. Wie er sich in dem Moment, in dem sich seine Lunge mit Wasser füllte und er eigentlich nichts anderes als nackte Panik hätte empfinden sollen – langsames, qualvolles Leid, weil ihm keine Luft mehr zum Atmen blieb –, vollkommen furchtlos fühlte. Er hatte keinerlei Bedürfnis verspürt, sich zu wehren, nur eine bereitwillige Akzeptanz, als er in dem warmen, ihn wie eine weiche Decke umhüllenden Wasser trieb. Bei mir ist es ähnlich an diesem sicheren Ort, in meinem Kinderzimmer. Ich bin so froh, dass ich nach meinem peinlichen Ohnmachtsanfall bei Helen hier bin und nicht in einem Krankenhausbett, umgeben von dem beißenden Geruch anderer Leute Krankheit. Mit dem Gesicht voran auf Helens makellosem, cremefarbenem Teppich zu landen, war für mich erst der Anfang vom Ende. Jetzt fühle ich mich getröstet durch die Tatsache, dass meine Eltern gleich auf der anderen Seite meiner Schlafzimmertür sind. Das Problem ist nur, dass sie nie erfahren werden, wie leicht es für mich war. Sie werden sich meinen Tod so viel grausamer ausmalen, als er tatsächlich war, und ich werde ihnen niemals das Gegenteil beweisen können. Dieser Gedanke ist weitaus schmerzhafter als der Akt des Sterbens an sich und das Einzige, wogegen ich mich wehre.

Mark und Mum sehen am Abend beide nach mir, »vor dem Todeszeitpunkt«, als ich bereits gehe, aber noch nicht ganz fort bin. Mark kommt herein, zieht mir die Bettdecke ein kleines Stück höher bis unters Kinn und küsst mich auf die Stirn. *Mein Gott, wie wird er es aufnehmen, wenn er begreift?* Er wird sich Vorwürfe machen und ein Leben lang denken, es sei sein Fehler, weil er womöglich eine falsche Entscheidung getroffen hat, weil er mir Schmerzmittel verabreicht und mich ins Bett gesteckt hat, anstatt zu handeln und in die Klinik zu bringen. In meinen letzten Momenten in dieser Welt bete ich inständig darum, dass Sarah bald mit ihm reden und diese Last von ihm nehmen wird.

Und dann kommt Glo auf dem Weg ins Bett zu mir ins Zimmer und sieht mich eine Ewigkeit lang an. Ich liege dort und kann sie ganz klar sehen. Ich würde alles geben, um zu wissen, was sie denkt. Ich kann sie nicht fragen – die Worte kommen nicht über meine Lippen, ich bin bereits zu weit fort, der Tod hält mich schon zu fest in seinen Fängen und lähmt meine Stimmbänder. Sie lächelt, und dann fällt es mir wieder ein. Sie wird den ganzen Tag damit verbracht haben, sich auszumalen, was für eine Großmutter sie wohl sein wird. Hätte mein Herz nicht schon aufgehört zu schlagen, würde es wohl spätestens jetzt vor Kummer stehen bleiben. Ich versuche, die Arme zu heben und sie an mich zu ziehen, aber sie gehorchen mir nicht länger – wie bei einer Narkose, wenn der Anästhesist das Betäubungsmittel gespritzt hat. Also sehe ich stattdessen zu, wie sie näher kommt, so nah, dass ihr Gesicht beinahe meins berührt. Mehr als alles auf der Welt möchte ich ein letztes Mal ihre Wärme spüren, mein Leben so beenden, wie es begonnen hat, mit ihr verbunden sein. Und dann passiert es. Ein letzter liebevoller Gutenachtkuss, so kraftvoll, dass ich für einen Moment hoffe, er würde die Macht besitzen, mich zurückzuholen. Anders als die Bettdecke kann ich den Kuss spüren. Nicht die Berührung ihrer Lippen, sondern das, was dieser mütterliche Kuss in mir bewirkt.

Ich kann ihre jahrelange Fürsorge spüren. Ihre bedingungslose Liebe und hingebungsvolle Unterstützung gehen direkt von ihr in mich über, kehren mit Hochgeschwindigkeit in meinen Körper zurück, füllen meine Lunge und lassen mein Herz anschwellen. Ihre Liebe erfüllt mich mit so großem Glück, dass ich mir vorkomme wie ein riesiger Heliumballon, der auf der Stelle vom Bett empor bis direkt in den Himmel hinauffliegen kann. Einen Moment lang frage ich mich, ob sie auf einer anderen Ebene – auf einer intuitiven, unbewussten Ebene – weiß, was gerade passiert, und ob sie deshalb da ist, um mir ein letztes Mal ihre Liebe zu zeigen, damit es mir besser geht. Meine wunderschöne Mum. Zum ersten Mal erkenne ich, wie stark sie wirklich ist. Was mich erleichtert. Ihre Welt wird in eine Million Scherben zerbrechen, die sich nie mehr zusammensetzen lassen. Ich werde dich vermissen, Mum … Ich werde dich vermissen, Mum … und ich kann mich nicht verständlich machen.

Als sie sich aufrichtet, um das Zimmer zu verlassen,

bleibt ihr Blick in der Dunkelheit an etwas hängen. Sie nimmt das weiße Notizbuch aus dem Regal, ich kann die Worte auf dem Einband erkennen: *Der Bund fürs Leben.* Ja, Mum! Bitte! Öffne das Buch, lies es, dann weißt du, wie sehr ich dich liebe, wie verzweifelt ich mir gewünscht habe, dir das zu ersparen! Ich schreie die Worte mit all meiner Kraft heraus, wie in einem dieser Albträume, in denen etwas Schreckliches zu passieren droht und man einfach kein Wort über die Lippen bringt. Einen Moment lang hält sie das Buch in der Hand, fährt mit dem Finger über die geschlossenen Seiten, bevor sie es ungeöffnet ins Regal zurückstellt. Und dann ist sie fort und überlässt mich meinen dahinschwindenden Gedanken.

Es ist jetzt 6.30 Uhr, und ich bekomme einen ersten Einblick, wie es so läuft. Ich kann meinen Körper sehen, doch ich kann ihn nicht bewegen. Die Bettdecke liegt auf mir, trotzdem fühlt es sich so an, als würde sie über mir schweben. Rein körperlich empfinde ich nichts, aber meine emotionale Wahrnehmung ist derart intensiv, dass ich den Atem meines Vaters hören kann, der nichtsahnend im Schlafzimmer ein kleines Stück den Flur hinunter schläft. Er hallt tief in meinem Innern wider, sehr viel profunder, als würde ich ihn nur hören oder spüren. Mein einziger Kummer besteht darin zu wissen, dass seine stille Zufriedenheit nicht mehr lange andauern wird.

Als ich jetzt hier liege, muss ich zugeben, dass Sarah Blake die ganze Zeit über recht hatte. Hätte ich an jenem Tag, an dem sie mich anflehte, reinen Tisch zu machen, auf sie gehört, hätte jeder gewusst, dass meine Ohnmacht keineswegs meinem Brautkleid geschuldet war. Vielleicht hätte ich es wissen müssen, aber es ging alles so schnell. Sekunden, mehr nicht, dann war ich schon wieder bei Bewusstsein, zurück in Helens Umkleide, und alles war normal. Das Problem war, dass Helen die Sache so abtat.

»Oh, ich hätte nie gedacht, dass Sie in Ohnmacht fallen würden, Emily! Aber machen Sie sich keine Sorgen, so etwas passiert, und zwar öfter, als Sie denken«, beruhigte sie mich, so überzeugend, dass ich es am Ende selbst glaubte.

Sie zwang mir eine Tasse süßen Tee auf und bestand darauf, dass ich Mark anrief, der mich abholen sollte. Auch wenn ich mir vorkam wie eine komplette Idiotin, ging es mir doch wieder gut – von Kopfschmerzen keine Spur.

Ich hatte mir stets vorgestellt, es wäre wie eine gewaltige Explosion, sollte es tatsächlich zu einer Ruptur kommen, und dass ich binnen einer Sekunde tot umfallen würde, doch so läuft es nicht. Man kann in Ohnmacht fallen, wieder zu sich kommen, sich wohlfühlen – während der Schaden längst angerichtet ist. Niemand bemerkt oder ahnt etwas, nicht mal man selbst. Zumindest ist das genau so bei mir passiert.

Wie sich herausstellen sollte, stand ich schon den ganzen Tag über im Schatten des Todes. Ich rief Mark an, doch nur weil Helen darauf bestand und mich dabei beobachtete. Mark legte mir auf der Rückbank des Taxis den Sicherheitsgurt um, erst dann schnallte er sich selbst an. Auf der Heimfahrt stellte er mir jede Menge Fragen: Ob ich zu Mittag gegessen hätte. *Nein.* Ob in der Krippe schon wieder Bazillenalarm sei. *Ja, ständig.* Ob ich gut schlafen würde. *Selbstverständlich nicht.* Ich beantwortete seine Fragen leichthin, ohne eine große Sache daraus zu machen. Dann kuschelte ich mich an die wundervoll warme Stelle zwischen seiner Brust und seiner Schulter, während er mir das Gesicht streichelte. Als das Blut anfing, mein Hirn zu überschwemmen, drückte ich mein Ohr fester an seinen Brustkorb und lauschte ein letztes Mal seinem Herzschlag. Das tröstliche, rhythmische Pochen klang so kräftig, während meiner von Minute zu Minute schwächer wurde. Jetzt weiß ich, dass es das letzte Mal war, dass ich seine starken Arme spüren sollte, die mich hielten, mich beschützten. Er hatte keine Ahnung, dass ich bereits tot war – nun, zumindest so gut wie. Ich befand mich längst an jenem himmlischen Ort zwischen Leben und Tod, und die Chancen, gerettet zu werden, waren mehr als gering. Man kann sich einfach nicht vorstellen, dass man auf dem Rücksitz eines Taxis anfängt, sich von der Welt zu verabschieden. Umgeben von abgestandener, schal riechender Luft, auf den Krümeln eines billigen Supermarktsandwiches des vorherigen Fahrgasts.

Ich fühlte mich noch gut, als Mark mich nach Hause brachte. Als ich vom Taxi zur Haustür ging, stellte ich fest, dass Dad bereits damit begonnen hatte, die Gehwegplatten von Moos zu befreien. Zum Glück waren er und Glo beide nicht zu Hause – man stelle sich nur den Wirbel vor, wenn sie da gewesen wären –, also gab Mark mir eine Paracetamoltablette, steckte mich ins Bett und bat mich, mich nicht weiter zu stressen, ganz gleich, womit. Wäre ich nur tapferer gewesen und hätte Sarah

Blake informiert! Sie hätte dafür gesorgt, dass ich ins Krankenhaus gebracht worden und vielleicht sogar einer Notoperation unterzogen worden wäre. Der Druck, den das Blut in meinem Schädel verursachte, hätte womöglich gemindert werden können. Ich hätte vielleicht eine Chance gehabt. Ich hätte keinen Schlaganfall bekommen müssen. Jetzt, solange mein Gehirn noch funktioniert, muss ich mich fragen, ob mich mein so gut gemeinter Akt der Nächstenliebe das Leben gekostet hat. Wenn ich nett zu mir selber bin, lautet die Antwort: vielleicht. Wenn ich ehrlich bin, lautet sie: wahrscheinlich.

Die Tatsache, dass ich in einer Art Schwebezustand verharre, ängstigt mich am meisten. Verweilen auch andere Menschen zwischen den Welten? Wird meine geliebte, schon vor langer Zeit verstorbene Tante Marigold in einer Minute am Fußende meines Bettes erscheinen und mir erklären, wie man sich zu verhalten hat, wenn man tot ist? Ist das normal? Ich weiß es nicht. Der einzige logische Grund, der mir einfällt, ist der, dass ich auf diese Weise mitbekomme, wie sich die anderen von mir verabschieden, aber wie grausam ist das denn? Ich bin nicht sonderlich religiös, dennoch bin ich mir sicher, dass derjenige, der die Entscheidung getroffen hat, mich hierzubehalten – wer auch immer das sein mag –, dies nicht getan hat, um mich zu quälen. Hier zu sein fühlt sich irgendwie richtig an, als sei es so gewollt, als würde noch etwas auf mich zukommen, mit dem ich mich auseinandersetzen muss. Ich möchte lieber nicht darüber nachdenken, was das sein könnte. Die Frage ist zu groß für mich und fordert mehr Denkvermögen, als ich im Augenblick aufbringe.

Und dann werden meine Gedanken in der Luft zerfetzt und zerschellen an den Wänden meines Schlafzimmers. Glo ist aufgewacht, und sie kommt, um nach mir zu sehen.

21

JESSIE

»Wenn wir da reingehen, dann läuft es so, wie ich es möchte, klar? Du machst nur den Mund auf, wenn es ums Bezahlen geht.« Claire starrt Jessie warnend an, als ob sie beim leisesten Hinweis darauf, dass diese sich nicht an ihre Abmachung hält, über ihre Schwester herfallen würde. Die beiden sitzen vor der White Gallery in Jessies Mini. Bis zu ihrem Termin sind es noch fünf Minuten, und Claire besteht darauf, die Bedingungen ihrer scharf verhandelten Abmachung noch einmal zu bestätigen. »Ich suche mir aus, was immer ich bei deiner Hochzeit tragen möchte, und du wirst dich nicht einmischen und auch nicht anfangen, mit mir darüber zu streiten. Ist das klar?«

»Ich habe gesagt, dass du dir ein Kleid aussuchen darfst, und dabei bleibt es, ich bitte dich lediglich darum, auf Helen zu hören. Sie versteht viel von Mode, und sie kann … das Beste aus dir herausholen.« Jessie wählt ihre Worte äußerst sorgfältig. Die Nachwehen des Junggesellinnenabschieds waren gigantisch. Claire hat sich erst bereit erklärt, ihren Brautjungfernpflichten nachzukommen, nachdem Jessie sich höchstpersönlich demütigst vor der versammelten Familie bei ihr entschuldigt hat – etwas, das sie zuletzt in ihrer Schulzeit getan hat, als man sie dabei ertappte, wie sie einer Freundin eine Lüge über den Beruf ihres Dads auftischte.

»Mum und Dad sind nicht gerade begeistert über dein Verhalten, also haben sie mich gebeten, ihnen zu berichten, wie es heute läuft.« Claire hat sie in der Hand, und ihrem anmaßenden Grinsen nach zu urteilen weiß sie das nur allzu gut. »Du hast sicher gemerkt, dass Dad dir nach deiner kleinen Ansprache aus dem Weg gegangen ist, oder? Normalerweise braucht er keine zwei Stunden, um die Zeitung zu kaufen. Und als er endlich wieder da war, hat er dich eigentlich auch nur ignoriert, oder? Ich habe keine Ahnung, was schlimmer war – das oder dass Mum stumm wie ein Fisch auf dem Sofa gesessen hat und nicht wusste, was sie sagen oder tun soll, nachdem du uns so schrecklich behandelt hast.«

»Schon gut, schon gut, ich hab's kapiert. Immerhin habe ich mich entschuldigt, und glaub mir: Ich weiß, wie Mum und Dad sich fühlen.« Eine *Entschuldigung* schien für Jessie das Einfachste zu sein – Stress bei den Hochzeitsvorbereitungen vorzuschieben und zu fragen, ob man das Ganze nicht einfach vergessen könne. Jetzt, da sie das triumphierende Grinsen auf Claires Lippen bemerkt, weiß Jessie nicht mehr, ob das wirklich die richtige Entscheidung war. Vielleicht hätte sie ihre Familie einweihen sollen, ihnen gestehen, wie unsicher sie sich fühlt. Sie hätte sie um Verständnis und Unterstützung bitten können. Ihr Vater hätte sie bestimmt unterstützt. Wie hatte sie sich vor ihre Familie stellen und behaupten können, sie hätte sich geirrt, was Claires Kleid angeht?

Es ist ein Unterschied, ob man klein beigibt oder jemanden belügt. Außerdem ist Claire nicht dumm und hat schon seit ihrer Kindheit einen frustrierend genauen Radar dafür, wann Jessie Unsinn redet und wann nicht. Vermutlich ist es das Beste, nicht allzu heuchlerisch rüberzukommen.

Doch es schmerzt sie auch, dass ihre Eltern im Augenblick kaum etwas mit ihr zu tun haben wollen. Diese beiden Menschen sind biologisch darauf programmiert, ihr so gut wie alles zu verzeihen, und dennoch weisen sie sie zurück. Zu stolz und zu lieb, um einfach Klartext mit ihr zu reden, gehen sie nicht ans Telefon, wenn sie anruft, rufen sie nicht zurück und stellen sich selbst bei dieser Hochzeit noch mehr in den Hintergrund. Jessie sollte darüber eigentlich erfreut sein, doch trotz ihres lautstarken Getönes und Gepolters ist sie das nicht. Sie schämt sich. *Warum nur bringt ihre Familie ständig die absolut schlimmste Seite in ihr zum Vorschein?*, fragt sie sich, als sie nun hier sitzt und sehr wohl weiß, dass ein einziger weiterer Zusammenstoß mit Claire ihr Ende bedeutet.

Ihre Schwester redet noch immer davon, wie sie sich zu verhalten hat, *wenn wir da jetzt reingehen,* so überheblich und überzeugt von sich selbst, so glücklich ist sie, die Oberhand zu haben. Es gibt doch nichts Effizienteres als ein netter kleiner Zoff in der Familie, um ihr die komplette Vorfreude auf die bevorstehende Hochzeit zu vermiesen. Jessie spürt immer noch die Last in ihrer Brust, die Reue, die sie niederdrückt. Die Fragen, die an die Oberfläche drängen, lassen sie wieder und wieder zusammenzucken. *Warum habe ich das getan? Warum habe ich nicht einfach alles laufen lassen? Was wäre das*

Schlimmste gewesen, was hätte passieren können? Ein paar unschöne Bemerkungen? Hämisches Gekicher? Wenn Claire genug Mut hatte, in dem Kleid zu erscheinen, hätte ich sie das mit sich selbst ausmachen lassen müssen. Jessie ist sich voll und ganz bewusst, wie albern sie sich benommen hat. Hätte sie an jenem Abend einfach den Mund gehalten, wären jetzt Adams Freunde die Bösen, nicht sie. Nun muss sie sich nicht nur damit auseinandersetzen, dass sie ihre Mum und Claire so schäbig behandelt hat, sondern noch dazu unbedingt verhindern, dass Adam jemals erfährt, was an jenem Abend wirklich passiert ist. Er denkt noch immer, dass ihr Junggesellinnenabschied das rauschende Fest war, das er sich vorgestellt hatte. Zum Glück steht die liebenswerte Tilly auf ihrer Seite und sorgt dafür, dass das auch so bleibt. Jessie betet nur, dass er die Wahrheit von niemand anderem erfährt. Hinzu kommt ihre Befürchtung, dass sich dieser Shoppingtrip mit Claire als weiteres Desaster entpuppt – was bedeutet, dass Jessies Nerven momentan blank liegen.

Es mag vielleicht eine Abmachung zwischen den beiden Schwestern bestehen, aber das bedeutet nicht, dass Jessie die Kontrolle über das, was gleich passiert, vollständig aus der Hand geben will. Sie hat sich die Freiheit genommen, Helen im Vorfeld mit ein paar Fakten zu ihrer Schwester Claire zu füttern – zum Beispiel dass sie keinerlei Stilgefühl hat und dass sie über die beeindruckende Fähigkeit verfügt, alles, was sie trägt, billig erscheinen zu lassen, ganz gleich, wie viel es kostet. Sie hat Helen außerdem erklärt, dass sie sich für Claire etwas Dezentes, Elegantes wünscht, und zwar sowohl für das

Probeessen als auch für den Hochzeitstag und die abendliche Hochzeitsparty. Egal wie teuer – Jessie wird dafür aufkommen.

Und Helen hat scheinbar nicht vor, sie zu enttäuschen. Als sie mit Claire die blitzsaubere Boutique betritt – Jessie muss ihre ganze Kraft aufwenden, um nicht auf die schmutzigen Sandalen ihrer Schwester zu starren –, sieht sie, dass Helen bereits eine Stange mit genau den richtigen Kleidern zusammengestellt hat. Nichts Durchsichtiges, nichts Hautenges, nichts tief Ausgeschnittenes, keine ausgestanzten Stoffe, keine aufdringlichen Farben, sondern eine Reihe wunderschöner, eleganter, bodenlanger Kleider in einer wohlüberlegten Palette sanfter Metallic- und pudriger Pastelltöne. Helen hat außerdem einige dezente Cover-ups aus weichem Kunstpelz, reich verzierter Spitze und mehrschichtigem Tüll herausgesucht – »Überzieher« für Arme und Rücken, die der Trägerin schmeicheln und dem Kleid eine einzigartige Note verleihen. Das sieht ja schon mal gut aus. Jessie kann sich entspannen. Helen übernimmt, und wenn irgendwer mit Claire umgehen kann, dann sie.

»Guten Tag, die Damen«, begrüßt die Besitzerin der White Gallery ihre Kundinnen. »Sie müssen Claire sein?« Sie bedeutet den beiden, Platz zu nehmen, während sie die Kleiderstange in den Umkleideraum schiebt.

»Ja, schön, Sie kennenzulernen, Helen. Ich kann es kaum erwarten, endlich mit dem Anprobieren zu beginnen.«

»Nun, dann lassen Sie uns loslegen! Da ich bereits Ihre Schwester ausgestattet habe, bin ich über den Rahmen der Hochzeit informiert. Ich habe mir deshalb erlaubt, mehrere Outfits für Sie zusammenzustellen, die auf Jessies Kleider abgestimmt sind und mit der für den jeweiligen Anlass ausgewählten Farbpalette harmonieren. Werfen Sie doch einfach mal einen Blick darauf und sagen Sie mir, was Ihnen gefällt, dann helfe ich Ihnen gern beim Anprobieren.«

»Alles klar.« Claire stapft zur Kleiderstange und fängt an, sich von Bügel zu Bügel vorzuarbeiten, als wäre sie bei einer samstagnachmittäglichen Schnäppchenjagd bei TK Maxx.

Jessie sieht ihr dabei zu, fest entschlossen, kein Wort zu sagen. Auf der Stange hängen mindestens acht Kleider, in denen sie Claire gern sehen würde, und mehrere andere, die zwar nicht ihre erste Wahl wären, die sie sich aber dennoch gut an ihrer Schwester vorstellen kann – jedes einzelne wäre tausendmal besser als das, was Claire sich aussuchen würde. Doch die ist bereits am Ende der Stange angekommen, ohne auch nur ein einziges Kleid in die engere Auswahl zu ziehen.

»Hm, die sind alle ausgesprochen schön, Helen, aber ich hatte etwas anderes im Sinn.«

Claire grinst von einem Ohr zum anderen, weil sie weiß, dass sie kurz davorsteht, Jessie den Todesstoß zu versetzen.

»Verraten Sie mir, was Sie sich vorstellen, Claire?«, bittet Helen. »Ich habe noch viele weitere Brautjungfernkleider hier, die Sie probieren können. Denken Sie an einen bestimmten Stil oder Schnitt? Eine Form, in der Sie sich besonders wohlfühlen und die ich bei meiner Auswahl noch nicht berücksichtigt habe?«

»Ich möchte Weiß tragen.«

»Wie bitte?« Jessie springt auf. »Willst du mich auf den Arm nehmen?«

»Nein, keineswegs. Ich mag diese Rosa- und Gelbtöne nicht, all die mädchenhaften Farben. Weiß steht mir, vor allem, wenn ich vorher Bräunungsspray benutze.«

Jessie ist sprachlos. Helens Augen zucken zwischen den beiden Schwestern hin und her, während Jessie wie angewurzelt dasteht, reglos, Tränen des Zorns in den Augen. *Weiß diese Vollidiotin wirklich nicht, dass sie unmöglich Weiß tragen kann, oder will sie mich einfach nur verarschen?* Jessie ist so außer sich vor Wut, dass sie kein Wort hervorbringt. Helen wird einschreiten müssen. Wenn Jessie den Mund aufmacht, wird doch nur eine Flut übelster Beschimpfungen daraus hervorsprudeln. Zum Glück sieht Helen, was in ihr vorgeht.

»Ich bin mir sicher, Sie wissen, dass Weiß traditionell der Braut vorbehalten ist, Claire – es soll sie an ihrem Ehrentag zu etwas ganz Besonderem machen. Sie möchten doch sicher nicht während des gesamten Fests mit der Braut verwechselt werden, oder?« Helens Stimme klingt fröhlich und unbefangen, als würde sie Claire einen gut gemeinten Rat geben, den diese sicherlich annehmen wird.

Doch das tut sie nicht.

»Oh, machen Sie sich da mal keine Gedanken, für Jessie ist es okay, wenn ich trage, was immer mir gefällt, nicht wahr, Schwesterherz?«

»Ich habe nie behauptet, dass du ein gottverdammtes Hochzeitskleid anziehen kannst, Claire!« Jessies so mühsam erzwungene Beherrschung ist auf einen Schlag dahin.

Claire atmet tief ein, sieht Jessie direkt in die Augen

und holt mit der Kaltblütigkeit eines Serienmörders zum entscheidenden Schlag aus. »Was hat eigentlich Adam zu deinem Junggesellinnenabschied gesagt?«

In der wundervollen Welt in ihrem Kopf landet Jessie mit ihrer harten, knochigen Faust einen gezielten Treffer auf Claires Kinn. Der Hieb trifft sie völlig überraschend und vertreibt binnen Sekunden das hämische Grinsen von ihrem Gesicht.

»Helen, bitte lassen Sie Claire anprobieren, was immer sie möchte, alles, worin sie sich wohlfühlt.« *Weißt du was? Scheiß drauf. Wenn sie aussehen möchte wie ein Volltrottel, solltest du ihr nicht im Weg stehen. Nur zu, meine Liebe, der Spaß sei dir gegönnt. Und wenn irgendwer dich auslacht, musst du eben damit klarkommen.*

Jessie lehnt sich zurück, öffnet den Gürtel ihrer Kaschmirjacke von YSL, stellt ihre gesteppte Chanel-Tasche auf den Fußboden und stößt einen Seufzer aus, so tief, dass sie damit eine Kerze hätte auspusten können. Die nächste Stunde verbringt sie damit, Claire zuzusehen, die jeden Schnitt und jeden Stil anprobiert, den die White Gallery zu bieten hat – und die von Kleid zu Kleid lächerlicher aussieht. Helen gibt ihr Bestes, um ihr schlichtere Modelle ohne Schleppe schmackhaft zu machen, in denen sie weniger aussieht wie eine Braut, aber davon will Claire natürlich nichts wissen. Tatsache ist, dass sie weit mehr Spaß hat, als Jessie bei der Auswahl ihrer Kleider je hatte. Es ist ihr Prinzessinnenmoment. Sie tänzelt von einer Seite des Umkleideraums zur anderen, dreht sich um sich selbst, rafft Arme voll Tüll zusammen und wirft sie dramatisch in die Höhe, während sie gleichzeitig einen kleinen Luftsprung macht. Dann wiederum tut sie so, als halte sie ein Blumenbouquet in den Händen und schreite langsam ein imaginäres Mittelschiff entlang; einmal bittet sie Helen sogar, ihr einen Schleier anzustecken, *nur so, zum Spaß*.

Warum tut sie das?, fragt sich Jessie. Ist das für sie so etwas wie ihre eigene Hochzeit? Stellvertretend für den Ehrentag, den sie nie haben wird? Es ist tragisch, wirklich tragisch, aber je länger sich diese bizarre Szene vor Jessies Augen abspielt, desto mehr verraucht ihr Zorn. Es ist beinahe befreiend, Claire dabei zuzusehen, wie sie vollkommen unbefangen und sorglos durch die Umkleide wirbelt. Ein Mädchen, das so wenig hermacht und das trotzdem so viel glücklicher ist, als Jessie sich im Augenblick fühlt. Claire glaubt wirklich, dass sie schön aussieht. Sie hegt keinerlei Selbstzweifel. Welchen Illusionen auch immer sie sich hingibt, Jessie wird ihre Seifenblase nicht zerstören. So absurd es auch sein mag: Dann wird ihre Schwester eben in einem Brautkleid bei ihrer Hochzeit erscheinen. Noch schlimmer kann es gar nicht kommen.

»Warum gehst du nicht rüber nach Willow Manor und bestellst uns etwas zum Mittagessen, Claire, während ich bei Helen die Rechnung bezahle? Es wird nicht lange dauern«, schlägt Jessie vor, als sich der Termin dem Ende nähert. Ihre Stimme klingt heiser vor Resignation, sämtliche Vorfreude auf ihre baldige Hochzeit hat sich in Luft aufgelöst.

»Das ist eine großartige Idee. Danke, Helen. Bis gleich!« Claire sammelt ihre Sachen ein, schwingt ihre Tasche über die Schulter und eilt zur Tür. Bevor sie sie öffnet, bleibt sie stehen und wirft einen Blick über die Schulter, ihr Gesicht spiegelt nichts als Verachtung.

»Weißt du was, Jess? Das blaue schulterfreie Kleid genügt mir für deine Hochzeit, ansonsten kannst du dir aussuchen, was ich tragen soll. Mir ist das egal. Denn anders als du bin ich nicht darauf fixiert, was andere Leute von mir denken und wie ich aussehe. Ich hoffe, du hast unseren kleinen Shoppingtrip genossen, immerhin hattest du ihn dir redlich verdient.« Und damit verlässt sie die White Gallery, um ihren Sieg zu feiern, während Jessie mit offenem Mund zurückbleibt.

»Ähm … darf ich fragen, was da gerade passiert ist?« Helen sieht Jessie ratlos an. »Ich fürchte, ich bin ein bisschen verwirrt. Möchten Sie die Kleider nun nehmen … oder nicht?«

Doch Jessie hat sich in eine Sicherheitsposition begeben, als säße sie in einem abstürzenden oder notlandenden Flugzeug, vornübergebeugt, den Kopf zwischen die Knie gesteckt und mit beiden Händen geschützt. All die Enttäuschung, all der Zorn, all die Demütigungen lassen ihren Körper erbeben, während sie gleichzeitig einen lautlosen Schrei von sich gibt. Helen setzt sich neben sie, legt ihr den Arm um die Schultern und richtet sie mit einem sanften »Kommen Sie, Jessie« wieder auf.

»Es tut mir so leid, Helen, ich weiß gar nicht, wo ich anfangen soll.« Ihr Gesicht ist tiefrot, Hals und Dekolleté sind voller hektischer Flecken.

»Sie müssen mir nichts erklären, wenn Sie nicht möchten«, sagt Helen. »Ich sehe sehr gut, womit Sie es zu tun haben. Darf ich Ihnen einen Rat geben, Jessie? Sie können Ihre Familie nicht kontrollieren. Die Menschen sind, wie sie sind, und je mehr man versucht, sie in eine Ecke zu drängen, sie so zu formen, wie man sie selber gern hätte, desto unwahrscheinlicher ist es, dass sie Ihrer Vorstellung von Perfektion entsprechen. Ihre Schwester hat Ihnen heute eine Lektion erteilen wollen – eine Lektion, die vermutlich hätte vermieden werden können?«

»Ich habe keine Ahnung, wie die Dinge so aus dem Ruder laufen konnten. Ich liebe meine Familie, wirklich. Auch Claire. Sie ist meine Schwester, wie könnte ich sie nicht lieben? Aber sie bekommen alles in den falschen Hals. *Alles*. Hätte Claire auch nur ein Fünkchen Ehrgeiz im Leib, würde sie sehen, dass ich ihr helfen kann. Ich kann ihr helfen, dass sie besser aussieht, glücklicher mit sich selbst ist.«

»Soweit ich das beurteilen kann, ist sie glücklich, Jessie. Allerdings ist das nicht *Ihre* Auffassung von Glück, sondern Claires. Haben Sie nicht Ihr Gesicht gesehen, als sie diese Kleider probiert hat? Für einen Moment war sie in einer anderen Welt, ist völlig der Magie des Ganzen erlegen. Na gut, sie hatte andere Motive, aber ich mache diese Arbeit nun schon eine ganze Weile, und das war nicht gespielt. Sie sieht sich nicht so, wie Sie sie sehen, und ich fürchte, dass sie Ihre Auffassung, sie müsse sich einer äußerlichen Veränderung unterziehen, nicht teilt.« Helen hat ihren Sessel näher an den von Jessie gezogen. Wie es aussieht, wird sie Jessie erst dann gehen lassen, wenn diese Sache geklärt ist und Jessie sich besser fühlt.

»Es geht aber nicht nur um Claire, Helen, es geht um meine ganze Familie. Ich liebe meine Eltern sehr, aber sie kapieren es einfach nicht. Meine Mum hat vor, bei dem Probeessen auf dem Anwesen von Adams Eltern mit einem Blechkuchen aufzutauchen, den sie mit billigsten Supermarktzutaten gebacken hat, dabei hat Adams

Familie einen eigenen Koch! Doch meine Mutter wird das nicht bemerken, weil sie viel zu beschäftigt damit ist, Camilla weiszumachen, wie clever sie ist, weil sie es hinkriegt, dass ein Stück nicht mehr als fünfzig Pence kostet. Währenddessen wird Dad Henry mit seinen unerbetenen Ratschlägen langweilen, wie man seinen Wagen winterfest macht.« Es ist, als hätte Jessie ein Wahrheitsserum zu sich genommen, so ungeschönt und unverblümt strömt alles aus ihr heraus.

»Sollen sie doch.« Helen lächelt, als sei das nicht wirklich ein Problem, zumindest keins in der Größenordnung, wie Jessie es einschätzt. »Adam heiratet Sie. Alles andere zählt nicht.«

»Doch! Ich möchte, dass seine Eltern mich seiner für würdig halten! Ich möchte kein Mensch zweiter Klasse sein, das Mädchen, das Glück hatte, sich ihn unter den Nagel zu reißen. Ich möchte mit Adam auf Augenhöhe sein.«

»Aber das sind Sie doch, Jessie, sonst hätte Adam Ihnen keinen Antrag gemacht. Sie haben viel mehr Glück, als Sie denken. Sehen Sie sich doch an, was Sie alles haben: einen Mann, der Sie liebt, der Ihr Ehemann werden, Kinder mit Ihnen bekommen, mit Ihnen alt werden möchte. Außerdem haben Sie eine Familie, die Sie liebt. Eltern, die stolz auf Sie sind, und eine Schwester, die trotz allem, was zwischen Ihnen passiert ist, an Ihrer Seite steht. Sie sind auf vielerlei Weise reich, Jessie. Glauben Sie wirklich, Adams Eltern sind von allen beeindruckt, die in ihren Kreisen verkehren? Sie haben genau wie der Rest von uns langweilige Dinnerpartys über sich ergehen lassen müssen, waren genervt über die Geistlosigkeit ihrer Gesprächspartner und haben sich vielleicht selbst an einem gewissen Punkt unterlegen gefühlt. Sie sind Menschen, genau wie wir alle! So etwas passiert nun mal. Es ist nicht wichtig.«

Jessie sieht aus, als sei bei ihr völlig die Luft raus. »Sie haben recht, Helen«, sagte sie schließlich. »Das weiß ich.«

»Sie sollten zu sich selbst stehen, Jessie, es sei denn, Sie haben vor, Ihre ganze Geschichte neu zu schreiben. Das ist es, was Adams Eltern bekommen, und wenn sie Sie nicht ohnehin längst lieben, werden sie es sicher bald tun. Abgesehen von allem anderen liegt das auch in ihrem Interesse. Ist Ihnen eigentlich jemals der Gedanke gekommen, dass sie sich vielleicht genauso nervös fragen, was Sie von ihnen halten?«

»Nein. Noch nie.«

»Entfremden Sie sich nicht von Ihrer Familie, Jessie. Eines Tages werden Sie sich umsehen, und sie ist nicht mehr da. Und dann, wenn es längst zu spät ist, werden Sie erkennen, wie unsinnig das alles war. Vollkommen irrelevant.«

22

HELEN

»Hi, Emily, hier spricht noch einmal Helen. Ich hoffe, bei Ihnen ist alles in Ordnung und Sie fühlen sich ein bisschen besser. Ich wollte Sie nur daran erinnern, dass Ihr Kleid fertig ist. Wie ich schon in meiner E-Mail erwähnt habe – ich weiß, dass Sie es so bald wie möglich brauchen, daher habe ich mich besonders beeilt. Sie können jederzeit kommen und es abholen. Sollte es irgendwelche Probleme geben, rufen Sie mich bitte unter der üblichen Nummer an. Schönen Tag und auf Wiederhören!«

Helen legt auf. Es ist die dritte Nachricht, die sie Emily hinterlässt. Seltsam, dass sie sich nicht meldet, zumal wenn man bedenkt, wie eilig sie es hatte, das Kleid zu bekommen. Was hat sie noch gleich bei der allerersten Anprobe gesagt? *Hören Sie, Helen, es kann sein, dass ich gar kein Kleid mehr brauche.* Wirklich seltsam. Helen hält sich strikt an den Grundsatz, sich niemals in die Familieninterna einzumischen, die sie oftmals hinter dem Vorhang der Umkleide mitbekommt, es sei denn, man fordert sie dazu auf. Diese Situation jedoch ist anders, hier geht es nicht um die eifersüchtige Schwester, die anmaßende Mutter oder die dominante beste Freundin.

Helen weiß, dass sie nichts tun kann, zumindest so lange nicht, bis Emily beschließt, aus der Deckung zu kommen, also wird sie vorerst nichts weiter unternehmen, sondern einfach nur abwarten.

Sie verstaut Emilys Kleid in der seidenen Schutzhülle und hängt es auf die Stange ganz hinten in der Boutique zu den anderen Kleidern, die darauf warten, abgeholt oder einer allerletzten Anprobe unterzogen zu werden. Es bleiben ihr noch ein paar Minuten bis zu ihrem Termin mit Dolly Jackson, daher reißt sie den Brief von Betsy auf, der heute Morgen in der Post lag – sie hat die Handschrift sofort erkannt. Ihre Tochter bedankt sich für das Geld, das Helen auf ihr Konto überwiesen hat. Als sie Betsys dankbare Worte liest, fragt sich Helen, ob sie lediglich die Vorboten für das gebrochene Herz sind, das Helen eines Tages wird richten müssen. Betsy hat die Karte allein unterschrieben, doch Helen weiß, dass das Geld nicht für sie ist. Jacob hat sich noch nie dafür bedankt. Vielleicht ist er zu stolz dafür? Vielleicht ahnt er gar nichts davon? Doch Helen weiß, dass diese Finanzspritzen nicht nötig wären, wenn er selbst etwas verdienen würde, und sie ist sich nicht sicher, wie lange eine Beziehung so eine Belastung aushält.

Sie nimmt den Bügel mit Dollys Kleid von der Stange und bringt ihn in die Umkleide, bevor sie sich vergewissert, dass ihre Nadeln und Klammern für die nächste Anprobe bereitliegen. Im selben Moment geht die Türglocke.

»Kommen Sie rein, Dolly, kommen Sie rein! Ich habe schon alles vorbereitet!« Helen hat sich auf diesen Termin gefreut. Es ist Dollys letzte Anprobe, bevor sie ihr Kleid abholt und es auf den Hochglanzseiten des *Brides*

Magazine präsentiert. Dolly war vollkommen ekstatisch, als sie Helen die Neuigkeit überbrachte, und auch wenn Helen das nie zugeben würde, ist sie ebenfalls begeistert, denn besagtes Feature wird jede Menge angehende Bräute in die White Gallery strömen lassen. Jenes Kleid, von Dolly mit all der Leidenschaft und überschäumenden Energie präsentiert, die einzigartig ist für diese junge Frau, wird Helen noch lange in Erinnerung bleiben.

Doch Dolly sieht heute anders aus. Zunächst einmal ist sie eher unauffällig gekleidet, um es höflich auszudrücken, ihre Haare sind ungekämmt. Helen ist es gewöhnt, dass Dolly perfekt gestylt mit einem fantastischen Outfit in den Laden wirbelt – einem viel zu kurzen Skater Skirt oder Absätzen, die so hoch sind, dass sie einen zwingen, auf den Zehen zu trippeln. Heute dagegen trägt sie eine Leggins, Leinenturnschuhe von Converse und ein übergroßes T-Shirt, das nicht nur so aussieht, als könne es eine Wäsche gebrauchen, sondern das anscheinend Kurven verhüllt, die vorher nicht da waren. Helen ist sofort klar, dass sie das Kleid neu abstecken muss. Dollys so liebenswertes übermütiges Lächeln ist verschwunden, dafür befinden sich unter ihren müden Augen so dunkle Ringe, als käme sie direkt von einer langen, anstrengenden Nachtschicht. Jetzt, im weichen Licht der Umkleide, erkennt Helen, dass Dollys Haut ihren jugendlichen Glanz verloren hat. Stattdessen wirkt sie fleckig, ist gespickt mit kleinen roten Irritationen und hat die Farbe einer Leiche. Dolly sieht Helen mit stumpfem Blick an.

»Legen Sie die Nadeln weg, Helen. Wir brauchen sie nicht mehr.« Dollys Unterlippe fängt an zu zittern.

»Oje. Was ist passiert, Dolly? Sie sehen nicht gerade

glücklich aus.« Was um alles in der Welt ist heute bloß los? Erst ist Emily wie vom Erdboden verschluckt, jetzt zieht die glücklichste Braut der Welt ein Gesicht, als habe sich jemand auf ihre Hochzeitstorte gesetzt.

»Ich bin gekommen, um es Ihnen persönlich mitzuteilen«, murmelt Dolly. »Die Hochzeit ist abgesagt.«

»Oh, verstehe. Geht es Ihnen gut, den Umständen entsprechend?« Das ist weniger eine Frage als vielmehr ein Angebot an Dolly, ihrem Kummer Luft zu machen. Dollys einst so übersprudelndes Temperament ist heute so lebhaft wie ein drei Tage alter Brautstrauß.

»Nicht wirklich. Alles ist ganz fürchterlich schiefgelaufen. Sehen Sie mich doch nur an!«

Helen betrachtet Dolly, die sich nicht länger die Mühe macht, ihre Tränen zurückzuhalten. Sie lässt sich völlig gehen, als sei das der wahre Grund, warum sie heute hierhergekommen ist. Helen weiß, dass Dolly das Kleid mit einem einzigen Anruf hätte stornieren oder ihr eine E-Mail hätte schicken können, aber das hat sie nicht getan. Heute braucht sie nicht Helens fachmännische Expertise in Sachen Brautkleid, sondern ihren unvoreingenommenen mütterlichen Rat und eine Schulter, an der sie sich ausweinen kann. Und Helen ist nur allzu bereit, der jungen Frau mit ihrem Wissen und ihrer Erfahrung zur Seite zu stehen, die ihre eigene Familie so lange zusammengehalten haben.

Ohne weitere Aufforderung zieht Helen Dolly an ihre Brust, drückt sie fest an sich und umhüllt sie mit einer tröstlichen Wolke »Lily of the Valley« von Jo Malone. Sie legt eine Hand auf Dollys Hinterkopf, während Dolly schluchzend das Gesicht an Helens Schulter birgt und deren perfekte, mit Haarspray in Form gehaltene Frisur platt drückt. Helen kann spüren, wie all der Kummer, all die Fassungslosigkeit aus ihr hervorbrechen. Als sie die junge Frau tröstend in ihren Armen wiegt, bemerkt sie, dass Dolly tatsächlich zugelegt hat – ein ganz anderer Mensch ist als das skelettartige Mädchen, das sie vor ein paar Wochen kennengelernt hat.

Und dann wird ihr plötzlich alles klar.

»Ich bin schwanger, Helen.« Drei Worte, die alles sagen, hervorgepresst zwischen kindlichen Schluchzern, die Helen förmlich anflehen zu behaupten, alles würde wieder gut, bald wäre alles überstanden und wieder so wie zuvor. Doch Helens Reaktion ist eine andere. Sie stammt aus einer Generation, in der man die Mutterschaft begrüßt und sich gern um die Bedürfnisse von Babys gekümmert hat. Schlagartig fühlt sie sich um Jahrzehnte zurückversetzt, in eine Zeit, in der sie begeistert jede wache Minute damit verbracht hat, ihrem Sohn und ihrer Tochter eine glückliche Kindheit zu bescheren. Sie sieht sich selbst mit dem kleinen Jack und erinnert sich an die Zeit mit der drei Wochen alten Betsy, wie sie beide Arm in Arm auf dem Sofa einschlafen – ein wechselseitiges Geben und Nehmen. Nie hätte sie gedacht, dass sie jemals so zufrieden sein würde.

»Wow! Das sind ja wunderbare Neuigkeiten! Warum sind Sie denn so außer sich?« Helen richtet Dolly auf, sodass die beiden Frauen sich nun direkt gegenübersitzen; Helen lächelnd und mit fragend hochgezogenen Augenbrauen, Dolly tränenüberströmt.

»Josh will das Baby nicht.« Dolly senkt den Blick, um ihre Verlegenheit zu verbergen.

»Ah.« Helen hat in ihrer Zeit in der White Gallery so manches Problem aus der Welt schaffen können, ist mit hinterlistigen Brautjungfern und überfürsorglichen Müttern fertiggeworden, doch das hier lässt sich nicht mit ein paar Plätzchen und einer frisch gebrühten Tasse Earl Grey lösen – obwohl sie genau das vielleicht ganz gut gebrauchen könnten.

»O Dolly! Warum denn nicht, um Himmels willen?« Helens Stimme klingt niedergeschlagen, spiegelt die Enttäuschung wider, die sie empfindet.

»Er behauptet, er sei einfach nicht bereit dafür. Er hat beruflich noch so viel vor und wollte einfach nur heiraten und Spaß haben – ohne die Last, jetzt schon eine Familie zu gründen. Das ist alles meine Schuld, ich habe es vermasselt!«

»Das stimmt nicht, Dolly. Es braucht immer zwei, damit man schwanger wird. Wie denken *Sie* denn darüber?« Helen verfrachtet Dolly auf die Chaiselongue, über die Jahre hinweg Schauplatz so vieler Tränenausbrüche und Dramen, und fragt sich nicht zum ersten Mal in dieser Woche, wo eigentlich die guten Männer geblieben sind. Die Sorte Mann, die Dollys Glück über ihr eigenes gestellt hätte. Helen platziert eine Schachtel hübscher geblümter Papiertaschentücher vor Dolly – eine weitere Aufforderung, ihren Kummer herauszulassen. Zum Teufel mit ihrem Ein-Stunden-Termin.

»An eine Schwangerschaft hab ich überhaupt nicht gedacht. Ich war so fixiert auf diese Hochzeit, darauf, dass die Location auch cool genug ist, ob unser Budget für die Getränke reicht, die ich mir vorgestellt habe, und ob die verfluchte Chefredakteurin von der *Brides* meine

Schuhe für stylish genug hält – ich hab das einfach nicht kommen sehen!« Dolly lehnt sich zurück, richtet sich wieder auf, kramt in ihrer Tasche nach nichts Besonderem, dann stellt sie sie zurück auf den Boden und fährt fort: »Wäre mein Chef nicht das größte Arschloch auf der ganzen Welt, wäre es vielleicht gar nicht so weit gekommen. Ich hätte vielleicht nicht alles darangesetzt, da rauszukommen. Und vielleicht hätte ich dann auch nicht vergessen, regelmäßig diese verdammten Antibabypillen zu nehmen.«

»Okay, jetzt noch mal langsam. Lassen Sie uns die Sache rational angehen. Erstens: Ich denke nicht, dass wir Ihren Chef für diese Situation verantwortlich machen können, Dolly. Er mag ja vieles falsch gemacht haben, aber geschwängert hat er Sie nicht.« Dolly schnaubt verächtlich, aber Helens Enthusiasmus für Problemlösungen ist bereits erwacht. Womöglich liegt das daran, dass ihre Kinder so weit weg sind und Helen nur selten um Hilfe bitten, außerdem sieht sie eine echte Gelegenheit, Dolly aus der Verzweiflung zu retten, die über sie hinwegschwappt.

»Die eigentliche Frage ist doch: Wie stehen Sie zu dem Baby, das in Ihnen heranwächst? Was für ein *Gefühl* löst das in Ihnen aus?«

Dolly schweigt für einen Moment, während sich hinter ihren feuchten Augenlidern ein neuer Tränenschwall anstaut, dann sagt sie leise: »Ich bin unglaublich glücklich.« Auf ihre Lippen tritt der Anflug eines Lächelns. »Doch dann hat mir Josh eine endlose Liste mit Gründen aufgezählt, warum es eine schlechte Idee ist, das Baby zu bekommen – hohe Kosten, Karrierebremse, sozialer

Selbstmord –, und jetzt bin ich total verunsichert. Wir haben versucht, wie Erwachsene darüber zu reden, aber am Ende haben wir uns doch nur immer wieder angeschrien, geflucht und die Türen zugeknallt. Wenn er nicht einfach aus der Wohnung gestapft und ins nächste Pub geflüchtet ist.«

»Oje.« Helen erkennt, dass Dollys Leben so gar nichts mit dem zu tun hat, was sie von zu Hause kennt.

»Als er mir all diese Dinge aufgezählt hat, habe ich mich gefragt, ob ich wirklich eine von diesen Frauen sein möchte.« Sie steht auf, geht ein paarmal auf und ab und lässt sich auf einen der goldverzierten Sessel fallen, die während der Anprobe für gewöhnlich von der Familie der Braut oder deren Freundinnen besetzt sind. Helen nimmt neben ihr Platz. »Sie wissen schon, Helen, ich meine die Frauen, die den Gehsteig mit ihren riesigen Kinderwagen blockieren und allen böse Blicke zuwerfen, die fluchen oder es wagen, sich drei Meter entfernt von ihrem kostbaren Sprössling eine Zigarette anzuzünden. Diese nervtötenden Weiber, die jeden Tag ins Starbucks stürmen, ihrer Koffeinsucht frönen und sich ach so wichtig vorkommen, weil sie ein Baby haben, die das Wort ›süß‹ ungefähr vierhundert Mal am Tag benutzen und ihre Klamotten nach dem Aspekt aussuchen, wie leicht sie zu waschen sind.«

»Das muss ja nicht heißen, dass Sie ebenfalls so werden, Dolly! Sie sind doch immer noch *Sie!*« Helen muss unweigerlich schmunzeln, doch Dolly bemerkt es nicht. Sie ist viel zu sehr damit beschäftigt, jede frischgebackene Mum niederzumachen, die sich abmüht, Tag für Tag bis zum Schlafengehen ohne Blutvergießen durchzustehen.

»Was, wenn ich mich die ganze Zeit über den unangenehmen Geruch wundere, der mich permanent verfolgt, bis ich schließlich merke, dass es das Abendessen meines Babys ist, das mir seit drei Tagen auf der Schulter klebt? Alle tun so, als seien sie völlig aus dem Häuschen vor Glück und drehen durch vor Begeisterung, wenn Finn seine Zuckerschoten aufgegessen hat, aber man findet nie ein Foto von ihnen auf Facebook, wenn sie um drei Uhr morgens in ihr Kissen weinen, weil der kleine Terrorist mal wieder nicht schlafen will. Er mag es mir zwar nicht unbedingt freundlich beigebracht haben, aber vielleicht hat Josh recht. Vielleicht sind wir wirklich nicht bereit dazu. Vielleicht bin *ich* nicht bereit dazu.«

Dass eine Frau die Mutterschaft so anders sehen könnte als sie selbst, hat sich Helen nicht vorstellen können. Dollys Worte verschlagen ihr die Sprache. Wo solche Überzeugungen wohl herrühren? Und seit wann sind Mütter Zielscheibe von Missverständnissen und dem Hass anderer Frauen? Diese Einfältigkeit ist doch lächerlich! Helen verlagert das Gewicht, um sich bequem zurechtzusetzen, bereit, Dolly eine ernsthafte Standpauke über die Mutterschaft zu halten.

»Ich kann Ihre Ängste verstehen, Dolly, aber Ihnen entgeht das Wesentliche: Wenn Sie Ihr Baby bekommen haben, werden Sie in einem völlig anderen Universum leben als zuvor. An die Tage nach der Geburt meiner beiden Kinder erinnere ich mich, als wäre es gestern gewesen. Ich bin nachts dreizehn Mal aufgestanden, um zu füttern, mein Kopf und mein Herz waren randvoll mit Liebe und Furcht, und ich war so bewegt, dass ich Ewigkeiten nicht mehr richtig schlafen konnte. Nach der

Geburt meines ersten Kindes habe ich das Haus ganze zehn Tage nicht verlassen.« Helens Blick schweift zur Decke, als würde sich dort ihre Vergangenheit in wunderschönen bunten Technicolorfarben vor ihr entfalten.

»O Gott!« Für Dolly hat diese Vorstellung offenbar gar nichts Schönes.

»Ja, zu Gott habe ich auch ein paarmal gebetet. Die Wahrheit ist: Wenn man sein Baby mal nicht schlafen legt, wickelt oder füttert, dann spielt man mit ihm, tröstet es oder bringt ihm etwas bei – oder man macht sich Sorgen, ob man auch ja alles richtig macht. Aber wenn die Furcht, etwas falsch zu machen, erst einmal nachlässt, dann bekommt man es hin, und Sie werden sehen – Sie schaffen das!« Helens Stimme klingt bewegt, so lebhaft fühlt sie sich in jene kostbaren Momente mitten in der Nacht zurückversetzt, die sie am Bett ihrer kleinen Lieblinge verbracht und sich gefragt hat, was sie wohl von ihr brauchen könnten.

»So leicht können Sie mich nicht überzeugen, Helen! Und was ist mit meinem Körper? Meine Figur wird für immer ruiniert sein. Ich meine – sehen Sie mich doch an, und ich habe noch Monate vor mir!« Dolly spannt ihr riesiges T-Shirt über ihrem Bauch, um Helen zu zeigen, dass sie in der Mitte bereits auseinandergeht.

»Ich möchte Ihnen nichts vormachen, Dolly. Ja, Ihr Körper wird sich so verändern, dass Sie ihn fast nicht wiedererkennen. Ihr Bauch wird wachsen und wachsen, bis Sie sich kaum noch vornüberbeugen können.«

Dolly macht ein noch längeres Gesicht als bei ihrer Ankunft, dann stößt sie einen langen, tiefen Seufzer aus und teilt Helen mit, dass sie die Fotostrecke im *Brides*

Magazine abgesagt hat. Aber Helen spricht unbeirrt weiter:

»Das, was Sie mir da zeigen, ist nichts im Vergleich zu dem, was auf Sie zukommt. Sie werden so dick sein, dass Sie kaum noch Luft holen können oder um etwas zu essen. Ihr Körper wird sich so weit dehnen, dass Sie sich fragen werden, ob er sich jemals wieder zurückbildet. Sie werden so schwer, aufgedunsen und ausladend sein wie nie zuvor.«

»Ich glaube, davon möchte ich lieber nichts weiter hören.«

»Doch, Dolly, hören Sie mir zu, denn das ist wichtig: Während Ihr Körper all diese unglaublichen Dinge tut, müssen Sie nicht aussehen wie eine Barbie, verstehen Sie?« Helen sieht Dolly direkt ins Gesicht. »Glauben Sie mir, wenn Sie Ihr Baby in den Armen halten, randvoll mit Glückshormonen, werden Sie nichts anderes als Stolz empfinden auf Ihren Körper und darauf, was er Ihnen geschenkt hat. Hier geht es nicht darum, wer am schnellsten wieder auf den Beinen ist und mit dem Kinderwagen Runden im Park dreht, aber wenn Sie irgendwann die Nase voll von elastischen Bündchen haben, ist es an der Zeit, etwas zu tun.«

»*Wenn* ich denn mein Baby in den Armen halte ...«

Helen spürt, wie traurig sie bei Dollys Worten wird. Sie lässt die Hände in den Schoß sinken, ihre Schultern sacken nach vorn, aber so schnell gibt sie sich nicht geschlagen. Sie weiß, dass sie das nicht tun sollte, aber sie öffnet bereits den Mund und beginnt zu sprechen, noch bevor sie es sich anders überlegen kann.

»Tun Sie das nicht, Dolly. Behalten Sie dieses Kind!

Begreifen Sie, was für ein unglaubliches Geschenk man Ihnen gemacht hat. Hätte ich meine Kinder nicht gehabt, die mir durch die dunkelste Zeit meines Lebens geholfen haben, wäre ich vielleicht nicht mehr hier …« Sie bricht ab, möchte nicht, dass sich dieses Gespräch um sie dreht. Dolly steht kurz davor, die größte Entscheidung ihres Lebens zu treffen, und Helen wird alles daransetzen, dass es die richtige ist.

»Ich habe Angst, Helen.« Dolly ist aufgesprungen, anscheinend hat sie genug gehört. Helen muss sie auffangen, ihr Hoffnung geben.

»Das verstehe ich. Wer hätte das nicht? Aber das ist okay, das hatte ich auch. Ich war um einiges jünger als Sie, Dolly, und damals war es völlig anders, Mutter zu werden, als heute. Als man mir im Kreißsaal das winzige, fest gewickelte Bündel in die Arme drückte, dachte ich, dass ich gerade das Normalste, Selbstverständlichste der Welt getan hatte, nichts Außergewöhnliches. Kein Hahn krähte danach oder überreichte mir deswegen eine Medaille, auch wenn das sicherlich angemessen gewesen wäre.« Jetzt wirkt Helen ein wenig ernüchtert. »Niemand wird Sie hochleben lassen, weil Sie den Mut haben, die Sache allein durchzustehen, aber Sie stehen am Beginn von etwas ganz Außergewöhnlichem – und ich rate Ihnen, sich diese Chance nicht entgehen zu lassen.«

Dolly bückt sich und nimmt ihre Handtasche vom Boden, wobei der Ausdruck tiefer Traurigkeit auf ihr Gesicht zurückkehrt wie ein Schatten, der auf einen hellen Weg fällt. »Ich habe niemanden, der mit mir zum Geburtsvorbereitungskurs geht, da dürfte es schwierig sein, Kontakte zu knüpfen.«

»Wie bitte?« Helen spricht über die Strapazen des Kinderkriegens, und alles, was Dolly interessiert, ist die Gelegenheit, sich weiter zu vernetzen?

»Ja, zum Geburtsvorbereitungskurs. Dort erfährt man alles über die Schwangerschaft und die Geburt, und man trifft dort auf jede Menge glückliche Paare, die Massagetechniken lernen oder gemeinsam einen Geburtsplan aufstellen – was alles in die Tasche für die Klinik gehört, zum Beispiel. Ich habe mich mal schlaugemacht und festgestellt, dass die meisten Kurse für Paare sind. Ist ja klar, schließlich erwarten alle, dass der Mann mitmacht. Meine Familie wohnt ewig weit weg, und die meisten meiner Freundinnen werden mit Sicherheit im entscheidenden Moment einen Rückzieher machen. Außerdem kann ich sie wohl kaum bitten, um drei Uhr morgens aufzustehen und mich quer durch die Stadt zur Klinik zu fahren, wenn meine Fruchtblase platzt. Es gibt einfach keinen, der das mit mir durchziehen würde.« Sie geht zur Tür; anscheinend hat sie einen Entschluss gefasst. Helen weiß, dass sie etwas sagen muss.

»Doch, das haben Sie. Sie haben mich. Ich werde für Sie da sein, Dolly. Wenn Sie möchten, werde ich Ihnen beistehen, denn ich würde alles in meiner Macht Stehende tun, dass Sie dieses Baby zur Welt bringen können – vorausgesetzt, Sie entscheiden sich für das Kind.« Helen ist voller Entschlossenheit. Denn obwohl sie diese junge Frau kaum kennt, weiß sie doch ganz genau, was es bedeutet, zwei Tage lang in den Wehen zu liegen, weiß sie um die Qualen, die man empfindet, wenn man denkt, man stoße an die Grenzen seiner eigenen Kraft, wenn man Stunde um Stunde den kaum auszuhaltenden

Schmerz der sich auf- und wieder abbauenden Wehen ertragen muss. Die Vorstellung, dass Dolly – oder irgendeine andere Frau – so etwas ganz allein durchstehen muss, ist ihr unerträglich.

»Danke, Helen, das ist wirklich ein außergewöhnliches Angebot, das Sie mir da machen, aber das Baby zu behalten würde bedeuten, Josh zu verlieren, und ich muss mir erst hundertprozentig sicher sein, dass ich das ertrage.« Dollys Finger greifen nach dem Türknauf. »Vielleicht besteht ja doch noch die winzige Chance, dass er sich mit der Vorstellung anfreundet, auch wenn ich das bezweifle. Ich muss eine Entscheidung treffen, eine Entscheidung, mit der ich nie im Leben gerechnet hätte, doch wenn er nicht eine vollkommene Kehrtwende vollzogen hat, heißt es für mich: Josh oder das Baby. Noch möchte ich die Hoffnung allerdings nicht aufgeben, zumindest nicht, ohne einen allerletzten Versuch zu unternehmen.«

Vielleicht ist es die Erinnerung an das enttäuschende Date mit Roger – oje, sie muss unbedingt seine beiden Textnachrichten beantworten, in denen er sie um eine weitere Verabredung bittet –, vielleicht liegt es auch daran, dass sie jetzt schon so lange allein klarkommen muss – Fakt ist, dass Helen keinerlei Verständnis hat für einen Mann wie Josh. Den Mitverursacher eines Problems, das zu lösen ihm der Mut fehlt.

»Ich denke, nur ein Mann ohne Gefühle kann in die Augen seines Neugeborenen blicken, ohne das Bedürfnis zu verspüren, es beschützen und versorgen zu wollen«, fügt Helen hinzu. »Die Entscheidung, von der Sie sprechen, Dolly, können nur Sie allein treffen, doch bitte denken Sie nicht, Sie seien allein. Ich bin hier, und ich bin bereit.«

Sie sieht Dolly nach, die mit hängendem Kopf über den kleinen Weg zur Straße geht, ohne die Schönheit der blühenden Natur um sie herum zu bemerken, ohne sich bewusst zu werden, was ihr soeben Großartiges widerfährt.

Für einen Augenblick zögert Helen und fragt sich, ob sie sich dieser Aufgabe wirklich gewachsen fühlt, dann bemerkt sie, dass das rote Licht an ihrem Telefon blinkt und eine neue Sprachnachricht anzeigt. Sie hat gar nicht bemerkt, dass es geklingelt hat. Das muss Emily sein, denkt sie, drückt auf den Knopf und hört erstickte Laute einer ihr unbekannten Männerstimme. Anscheinend kämpft der Anrufer damit, einen zusammenhängenden Satz hervorzubringen, doch er schafft es nicht einmal, seinen Namen zu nennen, stattdessen hört Helen unterdrücktes Schluchzen. Kurz darauf gibt er auf und legt auf. *Wie seltsam,* denkt Helen, *vermutlich war er falsch verbunden.* Sie drückt auf *Löschen.*

23

DOLLY

»Jetzt mach doch nicht so eine große Sache daraus, Dolly«, schreit Josh sie zwischen einem Mundvoll Toast und einem Schluck heißem Kaffee an. »Ich sage doch nicht generell Nein zu einem Baby, ich will nur jetzt keins! Das ist doch ein Kompromiss, findest du nicht?«

»Na klar! Du hast ja auch keins im Bauch!« Auch Dolly schreit jetzt, befeuert von dem Frust über Joshs mangelndes Verständnis. Tagelang hat sie versucht, die Mauer aus Sturheit zu durchdringen, mit der er sich umgeben hat – vergeblich. »Sollen wir das etwa innerhalb der nächsten acht Minuten klären, denn genau so lange haben wir noch, bis wir zur Arbeit müssen!«

»Nein, ganz bestimmt nicht, ich hab's nämlich satt, immer den gleichen Mist durchzukauen – das bringt doch eh nichts.« Er springt auf, nimmt seine Sachen und knallt die Tür so fest hinter sich zu, dass die gerahmte Botschaft, die sie ihm letztes Jahr zum Valentinstag geschenkt hat, krachend zu Boden fällt. *Nur mit dir will ich mein Leben verbringen.* Die kann sie nun genauso gut in die Tonne werfen, denkt Dolly, was beinahe eine Erleichterung ist. Jeden Morgen erinnert sie das verdammte Ding auf unschöne Art und Weise daran, wie steil es mit ihrer Beziehung bergab gegangen ist, seit er es morgens im Bett ausgepackt und sich entschuldigt hat, weil er noch nicht dazu gekommen sei, etwas für sie zu besorgen.

Sie wird wieder einmal zu spät zur Arbeit kommen, nicht dass ihr das etwas ausmacht. Aber irgendwo – bei irgendwem – muss sie ihrem Ärger schließlich Luft machen, und zumindest dafür eignen sich die Agentur und die Arschgeige nahezu perfekt.

Das, was nun passieren wird, hat sich über einen schmerzhaft langen Zeitraum zusammengebraut. Doch das macht es letztendlich umso süßer. Dolly steht vor dem Büro der Arschgeige, streckt die Hand nach dem Türgriff aus und wirft einen Seitenblick auf seinen neuesten absurden Karrieretipp. Das Plakat von letzter Woche war ein echter Knaller: *Wenn man dir einen Platz in einer Rakete anbietet, frag nicht, welchen, steig einfach ein!* Als würde so etwas jemals auf diesem Friedhof für zerschmetterte Karrieren und erstickte Ambitionen passieren. Diese Woche hat sich die Arschgeige etwas Simpleres – *Prosaischeres,* um bei seinen Worten zu bleiben – einfallen lassen: *Nur Arschlöcher suhlen sich in Selbstmitleid.* Dolly fragt sich kurz, was die Personalabteilung wohl davon halten würde, wenn sie sich mal die Mühe machen würde, beim Fußvolk vorbeizuschauen.

Kann man eigentlich noch dümmer, noch simpler gestrickt sein als die Arschgeige?, fragt sich Dolly, als sie sich die Krümel ihres Pain au chocolat vom Kleid wischt, wobei sich ein hässlicher brauner Streifen auf dem Stoff bildet. Ohne anzuklopfen, öffnet sie die Tür und tritt ein, was die Arschgeige schuldbewusst hochschrecken lässt. Sie sieht, wie er eilig die *Mail Online* schließt, doch er ist nicht schnell genug; auf dem Bildschirm erkennt Dolly das Foto eines C-Promiluders, das sich an einem exotischen Strand rekelt.

»Was ist denn los, Dolly, ich habe zu tun!«

»Rich! Alles okay? Du wirkst heute ein wenig selbstmitleidig.« Dolly ist in Fahrt, bereit, es ihm so richtig zu geben.

»Sei bloß vorsichtig, Dolly, ich habe drei neue Anfragen für Präsentationen in der Mailbox – und alle drei könnten auf deinem Schreibtisch landen.«

»Ich freue mich so sehr, dass du das Thema anschneidest, Rich.« Dolly geht wie ein Stabsfeldwebel vor seinem Schreibtisch auf und ab. »Ich weiß, dass du ganz versessen darauf bist, mich heute Nachmittag bei dieser Pitch-Präsentation für McVities einzuspannen …«

»Du *wirst* daran teilnehmen, das steht ja wohl außer Frage.« Die Arschgeige wirbelt zu ihr herum, die Arme vor der Hühnerbrust verschränkt. Dolly hat nun seine volle Aufmerksamkeit, und ihr entgeht nicht, dass er ungehalten das Gesicht verzieht – ein Gesicht, das soeben auf unattraktive Weise rot anläuft, als hätte er beim Mittagessen mal wieder zu viel Prosecco getrunken.

»Nun, das wird wohl nicht klappen. Bedauerlicherweise habe ich heute Nachmittag einen privaten Termin, den ich auf keinen Fall versäumen darf – erinnerst du dich an das ärztliche Attest, das ich dir neulich gegeben habe?«

»Dolly, ich brauche dich bei dieser Präsentation. Um

was für einen Termin auch immer es sich handelt – verleg ihn. So wichtig kann das doch nicht sein. Außerdem möchte ich dich daran erinnern, dass ein ärztliches Attest kein Freifahrtschein fürs Blaumachen ist. Denkst du etwa, ich weiß nicht, dass es in Wirklichkeit um deine Hochzeitsvorbereitungen geht?«

Bei der Erwähnung ihrer Hochzeit zuckt Dolly leicht zusammen, dann sammelt sie sich eilig, fest entschlossen, nicht einmal den kleinsten Anflug von Schwäche zu zeigen. Diese Genugtuung wird sie ihm nicht geben.

»Es ist wirklich *sehr* wichtig. Ich habe der Personalabteilung Bescheid gegeben, die natürlich vollstes Verständnis hat und mich voll und ganz unterstützt – du kannst gern nachfragen, wenn du möchtest. Ich gehe um zwei und bin erst morgen früh wieder in der Agentur. Du solltest besser einen anderen Trottel finden, der die Sache für mich übernimmt – jemanden, der sich vor einen Raum voller Leute stellt, die jede Menge herausragender PR-Ideen erwarten, weil sie selbst zu dämlich sind, sich etwas einfallen zu lassen. Ich kann dir Rachel empfehlen – sie ist brillant im Unsinnschwafeln und aus irgendwelchen mir unerfindlichen Gründen ganz versessen darauf, dich zu beeindrucken.« Dolly weiß, dass sie ein ziemliches Risiko eingeht, die Arschgeige derart gegen sich aufzubringen. Da sie die Möglichkeit, als alleinerziehende Mutter zu enden, nicht ausschließen kann, muss sie vorsichtig sein: Sie braucht diesen Job und das jämmerliche Gehalt dringender denn je. Dennoch fühlt sie sich so mutig wie nie zuvor. Es mag falsch sein und womöglich nur von kurzer Dauer, doch sie kann es einfach nicht lassen.

»Eine Sache noch, Dolly, bevor du zurück an deinen Schreibtisch gehst und für den Rest des Morgens Papier hin- und herschiebst. Ein kurzer Blick in deinen Arbeitsvertrag wird dich daran erinnern, dass du dich zu jeder Zeit professionell und repräsentativ zu kleiden hast, um dem Job gerecht zu werden, den du angeblich machst.« Er will sie dort treffen, wo es ihr wehtut, das spürt sie. »Vielleicht solltest du rasch den Waschraum aufsuchen, um die Reste deines Frühstücks von deinem Kleid zu entfernen … Ach ja, einer deiner Strümpfe hat ein Loch.«

Dieser schmierige Bastard, denkt Dolly. *Er ist doch wohl der Letzte, der über Kleidervorschriften reden sollte. Ich bin schließlich nicht die Einzige, die die gelben Flecken unter den Achseln seines weißen Hemds bemerkt hat.*

»Überleg dir, ob du nicht gleich ein anderes Kleid anziehen möchtest, das hier scheint ein wenig zu spannen. Und ab mit dir.« Er wedelt herablassend mit der Hand, und Dolly bleibt keine andere Wahl, als an ihren Schreibtisch zurückzukehren – mit einem Umweg über die Küche, wo sie sich eine riesige Tasse Tee mit zwei Stück Zucker macht und über eine Handvoll Kakaokekse herfällt. Wenn jemand so blöd ist, sie so offen herumliegen zu lassen, ist das schließlich nicht ihr Problem, oder?

Als sie endlich ihren Computer hochfährt, zeigt die kleine Uhr in der oberen rechten Ecke 10.15 Uhr an. Dolly loggt sich sofort bei BabyCentre ein, der Website, mit deren Hilfe sie grob das Geburtsdatum errechnet hatte, bevor der erste Ultraschall den Termin bestätigte. Als sie ihr Passwort eingetippt hat, flackern die Worte: *Ihr Baby ist in der achtzehnten Woche!* vor ihr auf. Eifrig damit beschäftigt, Kekse in den Tee zu stippen und feuchte Krümel auf ihrer Computertastatur zu verteilen, die sich mit Sicherheit nie wieder entfernen lassen, scrollt Dolly weiter runter. Binnen fünf Minuten hat sie alles in sich aufgesaugt, hat jedes Detail darüber verschlungen, was gerade in ihrem Innern passiert.

Der Fortschritt des so kleinen, so unschuldigen, bis jetzt so abstrakten Etwas – nein, *Wesens* – ist verblüffend. Ihre Gebärmutter stößt bis an den Bauchnabel, über den sie unwillkürlich mit dem Finger fährt. Und dann – wow! Das Baby ist bereits vierzehn Zentimeter lang, bekommt seine ersten Härchen, kann schlucken und fängt an zu hören und zu fühlen. Noch bevor ihr klar wird, was sie da tut, liest Dolly schon weiter, was in den nächsten Wochen passieren wird, sieht, wie sich die Augenbrauen, Augenlider und die winzigen Zahnknospen bilden.

Vom Agenturalltag, der um sie herum stattfindet, bekommt sie nichts mehr mit – ihre Kollegen, die telefonieren, voller Entschlossenheit ins Büro der Arschgeige stürmen und wieder heraustappen, als habe man bei ihnen die Luft rausgelassen, wenn sie nicht ihre Zeit mit Gesprächen über *Bake Off* und ihre Lieblingstanzshows totschlagen, blendet sie völlig aus. Zwischendurch kommt irgendwer an ihren Schreibtisch und bittet sie um die Kontaktdaten eines ihrer Klienten, der offenbar immer erboster wird, weil sie noch nicht die Zeit gefunden hat, ihn zurückzurufen. Dolly ist in ihrer eigenen Welt, hin- und hergerissen zwischen der unglaublichen Geschichte, die ihr die Website erzählt, und traurigen Rückblenden an das, was zu Hause passiert.

Doch es war ein produktiver Vormittag, zumindest in Dollys Augen. Nun weiß sie, welcher Babyausstatter in der Gegend Rabattaktionen anbietet und wann, und was sie jeden Monat ungefähr für Neugeborenen- und Folgemilch ausgeben muss, wenn sie nicht stillt. Die Kosten für Windeln, von denen ein Neugeborenes bis zu fünfzehn Stück am Tag braucht, sind halsabschneiderisch.

Als Dolly da sitzt, umgeben von den Geräuschen des stumpfsinnigen Agenturalltags, fragt sie sich, ob es wohl eine Zukunft für sie, Josh und das Baby geben mag. Wo ist der Mann, den sie einst so sehr geliebt hat, der Mann, der sie heiraten wollte? Kann sie sich trotz allem eine gemeinsame Zukunft vorstellen? Sie wird auf dem Weg zu ihrem Vorsorgetermin darüber nachdenken. Es ist Zeit aufzubrechen.

Das Wartezimmer im Central Cotswolds Hospital ist nicht unbedingt die beste Werbung für die Mutterschaft. Völlig erschöpfte, hochschwangere Frauen haben alle Hände damit zu tun, ihre gelangweilten Kleinkinder im Zaum zu halten, die die Warterei satthaben und anfangen, die Tapete von den Wänden zu ziehen, die wenigen Spielzeuge zu zerstören oder aus vollem Halse schreien, weil sie etwas zu essen haben möchten. Ihre Körpersprache gibt Dolly mit aller Deutlichkeit zu verstehen, dass die vereinbarten Termine längst überschritten sind. Mit dicken Bäuchen sitzen sie zusammengesackt auf ihren Stühlen, geistesabwesend, die geschwollenen Beine weit geöffnet. Eine Frau ist eingeschlafen – Gott allein weiß, wie sie bei dem Lärmpegel hier drinnen schlafen kann – und dabei so weit auf ihrem Stuhl vorgerutscht, dass ihr Kopf auf der Lehne liegt. Erschöpfung, das wird auf sie zukommen, so viel steht fest. An der Anmeldung teilt ihr eine augenscheinlich gestresste Hebamme mit, dass sie in ihrem Terminplan zwei Stunden hinterherhinken. Sie nimmt sich nicht mal die Zeit, Dolly ins Gesicht zu blicken.

»Wie bitte? Warum haben Sie mich denn nicht angerufen? Ich habe extra früher Feierabend gemacht!« Na schön, das ist ihr im Grunde egal, aber sie könnte jetzt in einem gemütlichen Coffeeshop sitzen statt in diesem siebten Höllenkreis.

»Sehen Sie sich doch mal um! Glauben Sie wirklich, wir haben Zeit, uns um die Termine jeder einzelnen Frau hier zu kümmern? Nehmen Sie Platz, wir rufen Sie auf, wenn Sie dran sind.« Während des gesamten Gesprächs blickt Dolly auf den Scheitel der Hebamme, die kein einziges Mal die Augen von der Computertastatur nimmt.

Herrgott, ich werde doch nicht etwa auch so werden wie die, oder?, fragt sich Dolly, als sie Platz nimmt. Teil dieser Frauenmeute, für die das Leben nichts anderes ist als eine gewaltige Plage, bestimmt von der unsinnigen Terminvergabe in Geburtskliniken oder den Forderungen aggressiver Kleinkinder und hilfsbedürftiger Neugeborener. Sie schaut sich im Wartezimmer um, betrachtet die Poster an den Wänden, die auf das Risiko von Fehlgeburten aufmerksam machen, und mustert die Vielzahl von Wickeltaschen, deren Inhalt auf dem Fußboden verstreut liegt und eine chaotische Spur aus Windelbeuteln, Cremedosen, feuchten Tüchern, feuchten Tüchern und noch mehr feuchten Tüchern bildet, hier und da gespickt mit vereinzelten Babysachen. Anscheinend haben hier alle längst aufgegeben, ihre Siebensachen zusammenzuhalten. Ihr Blick bleibt an einer Frau hängen, deren Bauch so riesig ist, dass Dolly sich fragt, wie so etwas überhaupt noch funktionieren kann. Ihre Brüste sind nach rechts und links verschoben und hängen irgendwo dort, wo früher ihr Brustkorb gewesen sein muss. Es ist ein völlig anderes Bild als das, was der Computer ihr heute Morgen vermittelt hat.

Endlich wird Dollys Name aufgerufen. Man führt sie in einen kleinen, seelenlosen, dämmrigen Raum, in dem nicht mehr steht als ein Klinikbett, ein Ultraschallgerät, ein Computer mit Monitor und ein kleiner Schreibtisch samt Stuhl.

»Legen Sie sich bitte dorthin.« Die Hebamme ist so jung, dass Dolly versucht ist, sie zu fragen, wo die richtige Hebamme bleibt. »Dolly Jackson? Sie sind in der achtzehnten Woche?«

Dolly nickt. Plötzlich verspürt sie eine Woge der Nervosität auf sie zurollen, wenn sie daran denkt, was sie gleich zu sehen bekommen wird und worüber sie sprechen möchte.

»Okay, es ist zwar noch ein bisschen früh für den nächsten Ultraschall, aber lassen Sie uns trotzdem einen Blick auf das Kleine werfen.«

»Ähm, das Baby ist leider nicht geplant.« Mein Gott, warum platzt sie damit heraus – und warum schämt sie sich so über diese schlichte Aussage?

»Machen Sie sich keine Gedanken – das kommt immer wieder vor!« Die Hebamme lässt sich nicht beirren. »Legen Sie sich zurück, dann überprüfen wir als Erstes den Herzschlag, und anschließend werde ich Ihr

Baby vermessen.« Sie verteilt das kalte Gel auf Dollys Bauch, wobei sie wenig Rücksicht auf deren Kleidung nimmt.

Im Laufe der Wochen und nach unzähligen erfolglosen Versuchen, Josh doch noch für eine Zukunft zu dritt zu gewinnen, hat Dolly plötzlich schreckliche Angst, dass sie das hier nicht allein durchziehen kann. Schon dass sie zum Ultraschall hierhergekommen ist, fühlt sich falsch an. Was, wenn sie schlechte Nachrichten erhält? Es ist niemand da, der ihre Hand halten oder ihr die Tränen abwischen könnte, niemand, der ihr versichert, alles werde wieder gut, sie hätten ja schließlich einander. O Gott, o Gott, vielleicht ist es noch nicht zu spät für die Alternative?

»Darf ich Ihnen ein paar Fragen stellen, das Procedere einer … ähm … Darf ich fragen, welche *Optionen* mir zu diesem Zeitpunkt bleiben?« Dolly ringt nach Worten. Wie soll sie dieses Thema bei einer Frau anschneiden, deren gesamte berufliche Karriere auf ihrer Liebe zu Babys basiert? Bei einer Frau, die Tag für Tag damit verbringt, Babys auf die Welt zu holen – genau das Gegenteil von dem, was Dolly im Sinn hat?

»Selbstverständlich, ab der achtzehnten Woche erkundigen sich fast alle Frauen nach den Möglichkeiten einer schmerzreduzierten Geburt, was ich sehr gut verstehen kann. Wir stehen heute ein wenig unter Zeitdruck, aber ich gebe Ihnen einige Informationsblätter mit, die Ihnen verschiedene Möglichkeiten aufzeigen.«

Bevor Dolly einen weiteren Vorstoß unternehmen kann, sich verständlich zu machen, erfüllt das Geräusch eines schnellen, flatternden Herzschlags den Raum – der

Herzschlag des neuen Lebens. Dolly hält den Atem an, damit sie sich voll und ganz auf das Pochen konzentrieren kann, das tief aus ihrem Innern kommt. Sie schließt die Augen, liegt völlig reglos in dem dämmrigen Raum und denkt an das Baby, an Josh, die abgeblasene Hochzeit, die alles überschattenden Entscheidungen, die sich immer bedrohlicher in ihrem Kopf auftürmen. An die grauenhafte, chaotische Situation, die sie lösen muss – und zwar bald.

»Oh, das ist ungewöhnlich.« Die Hebamme beugt sich näher zum Monitor vor, um besser sehen zu können.

»Was denn? Was meinen Sie? Ist irgendetwas nicht in Ordnung?« Die Furcht vor dem, was als Nächstes kommen könnte, lässt Dollys Bauch hart werden. Ob ihr die Entscheidung wohl gerade abgenommen wird? Hat die Hebamme irgendetwas Schreckliches entdeckt, was bedeutet, dass es dieses Baby ohnehin nicht schafft? Ihr bleibt beinahe das Herz stehen, als die Hebamme zu einer Antwort ansetzt; ihr einziger Gedanke ist, wie verdammt erleichtert Josh darüber sein wird.

»Nein, nein, alles ist in Ordnung. Ich hätte das nicht sagen sollen. Es gibt nichts, worüber Sie sich Sorgen machen müssten – wirklich nicht.«

»Aber Sie haben doch gesagt, dass irgendetwas ungewöhnlich ist, und ich mache mir Sorgen. Bitte sagen Sie es mir. *Bitte.*« Dolly stützt sich auf die Ellbogen und versucht, selbst einen Blick auf den Monitor zu werfen.

»Ungern – aber ich verspreche Ihnen, dass alles okay ist.« Ihr Blick verrät, dass sie sich gerade eben einen groben Schnitzer erlaubt hat, der womöglich das Ende ihrer kurzen Karriere bedeutet.

»Bitte, sagen Sie es mir«, drängt Dolly. »Ich möchte es wissen, ganz gleich, worum es geht. Ich werde diesen Raum erst verlassen, wenn ich Bescheid weiß.«

Dolly wirkt so entschlossen, dass der Hebamme nichts anderes übrig bleibt, als nachzugeben.

»Also gut. Die achtzehnte Woche ist eigentlich zu früh, um etwas zu erkennen, aber ich bin mir ziemlich sicher, dass ich Ihnen das Geschlecht Ihres Babys nennen kann. Vielleicht sind Sie schon etwas weiter als gedacht.«

»Ach du liebe Güte!« Den Herzschlag zu hören hat diese Schwangerschaft für Dolly real gemacht, doch das Geschlecht ihres Kindes zu erfahren, ist beinahe so, als würde sie es schon in den Armen halten. »Bitte verraten Sie es mir!«

»Sind Sie sicher, dass Sie es wissen möchten? Zumal ich mir nicht zu hundert Prozent sicher sein kann.«

»Doch, doch, ich will es unbedingt wissen!«

»Es ist ein Mädchen, Dolly. Sie werden eine wunderschöne Tochter bekommen.«

Prompt beginnen die Tränen zu fließen. Stille, zarte Tränen, die über Dollys Schläfen rinnen, bis sie in heftige Schluchzer ausbricht und die halbe Schachtel Papiertaschentücher verbraucht, die die Hebamme ihr hinstellt. Damit ist die Entscheidung getroffen. Dolly wird Mutter werden.

»Das ist wundervoll«, ist alles, was sie hervorbringen kann. »Einfach wundervoll.«

24

EMILY

Ich wünschte, ich könnte ein Warnschild an der Schlafzimmertür anbringen. *Vorsicht, tote Tochter. Bitte nicht betreten!* Oder: *Bleibt lieber draußen! Unternehmt etwas Schönes, habt Spaß! Ganz gleich, was ihr tut, kommt nicht herein.* Irgendetwas, egal was, das meine arme Mum auf das vorbereitet, was sie erwartet.

Ich höre, wie sie aufsteht, durch den Flur tappt, kurz vor meiner Schlafzimmertür stehen bleibt, das Ohr ans Türblatt drückt und nach einem Lebenszeichen horcht. *Was für eine Ironie!* Als sie nichts hört, geht sie die Treppe hinunter, um sich eine Tasse Tee zu machen. Die vierzehn Minuten, die sie dafür braucht, sind qualvoll für mich. Während sie munter einen Teebeutel in meine Lieblingstasse mit den geschmacklosen Osterhasen taucht, liege ich hier und zähle die Sekunden, ertrinke in der grauenvollen Unvermeidbarkeit dessen, was auf mich zukommt. Der Tee wird kalt werden, die Plätzchen (zwei Stück von meiner Lieblingssorte mit Vanillecremefüllung, leider) werden zurück in die alte Blechdose von Fortnums auf dem Küchenregal wandern. Ich horche auf ihre Schritte, auf das Klappern des Geschirrs auf dem

Holztablett von Laura Ashley, das ich ihr vor Jahren zum Muttertag gekauft habe, dazu die passenden Teetassen, die sie für besondere Gelegenheiten aufhebt. Sie summt vor sich hin, da sie es liebt, als Erste auf zu sein und mich mit einem kleinen Liebesbeweis zu überraschen. Sie genießt es, Mutter zu sein – *meine* Mutter.

Der Türknauf dreht sich. *Mein Gott, ich wünschte, ich könnte sie davon abhalten.* Ein kleiner Streifen Licht fällt durch den Türspalt, und ich sehe ihr fliederfarbenes Nachthemd aufblitzen, bevor das Tablett laut scheppernd zu Boden fällt. Unweigerlich stelle ich mir vor, was für eine Sauerei der Tee auf dem Teppichboden anrichten wird. Hoffentlich hat sie genug Teppichreiniger im Haus. Sie setzt zu einem so durchdringenden Schrei an, dass sie mit Sicherheit die gesamte Nachbarschaft aufweckt. Der Name meines Vaters gellt durch die Luft, so hoch und schrill und voller Kummer, dass ihn sämtliche Hunde im Dorf hören können.

Sie sieht sofort, dass ich tot bin, aber warum? Sind meine Augen geöffnet und starren blicklos zur Decke? Läuft mir ein feines Rinnsal Blut aus der Nase? Aus dem Ohr? Aus dem Augenwinkel? Verströme ich einen unangenehmen Geruch oder bin ich leichenblass? Ich weiß es nicht.

Von draußen dringt ein klapperndes Geräusch zu mir ins Zimmer, das Geräusch, das Dad macht, wenn er eilig aus dem Bett springt, und tatsächlich erscheint er Sekunden später im Türrahmen, einen erschrockenen Ausdruck auf dem Gesicht – vermutlich rechnet er mit einer großen Spinne. Jetzt erstarrt er, sein Blick schießt von mir zu Glo und wieder zurück, was mir vorkommt wie eine

Ewigkeit. Und dann scheint der Groschen zu fallen, denn sein Gesichtsausdruck verändert sich. War er zunächst leicht gereizt über diesen frühen Weckruf, so spiegeln sich nun Schmerz und Ungläubigkeit auf seinen Zügen – bis er Mum anblickt, sie *wirklich* ansieht, und ihrem Gesicht abliest, was sie meinem entnimmt. Ich höre Schreie: *Tu etwas!,* und: *Was ist denn bloß mit ihr?,* und: *Ruf einen Krankenwagen!* Niemand erwähnt das Wort mit T. Und dann macht Dad einen schnellen Satz nach vorn – er ist immer noch erstaunlich fit für sein Alter – und fängt Mum auf, gerade rechtzeitig, bevor sie an meinem Bett zusammenbricht.

Alles läuft wie im Schnelldurchlauf ab, wie in den Fernsehshows, in denen der zügig dahinfließende Verkehrsstrom wie ein einziger hellroter Streifen erscheint. Alles geht so schnell, dass es an den Rändern verschwimmt, voller Hektik, Druck und Verwirrung.

Dad schnappt sich mein Handy vom Nachttisch und wählt den Notruf, um einen Rettungswagen zu bestellen. Vor lauter Aufregung kann er kaum sprechen. Könnte ich lächeln, würde ich nun schmunzeln, weil er mir immer wieder eingetrichtert hat, ich solle mir endlich eine PIN überlegen, damit nicht jeder einfach so mein Handy benutzen kann. Ausnahmsweise hat sich meine Nachlässigkeit mal ausgezahlt, Dad! Er versucht, sich über Mums Gejammer hinweg Gehör zu verschaffen, die ihn immer wieder anfleht: *Hilf ihr, Bill! Schnell!* Ihre Schreie sind so laut, dass ich sie tief in meinen Gehörgängen spüren kann, als wäre Mum dort drinnen und würde ihren Schmerz hinaustrommeln. Während Dad sein Bestes gibt, ruhig und beherrscht zu klingen, hält sie meine Hand, drückt sie fest, betet, dass sie eine Reaktion bekommt, die ich ihr doch nicht geben kann. Dann richtet sie mich auf und schüttelt mich, als könne sie mich so ins Leben zurückholen. O Gott, wie unendlich verzweifelt sie ist! *Mach, dass sie aufhört, Dad, mach, dass sie aufhört!*

Sobald er das Telefonat beendet hat, schreit Mum ihn an, er solle Sarah Blake anrufen, denn *sie wird wissen, was zu tun ist.* Dann sucht derselbe Mann, der stets einen Haufen Münzen in einer speziellen Ablage im Armaturenbrett aufbewahrt, damit ihm nie das Geld für Parkuhren ausgeht, nach meinem Puls, meinem Atem, dem leisesten Anzeichen für einen Herzschlag. Als er nichts findet, schließt er mit zarten Fingern meine Augen, woraufhin meine geliebte Mum auf die Knie sackt.

Auf einmal ist der Raum voller Menschen, und schneller als ich erwartet habe, kommt die Bestätigung. Einer der Sanitäter tritt von meinem Bett zurück, lässt den Kopf hängen und blinzelt so langsam, dass ich mich frage, ob er die Augen je wieder öffnen wird. Ein Ausdruck seiner Niederlage. Als er die Augen endlich wieder aufschlägt, muss er nichts mehr sagen, er weiß, dass man ihn auch so verstanden hat. *Es tut mir leid, wir sind zu spät gekommen. Ich fürchte, Ihre Tochter ist schon seit mehreren Stunden tot.*

Ich weiß nicht, wie oft er diese vernichtende Nachricht schon überbringen musste, aber er tut das so einfühlsam, dass ich beinahe damit rechne, dass meine Mum sich bei ihm für seine Freundlichkeit bedankt. Doch stattdessen verharrt sie einen Augenblick lang reglos, und ich spüre, wie sie all ihre Kraft zusammennimmt, um ihn anzuschreien.

»Nein, sie ist nicht tot! Wie können Sie etwas derart Lächerliches behaupten? Sie ist gesund, alles ist völlig normal. Also hören Sie auf, *Zeit zu verschwenden!*«

»Sie ist tot, Liebes. Sie ist schon ganz kalt. Es gibt nichts, was man noch tun könnte.« Die leise, vernünftige Stimme meines Dads nimmt ihrer Panik die Spitze, und mir fällt auf, wie sehr sie einander selbst in dem schlimmsten Moment, den man sich nur vorstellen kann, Halt geben. Festen, unverbrüchlichen Halt.

Sarah Blake trifft ein und mit ihr die so dringend benötigten Fakten über Kopfschmerzen, MRT-Aufnahmen, den neurologischen Befund. Die Beurteilung der Amerikaner ist nicht rechtzeitig gekommen, teilt sie meinen Eltern mit und erzählt ihnen, wie verzweifelt sie versucht hat, mich zu überreden, es ihnen zu sagen.

»Weiß Mark davon?«, flüstert Mum.

»Nein. Emily hat darauf bestanden, dass niemand etwas erfährt. Sie wollte einfach nur heiraten und euch all den Kummer ersparen. Es tut mir so unendlich leid. Ich wollte es euch sagen, wirklich. Ich hoffe, ihr könnt mir eines Tages verzeihen.«

Doch jetzt geht es nicht darum zu verzeihen, jetzt gilt es, andere Dinge zu erledigen.

»Darf ich dich bitten, Mark abzuholen? Er sollte hier sein, und ich möchte Glo nicht allein lassen. Du findest seine Adresse in dem Buch neben dem Telefon, unter Jacobs.« Gut gemacht, Dad. Ich fühle mich schlecht, weil er mich ständig mit seiner obsessiven Planerei genervt hat – dass der Rasen gewissenhaft gemäht werden muss, dass der Thermostat mit dem Wechsel der Jahreszeiten neu programmiert werden muss –, doch nun hilft ihm – und allen anderen – genau diese geordnete Ruhe, die Situation zu meistern.

»Selbstverständlich, ich kümmere mich darum.« Ich spüre die Erleichterung, die von Sarah ausgeht, jetzt, da sie die Chance hat, sich nützlich zu machen.

Sarah und die Sanitäter verlassen den Raum, während Mum und Dad auf dem Fußboden neben meinem Bett knien, inmitten von zerbrochenem Porzellan, verschüttetem Tee und zerbröselten Plätzchen. Sie wiegen einander in den Armen und schluchzen so herzzerreißend, dass ich mich am liebsten in Luft auflösen würde. Niemand sollte mit ansehen müssen, wie die eigenen Eltern vor Kummer zusammenbrechen. Ich bete lange und inbrünstig, dass ich diese Erinnerung nicht mitnehmen muss, egal wohin ich gehe.

Die Zeit ist eingefroren, deshalb weiß ich nicht, wie lange sie so verharren, bis Dad sagt, er müsse mit den Sanitätern sprechen. Jetzt ist nur noch Mum bei mir, und mir wird wieder warm. Bei ihr fühle ich mich so sicher. Sie fängt an, meine Haare zu bürsten, nimmt sich Zeit, vorsichtig jeden einzelnen Knoten zu entwirren. Strähne für Strähne hält sie mein Haar fest zwischen den Fingern, von meiner Kopfhaut weg, damit es nicht ziept, wenn sie auf unerwarteten Widerstand stößt. Ich möchte ihr sagen: Keine Sorge, Mum, du musst nicht mehr aufpassen, mir kann nichts mehr wehtun. Sie wäscht mir das Gesicht mit einem warmen, nassen Flanelllappen und entfernt die letzten Spuren meines gestrigen Make-ups (Gott, ich bin so nachlässig), während ihr die Tränen über das Gesicht strömen. Als sie fertig ist und mir ein bisschen Lippenbalsam auf die ausgetrockneten Lippen tupft, frage ich mich, ob es möglich ist, dass einem die Tränen irgendwann ausgehen.

Sie spricht mit mir, erzählt mir, dass sie heute Abend Knoblauchhühnchen nach meinem Lieblingsrezept von Jamie Oliver zubereiten wird, dass sie gestern in der Stadt schon alle Zutaten besorgt hat, sogar die teuren Tomaten, die ich so liebe, eine von diesen alten Sorten, die kaum noch angebaut werden. Sie hat sich mit Marks Mum zum Mittagessen getroffen, und die beiden haben geplant, uns mit einem Fotoalbum über unser bisheriges Leben bis zu unserem Hochzeitstag zu überraschen – was für eine schöne Idee. Es freut mich zu hören, dass diese beiden wunderbaren Frauen gute Freundinnen werden.

Während sie mir all das erzählt, zieht sie mir andere Sachen an, befreit mich aus meinem schon etwas abgetragenen Pyjama und streift mir ein hübsches Sommerkleid mit Blumenmuster über, das Kleid, das ich letztes Jahr bei unserer Verlobungsfeier getragen habe. Ich erinnere mich noch genau, wie ich damit die Treppe herunterkam und sie mich zutiefst gerührt anblickte. Sie versuchte, ihre Bewegtheit zu verbergen, aber mir entging nicht, dass Dad ihr ein Taschentuch reichte und zuflüsterte, sie solle nicht so albern sein. Was mich betrifft: Ich liebe sie eben dann am meisten, wenn sie albern ist.

Als sie sich über mich beugt, kann ich ihr zitroniges Parfüm von Penhaligon's riechen, und sofort ziehen etwa eine Million glückliche Erinnerungen an meinem inneren Auge vorbei – wie sie mir das Kleid für die Party zu meinem siebten Geburtstag über den Kopf zieht; wie sie mich auf der Schaukel anstößt, das Gesicht vor Lachen gerötet; wie ich mich zu ihr aufs Sofa kuschele und hoffe, sie merkt nicht, dass längst Schlafenszeit ist; wie sie mir Weintrauben und trockene Cracker ans Bett bringt, wenn ich krank bin und nicht zur Schule gehen kann.

Als Mark eintrifft, hat sie mir sogar die Fingernägel in einem hellen Rosaton lackiert. Das finde ich zwar ein bisschen seltsam, aber irgendwie kann ich es verstehen. Sie denkt nur an mich, und sie hat sich immer mehr um mein Aussehen gesorgt als ich selbst. Vielleicht weiß sie, dass es das letzte Mal sein wird, dass Mark mich sieht, und möchte, dass ich hübsch für ihn bin.

Dad kehrt in mein Zimmer zurück, und ich rufe ihm zu: *Kümmere dich um sie, Dad, lass nicht zu, dass ihre Lebensfreude erlischt.* Ich hoffe nur, dass diese Worte irgendwo in der Luft hängen und bald in sein Ohr dringen, vielleicht wenn er schläft.

»Glo, Mark ist da. Ich denke, es wäre gut, wenn wir ihn für einen Moment mit Emily allein lassen.« Sarah hat die Nachricht offenbar überbracht, denn ich kann Mark durch die geschlossene Zimmertür hindurch auf dem Treppenabsatz hören, wo er steht und den tapferen Versuch unternimmt, sich zu sammeln. Sein Atem geht abgehackt und ungleichmäßig, und ich spüre seine nervöse Anspannung durch die Bodendielen, als er unruhig von einem Fuß auf den anderen tritt.

Mum bekommt zunächst kein Wort von dem mit, was Dad sagt. Sie liegt mit mir auf dem Bett, Seite an Seite, ihre Finger mit meinen verschränkt. Sie möchte nicht von mir fort, und auch ich möchte nicht, dass sie geht. Ich möchte mich auf die Seite drehen, um ihr ins Gesicht zu blicken, und tief ihren tröstlichen Duft einatmen. Was, wenn das das letzte Mal ist, dass ich sie sehe? Vielleicht bin ich nicht mehr hier, wenn sie zurückkommt. Ich habe keine Ahnung, wie lange ich in diesem Schwebezustand zwischen Leben und Tod verweilen kann.

Mark zu sehen wird mich umbringen. Mum bleibt noch eine Minute bei mir liegen, wortlos, dann steigt sie langsam aus dem Bett und verlässt das Zimmer. Auf dem Weg hinaus bleibt sie kurz stehen und nimmt mein weißes *Der Bund fürs Leben*-Buch aus dem Regal. Ich wusste es! Sie fühlt sich irgendwie davon angezogen, weiß instinktiv, dass darin etwas steht, was sie lesen muss, davon bin ich überzeugt. Sie sieht Mark nicht an, das bringt sie nicht über sich, stattdessen drückt sie sich Trost suchend an Dads Brust.

Die Tür schließt sich hinter ihnen, und dann sind Mark und ich allein. Mehrere Schritte von meinem Bett entfernt bleibt er stehen, die Hände an den Wangen, die Augen blutunterlaufen und voller Trauer. Er sieht mich an, doch er kann nicht glauben, was er da sieht. Er zittert. Mein großer, starker Beinahe-Ehemann zittert am ganzen Körper, und es gibt nichts, was ich dagegen tun kann. Ihn anzuschauen ist eine brutale Erinnerung daran, dass diese Hochzeit abgesagt ist. Die ganze Planung, die vielen Entscheidungen, all die Stunden, in denen wir über goldenen Prägedruck und schwarzen Tiefdruck diskutiert haben – und nun wird nichts daraus. Ich werde niemals Mrs Jacobs sein. Mein Verlobungsring wird niemals Gesellschaft von dem schlichten Ehering aus Weißgold bekommen, den wir gemeinsam ausgesucht haben – ein Gedanke, der mich eine ungekannte Leere fühlen lässt. Alles ist so sinnlos. Warum hat mir damals, als ich sechs war und mir in meinen Rollenspielen das Leben ausmalte, das mir später gefallen würde, bloß niemand gesagt: *Beeil dich, sonst ist in einundzwanzig Jahren alles vorbei – noch bevor du das komplette zweiunddreißigteilige Geschirr von John Lewis zusammenhast*?

Jetzt kniet Mark vor meinem Bett nieder und vergräbt das Gesicht unter meinen Haaren, drückt es in die weiche Kuhle zwischen Schulter und Hals, und ich spüre seine Tränen auf meiner kalten Haut. »Es tut mir so schrecklich leid«, sagt er immer wieder, und jedes Mal verspüre ich einen schmerzhaften Stich der Schuld. Immerhin bin *ich* diejenige, die ihm das angetan hat.

Bevor er Zeit hat, sich zu sammeln, kehrt Dad mit den Sanitätern zurück.

»Wir müssen die Männer ihre Arbeit machen lassen, Mark. Würdest du bitte mit mir nach unten kommen?« Dad beugt sich über mich und küsst mich sanft auf die Stirn, lässt seine Lippen gerade lang genug auf meiner Haut, um sich von seinem *geliebten Mädchen* zu verabschieden, bevor er Mark am Arm fasst und zur Tür führt. Mark braucht jemanden, der ihn leitet, sein Gehirn hat dichtgemacht. Ich weiß, wie er sich fühlt, als er den Raum verlässt, denn ich spüre den Schmerz in meinem Herzen, das nicht länger schlägt. Er sieht sich nicht um, weil er nicht glaubt, dass das hier tatsächlich passiert, und ich weiß, dass es ihn später mit aller Macht treffen wird. Die Woge der Trauer steht ihm noch bevor.

Als die Sanitäter mich in den Leichensack heben, sehe ich die beiden die Treppe hinuntergehen, Arm in Arm, um einander Halt zu geben. Mums Schluchzer dringen zu mir herauf, dann schließt sich mit einem ratschenden Geräusch der Reißverschluss des Leichensacks. Drinnen riecht es nach Synthetik mit einem Hauch von Desinfektionsmitteln, und ich frage mich, plötzlich alarmiert, wie viele wohl schon vor mir hier drinnen lagen.

Sie tragen meinen Körper aus dem Haus, doch ich mache keinerlei Anzeichen, ihnen zu folgen, auch wenn ich keinen blassen Schimmer habe, warum. Allerdings weiß ich sehr genau, dass ich kein Beobachter sein möchte, ich will diese Tragödie und die Auswirkungen, die sie auf meine geliebte Familie haben wird, nicht mit ansehen. Ich bin ein Feigling, auch das weiß ich jetzt. Ich will hier raus. Das würde alles so viel leichter machen. Zumindest für mich. Könnte ich irgendetwas bewirken, würde ich natürlich gern bleiben, aber das kann ich nicht. Was für einen Sinn macht es, wenn ich hier nur sitzen und zuschauen kann? In meinen Augen ist das echte Folter.

Ich verbringe die Nacht zusammengerollt auf dem Sofa und beobachte sie, suche in ihren Gesichtern nach irgendeinem Hinweis darauf, was als Nächstes kommen wird. Die Antwort, warum ich in diesem Schwebezustand verharre, wird bei einem von ihnen zu finden sein.

Mum sagt kein einziges Wort, abgesehen davon, dass sie Dads gelegentliche Angebote, ihr einen Tee zu bringen, ablehnt. Als die Sonne die ersten Strahlen durch die Tüllgardinen schickt, hat sie mein Notizbuch zu Ende gelesen. Sie klappt es zu, lässt es schweigend in ihren Schoß sinken und sieht Dad und Mark an.

»Sie war noch viel außergewöhnlicher, als wir dachten.« Ihre Worte werden begleitet von einem zaghaften Lächeln.

War.

Ich bin bereits Vergangenheit.

25

JESSIE

Noch vier Wochen

Jeder würde denken, Mariah Carey sei in der Stadt. Sechs Louis-Vuitton-Koffer stehen aufgereiht nebeneinander auf dem Fußboden von Jessies riesigem begehbarem Kleiderschrank, die Art Gepäck, für die jede Fashionista auf Händen und Knien die ganze Strecke bis nach Paris kriechen würde. Die Koffer warten darauf, sorgfältig mit allem gefüllt zu werden, was sie für die drei Tage dauernden Hochzeitsfeierlichkeiten und für die überaus exklusive Hochzeitsreise benötigt.

Eine Abend-Clutch von Jimmy Choo, bestickt mit Tausenden Swarovski-Kristallen und gerade groß genug für einen Lippenstift und eine Kreditkarte, baumelt von Jessies linkem Zeigefinger. Unter den Arm hat sie silberne Glitterpumps mit Zehn-Zentimeter-Absätzen desselben Designers geklemmt, während sie mit der rechten Hand ihr Handy ans Ohr drückt, um ein paar letzte Dinge mit der Hochzeitsplanerin von Willow Manor abzuklären. Auch wenn es sie beinahe umbringt – sie muss zugeben, dass die junge Frau es auf verblüffende Weise geschafft hat, ihren Erwartungen beinahe gerecht zu werden. *Beinahe.*

»Der Vikar hat sich endlich bereit erklärt, den orangefarbenen Teppich aus dem Gang des Mittelschiffs entfernen zu lassen. Unsere Männer werden ihn kurz vorher rausreißen und ersetzen.« Ihre Stimme überschlägt sich fast vor Begeisterung, so sehr freut es sie, Jessie bestätigen zu können, worauf diese schon seit Wochen gewartet hat.

»Das wurde aber auch Zeit.« Jessie freut sich ebenfalls, aber es würde ihr niemals einfallen, dies zu zeigen oder sich bei der Hochzeitsplanerin zu bedanken.

»Absolut, ja. Der neue blütenweiße Teppich, den Sie ausgesucht haben, wird am Abend vor der Hochzeit verlegt und abgedeckt, damit er bis Samstagmorgen makellos sauber bleibt. Ich habe außerdem veranlasst, dass der alte nach Ihrem Ehrentag zurück in die Kirche kommt. Was soll ich mit dem weißen machen, Miss Jones?«

»Schmeißen Sie ihn in den Müll. Ich brauche ihn nicht. Was hat der Vikar denn verlangt? Die Renovierung der Kirchturmspitze oder eine saftige Spende für den Veteranen-Fonds?«

»Beides, fürchte ich. Dafür kann ich Ihnen versprechen, dass der neue Teppich großartig aussehen wird.«

Jessie macht sich nicht mehr die Mühe, ihr zuzuhören, sie ist viel zu sehr damit beschäftigt, ihre kirschrote Palazzohose von Carolina Herrera zu bewundern und sich vorzustellen, wie sie auf ihrer Hochzeitsreise darin aussehen wird. Welches Luxusresort Adam für ihre Flitterwochen wohl ausgesucht haben mag?

»Die Floristen werden einen Tag zuvor um zehn Uhr morgens eintreffen. Wir werden die siebentausend David-Austin-Avalanche-Rosen in den Räumen der alten

Küche unter dem Hotel bis zur letzten Minute kühl halten, damit sie superfrisch aussehen. Die Pflanzungen auf dem Rasen vor dem Haus laufen nach Plan, beim Champagnerempfang wird also alles perfekt aussehen; wie Sie wissen, wurden die Eichen bereits entfernt.« Ihre Stimme klingt nun etwas belegt, wahrscheinlich ist sie verlegen, weil sie an ihren ersten Termin mit Jessie denken muss, bei dem diese über den Rasen gestapft ist und allerlei aberwitzige Forderungen gestellt hat, die irgendwie doch allesamt umgesetzt werden konnten.

»Und? Sieht es so nicht viel besser aus?« Jessie kann sich gerade noch verkneifen, *Das habt ihr nur mir zu verdanken!* hinzuzufügen.

»Nun, wenn wir die angrenzenden Rasenflächen repariert haben, bestimmt, doch wir werden uns wohl noch eine ganze Weile mit den Beschwerden der Einheimischen befassen müssen, aber das ist mein Problem. Das Team von Jo Malone wird am Hochzeitsmorgen zwei Stunden vor Beginn der Festivitäten eintreffen, die Zerstäuber für den Orangenblütenduft anbringen und fünfundvierzig Minuten bevor Sie ankommen, die Duftkerzen anzünden. Am Sonntagmorgen kommen sie noch einmal, um die Zerstäuber im Hotel und auf dem Gelände für die Gartenparty mit Brombeer- und Lorbeerduft aufzufüllen und die Duftkerzen entsprechend zu ersetzen. Der Duft wird die beiden Events perfekt voneinander abgrenzen, denke ich.« Jessie kann förmlich hören, wie die Hochzeitsplanerin Punkt für Punkt auf ihrer Checkliste abhakt. Zeit, ein paar Last-Minute-Ergänzungen einzubringen.

»Ich habe mir gedacht, es wäre eine wunderschöne

Erinnerung an diesen ganz besonderen Tag, wenn jeder Gast eine Orangenblüten-Duftkerze mit nach Hause nehmen könnte. Bitte sorgen Sie dafür, dass an jedem Platz ein entsprechendes Präsent bereitgestellt wird. Aber nicht die Reisegröße, sondern die richtige, die fünfundvierzig Stunden lang brennt.«

»Gern, dreihundert Kerzen, eine für jeden Gast?« Die Stimme der Hochzeitsplanerin klingt schon lange nicht mehr ungläubig, sie prüft lediglich die Fakten. Mehr als fünf Monate den aberwitzigen Anordnungen dieser Braut in spe ausgesetzt zu sein waren ihr eine wahre Lektion.

»Ja.« Ein Wort, das die Rechnung für die Hochzeit augenblicklich um mehrere zehntausend Pfund in die Höhe schnellen lässt.

»Selbstverständlich. Sobald wir hier fertig sind, werde ich bei Jo Malone anrufen und veranlassen, dass die Kerzen hergeschickt werden; wir lagern sie solange für Sie ein. Peggy Porschen hat bestätigt, dass sie einen Tag vor der Hochzeit am Nachmittag kommt, um mit dem Aufbau der zehnstöckigen Hochzeitstorte zu beginnen. Sie werden sich währenddessen auf dem Anwesen der Coleridges zum Probeessen einfinden. Zeitgleich wird Ihrem Wunsch entsprechend mit der Kühlung des Dom Perignon begonnen.«

»Ich möchte, dass er exakt sieben Grad hat, kein Grad mehr. Haben Sie jemanden abgestellt, der sich um Hugo kümmert, wenn er am Samstagmorgen hier eintrifft?«

»Ich habe gestern im Studio angerufen und ausrichten lassen, dass ich vor Ort sein werde, um ihn in Empfang zu nehmen und ihn ein letztes Mal über das Gelände zu führen, damit er sich die entsprechenden Orte für die

Aufnahmen aussuchen kann; außerdem werde ich veranlassen, dass seine Ausrüstung sicher verwahrt wird. Er hat mir mitgeteilt, dass er wegen der Flitterwochen mehr Equipment als üblich mitbringen wird, ist das korrekt?«

»Ja. Er wird Adam und mich auch auf der Hochzeitsreise begleiten – ich möchte, dass jeder Teil dieses Fests professionell festgehalten wird, nichts soll ausgelassen werden. Wahrscheinlich hat Adam ihm mitgeteilt, wohin die Reise gehen soll – ich allerdings habe keinen blassen Schimmer. Apropos Hochzeitsreise, der nächste Punkt ist ausgesprochen wichtig.« Jessie nimmt eine Auswahl an Heidi-Klein-Bikinis aus einer Schublade und mustert sie prüfend. Für die Flitterwochen kommen ausschließlich die gewagtesten Schnitte infrage. »Hugo besteht darauf, dass nur die attraktivsten Gäste und Mitglieder der Kirchengemeinde im Mittelschiff entlang des Gangs sitzen, und das ist auch mein ausdrücklicher Wunsch. Diese Leute werden auf den Aufnahmen zu sehen sein, die er macht, wenn wir als frisch verheiratetes Ehepaar vom Altar kommen. Ich habe die entsprechenden Personen ausgewählt und schicke Ihnen später eine Datei mit den Details, Kontaktdaten und Porträtaufnahmen, damit Sie sie erkennen können. Es ist unerlässlich, dass diese Gäste auf den richtigen Plätzen sitzen. Ach ja … Ganz gleich, was passiert: Meine Schwester Claire darf auf *keiner* der Aufnahmen zu sehen sein.« All die wohlmeinenden Ratschläge, die Helen Jessie erteilt hat, der Zuspruch sowie die nüchtern-sachliche Warnung, es sich gut zu überlegen, ob sie sich ihrer Familie tatsächlich unwiederbringlich entfremden möchte, zerstreuen sich im Wirbel der letzten Hochzeitsvorbereitungen wie Blütenblätter-

Konfetti im Sommerwind. »Ich möchte, dass sie so weit wie möglich vom Gang entfernt sitzt, und ich werde Sie persönlich dafür verantwortlich machen, sollte irgendetwas schiefgehen. Sie sollten mich also besser nicht enttäuschen.« Jessie ist es egal, wie herzlos ihre Worte klingen.

Es entsteht eine winzige Pause, in der die Hochzeitsplanerin notiert, was man ihr gerade aufgetragen hat, bevor sie beflissen erwidert:

»Aber sicher doch, Miss Jones, ich werde dafür Sorge tragen, dass Sie rundherum glücklich sind, bitte machen Sie sich keine Gedanken.«

»Gibt es irgendwelche Änderungen bei der Gästeliste?«, erkundigt sich Jessie wie beiläufig. *Hat sich diese verdammte Annabel beim Reiten endlich ihren Hals gebrochen?*

»Nein, bislang hat niemand abgesagt. Einige Gäste möchten ihre Zimmer auf Suites upgraden, was kein Problem ist, außerdem hat Tilly Hunter-Browne bestätigt, dass sie in Begleitung einer Miss Dolly Jackson kommt. Aus diesem Grund werde ich die Sitzordnung optimieren und später mit Ihnen durchgehen. Das Einzige, was wir noch nicht besprochen haben, Miss Jones, sind die Reden. Sie werden sprechen, genau wie der Bräutigam und der Brautvater, doch es wäre schön, wenn Sie mir verraten, wer von den Gästen eine Rede halten möchte. Es wäre wichtig, dass wir den Zeitplan darauf abstimmen.«

»Darauf kommen wir später zurück.« Jessie klingt plötzlich sehr viel weniger selbstbewusst. »Ein oder zwei stehen noch nicht ganz fest.« Sie beendet das Telefonat und verspürt wieder dieses nagende Gefühl in der

Magengrube, das immer dann in ihr aufsteigt, wenn sie tief im Innern weiß, dass sie die Gefühle eines anderen rücksichtslos niederwalzen wird, es sich aber nicht eingestehen möchte.

Die Rede ihres Vaters. Darüber zerbricht sie sich seit Wochen den Kopf. Über den Moment, in dem er sich von seinem Platz am Ehrentisch erheben und mit der Gabel ans Glas klopfen wird. Bei dieser Vorstellung zieht sie unweigerlich den Kopf ein, während ihre Kehle trocken wird vor Furcht. Wie soll er dieser Herausforderung gerecht werden? Sie weiß, dass er das nicht schaffen wird. Dazu ist er, schlicht ausgedrückt, einfach nicht imstande. Er ist kein Mann für große Dinnerveranstaltungen, hat noch nie eine ganze Gesellschaft mit flotten, geistreichen Anekdoten begeistert – und wie sollte er auch? Was hat er schon zu erzählen? Soll er etwa berichten, wie er Tag für Tag nach Schulschluss den Schulhof gefegt, Glühbirnen ausgetauscht oder Abflüsse gereinigt hat? Das ist wohl kaum der Stoff für eine fulminante Hochzeitsrede. Schlimmer noch: Was, wenn er sich darüber auslässt, wie hervorragend sie sich in der Schule gemacht und wie sie sämtliche Erwartungen ihrer Lehrer übertroffen hat, als würde das die anderen Gäste interessieren? Jessie fürchtet jetzt schon die gähnende Langeweile, und sie weiß, dass eine schlechte Rede die Stimmung für den Rest des Abends trüben kann. Gäste, die sich einmal unwohl fühlen, tauen für gewöhnlich nicht wieder auf. Dads Rede wird die Stimmung unwiderruflich zunichtemachen, und das darf sie auf keinen Fall zulassen – schon gar nicht, wenn es da jemanden gibt, der weitaus qualifizierter für diese Aufgabe ist als Graham.

Henry.

Er hat sich bereit erklärt, beim Probeessen ein paar Worte zu sagen, und wenn ihr Vater sieht, wie gut er ist, hat sie womöglich leichtes Spiel. Zumindest wird ihm Henrys Rede die Augen öffnen, dass er der bessere Kandidat ist – erst recht am Hochzeitstag. Wer sagt denn, dass sie die Tradition befolgen müssen? Den Gästen ist eine moderne, interessante Feier ohnehin lieber. Dad kann ja immer noch mit ihr durch den Mittelgang zum Altar schreiten, ganz der stolze Vater, das möchte sie ihm nicht verwehren. Doch sie wird ihm die innere Anspannung ersparen, die eine solche Rede nun mal mit sich bringt; soll er den Tag ruhig genießen und mit Mum feiern, anstatt kurz vor seinem großen Auftritt für einen letzten Probelauf auf der Herrentoilette zu verschwinden. Derartigen Stress wünscht sich nun mal keiner.

Bleibt noch Jessies Rede. Sie hat beschlossen, ein paar Worte zu sagen – mehr oder weniger aus politischem Interesse – und den Fokus voll und ganz auf die Zukunft, nicht auf die Vergangenheit zu legen. Im Zentrum soll Camillas und Henrys Großzügigkeit stehen – was nur fair ist in Anbetracht der Unsummen, die sie für diese Hochzeit ausgeben. Außerdem wird sie betonen, wie wunderbar es ist, dass sie sie mit offenen Armen in ihrem Leben willkommen heißen und in ihre Familie aufnehmen. Sie kann es kaum erwarten, Annabels Gesichtsausdruck zu sehen, wenn sie diese Worte sagt! Hier geht es um Jessies *neue* Familie, nicht um die Familie Jones; es genügt, wenn Mum und Dad, Claire und Jason gut sichtbar für alle mit ihnen an der Ehrentafel sitzen. Außerdem gibt es ohnehin nicht viel über die Jones zu sagen, deshalb wird sie sich lieber auf Adam, ihren wundervollen neuen Ehemann konzentrieren, den Mann, der ihr Leben auf eine Art und Weise verändert hat, die sie niemals für möglich gehalten hätte. Und da ist er auch schon.

»Hi, Schönheit, hast du mal 'ne Minute?« Adam betritt das Schlafzimmer, einen aufregend großen Karton mit einer riesigen weißen Schleife in den Armen. Ein breites Grinsen tritt auf sein attraktives Gesicht, als er sieht, wie sich Jessies Züge aufhellen. »Ich möchte dir etwas schenken. Zur Hochzeit. Ich weiß, es ist ein bisschen zu früh, aber … na ja … ich konnte es einfach nicht mehr abwarten!«

Jessie geht das Herz auf. Adam zählt zu den wenigen Menschen, die immer alles richtig machen. Den richtigen Moment abpassen, die richtigen Menschen kennen, die richtigen Worte finden. Die immer voller Selbstvertrauen sind. Noch bevor er ein weiteres Wort hervorbringen kann, zieht Jessie ihn auf den Fußboden, und da sitzen sie dann, einander gegenüber, grinsend wie zwei Kinder am Weihnachtsmorgen. Jessie zieht die Schleife auf, öffnet den Karton und jubelt vor Freude laut auf. Was immer darin ist, hat er selbst ausgesucht, wohlbedacht. Er hat eine ganze Armee von Freunden, persönlichen Assistenten und Ratgebern, die er damit beauftragen könnte, aber so tickt er nicht. Ein Geschenk wie dieses besorgt er persönlich.

Es ist das quadratische Beautycase, verpackt in dem klassischen, mit Monogrammen versehenen Leinenbeutel. Das eine Stück, das ihr in ihrer Louis-Vuitton-Kollektion noch fehlt – das eine Stück, das sagt: *Ich fliege nur erster Klasse.*

»Mach's auf.«

Als Jessie den Kofferdeckel aufklappt, entdeckt sie einen weißen Umschlag mit seiner Handschrift darauf.

Liebste Jessie, wie kann es sein, dass sich alle
Liebeslieder plötzlich nur noch um dich drehen?
Komm mit mir auf die Reise unseres Lebens.
Für immer der Deine
Adam

Jessie blickt zu ihm auf und blinzelt angestrengt, um die Tränen zurückzuhalten, die auf einmal gegen ihre Lider drücken.

»Mach weiter ...« Er ist genauso aufgeregt wie sie. Das ist eines der Dinge, die Jessie am meisten an ihm liebt. Trotz des ganzen Geldes, das er besitzt, trotz sämtlicher Privilegien ist er immer noch der kleine Junge, der nichts mehr liebt, als andere Menschen glücklich zu machen.

Als Jessie den Umschlag öffnet, kommen die Tickets für ihre Hochzeitsreise zum Vorschein. Drei Wochen in der Präsidentensuite auf North Island auf den Seychellen. Eilig überfliegt sie die Details: Ankunft per Helikopter in diesem kleinen Fleckchen Paradies, wo sie in einem Himmelbett schlafen und draußen unter einem Bambusdach duschen werden. Ein Butler wird ihnen jeden Wunsch von den Augen ablesen, es gibt ein Spa mit allem Drum und Dran, das rund um die Uhr geöffnet hat, und anstelle einer Speisekarte einen Privatkoch, der ihnen auf Bestellung jedes Gericht zubereitet. Außerdem stehen Golfcarts zur Verfügung, mit denen sie diese moderne

Arche Noah erkunden können. Nur sie zwei allein – es sei denn, man zählt Hugo mit –, in vollkommener Glückseligkeit. Für Jessie gibt es niemanden auf der Welt, mit dem sie dieses Glück lieber teilen würde als mit Adam.

»Ich kann es kaum erwarten, mit dir in dieses Abenteuer zu starten.« Adam zieht sie in eine feste Umarmung, dann kippen die beiden hintenüber auf den Fußboden und rollen durchs Zimmer wie zwei verspielte junge Hunde.

»Ich auch nicht. Es wird fantastisch, Adam. Das weiß ich.«

26

HELEN

Es ist Samstagmorgen auf dem Höhepunkt der Hochzeitssaison, und Helens Kalender ist randvoll mit Terminen für angehende Bräute – zumindest war er das. Vor zwei Tagen hat sie höchstpersönlich jede einzelne Kundin angerufen und erklärt: *Es tut mir furchtbar leid, aber ich muss mich um eine persönliche Angelegenheit kümmern, die sich nicht verschieben lässt.* In all den Jahren, die sie die White Gallery nun schon führt, hat sie nicht einer einzigen Braut abgesagt. Jetzt hat sie binnen einer Stunde acht Termine gecancelt.

Helen wusste, dass dieser Tag irgendwann kommen würde. Wusste, wenn es so weit wäre, würde sie sich dem Unausweichlichen stellen, würde handeln müssen. Und heute ist es so weit, das sagt ihr Herz. Den Frühstückstisch deckt sie nur für eine Person. Ihre Hand schwebt kurz – aus reiner Gewohnheit – über dem zweiten Tischset, doch sie nimmt es nicht aus der Schublade. Stattdessen setzt sie sich allein an ihren kleinen Esstisch und stochert mit der Gabel in ihrem Frühstück aus frischen Pfirsich- und Grapefruitschnitzen. Es gibt keinen Grund, den Tisch auszuklappen. Sie ist allein, wie immer.

Doch ihre Traurigkeit lichtet sich. Entschlossen schaut Helen nach vorn.

Alles, was sie für heute braucht, befindet sich drüben in der Küche. Schwarze Müllbeutel. Ein Pappkarton, groß genug, um ein Hochzeitskleid darin zu verstauen. Kleinere Kisten, in denen sich Phillips letzte persönliche Habseligkeiten befinden. Pflegeprodukte. Und ein steifer, selbstklebender Umschlag in genau der richtigen Größe, um das Gedicht, das Phillip ihr hinterlassen und das sie seitdem an jedem einzelnen Tag gelesen hat, darin zu verstauen.

Denn niemand kann für immer traurig sein. Helen weiß, dass sie sich nicht für den Rest ihres Lebens der Trauer ergeben darf, vor allem, wenn es so viel gibt, worüber sie sich freuen kann: ihr Sohn, eine wunderschöne Tochter, die sie gestern Abend mit einer SMS überrascht hat, in der stand, dass sie heute *vorbeischauen* würde; ein florierendes Geschäft, das es ihr ermöglicht, sich zu jeder Sekunde eines Arbeitstages nützlich und kompetent zu fühlen; und in zwei Wochen beginnt ihr Geburtsvorbereitungskurs mit Dolly – der erste von sechs Terminen, die Dolly mit Helens Unterstützung durch die verbleibenden Monate vor der Entbindung begleiten werden. Zeit, das Tal aus Kummer und Tränen endlich zu durchschreiten und auf der anderen Seite wieder herauszukommen. Nicht länger die gebrochene Frau zu sein, die nach Phillips Tod allein zurückbleibt, und sich stattdessen auf die starke Geschäftsfrau, Freundin und Mutter zu konzentrieren, deren Tage erfüllt und voller Herausforderungen sind – genau, wie sie es mag. Okay, nicht *alles* ist perfekt. Da war das grauenhafte Date mit Roger.

Der entscheidende Punkt allerdings ist der, dass sie den Schritt gewagt hat, obwohl sie so leicht einen Rückzieher hätte machen können. Das ist ein gewaltiger Fortschritt.

Und vielleicht ist genau das der Grund dafür, dass ihr etwas gelungen ist, was sie sich vor ein paar Monaten noch gar nicht hätte vorstellen können. Sie steht vor ihrem prächtigen Hochzeitskleid, das elegant wie immer an der Bilderschiene hängt, und betrachtet es ein letztes Mal eingehend, bevor sie es für immer wegpacken wird. Sie tritt näher heran, berührt mit der Wange den zarten Stoff, vergräbt sich ein letztes Mal in den Erinnerungen an jenen ganz besonderen Tag an der Schwelle zu den freudvollsten, erfülltesten Jahren ihres Lebens. Sie schlingt die Arme um das Kleid, dann gleiten ihre Hände zärtlich über die Seide. Vorsichtig streichen ihre Finger über die empfindlichen Glasperlen und die in die Jahre gekommene Spitze – Relikte einer anderen Zeit und doch genauso wirkungsvoll, als würde sie das Kleid heute tragen, in Phillips Augen blicken und ihm versprechen, ihn so sehr zu lieben – *zu sehr.*

Das Kleid muss aus ihrem alltäglichen Blickfeld verschwinden. Zu viele Erinnerungen sind damit verbunden, die sie in die Vergangenheit zurückziehen, sobald sie daraus emportaucht und nach Luft schnappt – Erinnerungen, die ein Leben in der Gegenwart unmöglich machen. Selbst wenn sie tief einatmet und erleichtert ihre Lunge füllt, verschwindet sie doch nur wieder in tiefer Dunkelheit, erstickt von fünfzehn Metern Taft. Das exquisite Kleid ist zu einem Symbol für all das geworden, was sie vom Leben abhält. Für einen kurzen Augenblick überlegt sie, ob sie hineinsteigen, den noch immer geschmeidigen

Stoff um ihren gealterten Körper ziehen soll. Eine letzte Drehung. Ein letzter Besuch im Damals, bevor sie das Tor zur Vergangenheit für immer schließt. Doch sie kann es nicht. Sie will es nicht. Sie will stark bleiben, will sich an ihren Plan halten. Es hinter sich bringen.

Sie nimmt das Kleid vom Bügel, breitet es auf dem Bett aus und fängt an, es ordentlich zusammenzulegen, wobei sie darauf achtet, keine der aufwendigen Verzierungen zu zerknittern. Anschließend steckt sie Phillips Seidentaschentuch ins Mieder. Was ihr sehr schwerfällt. Für einen Augenblick überlegt sie, es in ihrer Wäscheschublade zu verstauen, ganz hinten, damit sie es nicht jeden Tag sieht. Nein. Sie wird wissen, dass es da ist. Helen zögert. Hält das Taschentuch für einige weitere Sekunden in den Fingern, dann legt sie es in den Karton und greift nach dem Deckel. Eine Sache fehlt noch. Sie nimmt das Gedicht von Henry Scott Holland aus ihrer Nachttischschublade, setzt sich auf die Bettkante und liest es ein letztes Mal still für sich selbst.

Sprich mit mir so unbefangen,
wie du es immer getan hast.
Ändere deinen Tonfall nicht.
Sei nicht gezwungen ernst oder traurig.

»Danke, Phillip.« Helen betrachtet die Worte auf dem abgegriffenen Papier – Phillips allerletztes Geschenk an sie. Sie denkt an die Nächte, in denen sie sich daran geklammert, das Blatt in den Fingern gehalten hat, als hänge ihr Leben davon ab, zu Anfang in fast jeder Nacht. An manchen Abenden ist sie eingeschlafen, das Gedicht an die Brust gedrückt, nur um es am nächsten Morgen zusammengefaltet in ihre Brieftasche zwischen Briefmarken und Reinigungsquittungen zu stecken – unfähig, das Haus ohne es zu verlassen. Das ist nun nicht mehr so.

»Bitte denk nicht, dass ich dich weniger liebe, mein Schatz.« Helen spürt, dass sie gleich anfangen wird zu schluchzen. »Ich muss das tun, und ich bete, du kannst verstehen, warum.«

Anschließend steckt sie das Blatt Papier in den Briefumschlag und setzt an ihn rasch zuzukleben, bevor sie ihre Meinung ändern kann. Das ist das Schwierigste – viel schwerer als Phillips Zahnbürste wegzupacken, die all die Zeit über unberührt neben ihrer gestanden hat, genau wie sein Aftershave oder vielmehr das, was noch davon übrig ist. Auch das hat sie an manchen Abenden mit ins Bett genommen, hat es auf das Kissen neben dem ihren geträufelt, damit sie beim Aufwachen für einen Moment denken konnte, er sei bei ihr, würde jeden Moment aus dem Bett springen und den Teekessel aufsetzen.

Jetzt entfernt sie nach und nach die letzten Spuren von Phillip aus ihrer Wohnung, nicht jedoch aus ihrem Herzen, indem sie alles liebevoll verpackt, um es anschließend auf den Speicher zu bringen. Doch den Briefumschlag mit diesem Rettungsanker zu verschließen ist so, als würde sie sich noch einmal von Phillip verabschieden. Eine Träne tropft auf den Umschlag, den sie in beiden Händen hält, ein letzter Teil von ihr, der sich mit einem Teil von ihm vereint, dann entfernt sie die Folie und klebt den Umschlag mitsamt den Erinnerungen darin zu.

Das Einzige, was sie übrig lässt, ist das gerahmte Foto von ihnen beiden auf ihrem Nachttisch, aber selbst das muss umziehen. Sie trägt es ins Wohnzimmer und stellt es ins Bücherregal zwischen ihre Romane und Designerbiografien. Weniger exponiert, nicht länger das Letzte, das sie sieht, wenn sie am Abend die Augen schließt, und das Erste, wenn sie morgens aufwacht, aber doch immer da, um liebevoll ihre tägliche Routine zu überwachen.

Dann fängt sie an zu putzen: die gesamte Wohnung vom Fußboden bis zur Decke, als wolle sie jedes noch so störrische Fleckchen ihrer Traurigkeit wegschrubben. Sie zieht das Bett ab und macht sich mit Möbelpolitur über das Gestell her, dann saugt sie die Matratze ab und klopft den Staub aus den Kissen, bevor sie das Bad mit Reinigungsspray einsprüht.

Sie räumt die Küchenschränke aus und wischt sie sauber, bevor sie alles neu einordnet. Der Ofen wird mit giftig riechendem Schaum ausgekleidet; während der Einwirkzeit wischt sie die Fußböden und desinfiziert sämtliche Arbeitsflächen. Drei Stunden später riecht es in ihrem neuen, makellos reinen Vorzeigezuhause wie in einem Krankenhauszimmer. In die Küche und ins Wohnzimmer stellt sie frisch geschnittene Blumen aus dem Garten, öffnet weit die Fenster und wechselt die Duftstäbe in ihrem Aromadiffuser. Kurz darauf ist die Luft erfüllt von dem angenehmen Geruch nach Jasmin. Irgendwie hat Helen das Gefühl, vor einem Neuanfang zu stehen. Sie fühlt sich an die gewaltigen Putzorgien nach den großen Ferien erinnert, wenn die Kinder wieder zur Schule mussten und sie das Haus von Chaos, Gerüchen und überflüssigem Krempel befreite. Das hier ist die ultimative Reinigungsaktion, befeuert von Betsys unmittelbar bevorstehender Ankunft. Ein rascher Blick auf die Uhr sagt Helen, dass ihre Tochter in ungefähr zehn Minuten da sein wird.

Helen hat einen unangenehmen Verdacht, was den Besuch ihrer Tochter angeht. Sie haben erst vor ein paar Tagen miteinander telefoniert und über alles Mögliche gesprochen, und Helen hat Betsy mit ihrer Fragerei genervt, ob Josh endlich die Lampe außen am Haus repariert hat, die seit mittlerweile zwei Monaten kaputt ist. Dann hat sie sich besorgt erkundigt, ob Betsy zu viel trinkt oder zu viel feiert. Während all der Nörgelei hat Betsy kein einziges Mal erwähnt, dass sie *vorbeikommen* wolle. Für gewöhnlich sind Betsys Besuche Wochen, wenn nicht gar Monate im Voraus und sorgfältig um Arbeitspläne, Termine in der White Gallery und das umtriebige Sozialleben ihrer Tochter herum geplant. Bis zu der SMS gestern Abend, in der Betsy verkündete, sie würde keine vierundzwanzig Stunden später bei Helen sein. Irgendetwas stimmt da nicht. Der mütterliche Panikknopf ist aktiviert, und eine lange Liste mit allen möglichen Katastrophenszenarien liefert sich in Helens Kopf einen Wettstreit um die vorderen Plätze, als es auch schon klingelt. Und da ist sie. Ein quirliges Bündel mädchenhafter Energie, voller Optimismus und Ambitionen – wie immer.

»Mum!«

Helens Sorgen verpuffen, als sie das typische breite Lächeln auf den Lippen ihrer Tochter sieht. Betsys blonde Korkenzieherlocken (ein ewiges Rätsel, von wem sie die geerbt haben mag) hüpfen auf ihren Schultern auf und ab, als sie sich in die Arme ihrer Mutter stürzt.

»Komm rein, komm rein, aber zieh die Schuhe aus, ich

bin heute Morgen beinahe verrückt geworden mit der Bodenpolitur. Ist Jacob nicht bei dir?«

»Nein, er schreibt!«, ruft Betsy über die Schulter. Sie flitzt bereits die Treppe hinauf ins Wohnzimmer und wirft sich aufs Sofa, wo sie die Füße anzieht und es sich gemütlich macht. Auf diese Weise entgeht ihr, dass Helen die Luft einzieht und die Lippen zusammenpresst, um sich jeglichen Kommentar über Jacob zu verkneifen.

»Irgendetwas ist anders, Mum. Was ist es? Was hast du verändert?« Betsys Augen schweifen durchs Zimmer.

Helen blickt unwillkürlich auf die Luke zum Dachboden. »Oh, nichts, ich habe bloß ein bisschen sauber gemacht, das ist alles.« Sie möchte auf keinen Fall ihre kostbare gemeinsame Zeit mit ausführlichen Schilderungen ihrer morgendlichen Putzaktion verschwenden.

»Zurück zu Jacob …« Das Gespräch muss geführt werden, und besser, das geschieht, wenn sie einander von Angesicht zu Angesicht gegenübersitzen, als wenn sie sich alles aus unzähligen Textnachrichten zusammenstückeln muss, von denen er möglichst nichts mitbekommen soll.

»Er steht unter Zeitdruck, muss eine Deadline einhalten.«

»O wie schade.« Das meint sie nicht ganz aufrichtig. Obwohl es schon gut wäre, ihn zu sehen und ihn wegen seiner Arbeitspläne in die Mangel zu nehmen, doch gleichzeitig ist sie begeistert über die unerwartete Zeit mit Betsy, in der sie endlich reden können.

»Nein, das ist sogar sehr gut, Mum. Du wirst es nicht glauben – er hat einen Buchvertrag bekommen! Sein erster Roman wird veröffentlicht – ich bin fast ausgeflippt, als ich gehört habe, was für einen Vorschuss sie ihm zahlen. Jetzt setz dich doch endlich, damit ich dir alles erzählen kann!«

»Das sind ja wunderbare Neuigkeiten!« Helen lässt sich neben Betsy aufs Sofa fallen, strahlend vor Freude. Endlich kann er seinen Lebensunterhalt selbst bestreiten, sodass ihre Tochter den Fuß ein bisschen vom Gas nehmen kann.

»Wir fragen uns, wofür wir das Geld am besten ausgeben sollen … Was können wir damit machen, dass es sich für alle wirklich lohnt und etwas ganz Besonderes, Großartiges ist?«

O nein, jetzt wird sie gleich verkünden, dass sie irgendeine generöse Spende machen wollen, Helen sieht es schon kommen. Ehemalige Straftäter mit Poesie rehabilitieren oder ausgediente Strandesel retten. *Bitte nicht!*

»Hör mal, Betsy, ich finde, ihr solltet lieber vorsichtig mit diesem Geld umgehen, denn …«

»Wir wollen heiraten, Mum! Jacob hat mir einen Antrag gemacht, und ich habe Ja gesagt, stell dir das mal vor! Juchhu!«

»Ach du liebe Güte!«

»Und wenn es so weit ist, Mum, möchte ich, dass du mich zum Altar führst. Würdest du das für mich tun?«

Helen ist sprachlos. Sie vergräbt sich in den Armen ihrer Tochter, drückt sie ganz fest und schluchzt in deren süß duftende Locken. Heute braucht sie es mehr denn je, Betsys warme, frische junge Haut an ihrer Wange zu spüren. Betsy erwidert ihre Umarmung, zweifelsohne glücklich über die Reaktion ihrer geliebten Mum. Als ihre Gedanken zu dem bevorstehenden Ereignis schweifen, bleiben Helens Augen fest geschlossen. Bald wird ihre

Tochter diesen unglaublichen Schritt in die Zukunft wagen. Sie sieht das Kleid vor sich, das Betsy tragen wird, weiß genau, welches Modell sie als Erstes für sie heraushängen wird, sieht sich selbst, wie sie Betsy durch ein Meer aus lächelnden Gesichtern durch das Mittelschiff der Kirche zum Altar führt. Der Vater der Braut wird an jenem Tag keine Rede halten, aber das macht nichts. Helen wird da sein, stark, voller Zuversicht, erfüllt mit genügend Liebe, um sie beide zu vertreten – Phillip wird stolz auf sie sein können.

»Ich freue mich so sehr für dich, Betsy.« Es dauert ganze zwei Minuten, bis Helen sich so weit gesammelt hat, um diese Worte aussprechen zu können. »Das ist die schönste Neuigkeit, die du mir überbringen konntest. Und das ausgerechnet heute.«

Als sie Betsy am späteren Nachmittag hinterherwinkt, bemerkt Helen einen Mann, der auf der gegenüberliegenden Straßenseite aus einem schwarzen Audi steigt. Die Art und Weise, wie er seinen Kopf zwischen die Schultern zieht und den Jackenkragen aufstellt, als wolle er nicht gesehen werden, sagt ihr, dass irgendetwas nicht stimmt. Ihm fehlen die Sorglosigkeit und Unbedarftheit eines vorbeischlendernden Touristen, doch wie ein Einheimischer kommt er ihr auch nicht vor. Trotzdem geht er in ihre Richtung. Obwohl sie diesen Mann noch nie zuvor gesehen hat, bleibt sie stehen, rührt sich nicht vom Fleck, sondern wartet am Eingang der Boutique auf ihn, wo Betsy und sie noch vor einer Stunde Schleier anprobiert haben.

Ohne nach rechts und links zu blicken, überquert er

die Straße. Die Augen fest auf sein Ziel geheftet stößt er das Törchen zum Vorgarten auf und strebt mit großen Schritten auf sie zu. Jetzt kann Helen die Aufregung sehen, die sich auf seinem unrasierten Gesicht widerspiegelt. Für einen kurzen Moment bekommt sie es mit der Angst zu tun – Was um alles auf der Welt kann dieser Mann von ihr wollen? –, doch dann schaltet sie und erinnert sich an die seltsame Nachricht auf ihrem Anrufbeantworter. Zu jenem Zeitpunkt hatte das verstörte Gestammel keinen Sinn ergeben, doch jetzt … Sie sieht in seine dunkel geränderten Augen, die ihren Blick festhalten, als hoffe er, dass sie begreift, wer er ist, als suche er ein klein wenig Trost. Er öffnet den Mund, um etwas zu sagen, doch stattdessen bricht er in Tränen aus. Helen spricht aus, was er nicht aussprechen kann.

»Emily?«

Seine Beine geben nach, sein Kopf sackt schwer auf ihre Schulter. Sie spürt sein Gewicht, das auf ihr lastet, als sie ihn auffängt, und hört, wie er ihr ein schmerzerfülltes »Ja« ins Ohr flüstert.

27

DOLLY

Dolly reißt die Augen auf, ihr Gehirn schaltet sich ein, und schlagartig wird ihr bewusst, dass sie heute jede Menge zu erledigen hat. Ihr fällt nur nicht mehr ein, was. Weitere Deadlines von der Arschgeige umgehen? Nein, es ist Samstag. Ein weiterer sinnloser Streit mit Josh? Nein, wahrscheinlich ist er wieder einmal auf Wohnungssuche. Er will sich eine eigene Wohnung nehmen. Sie versucht, sich aus dem Bett zu wälzen, doch so einfach ist das nicht, wird sie doch von der deutlich sichtbaren Kugel vor ihrem Bauch auf die Matratze gedrückt. O ja, richtig. Geburtsvorbereitung! *Viel* Geburtsvorbereitung.

Die Wochen fliegen nur so vorbei, und Dolly steckt mittlerweile ihre ganze Energie, die sie früher für Kniebeugen und Planks verschwendet hat, in die werdende Mutterschaft. All ihr obsessives Engagement und der unbarmherzige Fokus auf sich selbst haben ein neues Ziel gefunden; der unterschwellige Wettbewerb in ihrem wöchentlich stattfindenden Geburtsvorbereitungskurs spornt sie dabei nur noch mehr an. Als sie sich schwerfällig aus dem Bett hievt, die kleine Kugel vor ihrem

Bauch mit den Händen stützend, denkt sie kurz an die anderen acht Frauen, die ebenfalls zum ersten Mal Mutter werden. Sie alle sind felsenfest davon überzeugt, dass sie am besten wissen, wie man ein Baby zur Welt bringt und großzieht – beziehen sich dabei immer wieder auf die neuesten Babyratgeber, geben einfach keine Ruhe, genau wie die kolikgeplagten Schreikinder, vor denen alle so große Panik haben.

Sie zuckt innerlich zusammen, als sie an das erste Treffen denkt. Völlig ahnungslos kam sie fünfzehn Minuten zu spät, weil sie sich nicht die Mühe gemacht hatte, Google Maps einzuschalten. So war sie gezwungen, sich der Gruppe vorzustellen, ohne zuvor gehört zu haben, was die anderen gesagt hatten. Ganze zehn Minuten lang plapperte sie über ihren Job und ihr Privatleben und versuchte dabei, alles so glamourös wie möglich klingen zu lassen, um die Abwesenheit eines liebevollen Partners zu kaschieren, bis die Kursleiterin endlich sagte: *Das ist ja alles schön und gut, aber in welcher Woche sind Sie denn eigentlich, Dolly? Erzählen Sie uns doch etwas über Ihr Baby,* begleitet von dem unterdrückten Gekicher der anderen Kursteilnehmer. Anschließend saß sie da, ganze vierzig Minuten lang, stocksteif vor Panik, während ihre erbärmlichen anatomischen Kenntnisse auf peinlichste Art und Weise einem Raum voller Vaginaspezialistinnen vorgeführt wurde.

Verfluchte Gebärmutter-Besessene, murmelt sie, während sie ins Badezimmer tappt. Resultat dieser Demütigung ist, dass Dolly nun voll fokussiert ist – und den anderen mit ihrem Geburtsplan weit voraus, fest entschlossen, nicht nur die Kursbeste zu werden, sondern auch als Erste die Tasche für die Klinik zu kaufen und zu packen. Wie dem auch sei – bevor sie den Tag angehen kann, muss sie zunächst ihre Morgenroutine hinter sich bringen. Sie wartet, bis der Duschstrahl die richtige Temperatur hat, erst dann betritt sie die Kabine. Wenn das Wasser ihre Haut rosa färbt, ist es zu heiß für das Baby, das weiß sie inzwischen. Sie bleibt ein paar Minuten unter der Dusche stehen und lässt das Wasser auf die Kugel prasseln, während sie an Josh denkt und sich fragt, wann er wohl endlich ausziehen und ihr den Raum geben wird, den sie braucht, um zu wachsen – im wortwörtlichen Sinne.

Seit sie ihm mitgeteilt hat, dass sie das Kind definitiv nicht abtreiben lassen wird, hat er keinerlei Interesse mehr an ihr oder dem Baby bekundet. Nach einem Streit epischen Ausmaßes, gefolgt von unbeholfenen Bemühungen, einander aus dem Weg zu gehen, hatte Josh vorgeschlagen, sich eine andere Bleibe zu suchen, aber bislang hat er sein Vorhaben nicht in die Tat umgesetzt. Gestern Abend hat sie ihn dabei ertappt, wie er sie angesehen hat. Als sie auf dem Sofa lümmelte und abwesend ihren Bauch streichelte, hatte er sie beobachtet und eine seltsame Frage über den Verlauf einer Schwangerschaft gestellt. Doch dann war er schon wieder in seine eigene selbstsüchtige Welt abgedriftet. Sie hat die Hoffnung auf eine Versöhnung schon lange aufgegeben. Zu viele schlimme Dinge sind gesagt worden, zu viele Kränkungen sind erfolgt, die nicht ungeschehen gemacht werden können.

Dolly verlässt die Duschkabine und greift nach dem Öl, das Schwangerschaftsstreifen vorbeugen soll. Sie verbraucht das Zeug gleich literweise. Der angenehm nussige Duft haftet mittlerweile ihrer gesamten Garderobe, ihrer Bettwäsche und vermutlich auch den Gardinen und Teppichen an. Sie verteilt eine großzügige Portion davon auf ihrem Körper sowie ölige Spritzer an den Badezimmerwänden und auf den Schranktüren, dann tänzelt sie nackt durchs Zimmer, während sie darauf wartet, dass das Öl einzieht. Als sie sich endlich nicht länger fühlt wie ein riesiger Ölfleck, wirft sie sich ihren Bademantel über und geht in die Küche, um sich etwas eisenreichen Porridge mit einer Scheibe Räucherlachs zuzubereiten, was gut ist für die Entwicklung des Babygehirns.

Die Reste ihres Kochmarathons von gestern Abend liegen immer noch auf der Arbeitsfläche verstreut. Sie setzt den Deckel auf die Dose mit hausgemachten Süßkartoffelgnocchi und quetscht sie in den Gefrierschrank, in dem so gut wie kein Platz mehr ist, neben eine Reihe von Pastasoßen, Cottage Pies und vegetarischer Gerichte, die sie letzte Woche gekocht, abgepackt und eingefroren hat, genau wie man es ihr im Geburtsvorbereitungskurs geraten hat. Koch jetzt und genieße die ersten Wochen nach der Geburt des Babys, in denen du kaum die Kraft haben wirst, den Kopf vom Kissen zu heben, geschweige denn ein halbwegs anständiges Abendessen zuzubereiten. Zugegeben, sie liegt mit der Erfüllung dieser Aufgabe ziemlich weit vorn im Zeitplan, aber so mag sie es eben. Sie überlegt kurz, ob sie die Portionen für eine oder für zwei Personen bemessen soll. *Ach, scheiß drauf,* Josh ist nicht länger ihr Problem. In der Küche hängt mittlerweile ein Schrank eigens für Babyutensilien. Der Spiralschneider musste dem Fläschchenwärmer Platz machen, doch es ist ohnehin lange her, dass sie rohe Zucchini gegessen und sich eingeredet hat, es wäre Pasta.

Dolly schiebt sich einen Löffel zementartigen Porridge in den Mund und beginnt mit den Beckenbodenübungen. Sie zieht die Muskeln fest zusammen, während der imaginäre Aufzug nach oben fährt und in verschiedenen Stockwerken anhält, bevor er höher und höher steigt und anschließend kontrolliert in die Tiefe gleitet. Immer wieder macht sie diese Übungen, gestattet sich nicht, auch nur einen Tag damit auszusetzen, damit nach der Geburt möglichst alles so ist wie vorher. Sie möchte auf keinen Fall zu den Frauen zählen, die eine Ersatzhose in ihrer Handtasche mit sich herumtragen und in ständiger Furcht vor einem Höschen durchnässenden Nieser leben.

Es gibt sogar eine spezielle, ein wenig furchteinflößende Dammmassage, die einem Riss während der Geburt vorbeugen soll. Als das letzte Woche im Kurs erklärt wurde, schossen Helens für gewöhnlich reglose Augenbrauen in die Höhe. Auch diese Massage soll Dollys allmorgendlicher Routine hinzugefügt werden, doch zunächst möchte sie im Internet die weichen, aufblasbaren Silikonballons bestellen, die die Massage übernehmen, damit sie nicht ihre eigenen Finger benutzen muss. Sie hofft nur, dass die Arschgeige nicht ausgerechnet dann an ihrem Schreibtisch vorbeikommt, wenn sie die Dinger bei Amazon sucht.

Dolly stellt ihre leere Porridgeschale in die Spüle – damit Josh später etwas zu tun hat –, dann kehrt sie ins Schlafzimmer zurück, um sich anzuziehen. Ihre knallenge Hüftjeans und die figurbetonenden Jumpsuits hat sie schon lange aus dem Kleiderschrank verbannt, stattdessen haben mehrere Jeans mit weiten Beinen und elastischen Stoffeinsätzen für den Bauch Einzug gehalten, außerdem Leggins, die sie bis unter die Brüste ziehen kann. Dolly weiß, dass es ihr schwerfallen wird, nach der Geburt des Babys darauf zu verzichten. Die Sachen sind ein Teil von ihr geworden, eine Verteidigungslinie gegen all die Neider und Babyhasser, genau wie der *Baby-an-Bord*-Button. Sie hätte niemals gedacht, dass sie sich so ein Ding anstecken würde. Wenn sie ihn bei einer anderen Frau gesehen hat, war sie stets gelangweilt oder genervt über die aggressive Prahlerei: *Leute, macht den Weg frei für diese unglaublich wichtige Schwangere!* Aber irgendwie ist das jetzt okay, mehr als okay, ein diskreter Hinweis auf alles, was für Dolly im Augenblick spannend ist.

Die Amazon-Aktien schnellen momentan wahrscheinlich steil nach oben dank ihrer unermüdlichen Bestellungen von Babyzubehör – eine fantastische Verwendung für den nicht länger benötigten Hochzeitsfonds. Heute ist es Gina Fords Buch über den gesunden Schlaf von Babys. *Das zufriedene Baby: Entspannt durchs erste Lebensjahr* von derselben Autorin hat sie bereits durch und sämtliche wichtigen Punkte auf Karteikarten übertragen, damit sie rasch abrufbar sind, wenn der Schlafmangel ihr Gehirn vernebelt. Angeregt von einer überambitionierten Kursteilnehmerin hat Dolly einen Zeitplan für die ersten vier Wochen des Babys erstellt, der lediglich einen letzten Schliff benötigt: wann sie essen, schlafen und mit ihrer Tochter spielen wird, wann sie an den erschreckend wenigen Mutter-Kind-Gruppen teilnehmen wird, die nicht mit den Zeitvorgaben des Kalenders an der Küchenwand kollidieren – ein solches Maß an Organisation war ihr bis dato völlig unbekannt, doch sie hat es geliebt, es den anderen werdenden Mamis im Kurs vorzustellen. Gleich zu Anfang hat sie festgestellt, dass die meisten Frauen in der Gruppe erklärte Fans von Gina Ford sind, und sich sofort deren erstes Buch bestellt. Der Rest scheint sich der *Das-Baby-wird-dir-schon-sagen-was-es-braucht*-Richtung verschrieben zu haben. Rein zufällig sind das genau die mit den weniger attraktiven Ehemännern, die, die Make-up und Haarbürste aus ihrem Leben verbannt zu haben scheinen. Dolly hat ihre Entscheidung getroffen.

Jetzt stellt sie sich der größten Herausforderung des Tages – den Kinderwagen kaufen. Sie schreibt Tilly eine Textnachricht, um sich zu vergewissern, dass ihre Telefonverabredung um 11.30 Uhr steht – eine unchristliche Stunde für einen kinderlosen Menschen, vor allem weil Tilly am Wochenende nur selten vor zwei Uhr morgens ins Bett geht.

Während Helen die wundervolle Ruhe praktischer Erfahrung vermittelt, sorgt Tilly dafür, dass Dolly Dolly bleibt. Tilly ist diejenige, die sie davon abhält, zu weit in die Mami-Welt hineinzurutschen und Dinge wie *Zigarette weg von meinem Baby!* oder *Sie wissen schon, dass das hier eine Tempo-30-Zone ist?* von sich zu geben. Genau aus dem Grund hat Dolly sie auserkoren, sie bei ihrer teuersten Anschaffung zu beraten, die sie während der nächsten zwei Jahre ihres Lebens begleiten wird – obwohl Tilly natürlich keinerlei Erfahrung mit Kinderwagen hat. Und PR-Strategin, die sie ist, hat Tilly ihre Hausaufgaben gemacht. Dollys Handy klingelt zweimal, dann dringt ihr Tillys dynamisch-durchsetzungsfähige Stimme ins Ohr.

»Also gut, ich habe mich mal umgehört, und diese Anschaffung ist in der Tat von *weitaus* größerer Bedeutung, als du vielleicht vermutest, Dolly.«

»Der Ansicht bin ich auch.«

»Du musst dir diesen Kinderwagen als mütterliches Äquivalent zu den neuen Mary Janes von Miu Miu vorstellen. Er verschafft dir Zutritt zu den besten Mami-Cliquen, mit denen du abhängen möchtest, und ist gleichzeitig ein exzellenter Stacheldrahtzaun, um die abzuwehren, mit denen du nichts zu tun haben willst – vorausgesetzt, du triffst die richtige Wahl. Und genau da komme ich ins Spiel. Wie hoch ist dein Budget?«

»Tausend Pfund – so viel, wie die Accessoires für meine Hochzeit hätten kosten dürfen.« Sie versucht, das Ganze abzutun, aber innerlich hat sie das Gefühl, jemand würde auf ihrem Herzen herumtrampeln. Dolly kann immer noch nicht ganz glauben, dass ihre Hochzeit, in deren Planung sie so viel Energie, so viele glückliche Gedanken gesteckt hat, nun doch nicht stattfinden wird.

»Brillant! Das bedeutet, dass wir die Maclarens oder die Mamas & Papas nicht mal ansehen müssen. Ich finde, wir sollten auch den Bugaboo außen vor lassen. Ich weiß, ich weiß, er hat eine riesige prominente Fangemeinde, aber so eine Massenfabrikation ist einfach nichts für dich, Süße.«

»Ähm … sollten wir nicht eher auf die Sicherheitsmerkmale achten? Bremsen, Dreipunktgurte, Kopfpolster?« Dolly loggt sich am Frühstückstresen in ihren

Laptop ein, damit sie Fotos von allen Kinderwagen aufrufen kann, die Tilly empfiehlt.

»Das ist natürlich wichtig, Dolly, aber wenn du so eine coole Spaß-Mutter mit entsprechender Gesellschaft sein möchtest, müssen wir uns zuallererst um die richtige Optik kümmern. Die Dinger müssen doch eh alle die Standard-Sicherheitstests durchlaufen, oder etwa nicht? Aber haben sie auch alle einen Kaffeebecherhalter, in den ein großer Latte macchiato von Starbucks passt? Haben sie alle Griffe, die schmal genug sind für deine Wickeltasche von Anya Hindmarch? Entscheidend ist auch die Befestigungsvorrichtung für das Handy, damit du den ganzen Tag lang telefonieren kannst und gleichzeitig die Hände frei hast. Denn mal ehrlich: Was wirst du sonst tun? Und sieht das nicht absolut businessmäßig aus?«

»Da ist was dran. Okay, was ist deine erste Wahl?« Nachdem sie wochenlang allein Entscheidungen treffen musste, ist Dolly nur allzu bereit, das Heft aus der Hand zu geben und sich sagen zu lassen, was sie kaufen soll. Doch allein die Vorstellung, sich einer neuen Gruppe von Frauen anzuschließen, die sie beeindrucken und jede Sekunde unterhalten muss, die sie in deren Gesellschaft verbringt, klingt erschöpfend. Noch mehr Leute, die sie beurteilen und womöglich ablehnen werden – spätestens wenn sie herausfinden, was für ein tragischer Fall sie wirklich ist. Eine abservierte alleinerziehende Mutter. Nicht gerade die beste Ausgangsposition, oder?

»Nun, du solltest dir mal das Modell von Versace anschauen – sehr hübsch mit dem Brokatstoff und der Goldborte. Oder das von Fendi, das den Luxus förmlich herausschreit. Allerdings kommt meiner Meinung nach nichts an den Aston-Martin-Silver-Cross-Kombikinderwagen heran. Er ist mit butterweichem Veloursleder bezogen – demselben, das man auch für die Innenseite der Autodächer verwendet – und wird nur in sehr wenigen ausgesuchten Geschäften verkauft. Du musst also keine Sorge haben, von zehn Müttern mit dem gleichen Modell umringt zu werden.«

»Klingt teuer.« Wird sie sich jetzt einem beständigen Wettstreit um die Krone der neuen »Mutter des Jahres« stellen müssen, obwohl sie sich eigentlich nur aufs Sofa kuscheln möchte, das Baby und sie geborgen in Joshs Armen?

»Das ist er auch. Aber hier kommt der eigentliche Knaller: Ich stehe in Kontakt mit der PR-Agentur, die Aston Martin vertritt. Sie bieten dir einen Pressenachlass an, du musst nur behaupten, du würdest für die *Mother & Baby* oder irgendeine andere Zeitschrift schreiben. Dann gehört er dir, und zwar zum absoluten Spitzenpreis von nur fünfhundert Pfund. Sind wir im Geschäft, damit ich endlich wieder ins Bett gehen kann?«

»Abgemacht! Vielen, vielen Dank, Tilly. Das war die letzte größere Sache, die ich vor der Geburt erledigen musste.«

»Fantastisch. Aber bevor ich auflege … Wie geht es deinem *ergebenen* Freund? Hat er schon eine andere Wohnung gefunden oder noch nicht?«

»Ich wünschte, er hätte. Aber das erzähle ich dir alles am nächsten Wochenende. Das mit Adams Hochzeit steht doch, oder?«

»Machst du Witze? Das wird das nobelste, dekadenteste Fest, auf dem wir je gewesen sind. Dagegen wird

Elton Johns Hochzeit blass aussehen. Anscheinend gibt Adams Verlobte Jessie allein für die Canapés mehr aus, als wir zwei zusammen im Jahr verdienen. Na klar gehen wir da hin! Unbedingt!«

»Großartig! Bis dann, Tilly!«

Dolly legt auf und will sich gerade ausloggen, als Josh den Raum betritt und einen Blick auf den aufgeklappten Laptop wirft.

»Du hast dich schon für einen Kinderwagen entschieden?« Er macht einen enttäuschten Eindruck. »Ich habe gehofft, ich könnte dir dabei helfen.«

»Wieso?« Dolly klingt schroffer, ungläubiger, als sie beabsichtigt hat. Erst gibt er sich vollkommen desinteressiert, und dann soll sie ihn bei der Auswahl des Kinderwagens um Rat fragen?

»Ich dachte bloß, das wäre etwas, womit ich dir helfen könnte, das ist alles.« *Herrgott, dieses Selbstmitleid!*

»Nein. Es ist schon alles erledigt. Tilly hat mir geholfen. Überhaupt – musst du nicht das Shooting vorbereiten? Bis New York ist es schließlich nicht mehr lange.« Vor sechs Wochen hätte Dolly sich gefreut, wäre vielleicht sogar dankbar gewesen für diesen Annäherungsversuch. Jetzt nicht mehr.

»New York ist abgesagt.« Josh senkt den Blick zu Boden. Plötzlich sieht er aus wie ein kleiner ungezogener Junge, der vor dem Büro des Schuldirektors steht. »Der Marketing Director hat gewechselt, und für den neuen stehen die Kürzungen des Werbeetats an erster Stelle. Deshalb liegt das Ganze erst einmal auf Eis, doch ich gehe davon aus, dass es komplett gecancelt wird. Ich bin total enttäuscht.«

O mein Gott. Jetzt will er auch noch Trost von ihr und Mitleid, all das, was man normalerweise von einer treu ergebenen Freundin erwartet.

Nun, Dolly wird ihn nicht trösten. Sie wird nicht so tun, als würde sie das geplatzte Shooting interessieren, denn das tut es nicht. Nicht mehr. Soll er ruhig auch einmal spüren, was Enttäuschung heißt.

»Tja, ich denke, dir fällt schon etwas ein, Josh, das tut es ja immer. Und jetzt würde ich mich gern kurz hinlegen.«

»Ich bewundere dich, Dolly.« Er stellt sich so hin, dass er ihr den Weg ins Schlafzimmer versperrt. Anscheinend möchte er reden, mehrere Wochen zu spät.

»Wieso?«

»Nun, ich finde es toll, wie du das alles managst. Dass du den Mut dazu hast und dich nicht einschüchtern lässt … so wie ich.« *Endlich, ein bisschen Ehrlichkeit.*

»Wer behauptet denn, dass ich keine Angst habe? Natürlich habe ich Angst, sogar verdammt große. Ich werde ein Baby bekommen, ganz allein. Das ist nicht gerade das, was ich mir für mein Leben vorgestellt habe.«

»Vielleicht muss das ja nicht so sein?« Er kann ihr jetzt nicht mal in die Augen sehen, weil er weiß, wie erbärmlich spät er damit kommt.

Aber Dolly ist zu müde für ein solches Gespräch. Hat schon lange keine Lust mehr auf falsche Versprechungen und vergebliche Hoffnungen, nur um am Ende genauso weit zu sein wie zuvor. Sie sieht ihn an und weiß genau, dass das gecancelte New-York-Shooting der einzige Grund ist, warum er dort steht. Man hat ihn abserviert – wenn auch nicht ansatzweise so brutal, wie er sie abserviert hat, als er ihr klipp und klar mitgeteilt hat, dass er das Baby nicht haben will.

»Vielleicht soll es so sein, Josh.« Sie sieht, dass eine neue E-Mail in ihrem Posteingang aufblinkt, und streckt die Hand nach ihrem Laptop aus.

»Sag mir, was ich tun kann – irgendetwas, um dich zu unterstützen, ganz gleich, was.«

Jetzt schaut sie ihn direkt an, blickt in seine großen, traurigen Hundeaugen, betrachtet seine vollen, leicht schmollenden Lippen und seine Brust, die nun noch muskulöser wirkt von all den zusätzlichen Stunden, die er im Fitnessstudio verbracht hat – um ja nicht bei ihr zu Hause zu sein. Und dann begreift Dolly. Begreift, dass sie nichts an ihm vermisst. Nicht mal den Sex.

»Du könntest dir schon mal nette Mädchennamen überlegen«, sagt sie über die Schulter und drängt sich an ihm vorbei ins Schlafzimmer. Ihre Worte sollen ihn aus der Fassung bringen, und genau das tun sie. Mit offenem Mund starrt er ihr nach, mit dem gequälten Gesicht eines Mannes, dem gerade eben mit niederschmetternder Deutlichkeit bewusst wird, dass er Gefahr läuft, alles zu verlieren. Dolly knallt die Schlafzimmertür hinter sich zu. Gespräch beendet.

Als sie unter die Bettdecke schlüpft und ihren Laptop öffnet, sieht sie, dass die eingegangene E-Mail von einer Person stammt, die ihr mal sehr viel bedeutet hat. Monat für Monat hat sie darum gebetet, dass dieser Name in ihrem Posteingang auftauchen würde.

Liebe Dolly,
Sie werden sich sicher daran erinnern, dass wir vor

einiger Zeit wegen Ihrer Hochzeit in Kontakt waren, die nun leider nicht mehr stattfindet. Dafür habe ich natürlich vollstes Verständnis. Unserer Chefredakteurin haben Ihre Ideen jedoch so gut gefallen, dass sie diese gerne in unserem Heft unterbringen möchte. Haben Sie Interesse, uns bei diesem Projekt zu beraten? Falls ja, würden wir die Liste mit den von Ihnen ausgewählten Fachanbietern benötigen, außerdem würden wir Sie bitten, unsere Stylisten am Tag des Shootings für das zehnseitige Editorial zu unterstützen. Selbstverständlich wird Ihr Name Erwähnung finden. Bitte geben Sie mir Bescheid, ob unser Angebot für Sie infrage kommt, damit wir die Shooting-Termine vereinbaren können. Außerdem möchten wir Sie einladen, uns und unser Creative Team in unserer Redaktion im Vogue House zu besuchen, damit wir Ihre Ideen besprechen können.

Mit besten Grüßen
Annabel Coutts
Persönliche Assistentin der Chefredakteurin des Brides Magazine, *Condé Nast*

Ein Grinsen, so breit, so glückselig, so unverfälscht, tritt auf Dollys Gesicht, wo es eine ganze Weile lang bleibt. Sie kann das! Sie wird es schaffen! Es ist ganz gleich, ob sie schwanger ist oder nicht. Die Morgenübelkeit ist vorbei, alles ist hervorragend organisiert, und bei der Arbeit kann sie blaumachen, solange sie möchte. Was nützt einem die Schwangerschaft, wenn man sie nicht zu seinem

Vorteil einsetzen kann? Vorausgesetzt, das Creative Team der *Brides* arbeitet zügig, bleibt ihnen genügend Zeit, die Fotostrecke umzusetzen, bevor das Baby auf die Welt kommt.

Ein merkwürdiger Gedanke, dass sie diesen Job gelandet hat, ohne dafür Josh heiraten zu müssen … Trotz des großen Schmerzes der vergangenen Wochen könnte Dolly nicht glücklicher sein als jetzt.

28

EMILY

Ich sehe zu, wie mein Beinahe-Ehemann vor der White Gallery anhält, um mein Hochzeitskleid abzuholen. Gibt es einen traurigeren Anblick als diesen? Er ist so wütend. Ich spüre die Hitze, die er abstrahlt, als Helen ihn einlässt – als würde sein Blut kochen vor Zorn. Ich habe mir nicht ausgesucht, dies mit anzusehen. Mein Geist ist einfach hierhergeswitcht. In der einen Minute war ich noch bei Glo, die reglos auf meinem Bett sitzt, meinen rosa Teddy an die Brust gedrückt, in der nächsten bin ich hier, eine schwindelerregende Reise durch Zeit und Raum. Aber warum? Denk nach, Emily, *denk nach*. Niemand sonst wird dir das erklären.

Mein wunderbarer Mark, der immer so eloquent, so ungezwungen war, hat jedes bisschen Zuversicht verloren – er weiß nicht länger, was er sagen oder wie er es sagen soll. Bleibe ich deshalb in seiner Nähe, folge ihm, wohin auch immer er geht? Doch wie kann ich ihm helfen?

Jetzt höre ich zwischen Kleiderstangen voller Tüll, wie er versucht, die Worte hervorzustoßen, und entnehme Helens Gesichtsausdruck, dass sie sich die Fakten schneller zusammenreimt, als er sie über die Lippen bringt. Ganze zwölf Minuten vergehen damit, dass er schniefend und schwitzend Platz nimmt, wieder aufsteht, im Verkaufsraum auf und ab geht und gegen die heißen, zornigen Tränen ankämpft, die aus seinen Augen strömen, bevor er es endlich schafft, das zu sagen, was auch ihn umbringt.

»Sie ist gestorben, Helen. Tot. Gehirnaneurysma.« Er deutet unbeholfen auf seinen Kopf, weil er nicht weiß, wohin er sonst mit seinen großen, starken Armen soll.

Die arme Helen. Sie weint nun ebenfalls. Die beiden, die doch Fremde füreinander sind, stehen mitten in der Boutique, umgeben von einem Lichtkranz aus Weiß, und halten einander schluchzend in den Armen. Zum ersten Mal nehme ich den Kummer wahr, der tief in Helen verborgen liegt – ganz unten, in ihrem Gewebe, in den Zellen, wo ihn niemand sehen kann. Aber ich kann ihn spüren. Marks Trauer entzündet etwas in ihr, worüber wir nie gesprochen haben. Warum auch? Ich war viel zu beschäftigt damit, sie in meinen Kleiderbetrug hineinzuziehen. Sie scheint genau zu verstehen, was er empfindet; ich spüre, wie sie seinen Schmerz aufnimmt, der ihren eigenen perfekt widerspiegelt.

Ich habe keine Ahnung, warum Mark mein Brautkleid haben möchte – um ehrlich zu sein, fürchte ich das, was er damit vorhaben könnte. Aber genau aus diesem Grund ist er hier. Er will mein Brautkleid abholen. Deshalb fragt er Helen, welcher Betrag noch offen ist und ob er das Kleid heute mitnehmen kann.

»Ich … ich *brauche* es einfach, Helen.« Seine Worte ergeben keinen Sinn, zumindest nicht für mich.

»Das verstehe ich. Selbstverständlich können Sie es mitnehmen.« Ich finde es großartig, dass Helen keine Fragen stellt, ihn nicht zwingt, sich näher zu erklären, und ihn einfach reden lässt, mit seinen Worten, in der Zeit, die er dazu braucht. Offenbar sieht sie, dass er momentan sogar Mühe haben würde, seine eigene Adresse anzugeben.

»Glo, ihre Mum, hat gesagt, Emily habe etwas Wunderschönes ausgesucht.« Natürlich weiß er nichts von dem Kleidertausch. Keiner von ihnen weiß davon. Das könnte schwierig werden für Helen. Ich sehe den Anflug von Panik, der sie für den Bruchteil einer Sekunde die Augen verengen lässt, spüre, wie sich ihr Puls leicht beschleunigt, als ihr derselbe Gedanke kommt.

»Würden Sie es mir bitte zeigen, Helen? Ich möchte es gern sehen.« O Gott, warum tut er sich das an? Warum tut er mir das an?

Und dann kommt mir ein wahrhaft herzzerreißender Gedanke, der so furchtbar ist, dass ich ihn mir gar nicht richtig vorstellen möchte. Holt er das Kleid ab, weil er mich darin beerdigen möchte? Falls ja, wie um alles in der Welt kann ich ihn davon abhalten? Gar nicht. Der Gedanke ist so tragisch, dass ich den Blick von den beiden abwenden muss. Es ist, als würde ihre Traurigkeit, die ich gezwungenermaßen mit ansehen muss, in mich hineinsickern und jeden einzelnen Teil von mir kontaminieren, das letzte bisschen Leben abtöten, das mich noch hier hält. *Bitte tu's nicht, Mark!* Ich schreie die Worte so laut, wie ich kann – vergeblich. Sie ersticken, als würden sie niedergedrückt von tonnenweise Spitze und Perlenschmuck, die für glückliche Bräute bestimmt sind. Wäre ich doch bloß hier – und zwar ganz –, doch stattdessen ist mein Körper an irgendeinem kalten Ort, wo ich darauf warte, dass der Pathologe das Skalpell ansetzt.

Mark spricht über das Kleid aus teurem, handgewebtem Stoff, in dem ich an Dads Arm zum Altar hätte schweben sollen, vorbei an meinen Freunden und meiner Familie. Das Kleid, in dem ich die ganze Nacht lang im Blitzlichtgewitter Hunderter Handykameras hätte tanzen sollen.

»Ich hole das Kleid, Mark. Wenn Sie bitte kurz Platz nehmen? Ich bin gleich zurück.«

Er setzt sich nicht. Als Helen weg ist, geht er langsam durch den Raum, wiegt ein Paar schöne taubenblaue Velourpumps in der Hand, als frage er sich, ob ich sie ebenfalls ausgesucht haben könnte, dann wendet er sich den ausgestellten Kleidern zu. Ich erwarte, dass er vor den Preisschildern zurückschreckt oder zumindest ein ungläubiges Schnauben von sich gibt, aber nichts dergleichen passiert. Dieser Mark registriert keine Preise. Vorsichtig fährt er mit der Hand über einige besonders schöne Roben. Ich sehe, wie er auf mich zukommt, und bete, dass ich in der Lage bin, die flüchtige Wärme seiner Fingerspitzen zu spüren – doch da ist nichts. Es ist so, als wäre ich gar nicht da. Das bin ich auch nicht.

Was hat Helen vor? Über mir höre ich die uralten Bodendielen knarzen, dann kann ich sie sehen. Sie hat die Boutique verlassen und macht sich auf dem Dachboden zu schaffen, öffnet einen Karton und nimmt etwas heraus, einen kleinen weißen Umschlag. Anschließend klettert sie die Leiter hinunter, schließt die Dachluke und geht zur Treppe. Geheimmission beendet. Was immer das bedeuten mag, ich hoffe, Mark ist dafür bereit.

Als Helen in die Boutique zurückkehrt, bin ich so geschockt über das, was ich sehe, dass es mich wundert, dass niemand hört, wie ich hinter dem Vera-Wang-Kleid laut nach Luft schnappe. Helen hält das Kleid von Reem Acra in den Händen, das Cinderella-Kleid, das, in dem mich alle sehen wollten. Das Kleid, das ein strahlendes Lächeln auf die Gesichter von Mum und Dad gezaubert hat – ein Lächeln, das jede Tochter wenigstens einmal im Leben sehen möchte. Kurz stelle ich mir vor, wie dieses Lächeln noch einmal auf ihre Lippen tritt, wenn ich ihr erstes Enkelkind aus der Klinik nach Hause bringe. Aber das wird niemals geschehen. Diese unermessliche Freude wird ihnen niemals zuteilwerden.

Es ist das Kleid, das in meinen Augen viel zu teuer war, um niemals getragen zu werden. Zumindest damit hatte ich recht. Aber natürlich sind Helen und ich die Einzigen, die das wissen. Bestimmt hat sie nicht bemerkt, dass ich hier bin und sie durch einen dünnen Tüllschleier hindurch beobachte und alles mitbekomme. Sie will ihn *tatsächlich* mit einem Kleid aus dem Laden spazieren lassen, das Tausende Pfund mehr wert ist, als ich für das schlichte bezahlt habe.

Mark durchbricht mein Entsetzen, indem er einen Schritt nach vorn macht und das Kleid an sich nimmt. Er wirft den Bügel auf den Boden und umfasst mit beiden Händen das Korsett, hält es fest, als würde ich darin stecken, als befände sich unter den stützenden Stäbchen ein Mensch aus Fleisch und Blut. Ach, wie sehr ich mir wünsche, dass das tatsächlich so wäre!

»Hat sie das Kleid als Letzte anprobiert?« Wieder steigen ihm Tränen in die Augen, und ich senke meinen Blick zu Boden, da mir erneut das Herz bricht. All meine Konzentration zusammennehmend stelle ich mir mein Schlafzimmer vor, in der Hoffnung, dorthin zurückkehren zu können, aber so weit reichen meine Fähigkeiten nicht. Wer immer mich hierhaben möchte, damit ich Zeugin dieser herzzerreißenden Szene werde, sorgt dafür, dass ich an Ort und Stelle bleibe.

»Ja, das hat sie.« Helen zieht ein Taschentuch aus dem Ärmel und tupft sich die Wimperntusche ab, die in ihren Augenwinkeln zu verlaufen beginnt.

»Ich kann ihr Parfüm daran riechen.« Mark hebt das Kleid an sein Gesicht, wohl wissend, dass die zarten Überbleibsel meines Lieblingsdufts alles sind, was er bekommen wird. Es gibt keine Haare, durch die er mit den Fingern streichen, keine weiche Wange, die er küssen kann, ich werde nicht ins Zimmer eilen und ihm den Weg verstellen und ihn schimpfen, weil er das Kleid vor dem großen Tag gesehen hat. Vor seinen Augen zerschellen in diesem Augenblick all seine Hoffnungen und Träume – und meine.

»In drei Tagen wird die Beerdigung stattfinden. Würden Sie vielleicht kommen, Helen? Ich weiß, dass das in Emilys Sinn wäre. Die Kirche ist dieselbe, in der wir … nun, Sie wissen, welche.« Er gibt Helen das Kleid zurück, die es blitzschnell in einem Kleidersack verstaut. Ich bin mir nicht sicher, wie lange sie diese Situation noch aushält.

»Es ist mir eine Ehre, vielen Dank. Es gibt da noch etwas, das ich Ihnen geben möchte, Mark, wenn das für Sie in Ordnung ist.« Ich spüre, wie ihr Herzschlag beschleunigt, als sie ihm den weißen Umschlag überreicht.

»Oh. Was ist das?«

»Nur etwas, das ich nicht länger brauche. Bitte nehmen und lesen Sie es. Ich bete, dass es Ihnen ein wenig Trost spendet.«

»Danke, Helen.«

Sobald Mark die White Gallery verlassen und die Autotür hinter sich zugeschlagen hat, reißt er den Umschlag auf, begierig nach etwas – ganz gleich, was –, das seinen Schmerz ein kleines bisschen lindern kann. Er schafft es, die ersten beiden Zeilen zu lesen …

Der Tod bedeutet gar nichts.
Ich bin nur unbemerkt in den Raum nebenan gegangen.

…, bevor sein Kopf nach hinten gegen die Kopfstütze sackt. Mit geballten Fäusten schlägt er auf das Lenkrad vor ihm ein, bis seine Haut aufplatzt und winzige Blutspritzer auf die Lederpolster regnen.

Ich möchte zu ihm in den Wagen steigen und sein gebrochenes Herz mit einem Schwall zarter Küsse zusammenfügen. Wenn er doch nur wüsste, wie nah ich ihm bin!

Ich weiß, dass Blasphemie in der Kirche ein echtes No-Go ist, aber *Herrgott!* Wessen Idee war es, mich in einen weißen Sarg zu legen? Ich nehme an, Glorias. Gott sei Dank ist das Hochzeitskleid nirgendwo zu sehen – genauer gesagt, *fast* nirgendwo. Mark konnte es nicht ertragen, es im Haus zu haben, daher haben sie es in einem großen braunen Karton unter meinem Bett verstaut, aber erst nachdem Glo ein handflächengroßes, herzförmiges Stück Stoff aus einem der Unterröcke geschnitten hat. Das hat sie zu mir in den Sarg gelegt, an die Stelle, an der einst mein echtes Herz geschlagen hat. Meine Arme sind so verschränkt, dass meine Fingerspitzen es gerade berühren, als wäre es für mich das Kostbarste auf der Welt. Eine nette Geste. Genau wie die hübsche Spitzengirlande, nach der Marks Schwester so lange online gesucht hat. Sie ist über den hinteren Kirchenbänken drapiert. Ich nehme an, irgendwer dachte, es sei zu schade, sie einfach so verschwinden zu lassen.

Die Kirche ist rappelvoll. Heute haben sich mehr Leute in die Bänke gequetscht, als wir zur Hochzeit eingeladen hatten. Meine geliebte Familie sitzt in den ersten beiden Reihen und betrachtet meinen Sarg und das wunderschöne gerahmte Foto von Mark und mir, das auf einer Staffelei danebensteht. Ich erkenne es sofort. Es entstand während unseres ersten gemeinsamen Kurzurlaubs in Paris. Wir stehen auf der Pont des Arts, die Arme umeinandergeschlungen, genau wie eine Million Liebende vor uns. Es kommt mir vor, als wäre das Ewigkeiten her. Damals dachten wir uns nichts dabei, Geld in romantischen Boutique-Hotels zu verprassen – erst viel später sollte ich herausfinden, wie unverschämt teuer es ist, neunzig Gäste zu bewirten.

Ich muss schlucken, als ich bemerke, dass ich meinen Ehering trage. Ich bin glücklich darüber, dass er an meinem Finger steckt, denn so bin ich so gut wie verheiratet. Mark trägt seinen Ring ebenfalls, und das wühlt mich noch mehr auf. Ich hoffe, er errichtet mir keinen Schrein in seinem Herzen, sodass darin kein Platz mehr für einen anderen Menschen ist. Für eine andere Frau. Aber Sally wird es schon schaffen. Sie wird Zugang zu ihm finden, das weiß ich. Während der gesamten Bestattungszeremonie lässt sie ihn nicht aus den Augen. Nicht einmal während ihrer Rede, in der sie alle daran erinnert, was für ein unglaublicher Mann er ist und dass er mit mir die bestmögliche Wahl getroffen hatte. Ihre Augen sind unablässig auf ihn gerichtet, sie blickt nicht ein einziges Mal auf die handgeschriebenen Notizen, die vor ihr auf der Kanzel liegen. Sie spricht nur zu ihm. Und er denkt nur an mich und die Hochzeitsreise, die wir nie gebucht haben. Die Tage, in denen wir uns ausschließlich einander widmen wollten.

Liebe, arme Mum. Ich bin mir nicht sicher, ob sie auch nur ein Wort von dem mitbekommt, was heute gesagt wird. Während des fünfundvierzigminütigen Gottesdienstes denkt sie an nichts anderes als an meinen ersten Schultag. Wie sie am Morgen meine schicken Lackschuhe poliert, meine Haare zusammengebunden und mich stolz durchs Schultor begleitet hat. Zu Hause wusste sie nichts mit sich anzufangen, bis sie am Nachmittag um drei zur Schule zurückeilen und mich abholen konnte.

Dad dagegen hört zu. Dann steht er auf – Gott weiß, wie er das schafft –, tritt vor ein Meer von traurigen, schmerzverzerrten Gesichtern und verkündet, was für ein wunderbarer Mensch ich doch sei, wie er seit meiner Geburt Tag für Tag die bereichernde Liebe eines ergebenen Vaters verspüre. Er weigert sich, die Vergangenheitsform zu verwenden.

Auch Sarah Blake ist da, in ein elegantes schwarzes Seidenkreppkostüm gekleidet. Sie trägt noch immer die

Last ihrer Schuld, die sie davon abhält, meinen Eltern in die Augen zu sehen. Seit Jahrzehnten Freunde müssen sie nun eine gewaltige Hürde überwinden. Ich bin mir nicht sicher, ob Sarah das jemals gelingen wird.

Helen verlässt den Gottesdienst vorzeitig, sie verkraftet das Ganze nicht. Ich sehe, wie einer von Dads besten Freunden, mit dem sie sich ein Kirchenheft geteilt hat, aufsteht und ihr hinausfolgt. Er tröstet sie, verwandelt ihre Tränen in ein schwaches Lächeln, das sie innerlich auftauen lässt.

Einige Kinder aus der Tagesstätte sitzen im Schneidersitz im Altarraum, und als der vierjährige Peter aufsteht, um ein Gedicht vorzulesen, zwinge ich meine Augenlider, sich zu schließen. Ich habe ganz hinten Platz genommen, neben einem Stapel verstaubter Gesangbücher, und gebe mir alle Mühe, nicht zuzuhören, als er über meine rosigen Wangen spricht und darüber, dass ich die besten Marmeladensandwiches geschmiert habe. Er wird mich in ein paar Wochen vergessen haben, das weiß ich, doch in diesem Moment verzieht er das kindliche Gesicht, um seine Tränen zurückzuhalten, während er mit zitternder Unterlippe die Worte hervorstößt, die er vermutlich die ganze Woche lang geübt hat. Immer wieder schweift sein Blick Hilfe suchend zu seiner Mum, die in der dritten Bankreihe sitzt. Auch über ihr Gesicht strömen die Tränen.

Vielleicht liegt es daran, dass ich so viel Zeit damit verbracht habe, die Emotionen der anderen in mich aufzunehmen, aber ich fange an, mich schwächer zu fühlen, bin weniger empfänglich für die Atmosphäre im Raum als noch vor einer Woche. Ich verschwinde. Wenn die erste Schaufel mit Erde auf meinem Sarg landet, wird's das wohl gewesen sein. Dann bin ich fort.

Doch das bin ich nicht. Ich bleibe den ganzen Tag, und ich bin immer noch da, als Dad nach einer schlaflosen Nacht in den frühen Morgenstunden die Decke anstarrt. Er lässt Mums Hand keine Sekunde lang los, bis sie sich gegen fünf Uhr morgens regt und in seinen karierten Pyjama weint. Aber sie werden sich wieder erholen. Das kann ich spüren. Sie haben einander, und das ist alles, was im Augenblick zählt.

Aber da ist noch mehr. Ich habe noch etwas zu erledigen, bevor ich gehen kann. Jetzt weiß ich mit Bestimmtheit, dass es um Marks Zorn geht, der von Tag zu Tag unbändiger wird. Gestern Abend hat er gewartet, bis meine Eltern im Bett waren. Er würde gehen, wenn er so weit sei, hat er behauptet und versprochen, die Haustür hinter sich abzusperren. Dann hat er sich ins dunkle Wohnzimmer gesetzt und alle Fotos von mir auf seinem Handy durchgescrollt, während ich sein wütendes Gesicht betrachtete, das erhellt war von dem kleinen Display. Als schließlich die Fotos von unserer Verlobungsfeier erschienen, bekam er kaum noch Luft vor stummem Zorn, einem Zorn, der ihn innerlich auffrisst. Und so nahm er das Handy mit nach draußen und schleuderte es auf die Terrassenfliesen, dann trampelte er darauf herum, bis am Ende nicht mehr davon blieb als ein unkenntlicher Wirrwarr aus Drähten und Metall.

Das ist nicht mein Mark, und ich weiß jetzt, dass ich nicht gehen kann, bevor ich ihn wiedergefunden habe.

29

JESSIE

Noch vierundzwanzig Stunden

Beim Probeessen sind noch nicht mal die Vorspeisen serviert, und schon erntet Henry stürmischen Beifall. Er steht am Kopf des gigantischen Familienesstischs – in einem erlesenen Smoking und mit einem antiken Champagnerkelch in der Hand – und wendet sich so voller Energie an die Gäste, dass sie ihm ihre ungeteilte Aufmerksamkeit schenken.

»Ich habe Adam erklärt, dass es drei Dinge gibt, die ein Ehemann so oft wie möglich sagen sollte, wenn er sich eine glückliche Ehe wünscht – und ich weiß, dass meine geliebte Camilla mir von ganzem Herzen zustimmt.«

Jessies Augen schweifen über die riesige Fläche mit feinstem Porzellan und geschliffenen Kristallgläsern zu der ganz in Chanel gekleideten Camilla, deren warmherziges, völlig unbeeindrucktes Lächeln verrät, dass sie genau weiß, was jetzt kommt. Sie hat keine peinlichen Enthüllungen zu erwarten.

»›Du hast recht.‹ ›Ich habe mich getäuscht.‹ Und: ›Ich liebe dich.‹« Henry wirkt durch und durch zufrieden mit sich selbst, als dröhnendes Gelächter im Speisezimmer erschallt, und Jessie kann nicht anders, als den Mann zu bewundern, der in weniger als vierundzwanzig Stunden ihr Schwiegervater sein wird. Wieder fällt ihr auf, mit welcher Leichtigkeit Henry seinen Charme versprüht, so selbstsicher, als müsse er sich niemals darum bemühen, der unterhaltsamste Mensch im Raum zu sein. Genau so jemand soll morgen ihre Gäste beim Hochzeitsmenü unterhalten. Jemand wie Henry, nicht wie ihr eigener Dad, der schon jetzt die abwesende Miene eines Mannes zur Schau trägt, der nicht wirklich am Geschehen teilnimmt. Zweifelsohne fragt er sich gerade, wie er dieser Vorgabe morgen gerecht werden soll. Wäre es nicht besser, ihn davor zu bewahren? Warum sollte sie ihn derart über die Klinge springen lassen?

Alles an Henrys Gebaren legt nahe, dass er genau das Gegenteil von Jessica empfindet. Sie ist starr vor Nervosität, als hätte ihr jemand einen kalten Metallsporn in den Rückenausschnitt ihres mit Federn besetzten Oscar-de-la-Renta-Kleides gesteckt, der sie daran hindert, sich ungehemmt zu bewegen aus Furcht, sie könne sich irreparable Verletzungen zuziehen. Ihre Chancen, sich wirklich zu entspannen und den Moment zu genießen, diesen Abend vor dem großen Tag, an dem sich die aufgeregte Vorfreude in einem beinahe unerträglichen Crescendo steigern sollte, bis *endlich*, nach so langer Planerei, geheiratet wird, gehen gegen null. Morgen wird sie Mrs Adam Coleridge werden, Adams rechtmäßige Ehefrau, vorausgesetzt, niemand von der Familie Jones macht ihr heute Abend einen Strich durch die Rechnung.

Adam sitzt neben Jessies Mum. Er sieht aus wie ein schmaleres Abbild seines Vaters – attraktiv und strahlend in seinem Smoking von Tom Ford. Seine Haare sind lässig frisiert, als sei er nach dem Duschen einfach mit den Fingern hindurchgefahren. Er hat den Arm unbefangen über die Rückenlehne von Margarets Stuhl gelegt, und Jessie bemerkt die kleidungsmäßige Kluft, die sich zwischen den beiden auftut: Adams maßgeschneiderte Smokingjacke, die seine Kontur so vorteilhaft zur Geltung bringt, wie es nur ein individuell gefertigter Anzug vermag, gegen Margarets in Regenbogenfarben leuchtendes Spitzenkleid, das ihr in die Oberarme schneidet und an den Schenkeln hochrutscht, weshalb sie es alle drei Minuten verlegen herunterziehen muss. Ihre praktischen Schuhe sind farblich genau auf ihre Handtasche, Schal, Ohrringe und Gürtel abgestimmt – fabrikgefertigte Massenware mit niedrigem Preis, die möglichst schnell über die Ladentheke gehen soll. Jessie ärgert sich noch immer darüber, dass sie sich nicht einfach für heute Abend und die Hochzeit von ihr hat einkleiden lassen, aber es gibt nicht viel, was sie dagegen tun kann. Nun ist das eben so, und sie kann nur noch auf Schadensbegrenzung hoffen.

Als alle Platz genommen haben, hört Jessie, wie Adam ihre Mutter fragt, mit welchen Gefühlen sie dem morgigen Tag entgegenblickt.

»Oh, ich hoffe nur, dass ich nicht zu viel Theater mache, Adam. Ich weiß, wie sehr Jessie das hasst. Sie hat mir verboten, während der Trauzeremonie zu weinen, damit sie nicht auch noch damit anfängt. Jetzt habe ich Angst, dass mir das nicht gelingt und ich ihr diesen ganz besonderen Augenblick ruiniere.«

Jessie kann die Anspannung auf dem Gesicht ihrer Mum sehen, den Druck, sich ja gut zu benehmen, den

Jessie ihr auferlegt hat. Sie hat ihrer Mutter nicht einmal gestattet, sich so zu verhalten wie Millionen Brautmütter vor ihr. Nun wallen Schuldgefühle in ihr auf. Sie öffnet den Mund, um ihrer Mum gut zuzureden, aber Adam kommt ihr zuvor.

»Eine Hochzeit ohne Tränen? Ich werde es als persönlichen Affront auffassen, wenn du in der ersten Reihe nicht wenigstens ein paar Tränchen vergießt, Margaret!«

Sie weiß, dass er nur so ist, wie er immer ist, aber genau das lässt Jessie noch herzloser erscheinen. Henrys Bemerkung, der das Gespräch mit angehört hat, macht es nicht besser.

»Du kannst dich gern an meiner Schulter ausweinen, wenn es dir guttut, Margaret!«

Zum Glück wird nun die Vorspeise serviert. Jessie entspannt sich ein wenig, doch als sie den Blick über den Tisch wandern lässt, bekommt sie mit, wie ihre Mutter Adam bittet, ihr Bescheid zu geben, wann sie den Nachtisch servieren soll. Trotz Jessies vehementer Proteste hat Margaret darauf bestanden, für alle Anwesenden ihr Sherry Trifle zuzubereiten. Jessie kann sich gut vorstellen, wie verärgert Camilla gewesen sein muss, dass sie auf diese Weise die Kontrolle über ihren eigenen Menüplan verloren hat. Wahrscheinlich hatte sie geplant, etwas Leichtes, Schlichtes servieren zu lassen – eine Meringue mit frischen Beeren aus den Nutzgärten des Anwesens zum Beispiel –, doch ganz bestimmt keine Kalorienbombe aus den Siebzigern mit im Supermarkt gekauften Löffelbiskuits, die allen Gästen in spätestens einer Stunde an den Zähnen festkleben werden.

Jessie blendet eilig das aufsteigende Schuldgefühl aus,

das sich in ihrer Brust einzunisten versucht, und konzentriert sich stattdessen auf die Gäste, die mit ihr am Tisch sitzen. Ihre Wangen röten sich, als ihr bewusst wird, mit welcher Deutlichkeit zu erkennen ist, wer ein Coleridge ist – und wer nicht. Rechts und links von ihr sitzen Adams Zeremonienmeister Sebastian und Harry, beide bestens geschult in der Kunst des Dinnerparty-Small-Talks, was ihr gestattet, die Augen weiter durch den Raum schweifen zu lassen, während die zwei versuchen, einander mit scherzhaftem Geplänkel zu übertrumpfen. Jessie ist froh, dass überhaupt jemand den Abend genießt.

Adams Großmutter Sophia, eine gepflegte Dame Ende achtzig, die aussieht wie jemand, der weiß, wo sämtliche Leichen versteckt sind, sitzt neben Jessies Bruder Jason, der heute Abend anscheinend eine komplette Tube Wet-Gel in seinen Haaren verteilt hat. Sophias unverhohlen verwirrter Gesichtsausdruck, als Jason ihr etwas ins Ohr murmelt, entgeht Jessie nicht, doch von der anderen Seite des Tisches aus kann sie nichts unternehmen. Voller Entsetzen sieht sie, wie ihr Bruder wiederholt aus Sophias Weinglas trinkt, was einen der Kellner dazu zwingt, es jedes Mal unbemerkt zu ersetzen. Niemand anders am Tisch bekommt diese Farce mit, nur Jessie. Sie versucht, Jason ein Signal zu geben, um ihn auf seinen Fehler aufmerksam zu machen, doch mehr als ein schroffes »Was ist denn mit dir los?« kann sie ihm nicht entlocken, dann muss sie aufgeben, bevor noch jemand etwas bemerkt.

Kurz darauf macht er sich an Grannys Brötchen zu schaffen, bevor er mit klapperndem Besteck über das Fischgericht herfällt, obwohl noch nicht alle Gäste ihren Teller vor sich stehen haben. Jessie windet sich innerlich und sagt sich wieder einmal, dass sie nur den heutigen Abend überstehen muss, dann hat sie es geschafft. Das morgige Programm wird den anderen kaum Zeit und Gelegenheit lassen, ihre Familie so gründlich unter die Lupe zu nehmen.

»Ich hoffe doch, dass du morgen ein paar umwerfende Brautjungfern für uns herbeizauberst, Jessie?«, fragt Seb so laut, dass sich der ganze Tisch zu ihnen umdreht, um ihre Antwort zu hören.

»Nein! Ich meine, ich habe keine Brautjungfern. Nun, eigentlich schon, aber ...« Ihr Zögern ist gut gemeint, wirklich, aber es trägt ihr verletzte Blicke von ihren Eltern und ein übel gesinntes Stirnrunzeln von Claire ein. Jason ist zu beschäftigt damit, sein drittes Glas Chablis in sich hineinzuschütten, um überhaupt etwas mitzubekommen. Auf keinen Fall möchte Jessie Claire als die ersehnte »umwerfende« Brautjungfer präsentieren, doch langsam wird das Schweigen der Gäste, die auf eine Antwort warten, unangenehm. Natürlich ist es Henry, der sie aus dieser peinlichen Situation erlöst.

»Nun, wenn das, was Claire mir erzählt hat, stimmt, dann solltet ihr lieber achtgeben, Jungs!«, verkündet er lautstark. »Wisst ihr eigentlich, dass sie an Silvester im Feathered Head den Rekord im Ale-Trinken aufgestellt hat? Ihr Name ist sogar in eine spezielle Tafel hinter der Bar eingraviert, das muss man sich mal vorstellen!«

»Ja, ja, das stimmt!«, rühmt sich Claire strahlend.

Deine Eltern sind bestimmt sehr stolz auf dich. Camilla spricht die Worte nicht aus, aber Jessie sieht ihr deutlich an, dass sie genau das denkt.

Bislang ist Claire die größte Überraschung des Abends,

sie sieht richtig gut aus in einem von Helens Seidenwickelkleidern, dessen leicht ausgestellte Ärmel die wunderschöne Farbe von Glockenblumen haben. Sie sitzt zwischen Henry und Adams Trauzeugen Lucian, ein schlaksiger Mann, der damals mit Adam in Eton war und aussieht, als würde er gern Gedichte schreiben. Die drei kichern ausgelassen, als hätte Claire ihnen gerade den schmutzigsten Witz aller Zeiten erzählt – o Gott, vielleicht hat sie genau das tatsächlich getan! Nein, es ist schlimmer als das. Sehr viel schlimmer.

»Jessie, kann das wirklich stimmen?«, fragt Henry quer über den Tisch hinweg. »Was deine Freunde an deinem achtzehnten Geburtstag mit dir angestellt haben? Claire versorgt mich soeben mit sämtlichen Details, und langsam, aber sicher bekomme ich den Eindruck, endlich die *wahre* Jessie kennenzulernen – du liebe Güte! Ich hätte es niemals für möglich gehalten, dass …«

»Natürlich ist das wahr!«, trompetet Jason, noch bevor Jessie sich sammeln kann. »Du hättest mal sehen sollen, in welchem Zustand sie war!«

Das Bild, wie sie halb bekleidet, an einen Laternenpfahl gefesselt in der Wohnsiedlung steht, blitzt grell vor Jessies innerem Auge auf und treibt ihr die Schamesröte in die Wangen. Ihre Freunde hatten sie mit Paketband umwickelt, bis sie sich nicht mehr rühren konnte, dann hatten sie ihr eine Karotte in den Mund gestopft, einen riesigen Kohlkopf zwischen die Beine geklemmt, an jedes Ohr einen Tampon gehängt und am Ende jede Menge Fotos von ihr geschossen.

»Na ja, das ist jetzt schon so lange her; damals war ich ja noch fast ein Kind.« Jessie fühlt sich komplett leer, als hätte jemand die Luft aus ihr herausgelassen. So wie Julia Roberts in *Pretty Woman,* als sie sich für das Pferderennen herausputzt und irgendwer sie dennoch als Prostituierte entlarvt. Eine weitere brutale Mahnung, dass es keinen Sinn macht zu heucheln, dass sie ihrer Vergangenheit niemals wirklich entkommen wird. Es wird immer jemanden geben, der sie von früher kennt, eine Familienanekdote, etwas, das ihre Fassade niederreißen wird.

Danach sagt Jessie nur noch sehr wenig. Sie sieht einfach nur zu, wie ihre Mum Trifle auf die Teller der Gäste klatscht, während die Kellner tatenlos zusehen und nicht recht wissen, was sie mit sich anfangen sollen – anscheinend haben sie so etwas noch nie erlebt. Trotzdem hält das Henry nicht davon ab, immer wieder zu erklären, wie *verdammt köstlich* das Dessert schmecke, und einen Nachschlag zu verlangen – sehr zu Margarets Freude.

Anschließend meint Claire, sich beim Tischabräumen nützlich machen zum müssen. Sie greift nach Henrys und Lucians Tellern und stapelt sie auf ihrem, bevor es einem der Kellner gelingt, sie abzutragen. Leider nicht schnell genug für Camilla. Entgeht dieser Frau eigentlich gar nichts? Dann reicht Dad den Portwein in die falsche Richtung, was bei der bereits völlig verdutzten Sophia, die aussieht, als gehöre sie dringend ins Bett, für neuerliche Verwirrung sorgt.

Als endlich alle aus dem Esszimmer zu einem letzten Glas vor dem Schlafengehen in die Bibliothek hinüberwechseln, hat Jessie endgültig genug. Sie möchte das Ganze endlich zum Abschluss bringen, nach Willow Manor zurückkehren und mit dem Rest ihres Lebens beginnen. Morgen früh mit der Gewissheit aufwachen, einer weniger beschämenden Zukunft entgegenzublicken. Während sich die anderen Portwein nachschenken lassen und in die üppig gepolsterten Sessel sinken, um ihre mit Trifle überladenen Bäuche zu entlasten – wenigstens hat Mum nicht die Sprühsahne mitgebracht, ihre Lieblingsgarnitur –, nimmt Jessie in einem großen Ohrensessel Platz und überlegt, was sie am besten zu ihrem Vater sagt. Sie muss ihm verklickern, dass Henry morgen die Hauptrede halten wird und anschließend dessen Okay einholen, aber Henry wird sich bestimmt darüber freuen. Jemand wie er benötigt schließlich kaum Vorbereitungszeit. Allerdings gestaltet sich ihr Vorhaben als ziemlich knifflig. Dad und Henry haben sich in eine Ecke zurückgezogen; Henry zeigt Graham alte Fotos vom Haus, bevor sie ein wahres Vermögen ausgaben, um es zu neuem Leben zu erwecken.

»Nun, morgen ist endlich der große Tag, Graham. Wie sieht es mit der Rede des Brautvaters aus?«

O Gott, Henry kommt ihr bereits zuvor!

»Nun, die ist fertig, und zwar seit Monaten, um ehrlich zu sein, Henry.«

Mist, das macht die Sache nicht leichter. Unbemerkt von den beiden bleibt Jessie in ihrem Sessel sitzen und zerbricht sich voller Panik den Kopf, ob sie nicht lieber aufspringen und sich zeigen soll, bevor ihr Dad noch ein weiteres Wort sagen kann.

»Wunderbar!«, tönt Henry. »Leider wird mir diese Ehre für immer verwehrt bleiben, weil ich nur einen Sohn habe, aber ich werde mit dir mitfiebern, Graham.« Erstaunlicherweise klopft er ihrem Dad auf den Rücken, dann stoßen die beiden mit ihren schweren Gläsern miteinander an.

»Gut zu wissen, Henry, denn ich bin schrecklich nervös deswegen, auch wenn ich das Jessie gegenüber nie zugeben würde.« Okay, zu spät, sie muss in ihrem Sessel sitzen bleiben. Nun senkt Dad verschwörerisch die Stimme. »Dir ist sicher aufgefallen, was für hohe Erwartungen sie hat, und ich mache mir furchtbare Sorgen, sie zu enttäuschen.«

»Du bist ihr Vater, daher glaube ich kaum, dass das möglich ist.«

»In diesem Fall schon. Um ehrlich zu sein, Henry, habe ich das Gefühl, dass sie mir seit Jahren mehr und mehr entgleitet. Sie wird erwachsen, und sie entfernt sich immer weiter von mir ... von uns. Es ist, als habe die Uhr schon vor langer Zeit zu ticken begonnen und werde morgen einfach stehen bleiben.«

In seiner Stimme schwingt eine Traurigkeit mit, die Jessie dazu bringt, den Mund aufzuklappen, um ihm zu versichern, dass das alles nur ein großes Missverständnis ist. Unruhig dreht sie sich in ihrem Sessel zu ihm um, um ihn davon abzuhalten, noch mehr zu sagen, doch er fährt bereits fort.

»Wir werden in ihrem Leben immer unbedeutender. Ich frage mich, ob wir nach dem morgigen Tag überhaupt noch eine Rolle darin spielen. Mit jeder Stunde, die diese Hochzeit näher rückt, verstärkt sich mein Eindruck, dass wir sie endgültig verlieren. Wie sehr habe ich mir gewünscht, ich könnte die Zeit anhalten oder wenigstens langsamer machen! Ist es nicht schrecklich, so etwas zu sagen?«

O Dad.

»Nein, das ist es nicht. Sie ist deine Tochter. Ich kann mir vorstellen, wie schwer das für dich sein muss.«

Warum klingt alles, was aus Henrys Mund kommt, so glaubhaft? Wie eine Tatsache, nicht wie eine Meinung?, fragt sich Jessie.

»Ich frage mich immer wieder, ob Adam wohl Zeit mit uns verbringen möchte. Werden die beiden jemals an Weihnachten zu uns kommen, wenn sie auch hier sein könnten? Ich will nicht, dass ihre alten Schulfotos das Einzige sind, was mir von ihr bleibt, wenn sie in deine Familie einheiratet, Henry. Allerdings muss ich mich der Tatsache stellen, dass ihr die Menschen seid, mit denen sie ihr Leben verbringen möchte, nicht mit denen, die man ihr untergejubelt hat.«

Das ist kaum noch zu ertragen. Jessie hat viele sehnsuchtsvolle Stunden damit verbracht, sich die Weihnachtsfeste auf dem Anwesen der Coleridges auszumalen, die exakt ihren Kindheitsträumen entsprechen: verschwenderisch, magisch, voller Luxus. Eine riesige echte Tanne, die bis zur Zimmerdecke des Salons reicht, geschmückt mit Hunderten aufeinander abgestimmter Christbaumkugeln, erfüllt den Raum mit ihrem frischen, harzigen Duft. Nicht so wie das künstliche Ding, das ihre Mutter jedes Jahr aus einem kaputten Pappkarton hervorklaubt und mit hochentzündlichem Lametta schmückt. Wenn sie ehrlich ist, hat sie nie einen Gedanken daran verschwendet, was ihre Eltern empfinden könnten, wenn sie Weihnachten nicht nach Hause kommt. Stattdessen hat sie sich alle möglichen Gründe einfallen lassen, warum sie sie *nicht* zu den Coleridges einladen kann. Die Tatsache, dass ihr Dad sie so mühelos durchschaut hat, lässt sie in ihrem Sessel erstarren. Am liebsten würde sie darin versinken.

»Versteh mich nicht falsch, Henry, ich bewundere sie sehr. Sie hat mich zu einem besseren Vater gemacht. Man kann einem Menschen mit so viel Schwung und Entschlossenheit nicht einfach so zusehen, ohne härter für die Erfüllung von dessen Zielen arbeiten zu wollen.«

Jessie verspürt einen kleinen Anflug von Stolz, begleitet von einem sehr viel stärken Gefühl der Reue – als würde jedes einzelne der Opfer, die er für sie gebracht hat, Opfer, die sie nicht einmal richtig gewürdigt hat, an ihrem Gewissen nagen.

»Wenn sie einen größeren Schreibtisch benötigte, habe ich Überstunden gemacht. Als die Schulbücher teurer wurden, habe ich begonnen, auch an den Wochenenden zu arbeiten …«

Jessie sieht sich in der Bibliothek um, plötzlich abgelenkt von dem unerwarteten Anblick, wie Camilla ihre Mutter umarmt, sie mit ihrer Wärme umhüllt, während Claire lächelnd dabei zusieht. *Was zum Teufel hat das zu bedeuten?* Auf einmal muss sich Jessie anstrengen mitzuverfolgen, was die beiden Männer besprechen, da sie gleichzeitig versucht, Camillas Lippen zu lesen. Sie erkennt nur bruchstückhaft, was Adams Mutter sagt – *morgen da sein, unterstützen, Tür immer offen* ist das, was sie versteht. *Jetzt eine Familie.* Sie möchte unbedingt zu den drei Frauen hinübergehen, aber sie kann nicht, denn wenn sie jetzt aufsteht, wissen Henry und Dad, dass sie alles mitbekommen hat. Verstohlen sieht sie sich um. Außerdem möchte sie nun, da ihr Dad so schamlos ihre ärmliche Kindheit offengelegt hat, unbedingt mitbekommen, wie Henry darauf reagiert. Wird er abgestoßen sein von dem Bild, das ihr Vater da zeichnet?

Graham lehnt sich unbedarft gegen eines der Bücherregale, den Körper Henry zugewandt, als erwarte er sich von ihm Zuspruch und Rat.

»Nun, zunächst einmal glaube ich, du unterschätzt Adam …«

»Entschuldige, Henry, das war keineswegs als Kritik gedacht, ich meinte bloß …«

»Nein, nein, das weiß ich. Ich verstehe dich vollkommen. Aber Adam ist ein bodenständiger Mensch, zuverlässig und der Letzte, der sich von Reichtum blenden lässt. Daran haben wir hart gearbeitet, vor allem Camilla. Sie wird nichts dagegen haben, wenn ich dir verrate, dass sie keineswegs aus einer wohlhabenden Familie stammt. Ich fürchte, ich entspreche genau dem Klischee, denn ich habe meine Sekretärin geheiratet!«

»Oh, aha.«

»Ja, in dieser Familie ist sie die Person mit der so dringend benötigten Bodenhaftung. Die Leute bekommen oft ein völlig falsches Bild von ihr, doch sie hat ein großes Herz und ist die am wenigsten voreingenommene Person, die ich kenne. Das Einzige, was sie verärgert, ist, dass die anderen sie so oft falsch einschätzen.« Henry zieht den Verschluss aus dem Portwein-Dekanter und füllt ungefragt ihre Gläser nach.

Noch nie zuvor hat sich Jessie so sehr nach der betäubenden, die Sinne benebelnden Wirkung von Alkohol gesehnt wie jetzt. Die Lieblingsdroge der sozial Unbeholfenen. Sie würde Dads Worten so gern die Schärfe nehmen, würde das, was sie gerade gehört hat, so gern irgendwo in den Tiefen ihres Gehirns ablegen, damit sie morgen nicht mehr daran denken muss, wünscht sich so sehr, dass Adam an ihrer Seite erscheint und ihr sagt, dass alles gut wird. Kann ihr nicht bitte irgendwer beistehen? Und warum zum Teufel hat sie sich nichts zu trinken genommen, bevor sie sich in diesen Sessel gesetzt hat?

In Hochgeschwindigkeit geht sie im Geiste all ihre Gespräche mit Camilla noch einmal durch. Die vielsagenden Blicke, das Geständnis, dass sie noch immer dann und wann den *Debrett's*-Leitfaden benötige, das Schweigen, all die unterstellten Urteile, die in der Luft hingen, aber nie ausgesprochen wurden. Sie sieht Camilla am Abend ihres Junggesellinnenabschieds an der Bar im Claridge's sitzen, von wo aus sie Jessies entwürdigenden Disput mit Claire mitverfolgte, ohne je ein Wort darüber zu verlieren. Herrgott, wahrscheinlich hat sie die ganze Zeit über Jessie dafür verantwortlich gemacht!

Sie spürt, wie ein eisiges Frösteln in ihr emporsteigt, eine Kälte, die bis in die Knochen dringt und dort bleibt, sodass man sich nach dem Trost seiner Bettdecke sehnt. Plötzlich verspürt sie das dringende Bedürfnis zu weinen, aber das darf sie nicht. Alles, was heute Abend nicht stimmt, geht auf sie zurück, ein Pfad der Schuld, der direkt zu der einen Person führt, die für all den Schmerz und die Missverständnisse verantwortlich ist: sie selbst.

Diese Erkenntnis ist wie ein teuflischer Schlag ins Gesicht, ihr ganzer Körper verspürt das Nachbeben. So viele Schlüsse, die sie gezogen hat, ohne dass Camilla etwas gesagt hätte – das begreift sie jetzt. Was für ein monumentaler Dummkopf sie doch gewesen ist! Nicht nur, weil sie sich selbst in eine solche Panik hineingesteigert hat, sondern auch, weil sie Camilla derart missverstanden hat. Camilla hat Jessie durchschaut, hat sogar versucht, sie zu warnen. Was hat sie noch gleich an jenem Abend beim Essen gesagt? *Es macht keinen Sinn, so zu tun, als sei man jemand, der man nicht ist.*

Warum hat sie nicht auf sie gehört? Camilla hätte sich kaum noch deutlicher ausdrücken können. Die Scham droht sie innerlich zu erdrücken. Wie konnte sie ihren Eltern bloß das Gefühl geben, sie seien nichts wert – und warum bedurfte es Henrys Eingreifen, um ihr das vor Augen zu führen? Wie soll sie dieses Debakel je wieder in Ordnung bringen? Ihr fehlen die Worte und vor allem die Zeit, um alles auf null zu stellen und noch mal von vorn anzufangen. Die warmherzige Stimme ihres Vaters reißt sie aus ihren Gedanken.

»Ich hoffe, Jessie wird auch euer Leben bereichern, Henry, vor allem hoffe ich, dass ihr ihr die Möglichkeit dazu gebt. Denn manchmal – sie würde mich umbringen, wenn sie wüsste, dass ich so etwas über sie sage – ist sie so schmerzhaft schüchtern und gehemmt. Ständig hat sie das Gefühl, nicht gut genug zu sein. Ich fürchte, in der Hinsicht sind wir uns ziemlich ähnlich.«

Mein Gott, anscheinend hat sie niemandem etwas vormachen können!

Während Camillas elegantes Lachen, gemischt mit Claires Gegacker, den Raum erfüllt, nimmt Henry einen großen Schluck Portwein und setzt dazu an, einen Schlussstrich unter sämtliche Sorgen zu ziehen, die ihren Dad plagen.

»Ich rate dir, halte morgen deine Rede, Graham, und genieß es! Sei aufrichtig, die Leute möchten hören, dass du ehrlich und von Herzen sprichst – alles andere zählt nicht.« So. Er hat es gesagt, also ist es wahr.

Jessie hat den Eindruck, Henry weiß, dass noch jemand ihr kleines Privatgespräch mit anhört – als spreche er nicht länger nur mit ihrem Vater.

Endlich weiß Jessie, was sie zu tun hat, und sie weiß, dass ihr dafür noch genügend Zeit bleibt. Gerade noch.

30

EMILY

Jessies Hochzeitstag

Der Duft nach frischen Rosen ist überwältigend, betörend – sogar für meine getrübten Sinne. Er umfängt mich, noch bevor ich es bis zum Bogengang der Kirche geschafft habe, denn die Braut – vermutlich in einem Moment vollkommenen Wahnsinns – hat die Steinplatten mit Hunderttausenden frische Blütenblätter bedecken lassen. Das hier ist nicht das Werk von Blumenmädchen – der Blütenteppich ist tief, so tief, dass ich die Gäste darin einsinken sehe, als ich ein paar Schritte hinter Mark darüberschwebe. Das Portal ist ebenfalls blumengeschmückt, und zwar so üppig, dass die Gäste die Kirche im Gänsemarsch betreten müssen – entsprechend hochgeschraubt sind die Erwartungen, was sie im Innern vorfinden werden.

Bäume. In der Kirche stehen tatsächlich echte Bäume; ausgewachsene Silberbirken, zwölf an der Zahl, säumen den Mittelgang bis zum Altar. Ihre Zweige sind voller roter Rosen, die ein wunderschönes Blütengewölbe über den Köpfen der Gemeinde schaffen. Auch sämtliche Kirchenbänke sind damit geschmückt. Es sieht aus wie das Rosenzimmer bei der Chelsea Flower Show, nur mit noch mehr Rosen. Ein makellos weißer Teppich bedeckt den gesamten Mittelgang, und ich frage mich, wer so mutig sein wird, als Erster den Schuh daraufzusetzen.

In spätestens zehn Minuten werden alle hier Versammelten nach ihren Kopfschmerztabletten greifen (wofür ich größtes Verständnis zeige), so berauschend ist der Blütenduft. Noch bevor sie überhaupt begonnen hat, ist dies die protzigste Hochzeit, bei der ich je gewesen bin – und ich bin tot. Nicht unbedingt ideal, oder? Doch ich bin wegen Mark hier. Der Tag heute wird schwierig für ihn werden. Noch vor sechs Wochen stand er hier vor einer ganz anderen Versammlung und sprach davon, dass man ihm an dem Tag, an dem ich gestorben bin, die Seele aus dem Leib gerissen habe.

Alle haben ihm geraten, dass er heute nicht kommen soll. *Es ist zu früh,* hat Dad gesagt. Warum das Risiko eingehen? Aber Mark kennt Henry und Adam seit Jahren, hat über sein Online-Reisebüro unzählige große Touren für sie organisiert, deshalb würde er bei diesem Termin niemals fehlen. Ich dachte, er würde vielleicht nur während des Gottesdienstes bleiben und sich nach der Trauung unbemerkt davonstehlen, um die anderen allein trinken und tanzen zu lassen, aber jetzt bin ich mir da nicht mehr so sicher. Sally ist bei ihm.

Das kann nur gut sein, davon bin ich überzeugt, schließlich habe ich das Ganze *geplant.* Sie bleibt stets in seiner Nähe. Gibt auf ihn acht. Als er zuvor mein Grab besucht und einen wunderschönen Strauß frischer Blumen daraufgestellt hat – genau die, die ich mir für unsere Hochzeit ausgesucht hätte –, hat sie respektvollen Abstand gewahrt. Ich möchte ihm sagen, dass er sein Geld nicht verschwenden soll – Pfingstrosen sind nicht billig –, aber heute, in Anwesenheit von Sally, ist es schön zu sehen, dass er mich noch nicht vergessen hat.

Sie lenkt das Gespräch geschickt von mir weg auf das, was um sie herum vorgeht. Trotzdem bin ich angespannt; ich fürchte den Moment, in dem jemand von früher auftaucht und Mark fragt, wo ich bin. Ist es überhaupt gestattet, auf einer Hochzeit über den Tod zu sprechen? Welche Formulierung wird er finden? Wie spricht man darüber, ohne sein Gegenüber in unüberwindbare Verlegenheit zu bringen? O Gott, da geht es schon los …

»Ah, Mark, heute allein unterwegs, Kumpel?«

Sally greift sofort ein. »Hi, ich bin Sally. Kennen Sie die Braut oder den Bräutigam?«

»Mark! Lange nicht gesehen, wo ist …«

Und da ist sie wieder: »Macht es Ihnen etwas aus, wenn ich Mark entführe? Er wird gebraucht bei der … Sie wissen schon.«

Ihre schnellen, umsichtigen Eingriffe scheinen zu funktionieren. Sein Herz ist heute nicht ganz so schwer, es gelingt ihm sogar, den Anflug eines Lächelns zustande zu bringen, als er Adams Eltern umarmt.

»Mark!« Himmelherrgott, ist der Kerl laut!

»Wie schön, Sie zu sehen, Henry, noch dazu bei einem solchen Anlass. Meinen herzlichen Glückwunsch.« Mark will diesem Henry die Hand schütteln, aber der zieht ihn näher zu sich heran und raunt ihm ins Ohr:

»Was immer Sie brauchen, Mark, ich bin da. Sie müssen nur Bescheid geben, und es wird erledigt. Besuchen Sie mich doch bei mir zu Hause. Ich würde liebend gern mit Ihnen reden.«

Mark bringt lediglich ein Nicken zustande; ich kann sehen, dass er sich selbst nicht recht traut. Womöglich genügt ein einziges Wort, um den Damm, der seine Emotionen zurückhält, brechen zu lassen. Ich sehe allerdings auch, dass er erleichtert ist über die Bestätigung, dass er mehr für Henry ist als ein reiner Geschäftspartner. Mich dagegen erleichtert Henrys Diskretion; niemand anders hat seine Worte mitbekommen, alle sind viel zu beschäftigt damit, ihre Plätze einzunehmen. Der Nebel, der Mark umgibt, hebt sich langsam, was alles noch schwerer für mich macht. Ich stelle fest, dass er noch immer seinen Ehering trägt, und schäme mich ein wenig zuzugeben, dass mich dies freut, zumal in diesem Augenblick. Er gehört doch immer noch mir, oder? All die gemeinsamen Jahre lassen sich nicht in wenigen Wochen auslöschen. Noch ist er nicht wieder zu haben.

Vielleicht hilft es, dass so viele Menschen um ihn herum sind. Vielleicht auch, dass eine Hochzeit das einzige Ereignis auf der ganzen Welt ist, bei dem man kein Miesepeter sein darf. Selbst dann nicht, wenn vor Kurzem die eigene Hochzeit aufgrund tragischer Umstände abgesagt wurde. Nichts sollte einen Schatten auf den großen Tag eines glücklichen Paars werfen. Was für ein Druck!

Als sich alle von ihren Plätzen erheben, werfe ich einen Blick zum Eingang und sehe Helen unter dem Portal stehen. Sie bückt sich und macht ihre Arbeit, hebt das Kleid an, bauscht es auf und streicht es glatt – voll und ganz in ihrem Element. Anschließend richtet sie sich auf, tritt vor die Braut und fasst sie bei den Händen.

»Sehe ich gut aus, Helen?«, fragt die Braut nervös, genau wie ich es vermutlich getan hätte.

»Sie könnten nicht schöner sein, Jessie. Und nun blenden Sie Ihre Sorgen aus und genießen Sie den Tag! All diese Menschen sind Ihretwegen gekommen, fiebern mit Ihnen. Und am Ende des Mittelgangs wartet der Mann Ihrer Träume – also gehen Sie los und schnappen Sie ihn sich!«

In Helens Augen stehen Tränen. Wow! Hunderte von Bräuten, jeden Tag ein anderes Hochzeitskleid, das über die Ladentheke geht, und trotzdem bewegt es sie noch immer. Ich frage mich, ob diese spezielle Hochzeit wohl eine tiefere Bedeutung für sie hat. Ich kann ihre Emotionen nicht so gut deuten wie noch vor ein paar Wochen, aber heute steckt irgendwie mehr dahinter. Womöglich hat sie eine Tochter, an die sie in diesem Augenblick denkt, um die sie sich Sorgen macht? Die Tatsache, dass es mir schwerfällt, so simple Dinge zu spüren, macht mir zu schaffen. Zunächst war es schwierig, überhaupt noch hier zu sein, jetzt ist es die Vorstellung zu gehen, die mir Angst macht. *Wohin* werde ich gehen?

Über Helen nachzudenken lässt meine Gedanken zu Glo schweifen. Als ich heute Morgen das Haus verlassen habe, saß sie starr wie eine Statue auf dem Sofa und hielt irgendetwas fest in der Hand, während Dad oben einige meiner Sachen in schwarze Müllbeutel packte. Sie hatten sich Schritt für Schritt darauf vorbereitet, die Sachen ihrer toten Tochter der Wohlfahrt zu überlassen. Die wahren Schätze haben sie behalten – meine ersten Ballettschuhe, jeden gerahmten Zeitungsartikel über meine Erfolge und natürlich den abgenutzten Teddy, den ich zu meiner Geburt bekommen habe –, doch beide wissen, auch wenn sie noch nicht tapfer genug sind, um es laut auszusprechen, dass sie nach vorn blicken, kleine Schritte Richtung Zukunft machen müssen. Sobald Dad wieder Kraft bekommt, wird er sich darum kümmern.

Als die Tür hinter ihm zufiel, sah ich, wie Glo langsam die Finger öffnete, und ich erkannte, was sie die ganze Zeit über umklammert hatte: einen kleinen rosa Samtbeutel. Ich wusste sofort, was sich darin befand. Die Tränen strömten über ihr erschöpftes, blasses Gesicht, als sie vorsichtig die feine Kordel löste, den Beutel umdrehte und seinen kostbaren Inhalt in ihre zitternde Handfläche schüttete. Meine winzigen, verfärbten Milchzähne purzelten heraus, und ich spürte, wie mir vor Mitleid das Herz brach. O Mum. Nur jemand, der so voller Liebe ist wie sie, behält über all die Jahre Erinnerungen wie diese.

Es ist merkwürdig, dass mich solche Gedanken überfallen, während alle applaudieren, weil sich Braut und Bräutigam nun küssen. Er hält ihr Gesicht so liebevoll, in seinen Augen stehen Tränen, und er sieht aus, als wolle er sie nie wieder loslassen. Und erst mal ihr Lächeln! Sie strahlt förmlich, ihr ganzes Gesicht erhellt sich und umhüllt sie mit dem warmen Schein des Glücks. Wie gern hätte ich nur eine Sekunde dieses Gefühls mit Mark an unserem Hochzeitstag geteilt …

Nun verlassen die Gäste die Kirche und gehen durch ein Durchgangszelt das kurze Stück nach Willow Manor. Ich sehe mich in einem der feinen Salons um. So sieht also eine Hochzeit aus, bei der Geld keine Rolle spielt. Hier gibt es keine etwas schiefe hausgemachte Torte ohne Fondant, so viel steht fest.

Ich zähle nicht weniger als achtzehn Angestellte, die durch die Gegend schwirren und die Champagnerflöten der Gäste weit häufiger als nötig auffüllen. Was würde ich darum geben, die Wirkung dieses so herrlich prickelnden Schaumweins zu spüren, während mein altes, noch lebendes Ich bei Mark untergehakt ist – zwei weitere Gäste, voller freudiger Erregung wegen alldem, was wir heute genießen dürfen.

Reich verzierte Häppchen, die aussehen wie essbare Minikunstinstallationen, werden von weiß behandschuhten Kellnern auf Silbertabletts durch die Menge balanciert. Der ganze Ort vibriert förmlich vor Energie, die dem ungläubigen Staunen von gut dreihundert Gästen geschuldet ist. Ab und an ertönt ein erstickter Freudenschrei, wenn jemand … Moment … den Dessertraum entdeckt. Zum Glück weiß niemand der hier Versammelten, dass unser einziger Nachtisch Philippas amateurhafte Hochzeitstorte sein sollte.

Und dann kommt der Moment, den ich gefürchtet habe. Mark nimmt seinen Platz für das Hochzeitsmenü ein, neben einer Frau mit einem schön gerundeten Babybauch. *Dolly Jackson* steht auf ihrer Tischkarte. *Wird er damit klarkommen?*, frage ich mich. Eine schwangere Frau mit all den wundervollen Zukunftsplänen, die ein Baby so mit sich bringt?

»Sind Sie mit Ihrer Frau hier?«, erkundigt sie sich mit Blick auf seinen Ehering. Es entsteht eine kurze Pause, in der Mark sich wappnet. Sally, die zwei Plätze entfernt sitzt, kann ihn jetzt nicht retten, und ich bemerke die Qual, die auf ihr Gesicht tritt, als ihr das klar wird.

»Nein.« Mehr bringt Mark nicht hervor. Seine Hand wandert abwesend zur Brusttasche seines Anzugs, als wolle er sich vergewissern, dass das, was er dort hineingesteckt hat, noch da ist. Und dann begreife ich, dass es sich um das Gedicht handelt, das Helen ihm an jenem Tag in der Boutique gegeben hat. Als seine Finger es ertasten, stößt er erleichtert die Luft aus. Irgendetwas an der Art und Weise, wie er die Augen niederschlägt, muss Dolly gewarnt haben, denn sie dringt nicht weiter in ihn. Es gefällt mir, dass sie ihn nicht bedrängt. Andere Leute hätten das mit Sicherheit getan. Mir fällt auch auf, dass sie zu jenen schwangeren Frauen zählt, die alles in sich hineinstopfen, was ihnen in die Finger kommt, inklusive Marks Vorspeise, aber er hat Hummer noch nie gemocht.

In meinen Augen sind die Reden stets das Beste an einer Hochzeit, und ich bin fest entschlossen, heute keine einzige davon zu verpassen. Doch als die Stunden verstreichen, muss ich gegen eine beinahe unerträgliche Müdigkeit ankämpfen, die mich überfällt, schleichend zunächst, dann immer heftiger. Es kostet mich all die wenige Energie, die ich noch habe, mich zu konzentrieren, und selbst dann entgeht mir manches, die feinen Gesprächsnuancen zum Beispiel. Warum lacht Mark? Ich kann ihrem Dialog nicht folgen, und wer ist dieser Josh, über den Dolly so quietschvergnügt herzieht?

Die Rede des Bräutigams ist charmant, geistreich und mit all dem Selbstvertrauen vorgetragen, das man sich in einem solchen Augenblick wünscht. Doch es ist die Rede des Brautvaters, die mich und alle anderen Anwesenden am meisten bewegt. Er erzählt uns von der wundervollen Liebe zwischen Vater und Tochter, seine Geschichte öffnet mir das Herz und erfüllt mich mit der Sehnsucht, wieder das kleine Mädchen auf den Schultern meines Dads zu sein. Gemeinsam laufen wir am Strand entlang – meine Haare flattern in der salzigen Brise, seine Hände umfassen meine zerschrammten, knochigen Knie, an einem Tag, an dem wir nichts anderes empfinden als Glück.

»Sie bedeutet mir alles, und das wird sich niemals ändern.« Er steht neben ihr am Ehrentisch und hält ihre Hand, während er stolz über seine Gefühle spricht, obwohl Männer aus seiner Generation eigentlich dazu angehalten wurden, ihre Emotionen für sich zu behalten. Aus allem, was er sagt, spricht reines, aufrichtiges Gefühl. »Ich liebe sie mehr, als ich es je für möglich gehalten hätte, und das wird so bleiben, bis ich eines Tages meinen letzten Atemzug tue. Als sie ein kleines Mädchen war, habe ich von ihr geträumt und bin nachts aufgestanden, um nachzusehen, ob es ihr gut geht. Heute muss ich einsehen, dass das nicht länger mein Job ist. Ein anderer Mann hat ihr Herz gestohlen, und ich gebe mir alle Mühe, dass mir diese Erkenntnis nicht mein eigenes Herz bricht.«

Wohin ich auch blicke, tupfen sich Frauen und zahlreiche Männer mit den teuren Leinenservietten die Augenwinkel ab, bis er seine Rede schließlich beendet. Applaus explodiert, und ich fühle mich auf wundersame Weise belebt, vor allem, als ich sehe, wie er zum Dank eine innige, tränenreiche Umarmung von der Braut erhält.

Die Rede des Trauzeugen entpuppt sich als Desaster. Anscheinend hat man vergessen, ihm mitzuteilen, dass er aufrichtige Heiterkeit mit einem Schuss Frotzelei versprühen soll. Wo bleiben die Anzüglichkeiten, die peinlichen Anekdoten? Stattdessen quält er die Anwesenden mit intellektuellem Geschwafel, doch im Grunde ist das gar nicht so schlecht, denn es gibt uns eine kurze Verschnaufpause, bevor die Braut aufsteht. Sofort ist sämtliche Aufmerksamkeit auf sie gerichtet.

»Ähm … das ist jetzt gar nicht die Rede, die ich eigentlich heute halten wollte.« Sie fängt tatsächlich an zu zittern und mischt nervös einen Stapel Karteikarten. Alle halten den Atem an, als sie verstummt und die Karten vor sich auf den Tisch legt. Erst dann findet sie ihre Stimme wieder.

»Es ist erstaunlich, wie schnell man aus den Augen verliert, wer man wirklich ist, wenn man eine Hochzeit plant. Als ich heranwuchs, bedeutete mir meine Familie alles, aber irgendwie vergaß ich, was ihnen wichtig ist und was mir. Im vergangenen Jahr habe ich mehr Zeit damit verbracht, mir zu überlegen, was ich Ihnen heute zu essen servieren lasse, als mit meiner Mutter zusammen zu sein. Das war falsch, Mum, und deshalb möchte ich dir heute sagen, dass es mir leidtut. Ich verspreche dir aus tiefstem Herzen, dass sich das von heute an ändern wird.«

Meine Augen schweifen über den Ehrentisch und bleiben an zwei älteren Frauen hängen – welche davon mag ihre Mum sein? Und dann wird es mir klar. Nicht die mit dem exquisit geschneiderten Kaschmirkostüm und dem teuer aussehenden Hut, sondern die, die in ihre Serviette schluchzt und sich anschließend lautstark die Nase darin schnäuzt. Aber wen kümmert das schon? Im Augenblick würde ich alles dafür geben zu sehen, wie meine Mum das teure Tafelleinen ruiniert.

»Ich bin heute nur hier wegen der unzähligen Stunden, die mein geliebter Vater gearbeitet hat, damit ich Klassenbeste werden und die entsprechenden Noten holen konnte, um an die Universität gehen zu dürfen. Ohne seine Unterstützung hätte ich niemals den Job bekommen, bei dem ich Adam kennengelernt habe. Du hast mein Leben entscheidend geprägt, Dad, und dafür liebe ich dich – und zwar so viel mehr, als ich dir je gezeigt habe.« Ich muss sie für ihren Mut bewundern, denn ich selbst war heilfroh darüber, dass die Männer an meinem großen Tag das Reden für mich übernehmen wollten … hätte ich bis dahin durchgehalten.

»Manchmal muss man einfach zugeben, dass man sich getäuscht hat. Menschen wollen einfach nur geliebt und geschätzt werden, sie wollen wissen, dass man sich um sie sorgt, und das … und das ist das, was ich in diese Ehe mitnehmen werde.«

Die letzten Worte klingen erstickt, und ich spüre, welche Wirkung sie um mich herum erzielen. Der Bräutigam steht kurz davor, vor Stolz zu platzen, genau wie Helen, und auf dem Gesicht der zweiten älteren Frau am Ehrentisch spiegelt sich eine tief empfundene Freude, die nahelegt, dass dies längst überfällig war. Die Menge ist begeistert, nur ein Gast applaudiert nicht. Eine arrogant wirkende junge Frau, die aussieht, als habe sie ihr Pferd draußen abgestellt. Die Art und Weise, wie sie ihre Augen auf den Bräutigam geheftet hat und wie sie ihren Champagner kippt, verrät mir, dass mehr dahintersteckt.

Der Nachmittag vergeht mit dem Anschneiden der Hochzeitstorte, dem Werfen des Brautstraußes und einem wahrhaft ausgelassenen Moment, als sich die Brautjungfer umzieht und in einem knallorangefarbenen Kleid vor den Gästen erscheint, um der Mutter des Bräutigams die Kunst des Slutdrop zu vermitteln – einer Tanzbewegung, bei der man so tief wie möglich mit gespreizten Knien in die Hocke geht und wieder aufspringt. Die beiden amüsieren sich auf der Tanzfläche – der teure Hut ist längst verschwunden – und lachen so laut und herzlich, dass die anderen Gäste am liebsten mitmachen würden. Sogar die Braut scheint ein klein wenig neidisch zu sein.

Als es auf Mitternacht zugeht, kann ich kaum noch etwas spüren. Ich verschwinde, es wird nicht mehr lange dauern. Alles ist verpixelt, der Raum löst sich vor meinen Augen auf. Bin ich bereit? Ich verspüre einen sinnlosen Anflug von Panik – doch auch der wird gemindert von der ausgelassenen Stimmung im Raum. Sally teilt Mark mit, dass das Taxi da ist und dass sie jetzt aufbrechen müssen. Als er zu ihr geht, streckt sie lächelnd die Hand aus. Sie ist genauso stolz auf ihn, wie ich es bin – er hat es geschafft, hat es hinter sich gebracht. Er nimmt ihre Hand, ihre Finger verschränken sich, und ich spüre die zarte, tastende Verbindung, als er vorsichtig ihren Händedruck erwidert. Gleich darauf lassen sie wieder los, vielleicht spüren sie, dass die Augen auf sie gerichtet sein könnten. Aber ich fühle es, das leise Flattern seines Herzens, das sich wieder erwärmt, als würde die schwache Glut des Feuers zu neuem Leben entfacht. Ich werfe einen letzten Blick auf meinen geliebten Beinahe-Ehemann, überwältigt von einer letzten Gefühlswelle. All die Liebe, die ich noch immer für ihn empfinde, strömt aus mir heraus. In seinem Gesicht ist heute Abend kein Zorn. Der warmherzige, liebenswürdige Mann, in den ich mich vor all den Jahren verliebt habe, kehrt langsam zurück, so, wie ich es mir verzweifelt gewünscht habe.

Als sie in die Dunkelheit der Nacht hinaustreten, ergebe auch ich mich ihrer tiefschwarzen Umarmung. Und ich bin fort.

Anmerkungen der Autorin

Während der Großteil der Markennamen und bekannten Persönlichkeiten in diesem Buch real sind, sind die von mir geschaffenen Charaktere reine Fiktion. Das Dorf Little Bloombury ist Lower Slaughter in den nördlichen Cotswolds nachempfunden, ein Ort, den ich so sehr liebe, dass ich so nah dorthin gezogen bin wie möglich. Lower Slaughter hat eine schöne Kirche aus dem 19. Jahrhundert, und genau dort, so hatte ich mir ausgemalt, würden meine Figuren heiraten. Das Slaughters Manor House befindet sich gleich neben der Kirche, genau wie das fiktionale Willow Manor. In seinen prächtigen Salons sind große Teile dieses Buchs entstanden, begleitet von literweise heißem Tee und riesigen Toaststapeln. Swell Park Estate – das Anwesen von Camilla und Henry Coleridge – ist angelehnt an Abbotswood Estate in der Nähe von Lower Swell in den Cotswolds. Dieser großartige Besitz erstreckt sich hinter meinem Haus (das ursprünglich als Chauffeursunterkunft Abbotswood Estate angehörte), an den Wochenenden gehe ich dort mit meinen Kindern spazieren. Ich konnte mir keinen passenderen Ort für Jessies Begegnung mit ihren zukünftigen Schwiegereltern vorstellen.

Ein Brief von Jade

Ein großes Dankeschön dafür, dass Sie sich dazu entschieden haben, *Ein Traum von immer und ewig* zu lesen.

Über die Jahre hinweg habe ich Tausende verlobte Frauen kennengelernt. Ich habe Champagner mit ihnen getrunken, ihnen in ihre Hochzeitskleider geholfen, sie bei der Wahl ihres Kuchens, der Blumen, der Unterwäsche und unzähligen anderen Dingen beraten. Ich habe heimlich Heiratsanträge belauscht und miterlebt, was passiert, wenn nicht alles so läuft, wie man es sich erhofft hat. Ich habe bei mehr Brautmodenshows in der ersten Reihe gesessen, als ich zählen kann, habe an den Hochzeiten mir völlig fremder Menschen teilgenommen, und wenn alle weg waren, habe ich – ja, ich gebe es zu – selbst ein paar dieser unglaublichen Kleider anprobiert.

Letztlich sind es aber immer die Frauen hinter den Hochzeitsterminen, die mich am meisten faszinieren. Zugegeben: Bei den Hochzeiten selbst geht es um Glamour und Überfluss, doch die Braut überstrahlt den Diamantring, den sie am Finger trägt, bei Weitem. Es liegt an ihr, zwei (mitunter sehr unterschiedliche) Familien zusammenzuführen, Erwartungen zu erfüllen, wenn nicht gar zu übertreffen; sie ist diejenige, deren Liebe, Geschmack, Finanzen und Stil von allen auf den Prüfstand gestellt werden, während sie sich darum bemüht, eine großartige Freundin, Tochter, Mutter und – vorausgesetzt, alles läuft glatt – Ehefrau zu sein.

Jede Frau geht anders damit um, hat einen anderen Weg, damit zurechtzukommen. Doch worüber macht sie sich wirklich Gedanken, was versucht sie zu beschönigen vor den Menschen, die sie am meisten liebt, zu verbergen, wenn sie zum zehnten Mal in einer Woche die Geschichte ihrer Verlobung erzählt? Will sie wirklich immer verheiratet sein?

Die Frauen, denen ich bei meiner Arbeit begegne, sind so klug, patent und beeindruckend – doch selbst die, die scheinbar ein perfektes Leben führen, verbergen für gewöhnlich irgendetwas. Und genau das ist es, was mich interessiert. Was mich letztendlich dazu inspiriert hat, *Ein Traum von immer und ewig* zu schreiben. Ich hoffe, Sie hatten genauso Freude beim Lesen wie ich beim Schreiben.

Mit bestem Dank
Jade Beer

Dank

Mein Dank gilt allen Bräuten und angehenden Bräuten, die je das *Brides Magazine* gekauft oder bei einem unserer Events vorbeigeschaut haben. Ihre Geschichten, Sorgen, Siege und vorübergehende Verrücktheiten haben *Ein Traum von immer und ewig* zu dem gemacht, was es ist – ein bittersüßer Blick auf die Herausforderungen, die auf so manche Frau zukommen, deren Leben auf den Kopf gestellt wird, sobald der Diamantring an ihrem Finger steckt. Ich danke auch meinem so unglaublich talentierten Team bei der *Brides,* auf das ich wahnsinnig stolz bin, vor allem auf meine Assistentin Sophie. Es gibt immer viel zu lachen, wenn du dabei bist.

Danke an alle Brautmodendesigner, deren Kleider mich jahrelang zum Träumen gebracht haben. Bei euren Shows in der ersten Reihe zu sitzen zählte zu den größten Privilegien meines Jobs. Danke, David Bell, FRCS (NS), beratender Neurochirurg am King's College Hospital London, dass Sie mir sämtliche medizinischen Details erklärt haben, die Emilys Geschichte glaubwürdig machen; danke, Stuart Hodges vom The Slaughters Manor House, dass Sie mir gestattet haben, mich am frühen Morgen, bevor die Gäste aufwachen, hineinzustehlen und noch vor dem Frühstück ein, zwei Kapitel zu schreiben. Außerdem danke ich dem Fotografen Hugo Burnand, der so freundlich war, mir zu gestatten, ihn in Jessies aberwitzige Ausbrüche miteinzubeziehen. Danke, danke, danke.

Ich möchte Anne Hamilton meinen Dank aussprechen, die mich mit Nettigkeiten und Ermutigungen überschüttet hat, als ich sie am dringendsten brauchte, und für ihre beständige Mahnung, zu zeigen, nicht zu erzählen. Endlich habe ich's kapiert! Der Romanautorin Erin Kelly danke ich dafür, dass sie mich auf so brillante Weise auf sämtliche Stolpersteine hingewiesen hat; jeder einzelne ihrer Vorschläge hat die Story verbessert. Nie hat sie sich über die gewaltige Flut von E-Mails beschwert, die nahezu stündlich Tag und Nacht bei ihr eingingen. Ihr Vertrauen in diese Geschichte war inspirierender, als sie vielleicht ahnt.

Ich danke meiner hervorragenden Agentin Alice Saunders, die sofort den wahren Kern dieses Buches erkannt und jede Menge Wirbel darum gemacht hat. Außerdem gilt mein Dank meiner liebenswerten Lektorin Kathryn Taussig von Bookouture, die jeden Schritt des Weges mit so wundervollen Worten begleitet hat. Beide Frauen sind die beste Medizin gegen Selbstzweifel, die es nur gibt.

Manche Leute behaupten, man müsse hoch motiviert sein, um ein Buch zu schreiben. Andere, mich eingeschlossen, könnten es vielleicht egoistisch nennen. Es müssen Opfer gebracht werden, zum Beispiel wenn sich die Bügelwäsche bis zur Decke türmt, die Kinder *wieder einmal* wegorganisiert werden, damit Mummy sich an den Laptop setzen kann, während ein Mann die entstandene Lücke füllen muss. In meinem Haus ist es ein Running Gag, dass Stephen Beer unbedingt als Co-Autor erwähnt werden sollte, da ihm nur so die Ehre zuteilwird, die ihm gebührt. Ich habe so lange darauf gehofft, dass es zu einem Vertragsabschluss kommt, damit ich die guten Neuigkeiten mit *dir* teilen kann, Stephen. Schön, dass du da bist!

Zuletzt möchte ich dem einen Paar danken, das mir in einem ganz besonderen Maße die Kraft und Bedeutung einer soliden Ehe vor Augen geführt hat. Ich frage mich, ob ihr überhaupt wisst, wie gut es war, dass ihr euch am 8. Mai 1966 das Jawort gegeben habt, Mum und Dad.